dtv

Keiner erinnert sich mehr an den Sommer 1966. In der kleinen, grauen Stadt im sozialistischen Teil des Landes frieren die Menschen. Ein Kind kommt auf die Welt. Toto hat kein Geschlecht; der Vater ist schon vor der Geburt abhanden gekommen, die Mutter bald danach. Toto aber bleibt wie unberührt. Wie kommt es, so fragt sich Toto, dass die Menschen so schlecht sind?
Sibylle Berg erzählt die Geschichte von Toto, den der Leser beschützen will, obwohl er weiß, dass alles nur noch schlimmer kommt. Toto geht über die Grenze, doch was der Sozialismus verrotten ließ, zerstört der Kapitalismus aktiv. Aber eines gibt es, was Toto kann: singen. Und als Toto Kasimir, dem alten Kameraden aus dem Waisenhaus wiederbegegnet, machen sie sich auf nach Paris. Dort wird Toto singen.

Sibylle Berg, geboren in Weimar, lebt heute in Zürich. Sie schreibt Romane, Theaterstücke, Essays und Kolumnen (u. a. für die ›Neue Zürcher Zeitung‹ und ›Spiegel Online‹). Sie schrieb bislang 15 Romane, 17 Theaterstücke und unzählige Essays. Sibylle Bergs Werke wurden in 34 Sprachen übersetzt und vielfach ausgezeichnet. Zuletzt erschienen ›Der Mann schläft‹, ›Vielen Dank für das Leben‹ und ›Wie halte ich das nur alles aus‹.

Sibylle Berg

Vielen Dank für das Leben

Roman

Deutscher Taschenbuch Verlag

Von Sibylle Berg
ist im Deutschen Taschenbuch Verlag erschienen:
Der Mann schläft (14002)

**Ausführliche Informationen über
unsere Autoren und Bücher
finden Sie auf unserer Website
www.dtv.de**

2014 Deutscher Taschenbuch Verlag GmbH & Co. KG,
München
© Carl Hanser Verlag München 2012
Umschlagkonzept: Balk & Brumshagen
Umschlaggestaltung: Wildes Blut, Atelier für Gestaltung,
Stephanie Weischer unter Verwendung eines Fotos
von Trevillion Images/Dirk Wustenhagen
Druck und Bindung: Druckerei C.H.Beck, Nördlingen
Gedruckt auf säurefreiem, chlorfrei gebleichtem Papier
Printed in Germany · ISBN 978-3-423-14341-7

Der Anfang.

Keiner wird sich wohl noch an den kalten Sommer neunzehnhundertsechsundsechzig erinnern. Normalerweise lag in dieser Jahreszeit ein Duft von blühenden Akazien über dem sozialistischen Teil des nordeuropäischen Landes.

Neunzehnhundertsechsundsechzig roch nach nichts.

Da gab es weder Fußbodenheizungen noch isolierte Fenster oder einladende Kamine; die Einwohner der kleinen Stadt froren, sie waren schlecht gelaunt und hatten steife Finger. Fast meinte man den Kalten Krieg zu spüren. Die Anhänger des sozialistischen und die Anhänger des kapitalistischen Systems kämpften, so war zu hören, um die Weltherrschaft, Genaueres über den Ausgang stand noch nicht fest, und es beeinflusste das Leben der Menschen in ihrer kleinen Stadt nur geringfügig. Die im Sozialismus lebten, kannten nichts anderes; sie waren an die leeren Regale gewöhnt, an den Kohl, die eine Sorte Äpfel und an den Rhabarber im Sommer. Die Welt war damals klein und nicht sehr beängstigend, sie war überschaubar und reichte bis zur Stadtgrenze. Es war das Leben vor dem Internet und den Medien, es gab nur die Tageszeitung, und Journalisten trugen zerknitterte Anzüge. Die Welt gehörte den Männern, und hier, im Ostteil des in Gut und Böse geteilten Landes, wunderte sich darüber keiner. Farbige gab es nur in Afrika und in Büchern, man musste ausschließlich das begreifen, was in der kleinen Stadt, im kleinen Land passierte, und das war wenig, es stand in der Tageszeitung. Ein Werk wurde eingeweiht, ein Fünfjahresplan erfüllt, der Nachbar bekam einen sehr kleinen, aus Presspappe gefertigten Personenwagen, auf den hatte er zehn Jahre gewartet, mit dem fuhr er in die Kreisstadt, da gab es Schokomilch. Waren sie sensibel, die Menschen, dann mochten sie mitunter ein wenig schwerer atmend auf ihre grauen Straßen schauen, nicht wissend, dass sie die Farbe vermissten oder die erfreulichen Vorteile des Konsumierens, und sie wurden von einer fast ohnmächtig machenden Langeweile befallen. So, das ist es nun, für immer, mochten sie sich sagen, die Sensiblen, das also ist mein Leben, es scheint ja nichts Besonderes zu werden.

1966–2000.

Und los.

Tausende hab ich hier gehabt, keine hat sich so albern betragen, sagte die Hebamme. Betragen, das sagte sie extra, sie liebte Worte der alten Schule.
Sie sah die Frau, die vor ihr lag, dabei nicht an, sondern betrachtete ihre Hände, die in Plastikhandschuhen steckten. Sie war vernarrt in ihre Hände. Sehen Sie, das sind Hände, die zupacken können, erklärte sie den jungen Hebammenschülerinnen, die daraufhin die Köpfe hängen ließen, denn über solch beeindruckende Fleisch-Schaufeln wie ihre Vorgesetzte verfügte keine.
Die Hebamme hatte Generationen von jungen Müttern traumatisiert. Viele würden ihre Kinder nie mehr ansehen können, ohne dabei nervös mit dem Augenlid zu zucken.
Die Gebärende zuckte unkontrolliert mit dem Augenlid. Sollte dieses Baby irgendeine auffällige Fehlentwicklung haben, liegt es an mir und meiner mangelnden Bereitschaft zu pressen, wusste die nicht mehr junge Frau, deren Beine an einen gynäkologischen Stuhl geschnallt waren. Das Metall war so kalt, dass sie sich nur noch auf eines konzentrieren konnte: auf die Kälte, die von ihren Beinen auf den Körper übergriff. Etwas Furchtbares würde mit ihrem Kind geschehen; das alles, der kalte Sommer, die Schmerzen, war eine Strafe, weil sie eine Schlampe war.
Was für eine Schlampe! dachte die Hebamme. Kein Mann wartet auf dem Flur, die Unterwäsche nicht sauber, die Adern an der Nase geplatzt, die Sorte kannte sie. Die Hebamme hatte kein Mitleid mit den Frauen. Empfände ich Mitleid, würde ich diesen Beruf nicht korrekt ausführen, sagte sie mitunter, ungefragt, denn sie war keine, von der irgendwer etwas wissen

wollte. Unklar, ob ihre Unattraktivität sie hatte so grob werden lassen oder ob die Sache genau andersherum funktionierte. In dem kleinen kommunistischen Land schenkte man den psychischen Finessen der Menschen nur wenig Aufmerksamkeit.

Was hier als Kommunismus praktiziert wurde, kam dem ruppigen Wesen der Hebamme sehr entgegen. Sie verachtete Freude und Ablenkung. Man hätte ihren Lebensentwurf zenbuddhistisch nennen können, aber diese Art von designten Religionsadaptionen wird erst später Einzug halten, in die bürgerliche Mitte des Westens.

Die Hebamme lebte zur Untermiete. Im Zimmer stand eine Kochplatte, durch einen braunen Vorhang verborgen, ein großer Schrank wie ein toter Wal im Raum, nichts, worauf der Blick erfreut ruhen konnte, doch ruhen kann man nach dem Tod, dachte die Hebamme und ging ohne Erbarmen ihrer Pflicht nach: kleinen Kommunisten auf die Welt zu helfen.

Die Hebamme war nicht geübt, schwer fassbare Zustände in sich als Gefühle zu erkennen. Unwohlsein machte ihr allein das Wochenende, wo sie unbehaglich in ihrem Zimmer saß und Bücher über das Schaffen großer Virologen las. Robert Koch mit seinem Netze, fing und verjagt die böse Tsetse, murmelte sie in Momenten großer Aufmerksamkeit, und die Schwesternschülerinnen sollten ihr gesamtes Leben zusammenzucken, fiel der Name Robert Koch.

Die Verachtung, die die Hebamme für ihre Patientinnen empfand, entsprang ihrer tiefen Abneigung gegen Frauen. Keine einzige gab es, die in der Geschichte etwas geleistet hätte, was ihr Bewunderung abnötigte, auch stieß sie das Sexuelle ab, das dem Frausein anhaftet.

Im Kreißsaal war es kalt.

Das Krankenhaus war kalt. Das Land lag unter einem jener eisigen Sommer, die es nur alle hundert Jahre gibt, vielleicht auch öfter, auf das Klima ist kein Verlass. Sicher war nur die

Brennstofflieferung. Es gab keine Kohle. Natürlich gab es keine Kohle im Sommer, auf Katastrophen war der realexistierende Sozialismus ebenso wenig eingerichtet wie auf freudvolles Gebären. Hätte eines damals als schwangere Frau Verrücktheiten wie Wasser-, Heim- oder Fühlgeburten in Gebärhütten eingefordert, es wäre vermutlich in eine friedvolle Einrichtung fernab der Zivilisation abtransportiert worden.

Wenn doch nur endlich dieses Kind kommt und sie mich losschnallen wollten! Unangenehm gefesselt fühlte sich die Frau in der Pause zwischen den Schmerzen. Die Neonröhre an der Decke flackerte, die Frau beobachtete, wie ihr Atmen kleine Kondenswolken bildete, hörte entfernt das Klappern von Besteck. Sie werden das, was ich vielleicht gebäre, zubereiten. Mit einer Senfsoße.

Kulinarisch war man in der Heimat der Frau nicht besonders verwöhnt, da wäre keinem eingefallen, sein Kind auf einer Quadriga nussiger Holunderschäume zuzubereiten, aber da, beim Gedanken an die Soße, die sich über ihr Baby ergoss, glitt es aus ihr hinaus.

Na endlich, sagte die Hebamme.

Es ist ein ... fuhr sie fort, verstummte plötzlich, und schwere Stille wurde im Kreißsaal. Die Frau hörte nach Sekunden leisen Raunens ein Räuspern, dann wurde das Baby in ein Tuch gewickelt und ihr gereicht. Es ist gesund. Glaube ich. Sagte die Hebamme. Genaueres wird Ihnen der Arzt sagen.

Die Frau betrachtete das Kind. Sein Kopf wirkte ein wenig zu groß in seiner absurden Rundheit, doch weiter konnte sie keine Defekte ausmachen, die eine dermaßen befremdliche Atmosphäre im Kreißsaal gerechtfertigt hätten. Seltsam allein der Blick des Kindes, fast erwachsen und müde. Wollte man diesem kleinen Gemüse Intelligenz andichten, so müsste man glauben, es wolle sofort wieder dorthin verschwinden, woher es gekommen war.

Ich habe nie ein Kind gewollt, das macht keinen Sinn. Die Frau seufzte. Dieser Satz ist grammatikalisch unrichtig, wandte die Hebamme ein. Die Frau musste laut gedacht haben, und sie verdrehte die Augen. Wie sehr hasste sie sprachliche Klugscheißerei, die Erregung ob vermeintlicher Unrichtigkeiten. Alles muss gerade sein in diesem Land, und es muss Sinn haben. Man benötigt Diplome für jeden Bereich, ob man staatlich geprüfte Reinigungskraft oder Nachtwächterin ist, man muss Klassiker zitieren können, es ist unabdingbar, dass jeder Gebäudereiniger das Periodensystem der Elemente beherrscht. Selbst die Leitung eines Toilettenhauses verlangt nach einem Eignungstest, einer Ausbildung und schreit geradezu nach fortlaufender Kontrolle der geistigen Verfassung des Verantwortlichen.

Ihre Verfassung war verschwommen, da lag ein Baby auf ihr, das alle schweigen ließ, mit seinem großen Kopf.

Es war nur wegen ein paar Sekunden auf der Welt, wegen jenem Moment in einer Nacht, die nach Thekenholz und Alkohol gerochen hatte. Der kleine polnische Kohlenträger, der dicke alte Hausmeister, beide Männer vermutlich nicht mit überragendem Erbgut ausgestattet, kamen als Erzeuger in Frage, oder auch nicht, sie hatte sich am Morgen nur so verschwommen erinnert, dass es sich auch um einen Traum gehandelt haben konnte. Die Frau, jetzt Mutter, hatte die Schwangerschaft zu spät bemerkt, zu fremd war sie sich und zu unklar ihr Leben, sie würde sich vermutlich bis zum Ende an das bedauernde Kopfschütteln der Frauenärztin erinnern. Und an den Heimweg aus der Praxis, der ihr wie der lange Lauf durch ein Kriegsgebiet erschien. Nie mehr würden die traurigen Straßen ihrer traurigen Stadt so angenehm einsam wirken.

Als sie vom Gebärstuhl geschnallt wurde, stützte eine Schwester sie tatsächlich beim Aufstehen, eine Dienstleistung, die man nicht hatte erwarten können, eine andere nahm das

Baby und verschwand damit, sie selbst war noch ein wenig unsicher auf den eingefrorenen Beinen. Sie wurde in ihr Krankenzimmer geführt und durfte sich ankleiden, sogar eine Dusche hätte ihr zur Verfügung gestanden. Duschen oder Baden war ein luxuriöses Geschenk, das sie unter anderen Umständen sofort angenommen hätte, doch leider war auch das Wasser kalt in jenem Sommer, und so reinigte sie sich nur flüchtig, vor den Augen der sechs anderen Frauen im Krankenzimmer. Eine Geburt ist keine besonders glamouröse Geschichte, die Frau begab sich mit ihrer kleinen Reisetasche, wie man es ihr angetragen hatte, ins Sprechzimmer des Chefarztes.

Soso, Frau ..., sagte Chefarzt Doktor Wagenbach und blickte sie nicht an, ein kahler Mann mit auffallend ausgefransten Ohren, als ob sie nachts mit Katzen raufen gingen, die Ohren, herzlichen Glückwunsch zur Geburt ihres Babys, sagte Doktor Ohr, und bevor sie antworten konnte, dass es völlig hinreichend sei, sie einfach nur als Frau zu bezeichnen, fuhr er fort. Dass ein Kind mit uneindeutigen Geschlechtsmerkmalen geboren wird, ist ja nun keine Seltenheit. Wir können da operativ erstaunliche Dinge machen. Sehen Sie, wir haben hier einen Penis, der aber auch Klitoris sein könnte, das Röntgen zeigt uns Eierstöcke und Hoden. Seit Doktor Money ist es üblich, uneindeutige Kinder dem Geschlecht zuzuweisen, das sich operativ leichter herstellen lässt. Ist das Glied so klein, dass vorhersehbar ein gebrauchsfähiger Penis auch mit umfangreichen operativ-rekonstruktiven Maßnahmen nicht hergestellt werden kann, dann muss entschieden werden, dass es sich um ein Mädchen handelt. Wir legen eine Neovagina an, die muss allerdings lange Zeit durch das regelmäßige Einführen eines Gegenstandes gedehnt werden. Eine Gurke zum Beispiel. Sagte der Chefarzt und lachte noch nicht einmal über sich selber. Die Frau konnte die Sätze des Arztes nicht mit dem Baby in Zusammenhang bringen, mit dem sie ebenfalls in keiner Verbindung stand. Wonach sieht es denn eher aus, fragte sie den Arzt. Der schaute sie kurz an, und die Frau meinte einen leichten Ekel in seinem Gesicht auszumachen.

Es ist ein Nichts. Sagte er.

Wenn sie gestatten, mache ich schnell ein paar Aufnahmen, und ohne die Antwort abzuwarten, nahm er das Baby und hielt es in der einen Hand, während er mit der anderen fotografierte. Die Frau sah das Kind an. Ein Nichts hätte sie gutgeheißen, doch das Baby sah zu wenig nach Nichts aus, als dass sie es einfach hätte ignorieren können. Es hing an der Hand eines Ohrbehinderten und schaute sie an. Lasst mich einfach in Ruhe, schien der Blick zu sagen, aber das war vermutlich wieder eine Interpretation, denn die Frau hatte einmal gelesen, dass der Intellekt eines Babys nicht weit über dem eines Staubsaugers liegt. Sie könne im Moment keine weiterreichenden Entscheidungen treffen, später, wenn sie ausgeruht wäre, sagte sie und verabschiedete sich. Kurz verzog das Gesicht des Arztes sich unwillig, er hatte sich wohl bereits ausgemalt, wie er eine Grube ausheben würde, in dem Babyleib, an das Blut mochte er gedacht haben und an das Wohlgefühl, wenn er Handschuhe über die sterilisierten Hände gestülpt bekam, von devoten Assistentinnen.

Das Baby wie ein geschrumpfter Erwachsener auf ihrem Arm, sogar seine dichten schwarzen Haare hatten sich eigenständig korrekt um einen Seitenscheitel geschichtet, verließ die Frau das Krankenhaus, nach dem Unterzeichnen eines Dokuments, dass sie das auf eigene Verantwortung tat. Eine ungewöhnliche Wortwahl, in dem Land, in dem alte Nationalsozialisten Kommunismus spielten und fast jeder jede Verantwortung mit großer Bereitschaft abgegeben hatte. Es ist etwas genetisch Verankertes in diesem Volk, egal, was für ein Theaterstück es gerade aufführt, dieses Abgeben von Verantwortung, und sie tun es gerne, um danach abhängig von Anerkennung und Bestrafung zu sein. Eine sadomasochistische Volksseele, falls ein Volk eine Seele haben kann, falls es so etwas gibt und es nicht nur die verkürzte Darstellung der Stimmung ist, die ein Fremder auf den Straßen eines Landes spürt.

Kalter Wind wehte träge hängende Regenwolken über die Straßen, an deren Rändern niemand stand, um der Frau zur Erfüllung ihrer evolutionären Pflicht zuzujubeln.

Auf dem Weg, dem leeren, nicht von Passanten gesäumten, kam sie an der Behörde vorbei, deren Aufgabe es war, Kinder zu registrieren und Totenscheine zu katalogisieren. Da das Baby schwieg und die Frau keine Ahnung hatte, wie lange das der Fall sein würde und ob sie in absehbarer Zeit irgendwohin gehen könnte, ohne dass ein eventuell schreiendes Kind an ihr hing, konnte sie die Formalitäten auch sofort erledigen und betrat das Gebäude, in dem, wie überall auf der Welt, dem Bürger gezeigt wurde, wo sein Platz ist, in demütiger Wartehaltung auf unbequemen Bänken. Doch die Frau war dankbar für die Atempause, denn sie wusste nicht recht, wie sie sich nach der Rückkehr in ihr Leben verhalten sollte.

Nach zwei Stunden, während das Baby interessiert ihr Gesicht betrachtet hatte, stand sie am Schreibtisch einer Person, die auch vor einem Pflug keine schlechte Figur gemacht hätte. Die Stimme der Beamtin auf Lebenszeit hatte jenen beißenden Überton, der das Trommelfell in unangenehme Schwingungen versetzt. Das also ist es, was die Sprache des Landes andernorts in Verruf gebracht hat, was sie zum Pseudonym schnarrender Befehlserteilung hat werden lassen, in jenem Rest der Welt, den die Frau nie kennenlernen würde. Sie sah die Beamtin rot anlaufen. Das haben wir hier ja noch nie gehabt, dass ein Geschlecht unbestimmt ist, das kann ich so nicht dulden, wo kämen wir da hin, wenn jeder in der Bestimmung seines Geschlechts nach Lust und Laune agiert. Wie sollen wir denn aussagekräftige Statistiken erstellen, wenn alle mit ihren Genitalien

Kraut und Rüben spielen wollten. Einen Vater hat ES sicher nicht, fragte die Beamtin, ohne die Frau anzusehen. Ihr von Kratern des Elends dicht bestandenes Gesicht erlaubte es, den Film in ihrem Inneren zu betrachten. Eine Schlampe, vermutlich eine Künstlerin, jede Nacht mit einem andern Alkoholiker im Bett, und dann kommt eben sowas dabei heraus. Nachdem die Frau sich den Vortrag der Beamtin angehört hatte, ohne ihn mit der Bemerkung zu unterbrechen, dass auch in deren Fall eine Geschlechterzuordnung schwierig sei, entschied sie sich, aus ihrem Kind einen Jungen zu machen. Sofort beruhigte sich die Staatsdienerin. Ihr Gesicht nahm eine normale Färbung an, die Ordnung war hergestellt, die Anmeldung vollzogen, das Baby offiziell ein Mensch.

Und weiter.

Als die Frau später ihre Wohnung betrat, schlug ihr der abgestandene Geruch ungelüfteter Zimmer entgegen. In den Räumen herrschte bei aller Verwahrlosung eine große, bürgerliche Zeigefreudigkeit; der Kanon der Weltliteratur, Stapel klassischer Schallplatten, antike Möbel bildeten den Hintergrund für das wie von einem einfallslosen Bühnenbildner mit leeren Flaschen und gefüllten Aschenbechern inszenierte Elend. Da läuft wohl mal wieder was von Brecht, und alle können mitsingen.

Das Baby schien sich übertrieben langsam, fast provozierend umzusehen. Die Frau beobachtete, wie sein großer Kopf träge den Augen folgte. Nach einem Schwenk von 180 Grad schloss das Baby die Augen, und die Frau meinte es seufzen zu hören.

Niemand freute sich auf den neuen Menschen, kein Bett gab es da, keinen Himmel, kein Spielzeug wartete auf ihn oder sie, oder was ist es nun eigentlich. Die Frau legte das Kind auf der Matratze ab und begann es zu entkleiden. Mit vorsichtigem Ekel entfernte sie Windellagen, hielt inne, atmete tief, um schließlich zwischen seine Beine zu sehen und zu entspannen. Nichts Furchterregendes gab es, das Kind ähnelte einer Plastikpuppe, es sah sauber aus, geschlossen, vernäht, soso, flüsterte sie, ein Ding bist du also, ein Hündchen, da will ich dich Toto nennen.

Toto.

Das Kind schaute sie ruhig an, als ob ihm seine Lage klar wäre, nackt auf einer Matratze, in einer Wohnung, in der sich niemand freut, es zu sehen, befremdet, aber nicht angetastet in seiner Ehre. Die Frau, unangenehm berührt ob des seltsamen Blickes, packte das Baby wieder ein und verließ das Haus, um Kindernahrung und Windeln zu besorgen. Und vielleicht ein wenig Alkohol. Oder vielleicht, um nicht zurückzukehren. Es war damals noch nicht üblich, Kindern übertriebene Aufmerksamkeit zu schenken. Sie wurden weder bis zum sechsten Lebensjahr gestillt, noch mit Knieschonern in Spielgruppen gefahren, sie wurden nicht in Waldkindergärten oder zum Kinderpsychologen verbracht. Kinder waren nicht der Lebenssinn von Erwachsenen, Ritalin noch nicht erfunden, und dennoch zögerte die Frau kurz, als ahnte sie, dass man Babys nicht allein in Trinkerwohnungen liegen lassen soll, doch sie konnte auf ihr Zögern keine Rücksicht nehmen. Zu stark war ihre Sehnsucht nach Entspannung und einem farbigen Schleier, zu mächtig der Wunsch zu fliehen, ich bin kurz weg, fass nichts an, sagte sie zu Toto, schloss die Tür und atmete tief durch. Zwischen den Häusern aber wurde sie sofort traurig, die Stimmung, die von den bröckelnden Fassaden, von den unbehandelten Einschusslöchern aus dem letzten Krieg und den leeren Läden auszugehen schien, machte sie langsam, wie wenn sie im Stillstand unter Wasser liefe, ein Teil der Lähmung, die alle ergriffen hatte, die mit gesenktem Kopf über die Straßen schlichen, nur nicht aufblicken, nicht munter werden, einfach weiterschlafen, auf ein Ufo warten. Die Stimmung im Feldversuch Sozialismus war so durchdringend trostlos, die Gesichter waren so müde, dass selbst Sonnenschein kaum helfen konnte. Als würden sich sogar die jungen Menschen nicht einmal mehr verlieben, aus Langeweile paaren und nur, um im Anschluss eine eigene Wohnung zu bekommen, in der sie dann sitzen und warten konnten. Wenn man den Menschen den Kapitalismus nimmt, bleibt von ihnen wohl nicht viel übrig.

Die Frau kaufte Stoffwindeln, man musste sie nach Verwendung auskochen, das alles war ihr ein Rätsel, sie kaufte Trockenfutter, in der Hoffnung, damit hätte die Ernährungsfrage sich geklärt, vielleicht konnte sie die Nahrung einfach in einen Napf am Boden geben, aus dem das Baby sie zu sich nehmen würde. Der Rückweg führte an einem der Lokale vorbei, in dem sie noch bis vor wenigen Wochen die Nächte verbracht hatte. Seltsam fremd lag der verrauchte Raum, der nach Bier roch und nach zu viel Dunkelheit. Für einen Moment fragte sie sich, was sie hier getan hatte. Mit wem hatte sie geredet und wodurch war der Irrtum entstanden, dass hier ihre Freunde verkehrten? Am Tresen saß ein Mann, eingesunken, an den Strand gespült, ein Stück Abfall, schien es, von keinem je berührt. Die Frau kannte ihn. Er war einer dieser Menschen, die in Krankenhäusern leben. Immerzu hängen Schläuche aus den Bäuchen von Männern wie ihm, da wird abgeschnitten, transplantiert, verpflanzt, um etwas am Leben zu halten, das doch so gar nicht leben will. Die Frau trat zu dem gelblichen Mann, der kurz aufblickte, mit Augen, wie Hunde sie haben, so schwer und verzweifelt, und sie wusste wieder, was sie hier gemacht hatte. Ein altes französisches Chanson aus dem Radio, Schwermut umhüllte die Frau und den Mann, sie saßen da, an Rollstühle gefesselte Passagiere im Tanzsaal eines untergehenden Schiffs.

Sie waren verzweifelt, und sie betranken sich, sie drängten ihre Körper aneinander im Rausch, der sie von Hemmungen befreite, und um nicht mehr einsam zu sein.

Der Frau fiel ein, dass sie einen neuen, sehr kleinen Menschen hatte, den sie wachsen lassen könnte und der immer bei ihr wäre, zumindest so lange, bis er sie zu hassen begann, mit eintretendem Verstand. Sie könnte mit ihrem Kind im Bett liegen, draußen würde Schnee fallen, und sie würden zusammen Bücher lesen und Gebäck essen.

Fast rannte die Frau zurück in ihre Wohnung, eine Angst war da, das Kind hätte sich etwas angetan, doch als sie die Tür öffnete und das Kind sah, wie es noch immer in unveränderter

Position lag und abzuwarten schien, ahnte sie, dass sie sich mit ihm nie würde anfreunden können.

Wie es schaute. Und wenn es doch wenigstens schreien wollte. War es verblödet? Normale Kinder schreien doch und fuchteln mit den Armen, und das hier, das lag da und betrachtete ruhig seine Hand, es sah diese Hand an, als ahnte es, dass da keiner war, dem er sie hätte zeigen können.

Warte nur, die Frau, die aus unerfindlichem Grund eine Aggression gegen die Ruhe des Kindes in sich aufsteigen fühlte, lachte, warte, da wird nichts erfolgen. Keine Tür sich öffnen, aus der deine richtigen Eltern springen, Überraschung! rufend, um dich ins kapitalistische Ausland zu transportieren, wo sie ein Gestüt unterhalten. Keiner kommt, es gibt nur mich.

Die Frau setzte sich vorsichtig, sie hatte gehört, dass man sich als Besitzer eines Kleinkindes leise zu verhalten hat.

Sie musste nachdenken. Das hatte sie in der Zeit ihrer Schwangerschaft vermieden. Sie wollte sich nicht vorstellen, wie ihr Leben mit einem Kind aussehen sollte, sie konnte es sich ja nicht einmal *ohne* eine zusätzliche Person vorstellen, dieses Leben, das in den Abfluss gefallen war und nun irgendwo in der Kanalisation auf eine neue Fäkalwelle wartete, die es endlich wegspülte.

Von sich ermüdet, versuchte die Frau ihr Kind mit einem liebevollen Gesicht zu betrachten.

Sie verzog ihren Mund. Ihr Gesicht merkwürdig verzerrt, ein wenig schräg hielt sie den Kopf, doch es stellte sich kein Gefühl ein, nichts in ihr verlangte danach, das Baby an die Brust zu nehmen, es zu wiegen und zu beschützen.

Wer wollte beschützen, was da mit einem Ausdruck der Überlegenheit lag, ohne sich zu rühren, wer konnte mögen, was wie ein Buddha tat, wenn man noch nicht einmal wusste, was ein Buddha ist? Was willst du von mir? Kannst du mir das verraten? Warum hast du dich in meinen Organen eingenistet, du Parasit, nur um von mir zu essen, zu wachsen und nun hier zu liegen und mich anzustarren? Du verachtest mich, ja? Ist es das, was du mir sagen willst? Oder willst du nicht mit mir reden? Red schon! Sag was! Das Kind sagte nichts. Toto empfing Signale, er sah Farben, Formen, die er noch nicht mit Gegenständen oder Menschen in Zusammenhang bringen konnte. Und er fühlte. In Anwesenheit seiner Mutter allerdings nicht viel. Er sah ihr Gesicht, da war nichts Warmes vorhanden. Toto fühlte sich unwohl und versuchte alle ihm zur Verfügung stehenden Möglichkeiten, um das zu ändern. Er riss die Augen auf, spitzte den Mund, er schwieg, um nicht zu stören, doch das Gesicht seiner einzigen Beziehungsperson veränderte sich nicht. Also gab er auf. Er musste sich schonen, denn das Leben scheint anstrengend zu werden.

Die Frau wusste nicht recht, was zu denken sei oder zu planen, da lag einfach ein fremdes Kind in ihrem Zimmer und würde bleiben, bis es volljährig war. Ein kleines Glas Martini würde helfen, und so trank sie, bis ihr Bewusstsein wieder in den Abfluss glitt, dann legte sie sich neben das Kind zu Bett.

Als sie erwachte, mit einem schlechten Geschmack im Mund und mit einem Schmerz im Kopf, wie jeden Morgen seit Jahren, nahm sie das Kind zuerst nicht wahr, sondern sah für einen Moment nur das Zimmer in seiner Unverständlichkeit. Ein Gasherd stand in der Ecke, daneben eine Badewanne und ein bis unter die Decke gewachsener Wasserboiler, den man mit Kohle beheizen musste, die es nicht gab. Es war der Frau angenehmer, seit sie ihre Matratze in die Küche gelegt hatte. Das Schlafzimmer sah in den dunklen Hof hinaus, dort war es kalt, zu jeder Jahreszeit, und der Geruch der Toiletten, die sich auf jedem Stockwerk befanden, scharf. Das Wohnzimmer hingegen war nicht zum Leben gemacht, es diente ihr als Museum, um Bilder aus der Vergangenheit zu erzeugen, mit denen keine Gefühle verbunden waren. Sie sah die Bücher und wusste, dass sie alle irgendwann einmal gelesen hatte. Damals, als sie noch an eine Zukunft glaubte.

Die Küche war der kleinste und wärmste Raum, alles, was sie brauchte, war in Griffnähe neben der Matratze, der Plattenspieler und immer, jeden Morgen, die gleiche Musik, Robert Schumann, Klavierkonzert a-Moll, op. 54, gespielt von Svjatoslav Richter in Begleitung der Warschauer National-Philharmonie. Sie kochte Wasser, goss es zum Kaffeepulver und füllte die Tasse mit Wodka auf. Die Minuten am Morgen, zwischen Wachheit und erneutem Rausch, begleitet von der Musik ihrer Jugend, waren ihr unberührt. Sie saß auf dem Küchenstuhl, und das Baby schrie zum ersten Mal. Leise, als sei es ihm peinlich, noch nicht die passenden Worte für seine Bedürfnisse zu kennen. Toto war ungehalten, weil er sich nicht ausdrücken konnte, ein furchtbarer Zustand, den ein Erwachsener nur mit dem Notfall in einem fremden Land vergleichen kann, wo man kein Wort der Sprache versteht. Seine ersten Tage auf der Welt machten Toto ratlos. Warum da keine Freundlichkeit war, das konnte er noch nicht verstehen.

Die Kopfschmerzen der Frau verstärkten sich, unwillig bereitete sie eine Flasche mit klumpender Babynahrung, die sie dem Kind gern in die Hand gedrückt hätte, um es nach draußen zu schicken, und doch war es dann fast ein Moment des Friedens, als sie ihren Kaffee mit Wodka trank, das Kind sein mehliges Getränk zu sich nahm und danach die Frau ansah, mit einem Blick, der fast weinen machte, weil er so demütig schien. Die Frau sprang auf, denn wenn sie eines nicht wollte, dann einen Menschen, der von ihr abhängig war. Das macht doch solche Angst, dass da einer von dir abhängt, plötzlich, obgleich sie das doch kennen sollte, in ihrem Beruf. Sie betreute alte Menschen, Senile, Trinker, Bettnässer, die außer ihr keinen hatten, der sie am Leben hielt.

Bis vor einigen Jahren hatte sie in einem Museum für Ur-

und Frühgeschichte gearbeitet. Damals benutzte sie noch ihr Wohnzimmer, trank morgens Kaffee ohne Wodka und träumte davon, Archäologin zu werden, doch dann hatte sie begriffen, dass auch die Archäologie sie nicht aus dem Gefängnis des kleinen Landes und aus der umfassenden Sinnlosigkeit des Lebens befreien würde. Sie war einer jener unglücklichen Menschen, die das Geschenk des Lebens, um das sie nicht gebeten haben, gerne an den Absender zurückgesandt hätten.

Ihr war die Vergänglichkeit klar, und das Wissen darum war ihr keine Befreiung. Sie konnte, je älter sie wurde, immer weniger verstehen, warum man gegen seine Müdigkeit ankämpfen soll. Schmerzen überstehen, einen Krebs bekämpfen, verlorene Liebe überleben, sich gesund halten und fit, sich bilden und zu einem gütigen Menschen entwickeln, wenn man doch schon bald unter der Erde liegt, von allen vergessen.

Jeden Morgen, damals, als sie noch in ihrem Wohnzimmer verkehrt und über Buchrücken gestrichen hatte, war sie mit einem Faltenrock, einer braunen Strickjacke und derben Halbschuhen zu ihrer Arbeitsstelle gegangen und hatte sich in dem Bild der Museumsangestellten gefallen. Sie war während des gesamten Tages angenehm allein, nur dann und wann kurz gestört von Schulklassen, die staunend vor den nachgebildeten Höhlen mit Steinzeitmenschen und Feuern standen. Die Kinder wünschten sich nichts mehr, als zu den Steinzeitmenschen klettern zu können. Das musste verhindert werden, denn außer ihr war keiner befugt, über die gläserne Trennscheibe zu steigen und sich neben das Lagerfeuer zu setzen, das von roten Glühbirnen dargestellt wurde. Sie verbrachte den größten Teil des Tages, wenn keine Schulklassen da waren, neben den interessanten rothaarigen Männern und wartete, dass sie zu sprechen begännen. Wie viele junge Frauen von einer alleinerziehenden, meist abwesenden Mutter aufgezogen, hatte sie kein Wissen vom anderen Geschlecht und träumte von Männern, die über jene Mischung aus äußerer Kraft, Brutalität und niederer Stirn verfügten, die sich mit etwas paart, das zart und leise ist. Anders sollten sie sein als die Männer in ihrer Stadt, die saßen in den Verwaltungen, waren Vorgesetzte wie der Genosse Museumsdirektor, bei dem die Frau ab und zu antreten musste, um mit ihm den Fünfjahresplan zu besprechen. Ein teigiger Mann mit Halbglatze, der sich außer durch den Besitz männlicher Geschlechtsorgane durch nichts auszeichnete.

Die emanzipatorische Umsetzung des realen Sozialismus bestand darin, dass alle Frauen arbeiteten, dass sie jeden Beruf, von der Bauleiterin bis zur Professorin, ausüben konnten, ja sollten, der Wirtschaft ging es nicht blendend, da mussten die Frauen ran, da wurden sie gebraucht, jede Hand wurde da benötigt, die Frauen verfügten über Geld, das nichts wert war, und die Männer verfügten über die Entscheidungsgewalt.

Nachdem die Frau nach Jahren immer noch nicht befördert worden war, sah sie sich eines Morgens in den mittleren Jahren, die damals mit Ende dreißig begannen, in einem Faltenrock neben einem Plastiklagerfeuer sitzen. Es war ihr erbärmlich gewesen. All die Anpassung, das gute Betragen, die Pünktlichkeit wurden ihr nicht gedankt, sie würde alt werden in diesem Museum und in ihrer feuchten kleinen Wohnung.

Eine halbe Flasche Wodka leerte sie an jenem Abend, überrascht über deren freundliche Wirkung. Am folgenden Tag hatte sie gekündigt und bei der Volkssolidarität als Altenpflegerin zu arbeiten begonnen, zusammen mit vielen, die aus dem Alltag gefallen waren. Alkoholiker, gescheiterte Republikflüchtige, Soldaten, die den Dienst an der Waffe ablehnten.

Altenpfleger waren Hoffnungslose, am Leben gehalten durch den Anblick jener, in denen *noch* weniger Freude vorhanden war, auf den letzten Metern.

Der erste Arbeitstag war es, als sie die Matratze in ihre Küche schob und die Schränke leerte, um Platz für Alkohol zu schaffen.

Drei Jahre hatten genügt, und sie hatte sich in ihrem neuen Dasein als Angehörige einer, wenn auch in ihrem Land sehr großen, Randgruppe eingerichtet, und hielt den Geruch ihrer Ausdünstungen für Normalität. Sie würde sich wohl auch an ein Kind gewöhnen.

In den folgenden Wochen fand die Frau in einen Rhythmus, der bewirkte, dass sie nicht mehr nachdenken musste, denn dafür sind sie ja gemacht, die Riten und geregelten Abläufe, als lebenserhaltende Maßnahmen. Sie trank ihren Kaffee, fütterte das Kind, packte es, zusammen mit Windeln und drei fertig zubereiteten Klumpengetränkflaschen, in einen Rucksack und machte sich auf den Weg zur Arbeit, fuhr über Landstraßen, in kleine Dörfer ihres Zuständigkeits-Kreises, um dort alte Menschen zu besuchen, die in Häusern vegetierten, welche man andernorts als Ruinen bezeichnet hätte.

Die Dörfer des sozialistischen Landes wirkten aus der Entfernung wie die auf Bildern holländischer Impressionisten, es fachwerkte und rauchte, dass es einem Romantiker Schauer über den Rücken jagen wollte.

Bei näherer Betrachtung waren die Dörfer aber nicht mehr als Verwahreinrichtungen für gestrandete Asoziale. Mit einem Konsum, der Rot- und Weißkohl verkaufte, zwei Stunden täglich. Die Häuser, die sich bis auf das Stroh von ihrem Putz befreit hatten, lagen da mit undichten Fenstern, teils zerbrochen und durch Pappe ersetzt, in den dunklen Stuben Eisenöfen und natürlich keine Kohle. Warum auch, es war ja Sommer. Sie hatten kein Holz, um den Herd anzufeuern, die Rentner, oder um Wasser heiß zu machen, für einen Kaffee. Wozu auch, der Kaffee war ohne Wodka ungenießbar, und Wodka konnte man auch unerhitzt zu sich nehmen. Der Sozialismus hatte die Alten vergessen, sie taugten nur für schwarzweiße Fotos in der

Zeitung, denn falls einer mal den hundertsten Geburtstag erleben sollte, war immer auch ein Parteivorsitzender mit Nelkenstrauß zur Stelle.

Der reale Sozialismus schien wie eine Architektenzeichnung. Neubauten, auf deren Vorplätzen Figuren im Schatten von Bäumen schlendern. Die gebaute Wirklichkeit waren dann trotzdem immer nur Verwahrungsboxen mit zugigen, menschenleeren Plätzen. Der glückliche Volkskörper wollte sich nicht einstellen, warum denn nicht, verdammt noch mal. Sie waren alle betrogen worden, um den Westen, um den Joghurt, und die kollektive kommunistische Verzückung ließ auf sich warten. Die schönen Bilder von lachenden jungen Menschen auf Traktoren, paarungsbereit und mit gesunden Erbanlagen, unsere liebe LPG, und was war da geworden: einstürzende Altbauten mit schlechtriechenden Suchtkranken darin.

Hast du dich wieder nicht auf die Toilette getraut, fragte die Frau einen alten Mann, dessen Holzboden mit zerknülltem Zeitungspapier bedeckt war. Es ist doch so kalt, sagte der Mann, und von unten werden sie kommen und mich in den Hintern beißen. Ja, sagte die Frau, das passiert. Alles Böse kommt von unten, sagte sie und sah einem Reflex folgend zu Boden, da lag ihr Kind und schwieg. Es schien zu träumen. Kann es träumen, da sind ja noch keine Bilder vorhanden, die zusammengesetzt werden können. Träumen Babys so wie Hunde, die Hasen hinterherlaufen? Und denken Hunde im Traum: Mann, ein Hase, dem setz ich jetzt mal nach? Im Vergleich zu Affen, Oktopussen und Gemüsesorten schneiden Babys im Intelligenztest schlecht ab; setzt man eines neben einen Primaten, sind sie nicht in der Lage, Bananen von Bleistiften zu unterscheiden. Dass Menschen, auch ausgewachsene, zu nicht viel mehr imstande sind, als den Ort, an dem sie sich aufhalten, mit Kot zu beschmieren, ist ein trauriger Umstand. Die Frau fegte das Zeitungspapier vom Boden des Rentners. Ihr Kind lag schweigend und beobachtete den alten Mann. Dein Kind schaut mich an. Sagte der, und begann zu zittern, wegen der Kälte und weil er noch nicht betrunken genug war. Ja, es schaut immerzu. Es sagt nichts, es schreit nicht, es scheint sich zu schämen, wenn ich seine Windeln wechsle, unter uns, mir graust ein wenig vor dem Kind, hast du was zu trinken. Sagte die Frau, und dann saß sie mit dem Rentner, trank von dem Alkohol, den einer im Dorf schwarz gebrannt hatte, und betrachtete ihre Zukunft. Wenn kein Wunder geschieht, werd ich irgendwann so ähnlich enden wie der alte Mann, und das war wirklich keine Aussicht, die man mit Bocksprüngen feiern möchte.

Vor dem Krieg war der Alte Bauer gewesen. Ein paar Hektar Land, diverse Tiere, die Eltern im Nebengebäude, schwere Arbeit, rauhe Hände, Krieg verloren, schade. Denn danach wurden alle im Dorf enteignet, das nannte nur keiner so. Das Land wurde verstaatlicht, Landwirtschaftliche Produktionsstätten entstanden, wo alle bei schlechter Bezahlung arbeiteten, wie früher nur die Knechte. Wie Knechte, sagten die Bauern und spuckten auf den Boden, denn Bauern ohne Land, das geht nicht auf, da spuckten sie auf den Boden und tranken danach, um die alten Zeiten zu bedauern, sich zu bedauern, in diesem Dorf, das zerfiel, in den Häusern, die zugig waren, und dabei gab es doch Neubauten in der Stadt. Die Milchviehanlage ließ sich auch betrunken bedienen, der Dorfkonsum verkaufte Rosenthaler Kadarka, Doppelkorn und Bärenblut. Neben einigen weiteren Grundnahrungsmitteln.

Prost, Heidi.

Der alte Mann hatte seinen Verfall nicht bei vollem Bewusstsein miterlebt, es war nichts mehr in ihm, das sich selber hätte beobachten können, beim morgendlichen Erwachen in dem seit Jahren ungewaschenen Bett, in dem nie eine Frau geschlafen hatte, da war immer etwas dazwischengekommen, das Kälbchen, irgendwas. Wie fast alle seines Alters im Dorf war er frühpensioniert worden, als sich seine Unfallstatistik zu negativ auf den Fünfjahresplan auswirkte. Irgendwann konnten die Genossen Bauern nicht einmal mehr den Vakuumsauger ans Kuheuter heften, in der Karussellmelkanlage, vom Bedienen schweren Geräts ganz zu schweigen. Was geriet da an Beinen in Häcksler, an Schlafenden in Mähmaschinen, und wurden sie pensioniert, saßen sie zu Hause und beobachteten, was aus ihren Wänden wucherte.

Der alte Mann wusch sich kaum, aß nichts außer Makrelen in Tomatensoße, woher kamen nur die tausend Dosen im Keller, trank und wartete, dass der Tag vorüberging und er sich wieder in sein Bett legen durfte.

Das Kind starrt mich an, nuschelte der Alte, die Zähne waren ihm abhandengekommen, und ein Gebiss hatte er sich nie machen lassen, denn die waren für alte Leute und er hatte sich, wie die meisten Menschen, in einem bestimmten Abschnitt seines Lebens zementiert, der nichts mit einer alten Person zu tun hatte.

Ach, lass doch das Kind in Ruhe, sagte die Frau, sie hatte sehr zügig drei Wassergläser Doppelkorn getrunken, die Wohnung des Mannes schien ihr nun wie etwas Freundliches aus ihrer Kindheit. Vielleicht hatte es mit Ferien zu tun. Oder mit ihrem Großvater, obgleich sie sich nicht erinnern konnte, einen besessen zu haben.

Die landwirtschaftliche Großproduktion steht im antagonistischen Widerspruch zur Evolution, sagte die Frau. Dieses Land ist gefängnisgewordene Monokultur. An manchen Tagen klang etwas an in ihrem Hirn, von früheren Zeiten, als sie noch hoffte und an Veränderung glaubte. Jetzt war sie überzeugte Pessimistin, sie saß neben dem Alten, der nickte, jaja, die Monokultur, murmelte und mit seinem Fuß ein Stück Zeitung auf dem Boden nach links schob.

Das Baby bewegte sich, es sah aus, als mache ein alter Chinese Tai-Chi. Hätte jemand beobachtet, mit welch langsamer Sorgfalt das Kind sich zur Seite drehte, hätte er sagen können: Sind das für ein Baby nicht befremdliche Bewegungsabläufe? Doch da schaute keiner.

Dem Kind war es unangenehm, durch zu lautes Geschrei darauf hinzuweisen, dass es sich nicht wohlfühlte. Vielleicht entsprach es seinem Charakter, oder die Intelligenz von Babys ist doch größer als angenommen, es schien zu wissen, dass Geschrei ihm nicht weiterhelfen würde. Die Windel würde nicht gewechselt werden, nicht in den nächsten Stunden, am Abend irgendwann, zu Hause, auf der Matratze, wenn der Geruch zu stark geworden war und bevor die Frau sich wieder auf ihre Tour durch die Nacht begab.

Die Frau erhob sich schwankend, packte ihre Sachen, zu denen das Kind gehörte, und taumelte über den zeitungsbedeckten Boden. Sie hatte den alten Mann vergessen, noch während ihrer Anwesenheit in seinem Raum, auch der alte Mann wusste nicht mehr, wo er sich aufhielt, er starrte an die Wand und überlegte, was er als nächstes trinken konnte.

Die Frau befand sich anschließend, ohne ausufernde Verabschiedung, wieder auf einer Landstraße, mit so guter Laune, dass sie lachen mochte und singen. Und das Kind, was war das für ein wunderbares Kind, und wie es sie verstand, in ihrem Vortrag von den großen Zusammenhängen, und wie sie doch alles besser wüsste, wollte da nur endlich einer ihren Rat einholen! Sie bewegte sich, als rolle sie in einem Ballon. In einem anderen verdreckten kleinen Dorf wartete eine alte Dame mit starker Hemiplegie, sie war der Berner Sennhund der Landbevölkerung, launig war die Frau, vielleicht eine halbe Stunde, ehe der Alkoholpegel sank und die Euphorie einem Unwohlsein wich.

Wie krumme Finger standen die Obstbäume an der Allee mit all ihren Löchern. Ochsen könnten sich darin verbergen, und die Frau sah ihre Beine zu nah unter sich, um sie lange Glieder nennen zu können. Mund und Kopf füllten sich mit feuchter Watte. Einen Schluck brauchte sie, oder ein Bett. Und irgendwen brauchte sie, aber nicht dieses Kind, das da an ihr hing. Neben der Klarheit, die sich einstellte, kam diese abgrundtiefe Langeweile, die nur Menschen kennen, die nicht in sich vorhanden sind.

Die Frau hockte am Wegesrand, starrte die Apfelbäume an, den wilden Kerbel, den Mohn. Keine Mitteilung.

Da ist doch kein Anreiz, dem Alkohol zu entkommen, der sich wie eine beige Decke über die Umgebung legt. Die farblosen Menschen, die in ihren Plastikkleidern über die Straßen schlingern, die genormten Köpfe mit geplatzten Adern und flachsblondem dünnem Haar, diese teigigen, traurigen Kinderköpfe mit den wässrigen Augen, wie leere Teiche. Das hält doch keiner aus.

Bevor die Frau begann, sich mit Tränen zu betrauern, kam ihr ein Moment des kurzen Träumens, in dem sie sah, wie es sein könnte: Eine Wiege und gemalte Wolken an der Decke, eine Spieluhr und sie, die in fließenden Gewändern innig mit ihrem Kind auf dem Arm durch eine Wohnung schreitet, auf weißgestrichenen Fußböden. Und dann war der Moment vorüber, die Idee von einem Gefühl verschwunden, übrig nur das Bündel, das sie wahnsinnig machte mit seinem Blick, die können doch so nicht schauen, diese verdammten Babys, so, als ob sie einen verachten. Das war eine fixe Idee von ihr geworden, die Augen des Babys, die sie überallhin verfolgten, auch in der Nacht, in der Kneipe, wo sie saß, umringt von Männern, die Kohlenträger waren oder Nachtwächter, aber meist invalid, und asozial waren sie alle, und sie tranken der Frau zu, die sie im normalen Leben nie hätten berühren dürfen, und die löste sich auf in Spiritus, und jeder konnte einmal hinlangen.

Immerwährend wurde sie beobachtet von den Augen dieses

Nichts, das sie mit sich herumtrug, das sie neben sich legte, dessen Ausscheidungen sie entfernte; es wendete sich ihr nicht einmal zu, nicht jetzt, hier, unter dem Baum, wo sie saß, zu müde für das Leben, und nicht daheim, wenn sie sich wusch, den Kohlenträger abwusch oder den Hausmeister, dann sah es sie an, und sie meinte, eine Wertung in seinem Blick zu erkennen.

Ich hasse dich, murmelte sie, und das Kind sah sie an, mit einem Blick wie ein Hund, wenn man ihn vor die Tür stellt. Sie verachtete das Kind, weil es bei ihr war, an dem Ort, den sie so hasste. Je zufriedener das Baby wirkte, desto mehr knuffte sie es in die Seiten, um es ihm unbehaglich zu machen, um es zur Abreise zu bewegen, mit seinen albernen Windeln unterm Arm, mit seinem merkwürdigen Leib, seiner Andersartigkeit, Unverwundbarkeit und Reinheit. Sie war doch so verletzt, von der großen Enttäuschung, die ihr die da draußen bereitet hatten.

Früher hatte das Leben oft am Kopfende ihres Bettes gestanden und sanft geflüstert: Du schönes Mädchen du, ich bin bereit für dich. Dann war es verschwunden, das Leben. Zurück blieben Küchenmöbel und die Hoffnung, dass es Orte gab, die Zustände herstellen würden, anders als jene, in denen alle schwammen. Draußen hatten die fünfziger Jahre gestanden, die Spießigkeit trug ein Kopftuch, hatte eine Nelke im Knopfloch und erstickte die Jugend in Biederkeit. Irgendwo hinter den abbröckelnden Fassaden, den einzelnen Zweitaktern, den Rot- und Weißkohlköpfen in den immer dunklen Läden, dem Dederon und den Kittelschürzen, da würde ihre Zukunft nie stattfinden. Sie trug das blaue Hemd der Jugendbewegung und bekam ein Diplom und eine Stelle und war am Morgen schon so müde, dass sie die Beine kaum aus dem Bett rauszustellen vermochte. Es war ein schwieriges Leben, in dem kleinen sozialistischen Land, ohne Götter, die die Welt in Geschichten gefasst hätten. Götter, die eine übergreifende Ordnung in Millionen parallele Leben gebracht hätten und einen Sinn erzeugt. So gab es nur Gegenwart ohne jede Klammer, außer der Partei und der Aufgabe, eine Zukunft zu gestalten. Aber eine Zukunft ist doch keine Ordnung. Eine Zukunft war nichts, und kein Gott, der aus dem Nichts eine Welt geformt hätte.

Es gab keinen Alkohol. Der Kopfschmerz ließ nach, die schlechte Laune blieb, warum nur, ihre Umgebung war unverdächtig. Sah aus wie jeder Ort in Mitteleuropa, die Apfelbäume sauber, die Straßen geteert. Und wenn es Sommer war, ab und zu war es doch Sommer, dann war dieses leichtbeschwingte Laufen auf Landstraßen wie Meditation, wenn es das Wort schon gegeben hätte, doch das meint, dass man keinen Quatsch denkt.

Sie nahm sich zu wichtig, die Frau; wie alle Depressiven war sie überzeugt, dass alles sich gegen sie verschworen hatte, doch auf die einfache Idee, dass sie allen egal war und dieses Kind der einzige Mensch, für den sie eine Bedeutung haben, bei dem sie alles richtig machen konnte, auf diese Idee kam sie nicht.

Es war fast Abend, als sie ein Dorf erreichte, das jenem, das sie Stunden vorher verlassen hatte, befremdlich glich. Eine Straße, zehn Häuser, eine seit Jahren geschlossene Kneipe. Ein Hund war nicht da. Noch nicht mal Hunde gibt's in diesem System, sagte die Frau, und das Kind schien zu nicken. Toto war inzwischen ein paar Monate auf der Welt, und es wäre interessant gewesen, ihn zu fragen, ob er sein Leben fortsetzen wollte. Und falls ja, warum. Alles, was ihm bisher begegnet war, schien kaum dazu geeignet, Lust auf neunzig weitere Jahre zu machen.

Die Frau würde in absehbarer Zeit den Entschluss fassen, sich von ihrem Kind zu verabschieden. Allein geblieben, verfiel sie weiter und sollte fünf Jahre später in einer schlechtgelaunten Nacht um zwei Uhr dreiundvierzig in ihrem Bett an einem Makrelenbrot ersticken. Bei der Beerdigung war niemand anwesend außer dem Genossen Krematoriumsvorsteher.

Und weiter.

Toto wollte Kasimir zum Freund. Er verwendete das Wort Freund nicht in seinen Gedanken, es war ihm unbekannt.

Er wünschte sich Kasimir nah.

Er sah sich mit ihm am Boden sitzen. Er sah sich mit ihm im Bett liegen und an die Decke schauen. Und dann gebrach es ihm an Bildern, denn Toto hatte noch nie in seinem kurzen Leben einen ihm nahen Menschen gekannt, und er wusste daher nicht, was man mit dem unternehmen sollte.

Kasimir lag ein paar Meter von Toto entfernt und betrachtete die Wand, was in Toto ein großes Gefühl von gemeinsamen Interessen entstehen ließ.

Kasimir hatte, seit er vor drei Wochen angekommen war, mit niemandem geredet. Geschrien hatte er ununterbrochen, als ihm sein Stoffbär abgenommen wurde. Im Kinderheim Michael Niederkirchner waren Plüschtiere nicht erlaubt. Sie hätten die Kinder ablenken können, hindern, Teil der Gruppe zu werden und die Erziehungspersonen zu respektieren. Meist erforderte die Inhaftierung der Plüschtiere keinen großen Aufwand. Die Gepäckstücke der Kinder wurden durchsucht; was nicht willkommen war, entfernt, und traurig waren sie sowieso, die Kinder, was sollten sie auch guter Dinge sein, abgestellt wie kleine Möbel, meist noch Teil ihrer Eltern, so versoffen die auch gewesen sein mochten.

Kasimir hatte, wie sein Geschrei vermuten ließ, eine enge Bindung zu seinem Bären aufgebaut, nachdem seine Mutter sich nicht mehr um ihn gekümmert hatte, weil sie verstorben war.

Irgendwann hatte der Junge das Weinen eingestellt, das Ausdruck seiner wütenden Hilflosigkeit gewesen war und ihn so verspannt hatte, dass er kaum mehr Luft bekam. Seitdem war er stumm, und ein Geheimnis umgab ihn, das die anderen auf Abstand hielt.

Die meisten Kinder im Heim hatten keine Geheimnisse. Sie waren aggressiv oder verstört, aber verbunden durch das fast identische Elend ihrer Biographien.

Unklarheit wurde nicht geschätzt, in der Gruppe der Ausgestoßenen mochte man keine Andersartigkeit, und so blieb Kasimir allein. Darum war auch Toto allein. Er verstand noch nicht, dass er für die anderen wirkte wie von einer gelben Wolke umgeben. Anders als Kasimir, der in der Wand einen Freund gefunden zu haben schien, hätte Toto gern geredet, sich abends mit den anderen Gruselgeschichten erzählt. Er wollte nicht allein in einer Ecke sitzen. Er wollte sein wie alle und wusste nicht, dass es eine unsichtbare Mauer gab, die ihn von den anderen trennte.

Toto hatte kein Gefühl für eine Vergangenheit oder eine Zeit, für ihn gab es den Moment, und der fand im Heim statt. Toto erinnerte sich nicht an seine Mutter, nicht an Alleen mit Apfelbäumen, unruhig wurde er nur, wenn er Alkohol roch, doch den kleinen Tick teilte er mit den meisten Kindern im Kinderheim Michael Niederkirchner.

Früher waren in dem Haus russische Soldaten stationiert gewesen, denen war das Gebäude wohl zu zugig geworden, vielleicht benötigte der junge Staat auch weniger Überwachung des Freundesbruders, weil sich der Sozialismus verselbständigt, die früher überzeugten Faschisten sich zu vorbildlichen Kommunisten gewandelt hatten. Nun schwangen sie wieder Fahnen: Scheiß der Hund drauf, welche Farbe!

Das Gebäude der ehemaligen Kaserne war auf die Bedürfnisse von Kindern eingerichtet.

Fließendes Wasser war vorhanden.

Auf drei Etagen Schlaf- und Aufenthaltssäle, im Keller eine

Ping-Pong-Platte. Der Keller war sehr kalt, auch im Sommer. Die Heizung lief immer zögerlich, im Winter gab es Eisblumen am Fenster, qualmende Mülltonnen im Hof, im Speisesaal wurden nahrhafte Kartoffelgerichte serviert, neben Kohl, nach dem es ständig roch. Viele Kinder würden als Erwachsene später starken Brechreiz beim Geruch von Kraut verspüren und sich fragen warum.

Und dann würden sie sich in der Nacht an das Waisenhaus erinnern, in dem sich jedoch nur zwei Kinder aufhielten, die wirklich ohne Erziehungsberechtigte in der Welt standen, der Rest der zweihundert Insassen stammte von Eltern ab, denen das Sorgerecht wegen Alkoholismus oder Republikflucht entzogen worden war.

Selten kam es vor, dass Pflegeeltern eines zu sich nahmen. Wer will schon fremde Kinder, die noch nicht einmal exotisch aussehen, sondern einfach nur verwahrlost, mit laufenden Nasen und schmutzigen Ohren, so etwas will doch keiner um sich haben.

Totos Bett stand allein, quer an einer Wand stand es, neben dem Eingang. Die anderen Kinder schliefen in Reihen von je fünf Betten, längs im Raum. Toto wusste nicht, warum ausgerechnet er alleine schlief, er war in einem Alter, da man über solche Dinge noch nicht nachdenkt. Es war ihm vertraut, dass die anderen abends miteinander redeten, sie flüsterten und lachten, sie tuschelten und ärgerten sich, sie bildeten ein Myzel, zu dem Toto nicht gehörte, er war der Pilz oberhalb des Bodens, er genoss die Geräusche, die ihn schläfrig machten, und wunderte sich nicht über die hohen Decken, die eisernen Betten, die Atmosphäre, die an ein Gefängnis erinnern würde, wäre er schon in einem gewesen. Das hier war sein Zuhause, ein anderes kannte er nicht. Bald würde es ruhig sein, und manchmal kam ein Gespenst durch das Fenster. Es warf ein helles Licht, huschte an der Wand und verschwand wieder.

Toto hatte keine Angst vor den Gespenstern, er fürchtete nur den Morgen.

Die Kinder wurden um sechs geweckt. Wie kleine, schlecht programmierte Roboter fielen sie aus ihren Betten, über ihre Füße, sie hatten ihre Kissenzipfel in den Mündern. Toto hatte kein Tier gehabt, das man ihm hätte nehmen können, seine Mutter hatte ihn eines Abends angezogen, ihm einen kleinen Koffer gepackt und ihn im Heim abgegeben. Seitdem war er allein, ohne zu wissen warum, aber er vermutete, dass es mit dem Duschen zu tun hatte.

Das erfolgte im Anschluss an das Taumeln über den zugigen Flur.

Die Kinder stellten sich in Reihe auf, die Jüngsten im ersten Stock; die Größeren in den darüberliegenden Etagen existierten im Universum der Kleinen nur, weil sie von ihnen in die Toiletten gesteckt und ohne Unterhosen in den Hof gehängt wurden. Aber nicht am Morgen, am Morgen waren sie unschuldig, vereint in ihrer Angst vor dem Wasser, vor der Nacktheit und den Blicken der Erzieher.

Die Duschräume auf den drei Etagen fassten jeweils zehn Kinder, und natürlich war das Wasser kalt, denn kaltes Wasser dient der Ertüchtigung des Körpers. Die Genossin Haupterzieherin der Kleinen hieß Frau Hagen und war bereits am frühen Morgen in rechter Erziehungslaune. Da war nichts zu hören auf den Gängen, außer ihrer starken Stimme.

Toto saß auf seinem Bett, ein Augenblick, der sich in seinem Leben wiederholen sollte, dieses ratlose Sitzen auf Betten, und er beobachtete das Zimmer. Frau Hagen hatte ihm irgendwann gesagt: Du wartest, bis ich dich hole. Toto war nicht der Typ, der klare Ansagen anzweifelte, er saß, wartete auf Frau Hagen, die ihn vom Bett reißen würde, immer aus Gedanken. Ihre Hand ekelte sich davor, ihn zu berühren, das war sehr deutlich, vermutlich hatte sie schlechte Erinnerungen an das Berühren kleiner Jungen. Toto hatte also seine Einzeldusche, jeden Morgen, er drehte das Wasser auf, stellte sich in sicherer Entfernung dazu, und freute sich über den ersten Betrug des Tages. Draußen schrie nach einigen Minuten Frau Hagen.

Sie konnte nicht anders,

Schreien war ihr angeboren.

Frau Hagen war fünfunddreißig. Für die Kinder war sie, wie alle Erzieher und jeder über fünfzehn, eine alte Person. Weder pervers noch sadistisch, war es ihr ein Anliegen, Ordnung zu halten. Wenn man Ordnung hält und Ruhe, dann findet sich der Rest von allein, sagte sie zu ihren Kollegen, die sie bewunderten. Frau Hagen war eine anerkannte Lehrkraft und hatte mehrfach die Auszeichnung Erzieherin des Jahres erhalten. Sie hatte eine positive Statistik zu verzeichnen. Seit sie Leiterin der Abteilung der Drei- bis Achtjährigen war, hatte sich nur ein Kind umgebracht, zwei waren ausgerissen und fünf hatten schlechte Noten. Der Rest gliederte sich hervorragend ein in die Klassen- oder Kindergartengemeinschaften. Frau Hagen hatte sich ebenfalls immer hervorragend in das System eingefügt. Sie war Pioniervorsitzende gewesen, bei der Freien Deutschen Jugend hatte sie die Blaskapelle geleitet, und sie war trotz mäßiger Intelligenz zur Erweiterten Oberschule zugelassen worden. Fast jedes System schätzt Bürger, die über eine normale Intelligenz verfügen. Verformungen über oder unter dem Durchschnitt verursachen Kosten und sind überwachungsaufwendig. Der Vorteil von Bürgern, deren Intelligenzquotient sich unter 100 aufhält, ist es, dass sie ihre Beschränkung nicht erkennen. Da erscheint kein kleiner gelber Kollege an der Datenautobahn des Gehirns und reißt ein Schild empor: Hier geht's nicht weiter. Die gelben Kollegen tauchen erst ab 130 auf und machen unzufrieden.

Frau Hagen war bereits in der Erweiterten Oberschule zum Jugendmitglied der Staatssicherheit geworden. Es befremdete sie nicht, Klassenkameraden zu überwachen und gegebenenfalls zu melden; ihr Charakter hatte sich bereits nach ihren Ansprüchen geformt, und sie wollte es gut haben. Sie bestand mit Bestnote, sie konnte mit einer Delegation nach Kuba reisen.

Frau Hagen hatte keine Hemmungen, die alte Frau wegen Staatshetze zu melden, deren Wohnung sie im Anschluss bezog. Frau Hagen atmete jeden Morgen durch, in der Wohnung, die nun ihre war, sie strich sich ihren inneren Rock gerade und betrat das Heim wie einen Löwenzwinger. Frau Hagen fühlte sich im Recht. Und damit beginnt jedes Elend auf der Welt.

Und weiter.

Toto nahm seine Einheitskleidung aus dem Schrank.

Jedes Kind besaß seinen eigenen Spind, das lehrte sie, Verantwortung für Dinge zu übernehmen, Ordnung zu halten, verdammt noch mal Ordnung zu halten, wo sie doch die personifizierte Unordnung waren. Frau Hagen wusste, dass es ein fast aussichtsloses Anliegen war, aus Kindern von Dissidenten und Suchtkranken brauchbare Mitglieder des Arbeiter- und Bauernstaates zu machen. Doch wenn es einem von zehn gelänge, seine Genetik zu überwinden, dann hätte sich Frau Hagens Einsatz gelohnt.

In Totos Schrank hing die Anstaltskleidung, Jacke, Unterwäsche; er war noch nicht Mensch genug, um darüber nachzudenken, warum da nichts Persönliches existierte, keine kleine Schachtel mit Fotos von den Eltern, kein Lieblingshemd, kein Bilderbuch. Toto versuchte, auf einem Bein zu stehen und das andere in die Hose zu stecken, das hätte einen rühren können, dieses Bild eines unfertigen Menschen, der noch nicht klar zu stehen vermag, und keine Eltern da, ihm die kleinen krummen Beine in Trikotagen zu stecken. Nur Frau Hagen, die ihn mit hochgezogenen Augenbrauen musterte, stand bereit. Beeil dich, die anderen wollen ja nicht warten, sagte sie und hatte nicht genug Humor, um sich belustigt dabei zu beobachten, wie sie ein Kleinkind ängstigte.

Toto beeilte sich, verheddert sich, fiel hin, weinte nicht. Keiner weinte hier. Sie hatten begriffen, dass die Erwartung von Trost einen schwächer macht, empfänglicher für Bosheit.

Vielleicht war heute der Tag, an dem Kasimir neben ihm laufen würde, und diese Idee versetzte Toto in gute Laune. Über

Gebühr schnell sprang er die Treppen hinter Frau Hagen hinab, sie war eine gute Erzieherin. Ein kurz gezischeltes: Wie steigen wir eine Treppe hinab? genügte, das Kind zum gemessenen Schreiten zu veranlassen.

Die Kinder, die noch nicht in Schule oder Vorschule gingen, sollten an diesem Tag mit Frau Hagen einen Naturlehrgang unternehmen, der Kindergarten war geschlossen, es wurde renoviert. Es war kalt. Die Kinder trugen keine Mäntel, denn es war Sommer und Frau Hagen hatte auch zu diesem Thema eine unumstößliche Meinung. Man muss die Jahreszeiten respektieren. Wenn ich meinem Körper die Anweisung gebe, dass er sich sommerlich zu verhalten habe, dann wird er das tun. Menschenkörper sind zu erstaunlichen Leistungen befähigt. Ich las von Indern, die durch den Bauchnabel atmen können. Und ich meine, Inder, das sind Inder, die haben keinen Kontakt zum Sozialismus. Wenn also Inder sich dermaßen anpassen können, dass sie, wenn es zum Beispiel bei einer Flut erforderlich ist, durch den Bauchnabel zu atmen, tatsächlich durch den Bauchnabel atmen, dann können wir das auch. Es ist ja eine Unsitte kapitalistischer Eltern, ihre Kinder zu verziehen. Sie setzen den Kindern Helme auf, wenn diese das Laufen erlernen. Ich meine, wenn ein Kind einen Helm bräuchte, um zu laufen, dann wäre es ja wohl mit einem Helm geboren worden. Wir verhätscheln unsere Kinder nicht, das Leben wird später auch nicht sanft mit ihnen umgehen, nur weil ihre Eltern versagt haben. Wir erziehen unsere Kinder zu widerstandsfähigen Menschen, die ihren Körper beherrschen und nicht auf Witterungen reagieren, erklärte sie immer wieder dem Erziehungspersonal, wenn einer wissen wollte, ob Kinder mit roten Knöchlein im Sinne des Sozialismus seien.

Die Kinder froren. Es war Sommer, der Himmel grau, leichter Niederschlag, und es herrschten um die zehn Grad. Die Kinder bewegten sich langsam, wie in Öl. Toto, wie immer, als letzter der Gruppe, allein, am Ende, und Kasimir direkt vor ihm.

Toto lief gerne, es stellte sich bei ihm nach wenigen Schritten ein leiser Ton im Kopf ein, und er spürte seinen Körper nicht mehr, fast als sei er nicht mehr anwesend. Heute war der Ton nicht gut zu hören, denn Toto konzentrierte sich auf Kasimir, den er hätte berühren können, die Schulterblätter, die sich unter dem engen Baumwollhemd abzeichneten, die spitzen Wirbel. Toto verspürte den Wunsch, Kasimir unter eine warme Decke zu stecken.

Toto zupfte ein Blatt vom Baum, um es in seiner Hand zu falten und dran zu riechen. Irgendein Wohlgefühl bereitete dieser Geruch, und als er gerade nachdenken wollte, ob stinkende Pflanzen überhaupt existieren oder ob der schlechte Geruch Menschen vorbehalten ist, erschreckte ihn Frau Hagens schrille Stimme.

Toto, hast du gerade ein Blatt abgerissen? Toto nickte. Frau Hagen hielt den Schritt an, metergroß stand sie über Toto und schrie: Du hast die Natur bestohlen. Schaut alle her, Kinder, hier steht ein Dieb vor uns, der brutal ein Teil von einem Baum abgerissen hat, einer, der die Natur vernichtet. Wie würde es dir gefallen, wenn ich dir einen Finger abreißen würde? Frau Hagen riss an Totos Hand herum, bis dem die Tränen kamen. Die Kinder der Gruppe hatten einen Kreis um ihn gebildet. Und duschen muss er auch immer alleine, sagte ein dicker Junge, vor dem alle ein wenig Angst hatten. Er zeigte die Anzeichen eines Raufboldes, zwar war er erst sechs, doch wenig später würde er sich zu einer Plage entwickeln. Toto stand mit gesenktem Kopf und war von einem so großen Unglück erfüllt, dass er kaum mehr atmen konnte. Zum ersten Mal, seit er denken konnte, wurde er sich seiner Lage bewusst: Er war allein. Er wusste nicht, wie es ist, einen Menschen zu haben, er kannte nur einsame Kinder, aber die meisten hatten doch wenigstens einen Freund gefunden, mit dem sie nachts die Angst halbieren konnten. Alleinsein bedeutet, dass man der Welt ohne jeden Schutz gegenübersteht.

Es waren die siebziger Jahre, und im kapitalistischen Teil der Welt versuchten Eltern ihren Kindern Markenartikel auszureden. Sie wollten, dass ihre Kinder Kind sein konnten, in jener erlogenen Reinheit, die Erwachsene sich in einem Kind vorstellten. Viele hätten eine Wiedereinführung der Schuluniform bejubelt, es war die Zeit, da die ersten Psychoanalysepatienten die Praxen verließen und ohne Scheu sagten: Ich habe gelernt, wie wichtig es ist, meine Individualität zu betonen.

Dabei hätten die besorgten Eltern im Kapitalismus nur eine kleine Reise in den Ostteil des Landes unternehmen müssen, um festzustellen, dass Ausgrenzung nichts mit teurer Kleidung zu tun hat. Die Kinder im Heim kleideten sich in blauen Hosen aus einem dubiosen Mischgewebe, das in drei Sekunden restlos verbrennen würde, falls es einer drauf anlegte.

Im Sommer trugen die Mädchen einen Rock, die Jungen kurze Hosen, dazu Hemden aus Plastik und Jacken, deren Ärmel aus dem Prinzip der Demütigung zu kurz waren, die Schuhe aus Kunstleder, alle zwei Monate kam der Friseur und kürzte die Haare der Jungen auf 3 mm, mit einer Maschine, die blutige Spuren auf der Haut hinterließ und entzündete Pickel. Erstaunlicherweise, wie um gegen die Uniformierung ihres Äußeren anzugehen, wandten sich die Kinder gegen die Dicken und die Dünnen, die Rothaarigen, die zu Klugen und die zu Dummen. Was in keine Richtung auffallend war, würde am elegantesten durch sein Leben kommen. Die Menschheit funktionierte passabel ohne jede Bemühung um eine Außerordentlichkeit, die im evolutionären Programm nicht vorgesehen ist.

Das Rudel hatte Toto vom ersten Tag an für befremdlich befunden und wartete nur auf einen Grund zur Untermauerung des kollektiven Unwillens. Der schien nun gefunden. Sie standen gebannt. Es war zu schön, sie hatten recht gehabt. Er war ein schlechter Mensch. Ein Dieb. Haben wir es nicht gewusst, er ist ein Dieb, dachten sie, die Kinder ohne Eigenschaften, sie hatten einen Kreis um Toto gebildet, und vielleicht wagten einige zum ersten Mal, ihn lange anzusehen. Er sah merkwürdig aus. Ja, merkwürdig, das wurde den Kindern klar, und endlich ahnten sie, warum sie nie den Wunsch verspürt hatten, sich näher mit Toto zu befassen. Er war ein Verbrecher. Ein Verbrecher, der aussah wie ein dickes Mädchen. Toto war viel zu groß für sein Alter, damals war er vermutlich sechs, aber da im Heim keine Geburtstage gefeiert wurden, Frau Hagen fürchtete auch hier einen verweichlichenden Personenkult, wusste es keiner so genau. Toto war nie wirklich da. Es schien, als ob in seinem Kopf jemand wohnte, der ihm nette Geschichten erzählte, denn für ein normal entwickeltes Heimkind lächelte er zu oft. Toto prügelte sich nicht, er stand immer allein in Ecken und betrachtete Dinge, die für andere anscheinend unsichtbar waren. Starrte Dinge an und die Kinder, die er nicht Kinder nannte, denn keines hatte das Gefühl, klein zu sein. Sie waren sich schon Welt genug und füllten sich aus, sie litten wie Erwachsene und konnten es nicht ändern. Das war das Kindsein, das keiner so nennt, das ausgelieferte Kindsein, das man in den meisten Situationen nicht beeinflussen kann. Toto war vielleicht sechs, und er machte sich Gedanken.

Sie mochten ihn nicht so besonders, die anderen, das würde seine Gründe haben, die er vielleicht später einmal herausfinden konnte. Toto war keiner, der sich aufdrängte, niemand, der Situationen verändern wollte. Er war kein Kämpfer und kein Mensch, der ein Interesse daran hatte, sich selber zu erforschen. Toto untersuchte, in welchen Momenten ihm wohl war und welche es zu vermeiden galt; mehr, so dachte er, braucht es doch nicht, um elegant durch dieses Leben zu kommen, dessen Länge er sich nicht vorstellen konnte.

Unmerklich vergrößerte sich der Abstand der Kinder zu Toto, sie mussten wegsehen, als hätten sie etwas Unerfreuliches erblickt, etwas, wozu sie den Begriff nicht kannten. Toto stand still, er sah die anderen zurückweichen, sich distanzieren, er begriff, ohne zu verstehen, dass er in dieser Sekunde offiziell zu einem Außenseiter gemacht wurde.

Der Urin lief ihm fast freundlich die Beine hinab, und der Boden war so hart und trocken, dass sich eine kleine Pfütze um seine Füße bildete.

Und weiter.

Es war kurz nach neun. Die meisten Bewohner der kleinen Stadt, die um das Heim gebaut worden war, arbeiteten schon. Sie taten, was nach der kollektiven Verabredung notwendig war, um nicht aus der Gesellschaft verstoßen zu werden. In den Fabriken begannen Arbeiter in blauer Arbeitskleidung Teile für irgendetwas herzustellen. In den Büros saßen Beamte an Tischen und tranken, die Uhr nicht aus dem Auge lassend, schlechten Kaffee. In den Läden standen die Verkäuferinnen, und frei jedes Servicegedankens, ordneten sie missmutig Nichts in die Regale. Die Wohnungen standen leer und zugig, nur wenige Asoziale hielten sich daheim auf, selbst für die niederste Kreatur hatte sich in dem kleinen Staat eine Verwendung gefunden. Der Ton in Fabriken, Büros, Arztpraxen und Läden war vorwiegend unfreundlich, den Menschen war unwohl, ihre strahlende Zukunft wollte sich nicht einstellen, und es gab keinen Grund, freundlich zu sein, außer dass es das Leben angenehmer gemacht hätte, aber das wusste ja keiner. Nachdem die Werktätigen exakt acht Stunden mit ihrer Tätigkeit verbracht hatten, würden sie auf dem Heimweg nichts mehr einkaufen, was denn auch, und wo denn auch, da alle Geschäfte bereits geschlossen waren. Sie würden in ihre nicht besonders attraktiven Wohnungen verschwinden. Schön wohnten nur hervorragende Parteimitglieder, da gab es schon manchmal ein Haus am See, das irgendwann einem Juden gehört hatte und nun, nach dem Verschwinden der Nazis, von einem Kadermitglied oder einem Genossen Künstler bewohnt wurde. Die Werktätigen hatten ihre Kinder aus den Betreuungseinrichtungen geholt. Es gab Kohlgerichte, es wurden Nachrichten gesehen, die so interessant waren wie in jeder Diktatur, dann wurde noch ein wenig Westfernsehen geschaut oder gelesen. Getrunken wurde in jedem Fall, weggegangen kaum, da gab es nichts zum Weggehen; ein Restaurant aufzusuchen wäre den wenigsten eingefallen, die drei, die es gab in der Stadt, arbeiteten mit Vorbestellung und Kundenplazierung, da ging man nur zur Jugendweihe hin, um erlesen zubereiteten Kohl zu sich zu nehmen. Im Kino liefen russische Filme.

Wer jung war, traf sich irgendwo auf der Straße, begab sich in Wohnungen von irgendwem, um ein wenig zu trinken, oder in den Studentenclub, um sich da zu betrinken. Die Jungen kannten kein anderes System, sie fragten sich nicht, warum die Läden so leer waren, die Zeitungen keine Informationen enthielten, sie waren voll Kraft und träumten von irgendwas, das sie nicht kannten, es sollte nur anders sein. Nicht so unendlich ockerfarben.

Der einzig erkennbare Vorteil des Systems war, dass es niemals den Neid der Menschen herausforderte, denn da gab es nicht viel, worum man den Nachbarn beneiden konnte. Die anders waren, hatten das Land verlassen, die Hinterbliebenen waren sich zu ähnlich oder zu müde, um einander zu hassen.

Die Erzieherin hielt die Gruppe zum Weitergehen an, die Pfütze um Totos Füße war allen so peinlich, dass sie sich nur stumm in die Rippen stießen, Ekel im Gesicht. Erleichtert waren sie nun zu wissen, warum ihnen nie wohl gewesen war, wenn Toto sich im gleichen Raum befand, warum es ihnen behagte, dass er allein weitab in seinem Bett lag und allein in die Dusche ging. Er war ein Dieb, ein Feind des Sozialismus, und da war Urin an seinen Beinen.

Entschlossen und wie einer wortlosen Verabredung folgend, wandte sich die Gruppe ab und trabte weiter den Naturlehrpfad entlang, in freudiger Erwartung eines außergewöhnlichen Vertreters des Genista germanica aus der Familie der Schmetterlingsblütler, ja, die kleine Bande konnte sich kaum halten vor Neugier, denn so einen Schmetterlingsblütler sah man auch im Sozialismus nicht alle Tage. Als würde die Gruppe einatmen zu einem großen letzten Schlag, als sammelten sie ihre Kräfte, war das seltsame Schweigen in der Luft, im Wald, und wo war nur der verdammte Genista germanica? Toto lief hinter den Kindern her, die ihm abweisend ihre Rücken zeigten, nur einer, einer drehte sich um zu ihm.

Kasimir verlangsamte seinen Schritt. Bis sich seine und Totos Arme berührten, unabsichtlich, ständig, stärker und stärker wurde der Druck der beiden Körper, schweigend flossen sie durch die Natur. Toto meinte Kasimirs Knochen zu spüren, wie ein kleiner Vogel fühlte der sich an, Toto hatte einmal einen gefunden, vergessen wann, vergessen wo, und für den kurzen Weg war die Welt vollkommen.

Toto schaute nach oben in die Bäume, die er bestohlen hatte, und zum ersten Mal konnte er das Gefühl benennen, das er mitunter hatte. Das also ist Glück, es benötigt zur Entstehung eine Ursache, und es ist endlich, schon wieder vergangen, als die Gruppe ins Heim zurückkehrte, das unverändert stand, seltsam, es war nicht in goldenes Licht getaucht und warm, immer noch fiel der Putz von den Wänden, und der Boden war Beton und kalt, und seine Hose war nass. Du wirst sie anbehalten, sagte Frau Hagen, aus Gründen, die unbedingt mit Erziehung und Faschismus zu tun hatten.

Beim Abendessen an den langen Tischen, als Kasimir sich mit seinem Kohl neben Toto setzte, da kam er zurück, dieser Zustand von Glück. Fast albern traurig, aber der Platz neben Toto auf der langen Sitzbank war bisher immer leer geblieben.

Ruhe trat für Sekunden ein am Tisch der Kleinen. Der Jüngste in der Gruppe war vier, die Älteste acht. Sie würde bald umziehen an die Tafel in der Mitte des Raums, wo die Acht- bis Vierzehnjährigen saßen. Die Großen, links außen, befanden sich auf einem anderen Planeten. Sie ignorierten die Kinder und waren mit ihrer Zukunft, dem Rauchen und der Suche nach sexuellen Kontakten beschäftigt. Unnahbarkeit strahlten sie aus, an ihrem weit entfernten Tisch, denn bald würden sie frei sein.

Die meisten Heimkinder zogen mit sechzehn aus. Sie begannen eine Lehre, wohnten in Internaten, und die wenigsten studierten. Zu ungewiss, ob sich die teure Ausbildung rentieren würde, ob so ein junger Mensch, der doch von unzuverlässigen Elementen abstammte, später in der Lage war, Führungsaufgaben zu übernehmen.

So wurden aus den Kindern des Kinderheims Michael Niederkirchner Maler, Lackierer, Karusselldreher, Kellnerinnen, in Berufe gerieten sie, in denen sie morgens aufstehen mussten, wenn es noch dunkel war, und die Tage mussten sie verbringen mit etwas, das doch mit keinem zu tun hatte. Sie würden sich schnell eine Heimat suchen, ohne zu wissen, was das sein konnte. Eine Familie, ja, eine Familie, das ging so: Ein Kind, dann wird ein Nest gebaut, schön renoviert, und Gardinen werden aufgehängt und Blumen in die Vasen gestellt, und das Kind schreit, und kein Gefühl tritt ein.

Darum gab es im Heim kaum Kontakt zwischen Großen und Kleinen. Ihre Welten berührten sich nicht. Die Mittleren, die kannte man, die waren aus den eigenen Reihen, da wurde gehasst und geprügelt von oben nach unten, erpresst und gestohlen.

Wenn ein Kind den Schlafsaal der Kleinen verließ, gab es tränenreiche Abschiede, lange Gespräche unter den Bettdecken, doch bereits am ersten Tag bei den Größeren waren die Babys vergessen, wie die Jüngsten im Heim genannt wurden. Es galt, sich in neue Gruppen zu finden, Freunde zu suchen und Abneigungen zu manifestieren. Bei den Großen fand die Trennung der Geschlechter statt. Eine verwirrende Angelegenheit, denn auf einmal wurde verhüllt, versteckt, verschwiegen, plötzlich wurden die Mädchen anders behandelt als die Jungen, mussten leiser sein, sauberer, pünktlicher, an ihre Gehirne wurden höhere Maßstäbe angelegt, dafür hatten die Jungen mehr Freiheit. Sie wussten es ja nicht besser, konnten es nicht besser und waren darum von vielen Arbeiten im Heim befreit. Jungs konnten Fußball spielen, während die Mädchen die Heimzeitung gestalteten, kochten, die Wochenpläne machten, eine Vorbereitung auf ihr späteres Leben im sozialistischen Land, wo Gleichberechtigung bedeutete, dass Frauen mehr arbeiteten, weniger Freizeit hatten und ihre Männer nutzlos in Kneipen saßen.

Wirst du nicht die schlechte Hand benutzen, kam die durchdringende Stimme Frau Hagens vom Nebentisch. Ein Linkshänder ließ erschrocken seine Gabel fallen. Die böse Hand war ihm wieder in die Quere gekommen. Die Teufelshand, die Kapitalistenhand. Das Kind versteckte sie ängstlich unter dem Tisch, nur kein Aufsehen erregen, nur nicht Thema der abendlichen Ansprache werden, die in einigen Minuten begann.

Nach der Ansprache war es zu spät, irgendetwas zu Kasimir zu sagen. Danach wurde abgeräumt, abgewaschen, dann ging es ins Bett, gleich würde es zu spät sein, Nähe mit Worten herzustellen, und wenn ihm doch nur etwas einfiele, und wenn er nur nicht so schlecht röche.

Totos Herz schlug sehr viel schneller als gewöhnlich, vielleicht könnte er endlich einen Freund finden, wenngleich er nicht wusste, was das hieß, außer miteinander zu flüstern und zu kichern, und ihm fielen doch keine Worte ein, keine interessanten Beobachtungen, nichts, was er mit Kasimir hätte teilen wollen. Er sah sich im Speisesaal um. Für jemanden, der Spaß dran hatte, schlecht über andere zu reden, gab es hier viele Geschichten, aber Toto wusste nichts davon, denn er war sicher, alle anderen waren wie er. Ohne boshafte Gedanken und Absichten.

Komische Uhr, sagte er, nachdem er lange nach etwas Erwähnenswertem gesucht und dabei das große Zifferblatt ohne Zeiger über dem Eingang gefunden hatte. Du musst nicht reden, sagte Kasimir nach einer zu langen Weile. Und nach weiteren Minuten: Ich bin nicht so gut mit Gesprächen, aber vielleicht können wir ja einfach so Freunde sein.

Toto fiel es plötzlich schwer, ohne Anstrengung zu atmen. Dieser eine Moment, in dem ein Wunder passiert, dieser Moment, den man im Leben viel zu selten erlebt, dann, wenn der geliebte Mensch wirklich vor der Tür steht, man die Traumwohnung bekommt oder der Hund doch nicht stirbt, ausgesprochen zu hören, wonach sich einer am meisten sehnt, war ein Wunder, das wusste Toto natürlich noch nicht, dass es viel zu wenige Wunder geben sollte, im Leben, in seinem speziell, doch ehe er sich weiter auf Kasimirs Worten und seinem Wohlgefühl ausruhen konnte, erklang die Glocke, deren Ton unbedingt mit Frau Hagen verbunden war, die am Ende der Tafeln stand, unter der Uhr, die Totos kurzes Glück eingeleitet hatte, mit ihrem Glöckchen in der Hand, mit ihrem Hört-her-jetzt-wird-es-wichtig-Ton stand sie da, die Frau Hagen, pünktlich sieben Uhr, und begann wie jeden Abend mit ihrem Tagesrapport. Heute, hob sie an, und ihre Stimme kam tief aus dem Keller ihrer Abscheu, war ein speziell unangenehmer Tag in unserem Heim, denn Christian, würdest du bitte aufstehen, ein Junge vom Tisch der Großen, vielleicht fünfzehnjährig, erhob sich, er hatte einen roten Kopf und sah aus, als wolle er umfallen, Frau Hagen sah ihn nicht an, sie fuhr fort, Christian hat sexuelle Übergriffe vorgenommen. Er hat unser Heim entehrt, die Freie Deutsche Jugend, deren Fahnenwart er ist, beschmutzt, er hat sich in widerlichster Art an sich vergangen. Der Junge zitterte, sein Gesicht bekam eine Farbe, die Toto noch nie an einem Menschen gesehen hatte, und er versuchte sich zu verteidigen, ich habe mich doch nur gewaschen, sagte er, stammelte er, die Kinder begannen zu lachen, die Kleinen wussten nicht worüber, vielleicht weil etwas Peinliches im Raum befindlich war, oder ihnen unbehaglich. Ich habe mich nur gewaschen, sagte Christian leise, und Tränen liefen über sein Gesicht. Ich weiß sehr wohl, wie es aussieht, wenn sich ein Junge reinigt. Und ich weiß, wie es aussieht, wenn er an sich herumspielt. Du, Frau Hagen zeigte auf den erbarmungswürdigen Jungen, hattest sexuelle Absichten. Das kann ich nicht dulden. Das kann ich hier nicht dulden. Frau Hagens Stimme überschlug sich, ein erwachsener Mensch hätte sich fragen können, woher ihre übertriebene Verachtung für den pubertierenden Jungen kam, er hätte in Erfahrung bringen können, dass Frau Hagen frei von jedem Gefühl war, sie erledigte nur ihre Aufgabe. Sie hatte ihre Anordnungen. Aber es war kein Erwachsener da, der den Kindern erklären konnte, Frau Hagens Angriffe nicht persönlich zu nehmen, der ihnen sagen konnte, eure Zeit hier ist endlich, auch wenn ihr euch im Moment fühlt wie auf einem kalten Meer, ihr werdet irgendwann an Land gehen und alles hier vergessen. Die Kinder waren still. Die Atmosphäre bedrückend. Christian, du gehst zu Bett und wirst dich bis auf weiteres nur in meiner Anwesenheit reinigen.

Unklar, was dem Jungen furchtbarer war. Die Bloßstellung vor fast zweihundert Kindern, Mädchen eingeschlossen, gerade Mädchen, gerade Birgit, oder die Aussicht, mit wachsendem Schamhaar vor seiner Erzieherin duschen zu müssen. Er taumelte aus dem Speisesaal. Und man hätte meinen können, nun wäre doch alles gesagt, nun wäre doch klar, wer die Macht hat und wohin es führt, wenn man sie missachtet, doch Frau Hagen war noch in Schwung, ihre Stimme hatte sich beruhigt, und leise, gefährlich leise fuhr sie fort, leider haben wir heute nicht nur einen Sexualstraftäter ausgemacht, wir haben auch noch einen Dieb unter uns. Toto, steh auf, sagte Frau Hagen, ihre Stimme war wieder im metallenen Bereich und zog Toto von seinem Sitz, und sein Blut rauschte aus Kopf und Leib in die Füße. Die fühlten sich sehr warm und dick an, die Füße, auf die er schaute, ohne zu verstehen, was da passierte, mit ihm und seinen Gliedmaßen. Er, Frau Hagen zeigte auf Toto, hat heute gestohlen. Und wir, sie zeigte in die Runde, wissen alle, was das bedeutet. Eine Woche lang keinen Kontakt mit dem Dieb. Habt ihr das verstanden? Wir werden nicht dulden, dass jemand unser sozialistisches Land, das mit dem Blut der Arbeiter und Bauern errichtet wurde, bestiehlt. Toto war in seinen Kopf zurückgekehrt. Die Sache mit dem Blut, die hat sie sich ausgedacht. Ich habe noch nie einen bluten sehen, da draußen, und dann setzte er sich wieder hin. Habe ich dir erlaubt, dich zu setzen, schrie Frau Hagen, sie war außer sich geraten, es passierte ihr manchmal, dass sie durch ihre Stimme aus sich trat.

Toto erhob sich, er hatte sich inzwischen in einen Stein verwandelt, Frau Hagen hätte ihn auspeitschen können, er hätte es nicht bemerkt, hätte nichts gefühlt, Toto sah seine Füße an. Komische Dinger, so Füße, ob sie wohl Gefühle haben? So, jetzt kannst du dich setzen. Du sollst dich setzen, und lass nicht wieder Urin unter dich, die Gefahr scheint ja immer gegeben, wenn du dich senkrecht hältst. Erst das Gelächter der Kinder weckte Toto aus seiner Fußbetrachtung. Er setzte sich langsam und überlegte sich verwundert, wie es wohl aussehen sollte, wenn die Kinder von nun an keinen Kontakt mit ihm haben würden. Noch weniger Kontakt als bisher, da müssten sie sich in gasförmige Wolken auflösen.

Nach der Abendansprache wurde vom Tischdienst abgeräumt, der Spüldienst machte das Geschirr, jedes Kind war einmal in der Woche mit einer Aufgabe betraut, dem absurden Gedanken folgend, dass Kinder Verantwortung übernehmen müssten, damit es ihnen später leichter fiele, keine Verantwortung mehr zu haben.

Auf dem Weg in die Schlafräume hielt Kasimir sich neben

Toto. Du darfst nicht mit mir reden, sagte der, und Kasimir erwiderte, wer sagt denn, dass ich reden will. Außerdem habe ich vor nichts Angst. Das war vielleicht ein wenig dick aufgetragen, für jemanden, der keinen kannte außer seiner merkwürdigen Mutter, die jeden Abend einen Selbstmordversuch unternommen hatte, und nie war einer gelungen, und dafür hatte er sie dann irgendwann verachtet, dass ihr das einzige, was sie versuchte, doch nicht gelang und sie einfach an einer Grippe gestorben war. Sie waren komische alte Kinder, die Insassen des Kinderheims Michael Niederkirchner. Altklug, zynisch und traurig, und auf keinen Fall wollten sie klein sein, denn es gab nichts Tristeres auf der Welt.

Nach Tisch wurde nicht mehr geduscht, nur die Zähne putzten sie sich und hängten ihre Kleidung zurück in den Spind. Die Kleidung wurde einmal in der Woche gewechselt. Dann kamen die Hosen und Hemden in die Wäscherei und waren im Anschluss steif von Wäschestärke, es ist gut für die Entwicklung, dass die Kinder keine persönlichen Sachen haben, hätte Frau Hagen sagen können, in vollkommener Verkennung der menschlichen Natur, die nach Dingen verlangt.

In mit Bären bedruckten Flanellpyjamas standen die Jüngsten in Reihe zur Nachtinspektion. Frau Hagen prüfte jedes auf Fieber, Krankheiten, Sauberkeit, im Anschluss marschierten sie am Bild des Staatsratsvorsitzenden vorüber, zu Bett, das Licht wurde gelöscht, und hier wäre der Zeitpunkt gewesen, noch einmal durch die Reihen zu gehen, die Kinder zu streicheln oder, auf einem Stuhl sitzend, eine Geschichte vorzulesen. Doch auf derart absurde Gedanken wäre keine der Erzieherinnen gekommen. Manche der Angestellten hier, es waren sechs Frauen, würden im Anschluss an ihre Schicht nach Hause gehen, wo eigene Kinder und Ehepartner auf sie warteten, doch auch dort würden sie nicht in überbordende Zärtlichkeit verfallen. In dem kleinen sozialistischen Land hatte man gemeinhin Probleme mit den Gefühlen und dem Berühren, mit Zärtlichkeit und Anteilnahme, das lag nicht an dessen geographischer Position im Norden Europas, sondern vielmehr an seiner Geschichte, in der für überbordendes Mitgefühl noch nie Preise verliehen wurden. Die Evolution hatte jene überleben lassen, die sich durch Disziplin, Fleiß und einen Hang zur Denunziation hervortaten. Generationen von Eltern hatten ihren Kindern mit Prügeln die eignen Werte vermittelt, die ihnen von ihren Eltern beigebracht worden waren. Pflichterfüllung und Funktionalität zahlten sich aus in diesem Land, und der flächendeckende Alkoholismus tat sein übriges, die Bevölkerung verrohen zu lassen.

Toto lag in seinem Bett und wartete auf das nächtliche Erscheinen der Wandgeister, als er einen Schatten vor seinem Bett sah. Ein für Wandgeister ungewöhnlicher Aufenthaltsort, ebenso merkwürdig, dass der Geist ihn berührte und sich neben ihn ins Bett drängte. Nun rück schon und starr mich nicht so an, flüsterte Kasimir. Es war das erste, bewusste Mal in Totos Leben, dass jemand mit ihm das Bett teilen wollte. Er war noch zu sehr Kind, um sich mit aufkommender Panik zu fragen, ob er sauber genug war und sein Leib in akzeptabler Form, nur eine kleine Unsicherheit, etwas nicht mehr Kindliches bremste den Schwung, mit dem er zur Seite rückte, doch das war schnell vergessen, das Unwohlsein, unter der Decke war es vergessen, als sie sich nicht mehr sahen, die beiden Jungen, der eine Junge und dieses Kind, dessen Mutter entschieden hatte, dass es ein Junge sei. Von seiner Mutter erzählte Kasimir, davon, dass er sich an seine nicht erinnern konnte, berichtete Toto. Sie redeten leise, vielleicht die ganze Nacht, und waren irgendwann eingeschlafen, aneinander.

Das war der schlechteste Schlaf, an den Toto sich erinnern konnte, und der glücklichste zugleich, halbwach, sich nicht bewegen, nur nichts zerstören, den Freund nicht verjagen, die

Wärme nicht, und sie sollte nie enden, diese Nacht, und dann wurde es doch heller, zu hell, mit einer Fanfare.

Die Bettdecke wurde weggerissen. Frau Hagens Stimme überschlug sich, doch Toto hörte sie nicht. Er hatte einen Ort gefunden, wo er nichts mehr hörte, wenn er nicht wollte. Der lag hinter dem Brustbein, dort war es warm, dort hatte Kasimirs Hand gelegen. Frau Hagen riss Toto aus dem Bett. Toto verstand nichts von ihren Schreien, er wollte die Worte nicht hören, den Schmutz ihrer Gedanken, er ließ sich am Arm in die Höhe reißen, in die Reihe der Kinder, die vor dem Waschraum warteten. Toto wunderte sich über nichts mehr, schon gar nicht, dass er heute mit den anderen in den Duschraum durfte. Er zog seinen Pyjama aus und stellte sich unter die kalte Dusche. Er hörte nicht, wie es ruhig wurde im Raum, er starrte die beschlagenen Kippfenster an, sehr weit oben im Raum, fragte sich, wie einer diese Scheiben erreichen konnte, im Notfall, wenn der Duschraum unter Wasser stünde, nichts hörte er, merkte nicht, wie die Duschen abgestellt wurden und sich ein Kreis um ihn formte. Toto kehrte irgendwann aus seinen Gedanken zurück, geholt von Kasimirs Stimme, der laut schrie: Das ist ja eklig, seht euch an, wie das eklig ist.

Und weiter.

Bei Sonnenaufgang saß Toto in seinem Bett, und ihm war, als habe er Geburtstag, nur ohne Geburtstag, der wurde doch im Heim nicht zelebriert, da gab es doch nichts zu feiern, bei diesen traurigen, unerwünschten Kindern.

Die Vögel wurden munter, ein wenig lustlos, es war der Osten da draußen. Toto lief die Linoleumtreppe hinab, öffnete die Tür neben dem angenehm vermodert riechenden Keller und betrat den Garten hinter dem Haus. Vom Leben in Freiheit durch einen Zaun getrennt, waren da ein Sandkasten, eine Schaukel, mehrere Koniferen und ein Rasenstück, dessen morgenfeuchte Erde Toto an irgendetwas Vollkommenes erinnerte, für Sekunden.

Auf der Straße fuhren die ersten Zweitakter des Tages, die Luft war von Feinstaub erfüllt, das rührende sozialistische Land lag in den letzten Zügen seiner Planwirtschaft. In dieser kurzen Zeit des Tages, zwischen Aufgehen der Sonne und Aufwachen der Kinder, fühlte sich Toto unendlich. Nicht einmal die fade Sonne störte, die verschwommen am Himmel hing, hinter Auspuffgasen und gelben Wolken aus einem nahegelegenen chemischen Betrieb, die die Luft verklebten. Am Morgen gelang es Toto, das Leben zu vergessen, den Alltag, der für ihn schon als Kind sehr unerfreulich war. Wie klingt das, wenn ein Kind sagt: Der Alltag ist doch sehr unangenehm. Aber es fragte ihn zum Glück keiner.

Toto war so wohl, im Garten, vor dem Erwachen der anderen, weil keiner etwas von ihm verlangte, keiner Erwartungen an ihn hatte und er in sich hocken und starren konnte. Im Garten, am Morgen, fiel Toto nicht auf, keine Gespräche verstummten bei seinem Erscheinen, nur die Vögel wurden ein wenig stiller. So könnte die Welt sein, nach Gras riechen und Erde, und ängstliche Vögel, so könnte das sein, wenn man nicht abhängig wäre. Das braucht doch keiner, das Licht, die Gruppe, die Schule, wer braucht das, noch jahrelang. Toto überlegte sich, wie oft er noch in einem Kinderheimbett schlafen musste und aufstehen und allein duschen, wie oft er alleine am Esstisch sitzen musste. Natürlich könnte er weglaufen, in einem Wald wohnen, sich von Wurzeln ernähren, doch Toto wusste, dass er zu ängstlich war, um solche Abenteuer der Unbequemlichkeit auf sich zu nehmen, darum ging er zurück in den Schlafsaal. Immer dieses Wollen, Essen und Lernen und Erwachsenwerden, um das Heim zu verlassen, und wenn dieselben Menschen endlich erwachsen waren, wollten sie plötzlich nur noch trinken und sterben. Die Straßen waren voller Todessehnsüchtiger, sie taumelten gegen Laternen, die schon lange erloschen waren, fielen und brachen sich die Beine, ihre Köpfe explodierten in Gasherden. Und die Überlebenden all des Elends wuchsen mit Toto im Heim auf, und sie werden dann mit schweren Schäden in die Welt entlassen, die sie an ihre Kinder weitergeben, falls nicht ein Wunder geschieht.

Ich werde niemals etwas wollen, schwor sich Toto, ich werde ein Teil dieser hässlichen Umgebung sein, die man Natur nennt oder Gebäude, und ich werde, außer am Leben zu bleiben, keinen Ehrgeiz entwickeln. Es führt doch zu nichts, dieses Gewolle, das konnte er doch sehen an den verspannten Gesichtern der Erwachsenen, die offenbar alle nicht bekommen hatten, wonach sie verlangten. Ich werde wachsen und handeln, wie es die Lage verlangt, ich werde mich nicht wichtig nehmen und nett sein zu allen, die ich treffe. Das sollte langen, um die Zeit gut zu überstehen. Toto war schon fast ein Mensch, er brauchte keine Eltern mehr zum Überleben, er hatte Bücher, in die er, wann immer es freie Zeit gab, verschwand. Die Bücher hatten ihm geholfen, die erste große Demütigung zu überleben und durchzuhalten. Toto dachte selten nach, oder er hätte es so wenigstens nicht genannt: nachdenken. Er beobachtete alles, was ihn umgab, mit fast pathologischem Interesse, aber er wertete es nicht. Er hatte sich Grundsätze erarbeitet, denen er folgte, weil es keinen gab, der ihm ein Vorbild war. Toto interessierte sich nicht besonders für sich selbst, und er hoffte, es werde ihm gelingen, das immer beizubehalten. Wenn er traurig war, versuchte er den Zustand durch Handlungen zu ändern. Dann betrachtete er Bäume oder den Himmel, versuchte andere Kinder zu trösten, die das aber leider nur selten wollten. Toto dachte nicht an sich selbst, er hatte nur den Grundsatz, anderen nie zur Last zu fallen, sie nicht zu belästigen. Ansonsten nahm er sich vor, wie eine Pflanze zu sein, welche die Sonne empfängt und den Regen, welche erfreulich ist und wartet, dass ihre Zeit auf der Erde vorübergeht und sie in einen anderen Zustand eintreten kann.

Toto war in den ersten Stock des Kinderheimes umgezogen. Der Krüppel, der Hosenpisser war dort bereits mit gebührender Ablehnung erwartet worden. Doch irgendwann, nach ein paar Wochen, hatten sich die Kinder beruhigt, und ein neues Opfer war gefunden.

Toto überragte die gleichaltrigen Jungen und Mädchen, und hatte sein Kopf bis vor kurzem wie der Kürbis auf einer Vogelscheuche gewirkt, war nun alles zu einem Ganzen geworden. Das war freundlich von der Natur, doch auch nicht hilfreich, um leichterhand Bekanntschaften zu schließen. Etwas stimmte nicht mit dem Fleischberg, seine Stimme war zu hoch, seine Bewegungen zu weich, sein Lächeln zu sanft für einen Jungen. Totos Erscheinung war so ungewöhnlich, dass Spott und Ablehnung der anderen sich fast in Grenzen hielten. Die Kinder ahnten, dass er für die Evolution nicht zu gebrauchen war und eigentlich hätte getötet werden müssen, aber es wagte keiner so recht, Hand anzulegen, zu überragend war sein weißer Leib.

Der Geruch der schlafenden Kinder in seinem Saal war noch angenehm, warm und matt lag der Saal. Der genaue Zeitpunkt, wann aus Kindern Idioten werden, war unzureichend erforscht. Man munkelte von der Einschulung, dem Gruppenzwang, von Hammer und Amboss, dem Ausgrenzen von allem, was anders ist, womöglich war und ist die Pubertät das Ende der erfreulichen Erscheinung kleiner Menschen.

In der Petrischale Kinderheim, ohne den Einfluss reaktionärer, fortschrittlicher oder strunzblöder Eltern, verformten sich die Kinder in unterschiedlicher Geschwindigkeit, doch auf eins war Verlass: Sie veränderten sich nicht zu ihrem Vorteil. Wenn sie an ihrem achten Geburtstag in die mittlere Gruppe des Kinderheims Michael Niederkirchner wechselten, war es meist vorbei mit ihrer Niedlichkeit, mit dem Staunen und der Unbefangenheit. Die Welt hatte sie schon verformt, gebrochen, die Erzieher hatten sie zu Heuchlern gemacht. Sie hatten gründlich zu lügen gelernt, und auch der winzige Originalton war bei den meisten verschwunden. Der kleine Mensch hatte gelernt, in Erwartungen anderer zu funktionieren.

Toto hatte ein ruhiges Wesen. Er kannte die Menschen nicht gut genug, um Angst vor ihnen zu haben, er bestaunte sie, sie dauerten ihn, denn auf die Idee, dass er so schwach war wie sie, kam er nicht. Es war so eingerichtet, dass Toto sich morgens vor allen anderen reinigte, nach seinem Gartenbesuch, und dann saß er und beobachtete sie beim Erwachen.

Da, jetzt, wie sich ihre Hände in die Luft strecken, als hoffen sie auf eine Umarmung, als wollen sie, von wem nur, aus dem Bett gehoben werden: Toto hätte derjenige sein können, der sie umarmte, am Morgen, doch da wollte keiner Zärtlichkeit, und erst recht nicht von ihm, der sie ansah mit seinem großen Kopf, die Augen halb geschlossen. Und jetzt flogen die Fenster auf, da brannte das Neonlicht, und Frau Hagen rief zum Morgenappell. Austreten, Augen geradeaus, Hände an die Ohren, besondere Vorkommnisse in der Nacht. Die kleine Armee marschierte wieder. Schweigend und wie noch im schlechten Traum standen sie in einer Reihe, um sich abzuspritzen, denn das war die Regel.

Müde saßen die Kinder, es waren zurzeit einhundertundachtzig, im Speisesaal vor Mischbrot mit Marmelade und Malzkaffee. Ohne Milch zumeist, so früh am Morgen gab es noch keine Milchlieferungen, das wurde später in der Schule nachgeholt, dieses unselige Milchgetrinke, durch zwei Löcher im Aluminiumdeckel, der sauer roch. Und jeder Tag begann ohne die Aussicht auf ein Wunder.

Und weiter.

In die Schule gingen die Heimkinder gemeinsam, nicht Hand in Hand wie die Kleinen in den Kindergarten, sondern lässig, sie schauten in die Luft und waren rührend verspannt, bei ihrem Versuch, erwachsen zu wirken und so weit wie möglich hinter der Gruppe zurückzubleiben, denn keiner wollte dazugehören. Zu den Heimkindern. Zu den Waisenkindern, denen mit den billigen Kleidern, mit der asozialen Herkunft. Waren die Kinder im Heim auch nicht unbedingt miteinander befreundet, hielten sie in der Schule doch zusammen, gegen die Spießer, die ordentlichen mit den ordentlichen langweiligen Eltern, um die die Heimkinder sie doch so sehr beneideten.

Am Eingang zum Schulgelände standen die großen Heimjungen und rauchten. Jeder musste an ihnen vorbei, mit Angst, wie sie da lungerten, ein Bein an die Mauer gestützt, und wenn ihnen ein Kind nicht gefiel, weil es einen zu roten Pullover trug oder zu gute Laune hatte, dann schlugen sie zu. Die Mädchen, die waren nicht besser, sie standen am anderen Eingang, verfolgten die Schulkinder, besonders die weiblichen, mit bösen Kommentaren, mitunter wurden sie handgreiflich. Sie hassten sie so sehr, diese ordentlichen Kinder mit ihren gebügelten Eltern, und wenigstens Angst sollten sie vor ihnen haben, die mit dem besseren Leben. Toto betrat das Schulgebäude unbehelligt. Er gehörte zu denen vom Heim, sie ließen ihn in Ruhe, mehr konnte er nicht erwarten. Vor dem Unterricht bildeten sich auf dem Schulhof Gruppen und Paare, nur wenige standen allein, einer von ihnen war Toto, der seinen Platz jeden Tag neben dem Toilettenhaus bezog, weil er von da aus alles überblicken und hervorragend die Bäume betrachten konnte.

Auf dem Hof war Bewegung entstanden, schnell bildete sich

ein Kreis, es gab was zu sehen, vielleicht sogar Blut? Blut sah jeder gerne, wenn es nicht das eigene war, Prügeleien sah jeder gerne, wenn er nicht selbst verprügelt wurde, Aggressionen und Peinlichkeiten, ohnmächtige Kinder, gefallene Kinder, das sah man sich doch gerne an, und wenn man nicht beteiligt war, sah man sich auch gerne Unfälle an, doch nicht, um zu begreifen, wie schnell ein gesunder Körper zu einem geschundenen wird, sondern um sich zu freuen, dass einer weniger zur Konkurrenz gehörte.

Zwei Jungen der Oberstufe schauten auf ein Kind, das vor ihnen kniete. Die beiden Großen trugen ihre gesamte Lebensgeschichte bereits in den Gesichtern. Schule beenden, Lehre auf dem Bau, Arbeiten bis zur Frühpensionierung, tschüss. Der kniende Junge wirkte wie eine Maus, auch ihm stand kein glamouröses Leben bevor, er würde unscheinbar bleiben und sich später durch eine ständig verfeinerte Verschlagenheit durchmogeln.

Sag, dass deine Mutter eine Nutte ist! verlangten die Großen und schlugen dem Kleinen auf den Kopf. Was eine Nutte ist, wusste der Kleine nicht, sprach den Satz nach, unter Tränen. Toto war näher an den Kreis getreten, um zu sehen, was da passierte, Demütigung passierte da und eine Ausübung von Macht, was Menschen, besonders männliche, immer interessiert.

Als der weinende Junge angespuckt wurde, passierte etwas in Toto, er war noch nie zornig gewesen und begriff nicht, was da in seinem Körper aufstieg, ihn kaum mehr atmen ließ, ihn explodieren machte und loslaufen, den kleinen Jungen an sich reißen und die Großen in den Magen stoßen. Toto spürte nicht, dass das Kind, das er an seinen Körper gepresst hatte, sich wand, nicht weggetragen werden wollte wie ein Ball ins Tor. Toto lief. Das war nicht fair. Es war nicht richtig, jemanden anzuspucken, ihn knien zu lassen, zu schlagen, ihn auszulachen, ihn in Kinderheime zu sperren, es war nicht richtig, Kinder herzustellen, die man nicht streicheln wollte, das war doch alles nicht auszuhalten, diese Welt, in der immer die gewinnen, die lauter sind und böser. Lass mich runter, lass mich runter, du Schwuchtel, schrie der kleine Junge, er wand sich, er trat gegen Totos Beine, der irgendwann aus seinem Rausch erwachte, ungläubig sah, dass das Kind weglief, sich umdrehte, den Mittelfinger in den Himmel streckte.

Im Verlauf des Tages fragte sich Toto, was nur so abstoßend an ihm war. Er betrachtete seine Hände, die groß und wie knochenlos auf dem Pult lagen, er sah seine Beine, die unter dem Tisch gestaucht waren. Bedauernswerte Beine, sehen aus wie in eine Tüte gepresst, die Hose eindeutig zu eng und zu kurz. Vorn an der Tafel versuchte ein Genosse Lehrer den Schülern das sozialistische Verständnis von Geographie zu vermitteln. Die Zeitzonen der Sowjetunion. Und die Bodenschätze. Und dann irgendwann später würde der Rest der sozialistischen Brüder folgen, so dass die Kinder aufwüchsen in der schönen Gewissheit, dass die Erde bedeckt ist von freundlichen Ländern, wo rote Fahnen wehen und die Arbeiter und Bauern gesiegt haben.

Der Erdkundelehrer hasste Toto, wusste aber um die Unrechtmäßigkeit seines Gefühls, was es noch verstärkte. Er war zweiundvierzig und durch eine intensive Umschulung vom Stahl- und Walzwerker zum Lehrer geworden. Er war ein guter Genosse. Er war Mitarbeiter des Ministeriums des Inneren. Na, Kollegen, wie schießen die Preußen, sagte er jeden Morgen, wenn er das Lehrerzimmer betrat. Die Kollegen gähnten. Alle waren bei der Staatssicherheit und ahnten, dass alle bei der Staatssicherheit waren. Die Frauen unterrichteten Russisch und Deutsch. Sie hatten blondierte Haare mit Dauerwelle. Jede Frau, die auf sich hielt, trug Dauerwelle oder eine Schüttelfrisur. Der sozialistische Name für einen Bob. Die Männer lehrten

Naturwissenschaften und Sport. Sie trugen keinen Schnauzbart, denn das war eine dekadente, spießige Entäußerung des Kapitalismus. Niedergeschlagen waren alle; sie spürten, etwas würde nicht funktionieren, hörten einen Misston in der Partitur. Sie waren doch überzeugt gewesen und hatten ihre Pflicht, gute kleine Staatsbürger auszubilden, ernst genommen. Nur der Erdkundelehrer hatte sich nie für Kinder interessiert. Er interessierte sich für die lange Ferienzeit, und er wollte nicht mehr im Stahl- und Walzwerk arbeiten. Er hatte Angst, dass jemand seinen Hass auf einige der Kinder entdecken würde, auf ein Kind, um genau zu sein. Wenn er Toto sah, der zusammengefaltet hinter seinem Pult klemmte, überkam ihn eine fast unbeherrschbare Abneigung, deren Ursprung er sich nicht erklären konnte. Dieses immer wie lächelnd wirkende riesige Gesicht, ein wenig mongoloid, dieser offensichtlich nicht männliche Ausdruck bei einem absurd wuchtigen Körperbau, so etwas gehörte sich doch nicht im Sozialismus, dass einer anders aussah und die Aufmerksamkeit auf sich zog. Die anderen Kinder glichen sich mehr oder weniger. Es waren europäische Kinder aller Schattierungen, blond, meist blauäugig, in unterschiedlichen Abstufungen verwahrlost. Toto hatte schwarzes Haar. Wie eine glänzende Perücke in Topfform geschnitten. Und dieses Grinsen, immer dieses Grinsen, das würde dem Idioten gleich vergehen.

Der Erdkundelehrer hatte sich neben Toto aufgebaut, der gerade durch Paris lief. Paris, das war noch ein Ort. Irgendwann wollte er dorthin. Vielleicht zum Sterben.

Meist gelang es Toto, den kompletten Schultag zu verlesen. Es glückte ihm nicht, die Schönheit physikalischer Formeln zu entschlüsseln oder die Eleganz der Mathematik zu fühlen. Vermutlich war er kein Genie, was er außerordentlich bedauerte, denn als Genie hätte er nach dem Studium in Moskau am Ardenne-Institut arbeiten können, um die Welt zu retten.

Die Stunden zogen sich, die Kinder lagen im matten Halbschlaf, der in den meisten Fällen die bestimmende Lebensform der kommenden sechzig Jahre war. Draußen hatte es zu regnen begonnen, eine uninteressante Randnotiz, die Toto verzeichnete, während er kurz von einem Buch aufblickte, das Zola geschrieben hatte.

Du wirst mich gleich bemerken, dachte der Lehrer, und in ihm stieg ein großer Hass auf. Dafür hatte er sich doch nicht angestrengt, die Abendschule besucht, dafür saß er nicht bis in die Nacht und korrigierte Arbeiten, dafür war er nicht in diese dämliche Staatssicherheit eingetreten, dass jetzt ein fetter Riese grinsend in seiner Klasse saß und las, und das alles, um ihn zu verhöhnen und um ihm eine Mitteilung zu machen, zu feixen über sein verpfuschtes Leben, über sein verzweifeltes Wichsen in der Nacht. An die Tafel, sofort, schrie der Lehrer, er konnte sich unmöglich länger zurückhalten.

Toto erhob sich verwirrt und zu langsam für den Erdkundelehrer, dem die Explosion seiner Erregung in den Fuß drang. Er trat Toto in den Hintern. Toto strauchelte, fiel hin, die Information des Geschehenen erreichte sein Gehirn nicht, er stand wieder auf und ging zur Tafel, wo er schweigend kleine rote Fahnen den sozialistischen Ländern zuordnete.

Die Kinder waren zusammengezuckt, unklar, ob sie lachen durften, doch, sie durften, sicher durften sie lachen, wenn der schwule Mongo einen Arschtritt bekam, sicher durften sie sich freuen! Beim Lachen der anderen, vielleicht hatten die Zuschauer von Gladiatorenkämpfen so hysterisch laut gelacht, verstand Toto, was passiert war, und er betrachtete den Lehrer, der da stand, mit rotem Kopf, mit getrocknetem Speichel in den Mundwinkeln und einer großen Erbärmlichkeit. Es half Toto immer, wenn er sich die Menschen ansah, die ihn zu verletzen suchten, meist wurde er traurig beim Erkennen des Elends, das sie so hart hatte werden lassen, so unbeherrscht und zornig, diese Leute. Und Toto glaubte, dass der Übergriff des Lehrers auch in diesem Fall nichts mit ihm zu tun hatte. Es tut mir leid, dass ich Sie reize. Vielleicht erinnere ich Sie auch an jemanden, den Sie nicht mögen, sagte Toto, und er meinte es ernst. Er konnte sich nicht kindgerecht ausdrücken, die vielen Selbstgespräche über den Büchern hatten diese Gabe in ihm verdorben; diesen niedlichen Kinderslang, der bei Erwachsenen meist einen Schutzreflex auslöst, den beherrschte er nicht. Ich setze mich wieder hin, wenn es Ihnen recht ist. Toto ging an seinen Platz, der Lehrer stand mit offenem Mund, und sein Hass wurde so übermächtig, dass er den Klassenraum verlassen musste.

Der Unterricht war zu einem Ende gelangt, über das die anderen Kinder noch ein paar Tage würden lachen können, der Erdkundelehrer onanierte in der Lehrertoilette, vor dem Haus gruppierten sich die Älteren, die leider keine Heimkinder waren, um Toto gebührend empfangen zu können, kein guter Tag für nichts, und er wurde auch nicht besser, als Toto das Schulgebäude verließ, sich auf dem Boden wiederfand, Tritte in den Leib und ins Gesicht, und das Schlimmste ist doch nicht der Schmerz, den spürt man doch Sekunden später schon nicht mehr, den Schmerz, und auch Angst hat man dann nicht länger, was soll schon noch kommen, nach so einem Tag, dessen Tiefpunkt die Klarheit war, dass da kein Ort existiert, wo er Sicherheit fand. Toto atmete, zog sich nach innen, wo er für besonders schwierige Momente das Bild von Kasimir besaß, der sich im Bett an ihn gedrückt hatte.

Kasimir war nicht

auf seltsame Art mit Toto verbunden. Er hörte ihn weder rufen, noch dachte er besonders intensiv an ihn. Kasimir war jetzt im Westen und damit beschäftigt, ein gutes Kind darzustellen, sich zu verstellen, bis er den Irrsinn der Kindheit überlebt haben würde. Er achtete darauf, seinen Rücken gerade zu halten, er untersuchte jeden Wirbel auf seinen exzellenten Sitz und vor ihm auf dem Tisch, auf der weißen Decke mit Lochstickerei, die Wurstplatte, Brot, Butter, Gürkchen und Cola. Es war Freitag, da gab es Cola. Ein Feiertagsgetränk, das Kasimir in kleinen Schlucken nahm, aber er konnte nicht sagen, ob die Cola wirklich einen hinreißenden Geschmack hatte oder ob es nur die Verknappung des Getränkes war, was es so interessant machte.

Kasimir sah nicht auf von seinem Teller. Er ertrug den Anblick seiner Adoptiveltern nicht. Kasimirs neue Mutter war Mitte vierzig. Oder einfach alt. Die Frau hatte wohl irgendwann etwas gearbeitet, was für die Welt und sie ohne Bedeutung gewesen war, diese Tätigkeit jedoch nach der Eheschließung, nach der Adoption und der gelungenen Flucht in den Westen, an die sich Kasimir nicht mehr erinnerte, aufgegeben. Ich verachte Frauen, die arbeiten gehen und ihr Kind in einer Versorgungseinrichtung abladen. Denen soll man das Sorgerecht entziehen. Sagte Kasimirs neue Mutter. Dabei stemmte sie die Hände in die Hüften. Sie hatte alles richtig gemacht, das war unschwer zu erkennen. Das Eigenheim in einer Vorortsiedlung war akkurat, die Häuser waren auf Kante gefaltet und die Gärten einsehbar. Wir haben nichts zu verbergen, sagte die Mutter und stemmte die Hände in die Hüften. Sie deckte auch den Gartentisch mit weißem Leinen. Sie war zutiefst frustriert.

Der Hauptgrund für die Republikflucht seiner Eltern war nicht nur die Unzufriedenheit mit dem sozialistischen System, das eben nicht sozialistisch, sondern einzig ein Exempel für die Lenkbarkeit der Herde war. In den Kapitalismus getrieben hatte sie vielmehr einzig der große Wunsch, ihre bürgerlichen Ansprüche befriedigen zu können. Das war im Ostteil nicht möglich gewesen, all die Produkte zur Reinigung, die Kiefernholzdecke, der Springbrunnen im Zimmer, das hatte es dort nie gegeben.

Kasimir verkrümmte sich innerlich beim Essen, vor Sorge, etwas zu beschmutzen. Mit äußerer Reinheit ließ sich auch ein sauberes Inneres herstellen, ein Krümel bewirkte Disharmonie. Schmutz, schlechte Menschen, kaputte Zähne mussten nur entfernt werden, dann konnte das System reibungslos funktionieren und der Mensch seiner Aufgabe nachgehen, die Welt sauber zu halten. Kasimirs Mutter knirschte nachts mit den Zähnen, bis deren Schneideflächen gelb verfärbt waren.

Gereinigt saß Kasimirs Vater am Tisch. Seine Hose hatte er sehr hoch am Bauch befestigt. Er war die zweite Hand in einer Fabrik, die äußerst uninteressante Dinge herstellte. Kasimir sah von weit oben auf diese Familie.

Alles quadratisch.

Die Siedlung hätte überall in der westlichen Welt stehen können; in dieser beängstigenden Abspritzbarkeit war sie jedoch fast ausschließlich in diesem kapitalistischen Land im Norden anzutreffen, wo ein kollektiver Putzzwang der Bevölkerung half, sich rein zu fühlen. In Kasimirs näherem Umfeld hatte sich ein unmenschlicher siedlungsinterner Druck aufgebaut, und kaum eine der Frauen hätte es ausgehalten, dieses Getuschel angesichts von offensichtlich gegilbten Gardinen, ungereinigten Türvorlegern, nichtpolierten Mülltonnen und quietschenden Garagentüren. Das war das Grauen der siebziger Jahre.

Das sind meine neuen Eltern. In ihnen manifestiert sich die umfassende Blödheit der menschlichen Rasse. Kasimir sah seine Mutter kauen, jeden Bissen 34-mal, und er stellte sich den Brei vor, vermengt mit Speichel, den sie mit schneller Echsenzunge in den Gehörgang des Vaters pressen würde. Äußerlich waren alle am Tisch ohne Eigenschaften. Kasimir hoffte, dass bei ihm noch irgendetwas wachsen wollte und ihn auch äußerlich vor anderen auszeichnen würde. Wozu gibt es so viele uninteressante Menschen? Warum füllen sie mit ihren Körpern Straßenbahnen, belegen Wohnraum, warum essen sie, verdauen, warum gibt es sie, die doch zur Evolution nichts beitragen, Missing Links auf dem Weg zu einem neuen Metawesen, haben sich vom Neandertaler kaum nennenswert weiterentwickelt. Diese kurzen dunkelblonden Haare seiner Mutter, mit Dauerwelle in eine Helmform gebracht. Kasimir hätte sie gerne brennen sehen. Nach dem Essen wuschen sich alle die Hände. Vier Minuten. Die Männer machten den Abwasch, meist wurde im Anschluss von der Mutter nochmals nachgespült. Danach saß die Familie vor dem Fernseher, um Wissen und Bildung zu erlangen. Kasimir machte Hausaufgaben. Sagte er. Und ging in den Keller, um zu schreien. Nachdem er heiser war und müde, begann er Bücher über Mathematik zu lesen. Vor dem Fernseher diskutierten die Eltern über Politik. Sie erwarteten von denen da oben mehr. Sie konnten nicht formulieren, wie dieses Mehr genau auszusehen hätte, aber sie hatten zu wenig. Immer. Kasimirs Mutter trug fleischfarbene Strumpfhosen. Sie hatte ihre Hausschuhe ausgezogen und schabte ihre Füße aneinander. Der Vater hatte den obersten Knopf seiner Hose geöffnet, die nach oben gerutscht war, und seine Genitalien sahen aus wie Kloßmasse, die in einem Leintuch gepresst wird. Das Ehepaar sah fern bis zum Sendeschluss. Sie wurden über die Aktivitäten der Kommunisten informiert, nickten leise mit dem Kopf, sie sahen eine Volksmusiksendung und wippten mit den Beinen. Dieses Wiedererkennen, diese Heimataufnahmen. Der Wald. Der Hund. Der Greif! Die Eltern fühlten sich auf der richtigen Seite des Lebens. Sie wuschen sich, abends immer mit dem Lappen, gebadet wurde am Freitag, sie zogen Pyjama und Nachthemd an und legten sich auf die getrennten Ehebetten. Gelesen wurde nicht mehr. Gelesen wurde am Morgen die Zeitung mit den regionalen Nachrichten, Festmahl der Todesanzeigen.

Im Kinderzimmer saß Kasimir und starrte aus dem Fenster, dreißig Jahre nach dem Krieg, keiner, den Kasimir kannte, war daran beteiligt gewesen, die Zeit der großen Geständnisse noch weit entfernt, alle waren verhinderte Partisanen und Widerstandskämpfer, gegen Juden hatte niemand etwas. Es gab auch keine mehr. Die Vereinbarung der Kriegsverlierer war, Ruhe bewahren. Alles ordentlich halten, ruhig sein, fleißig sein. Das Land wirkte so unauffällig, seine Bewohner so uniform, als hätten sich alle verabredet, in einer Luftaufnahme einfach wie ein großes Gartenfeld zu wirken.

Wäre nur das schlechte Gewissen nicht gewesen. Wie ein Tinnitus. Immer da, machte so aggressiv. Nach dem Krieg. Geburt des Mittelmaßes.

Der Neid, der der Bevölkerung des kapitalistischen Landes im Norden nachgesagt wurde, den gab es nicht. Es war da nur die große Angst, einer möchte aus dem zweidimensionalen Luftbild ragen und den Feind anlocken.

Scheißland. Kasimir saß in seinem Zimmer, er dachte an Toto. Immer wenn er sich langweilte, dachte er an ihn und das Geheimnis, das ihn umgeben hatte. Kasimir wusste, was schwul war. Er war schwul. Davon ging er aus, weil er, wenn er sich anfasste, an Jungen dachte. Aber Toto, der hatte etwas Besonderes an sich gehabt, das die Menschen, also ihn, reizte, es zu zerstören. Dieser unglaublich einfältige Trottel, der nicht an das Böse geglaubt hatte, sich nicht zu wehren wusste, den man hatte schlagen wollen, bis er nicht mehr lächelte, der Wahnsinnige, der Kasimir so wütend machte. Vielleicht würde er ihn noch einmal treffen. Später. Ja, sicher wird er das.

Und weiter.

Du wirst es gut bei deiner Pflegefamilie haben. Sagte Frau Hagen. Sie packte einige knitterfreie Polyesterhosen und -hemden in einen Beutel, dazu eine Zahnbürste, ihre Bewegungen waren hektisch, der Kopf gesenkt, was könnte sie nur noch in diesen verdammten Beutel stecken, flackernd musterten ihre Augen die Deckenlampe.

Toto saß auf seinem Bett und hatte Angst. Er würde seine Heimat verlassen, die ihm kaum Heimat gewesen war, sondern mehr ein trockner Ort mit Bett, er würde weggeschickt werden, schon wieder, obwohl er sich an das erste Mal nicht mehr erinnern konnte, aber er wusste doch, dass es geschehen sein musste, denn aus Versehen landet keiner im Kinderheim. Toto war unterdessen fast einen Meter achtzig groß und wog achtzig Kilo, und das war doch alles zu viel. Für die Menschen in der Kleinstadt und für die Kinder des Heims. Nun, da der Umzug in die Gruppe der Großen bevorstand, wo Sexualität und so weiter das beherrschende Thema war, musste Frau Hagen ihn loswerden. Ich muss ihn loswerden, um die Statistik sauber zu halten, ich muss ihn loswerden, es wird Ärger geben, hatte sie einige Wochen lang ständig vor sich hingemurmelt, und dann war ihr ein Bekannter auf dem Land eingefallen, der dringend Hilfe auf dem Hof brauchte, bedachte sie es recht, ließe sich vielleicht sogar ein kleines Geschäft machen, und nun war das Geschäft gemacht, der Junge musste gehen.

Frau Hagen war zur Heimleiterin und zur Parteivorsitzenden der Kreisleitung geworden. Sie wusste nicht, was das bedeutete; die Kreisleitung, die Ortsgruppe, der Bezirksrat und vor allem die Parteiarbeit schienen ihr doch ein unverständliches Theater, bei dem die Genossen zweimal pro Woche im

Rathaus zusammensaßen, Wodka und Limonade tranken, gefälschte Bilanzen vorlasen und im Anschluss Sex miteinander hatten. Nicht alle zusammen, Paare bildeten sich, der Alkoholzuspruch im Land führte unweigerlich zu dem, was man sexuelle Freiheit nennt, in Wahrheit aber besoffenes Vögeln war. Wie die meisten Menschen wollte Frau Hagen einfach mehr. Egal, was: Aber alles hatte eine positive Bilanz zur Bedingung.

Vielleicht hatten einige der sozialistischen Kader ihr politisches Amt sogar mit der Überzeugung angetreten, für eine Welt ohne Klassenschranken zu kämpfen, aber das vergaßen alle auf dem Weg dahin, wo sie den Gipfel vermuteten. Da kamen seltsame Wünsche auf in den Menschen, nach Unsterblichkeit, nach Haus, Auto und Garten. Leider waren der menschlichen Bestrebung nach umfassendem, befriedigendem Besitz im Sozialismus Grenzen gesetzt. Eine Villa am See, ein Fahrer, Kubareisen, das lag für die Genossen Politiker noch im Bereich des Möglichen, doch spätestens mit dem täglichen Kaviar von der Krim war alles erreicht, was man in einem normalen privilegierten Ostleben besitzen, essen und ficken konnte. Deshalb verfiel an dieser Stelle die Führungsriege des Landes in Apathie.

Doch so weit war Frau Hagen noch nicht. Sie musste noch lügen, sie musste noch Bilanzen fälschen, sie musste noch eine Bluse der Parteijugend tragen und mit dem Parteivorsitzenden geschlechtlich werden, damit sie irgendwann in einem großen Büro sitzen durfte und außer der Bespitzelung der Kollegen keiner Tätigkeit mehr nachzugehen hatte.

Frau Hagen träumte von einem Haus am See, wusste allerdings nicht recht, was sie darin hätte unternehmen sollen. Ihr war nie recht wohl mit sich, es war ihr wie in Anwesenheit eines ungebetenen Gastes mit hässlichen Hosen.

Frau Hagen schaute sich nervös um, sie wollte den Zeitpunkt, da sie von einer gefühllosen Erzieherin zu einer kriminellen Kinderverkäuferin wurde, so lange wie möglich hinausschieben, und auch Toto drängte nicht auf überstürzte Abreise. Er war klug genug, zu ahnen, dass sich seine Lage auch bei einer Pflegefamilie nicht grundlegend verbessern würde. Toto hatte umfassender als Kinder, die in der geschützten Werkstätte Familie aufwuchsen, gelernt, Menschen zu beobachten und zu verstehen. Sicher, die Bücher, von denen er bis zu sechs Stück in der Woche las, hatten geholfen und ihn zu jemandem gemacht, der den anderen Angst einflößte. Sie fühlten sich unterlegen, durchschaut, sie verstummten in seiner Anwesenheit, denn sonst hörten sie sich seltsame Sätze sagen, als sprächen sie auf ein Tonband, mit unbekannter Stimme. Toto wollte das alles nicht. Er sehnte sich nach einer umfassenden Verschmelzung seiner Person mit der Masse der Menschen, doch er wusste, im Moment wirkte er merkwürdig auf andere. Das würde sich auswachsen, dessen war er sicher, es galt nur abzuwarten und die Zeit unbeschadet zu überstehen, bis er eins mit seiner äußeren Form geworden war. Abwarten. Warum eine Pflegefamilie ausgerechnet ihn gewählt haben sollte, wenn es im Heim doch wirklich niedliche kleine Kinder zur freien Verfügung gab, war unklar. Aber eine Luftveränderung müsste helfen, die Zeit schneller verstreichen zu lassen.

Die Schule würde er nicht vermissen, obwohl die Angriffe auf ihn unterdessen eingestellt worden waren. Jeden Tag nach Ende des Unterrichts hatten mindestens sechs Jungen auf Toto gewartet, ihn zu Boden geworfen und getreten. Toto lag da, stumm, wartete auf das Ende der Behandlung, er stand auf, wenn die anderen abließen, klopfte sich den Staub aus der Kleidung und ging ins Heim. Das macht doch keine Freude, jemanden zu quälen, ohne dass er eine Reaktion zeigte. Toto hatte sich die Fähigkeit angeeignet, seinen Verstand von seinem Körper zu trennen; er schaffte das, weil ihn langweilte, was da geschah, an seinem Leib, und weil er sich intensiv mit dem Studium seiner Peiniger beschäftigen konnte. Welch irre

Wut in den Gesichtern der Jungs, die nicht ihm galt, er lag da nur zufällig und löste Befremden aus, die Wut kam von einem unklaren Ort. Es war schwer für heranwachsende Männer, eingesperrt zu sein. Auch wenn sie es nicht anders kannten, auch wenn sie im Zoo geboren worden waren, sie wollten doch die Welt erobern und wussten, dass sie nur in einem Käfig leben durften, gefüttert und gewaschen, die Belohnung am Ende eine Medaille, darum machte es sie so wütend, dass ihr Wachstum Grenzen hatte. Wollten doch unendlich sein, die jungen Männer, und mussten nun prügeln und trinken, und wenn sie wenigstens bei den Mädchen ankämen. Doch die träumten alle von einem Prinzen aus dem Westen, der ihnen die Welt kaufte.

Toto hatte die Prügel überlebt, den Erdkundelehrer, der mehrfach Zeuge der Behandlung gewesen war, er wusste, man gewöhnt sich an alles, er fragte sich nur mitunter, ob die Freude, die ihm die Bücher schenkten, den Ärger in der lektürefreien Zeit rechtfertigte. Nach Zola hatte er Dostojewski gelesen, Balzac, Hemingway. Es folgten Poe und Schopenhauer, Toto brachte die Weltsicht der toten Männer nicht mit dem in Einklang, was er um sich sah, da suchte doch jeder, der wuchs, nach einer Orientierung, es war die Zeit, in der die anderen Jungs in seiner Gruppe langsam geschlechtsreif wurden. Pickel bekamen sie und eine furchtbare Unruhe, mit der sie nichts anzufangen wussten. Die Jungs begannen anders zu riechen, nur Toto roch weiterhin nach Milch und Sauberkeit.

Toto mochte die Rasse, der er angehörte, glaubte nicht an ihre Bosheit, aber der Wunsch nach einer außerordentlichen Verbrüderung mit einem ganz besonderen Menschen hatte sich nach Kasimirs Verrat nie wieder eingestellt.

Er vermutete, dass die Menschen so ratlos waren, weil sie um ihren Tod wussten, der bald eintreten würde, und dass es keinem gelang, diesen Umstand völlig zu verdrängen. Toto rechnete täglich mit seinem Ende und war immer wieder überrascht, sich morgens beweglich vorzufinden. Er würde später, wenn er das Heim, die Schule und das Land lebendig überstanden hätte, etwas tun, das den Menschen zu einer besseren Stimmung verhalf. Im Moment jedoch sah es so aus, als würde das Später noch ein wenig auf sich warten lassen.

Frau Hagen tat, als packe sie; Toto sah sich zum Abschied um. Morgen hätte er sein Bett und sein Schlafzimmer sowieso verlassen müssen. Er wäre in den dritten Stock zu den Großen verlegt worden, zu fremden Leuten, mit getrennten Schlafzimmern. Hier unten hielten die Mädchen die Jungs von grobem Unfug ab. Da wurde nicht onaniert, nicht aus dem Fenster gepinkelt, nicht geschlagen. Auf seltsame Art bremsen Mädchen den natürlichen Schwachsinn der Jungen. Oben wäre er verloren unter pubertierenden, pickligen Männern mit großen Füßen.

Frau Hagen betrachtete seit Minuten eine seiner zu kurzen Hosen. Sie war erstaunt, über ein Gewissen zu verfügen, ertappte sich bei etwas wie der Sorge, den Jungen wegzugeben, in eine Zukunft, die sicher nicht angenehm war, doch sie wollte die Verantwortung für diesen komischen Riesen nicht, wollte ihn nicht sehen, nicht anfassen, nicht beschützen und nicht erziehen. Sie glaubte nicht daran, dass aus ihm noch irgendjemand werden konnte, der sich unauffällig und angenehm durch den Sozialismus bewegte, einen Meter achtzig groß, und alles, was er besaß, passte in einen kleinen Sack, das hätte einen traurig machen können, aber dazu war keine Zeit. Frau Hagen, in einem Faltenrock, mit braunen Halbschuhen und einer albernen dunkelblauen Bluse der sozialistischen Jugendorganisation, rannte die Treppen fast hinunter. Schweigend standen sie kurz darauf an einer Bushaltestelle und starrten in den Himmel. Hatten sie keine Zeit, mich abzuholen, die neuen Eltern, fragte Toto und erhielt keine Antwort. Nun, wie es aussah nicht, vermutlich hatten sie alle Hände mit dem Dekorieren des neuen Jugendzimmers zu tun. Sicher sprachen sie seit Tagen von nichts anderem als von dem reizenden Kind, das bald mit ihnen leben würde. Ja, ich bin schon ein Geschenk. Toto sah sich um. Es war gegen Mittag, seine Mitinsassen – hatte er gerade Insassen gedacht? – waren in der Schule oder im Kindergarten, als er abtransportiert – hatte er das auch gedacht? – wurde. Kein tränenreicher Abschied von niemandem, vermutlich würde keinem sein Fehlen auffallen, wozu auch übertriebene Sentimentalität, man hatte ja nur ein paar Jahre zusammen in einem Raum geschlafen.

Die Sonne fiel in fahlem Winkel, und noch nicht mal die achtziger Jahre waren hier aufregend, in diesem Land, das dauernd Mittagsschlaf hielt. So müde machte das, zu sehen, wie überall die Welt erwacht, sich streckt und gähnt, den Punk erfindet und Schulterpolster. Da musste man doch müde werden und über die Straßen schlurfen wie somnambul, wenn nicht einmal Schulterpolster vorbeikamen und man doch im Fernsehen sah, wie aufregend es zuging überall auf der Welt.

Frau Hagen war in sich zusammengesunken, der Bus ließ auf sich warten. Eine halbe Stunde bereits standen sie hier, an einer Ausfahrtsstraße der Stadt. In zehnminütigen Abständen rollte ein sozialistischer Kraftwagen vorbei, der Bus kam nicht, die Straße voller Schlaglöcher, ein altes Bahnhofsgebäude, die Sonne immer noch hinter Milchglas, Staub in der Luft, sogar die Bäume am Straßenrand waren zu träge, ihre Blätter komplett auszurollen. Mit Leichtigkeit hätte Toto Frau Hagen über seine Schulter werfen und mit ihr davontraben können. Immer die Landstraße lang, die musste ja irgendwann mal irgendwo enden. Vermutlich vor einem alten Bahnhof. Dieses Land war dermaßen frei von Überraschung, dass seine Einwohner missmutiger wurden mit jedem Tag, den sie in ihm verbrachten. Inzwischen waren Gerüchte von Korruption und Bereicherung hoher Parteifunktionäre aufgetaucht, von Westgeld redete man und Villen, die Menschen wurden unruhig. Der billige Alkohol allein schien nicht mehr auszureichen, darum wurden Beruhigungstabletten auf hochdosierter Brombasis in den Handel gebracht, zusammen mit Hustentropfen, die sehr viel Kodein enthielten und erstaunlich verschwommene Zustände herstellen konnten.

Im Bus waren nur wenige Frauen, sie kamen vom Einkauf in der Stadt, verließen sie jetzt auf einer Landstraße, von Apfelbäumen bestanden, warum wurde er nur so traurig bei ihrem Anblick? Etwas Wildes erwachte in Toto. Er sah sich mit einem Kofferradio auf öffentlichem Gelände sitzen, inmitten einer Punkergruppe, er würde gern einmal bedrohlich wirken und aus diesem richtigen Grund angestarrt werden. Enorme Furcht, zum Beispiel, wäre ein guter Grund. Totos Hände lagen wie zwei warme Brötchen auf seinen Knien, es ist ein anspruchsvoller Job, gefährlich zu wirken, wenn man aussieht wie ein großer Plüschbär.

Nach einer Dreiviertelstunde schweigsamer Fahrt hielt der Bus fast widerwillig vor einer Ansammlung verfallener Häuser. Der Busfahrer sah sich nervös um. Mit quietschenden Reifen und mit einer für den in Ungarn aus Plastikteilen zusammengeklebten Ikarus-Bus unerhörten Geschwindigkeit raste der Bus aus dem Ort, der Trötbach hieß.

Trötbach bestand aus fünf Häusern mit angrenzendem Stall, einer Bank an der Bushaltestelle und natürlich der unverzichtbaren Kneipe. Sie hieß Zum Krug. Es waren keine Menschen zu sehen, auch schien der Frühling in Trötbach noch nicht angekommen. Die Bäume standen kahl, und das Gras wirkte, als habe gerade noch Schnee auf ihm gelegen, matschig und gelb. Toto fror und stand neben der unsicher wirkenden Frau Hagen. Der Moment, in dem sie offiziell zur Kinderhändlerin wurde, stand bevor, für die billige Hofhilfe würde Frau Hagen frische Lebensmittel erhalten, zum Beispiel den im Land fast unauffindbaren Spargel, und Totos neuer Vater würde für sie im Landkreis nach einem Haus mit Seeanstoß suchen. Im Moment jedoch sah Frau Hagen keinen See, noch nicht mal ein Huhn wankte im fahlen Licht. Sie betraten den Krug. Es wurde nicht still, denn das war es bereits. Hier wurde geraucht und getrunken, als ob es hilfreich wäre bei der Errichtung einer neuen Welt. Vier Männer saßen an drei Tischen und starrten in ihre Biergläser, eine Frau unbestimmten Alters hockte auf einem an der Wand stehenden Stuhl. Beine gespreizt, Gummistiefel an den Füßen, die Kittelschürze, bis an den Bauch gerutscht, gab den Blick auf die Unterhose frei. Wo finde ich die Hubers, fragte Frau Hagen, auf die Unterhose starrend, als ob die eine Antwort wüsste. Einer der Trinker zeigte auf die Frau. Kannst sie gleich mitnehmen, die hängt seit 'ner Stunde da wie tot. Wir wollen keine Toten im Krug, sagte der Wirt, dessen Kopf nun hinter dem Tresen auftauchte. Wir wollen doch keine Toten hier, wo soll man die denn hinräumen. Ich packe keine Toten in meine Kühlkammer. Verfluchter Mist. Der Wirt pflegte, was man Jahre später als Tourettesyndrom bezeichnen würde, eigentlich aber nur bedeutete, dass einer sagt, was er denkt. Die vier Männer sahen weiter ihr Bier an. Toto sah Frau Hagen an, die sah auf die Tote in der Ecke.

Toto, hilf der Frau, sie ist deine neue Mutter, sagte Frau Hagen und verließ die Kneipe angeekelt. So genau hatte sie das Leben auf dem Land nicht studieren wollen, sie schaute sich um auf der staubigen Straße, da regten sich Zweifel in ihr. Benötigte sie wirklich unbedingt ein Haus mit Seeanstoß?

Toto hatte seine neue Mutter im Arm. Ihre Beine liefen, während ihr Kopf auf der Brust hing und aus dem Mund Speichel lief. Ein erstaunliches Phänomen. Die Stallrückläufigkeit, die man ansonsten nur Pferden zuschreibt. Totos neues Elternhaus stand neben der eingefallenen Kirche und sähe vermutlich auf einer Schwarzweiß-Postkarte reizend aus. Das versteht man doch nicht, so eine merkwürdige Situation, da fällt doch keinem ein, messerscharfe Rückschlüsse zu ziehen, das gesamte Bild und so weiter, sondern man rettet sich von Sekunde zu Sekunde. So formt sich Geschichte. Toto war müde geworden vom Anblick seiner neuen Mutter, das könnte nur ein rechter Stiefvater ändern, dieses Gefühl, schon wieder auf einem Abstellgleis gelandet zu sein, und wie auf ein ungenanntes Stichwort erschien ein ausgezehrter Mann in blauer Arbeitskleidung vor dem Stall. Vermutlich war das der Stall, denn das längliche Gebäude hatte eine Eingangstür und eine Stalltür. Hallo Rüdiger, rief Frau Hagen. Habt ihr vergessen, dass wir heute kommen? Nein, sagte der Mann, er offenbarte ein sehr schlechtes Gebiss. Kannst ihn grad abgeben.

Toto begriff mit Verzögerung, dass er gemeint war.

Die Frau trug er immer noch im Arm, ihre Beine schleiften wie Pfeifenreiniger über den Boden. Es wird nicht leicht werden die nächste Zeit, denn da sind wieder Menschen, die nicht in guter Form erwachsen geworden sind. Die nicht verstanden haben, dass man für sein Leben zuständig ist. Die neuen Eltern wirkten wie Sechzigjährige, sie waren wohl Ende dreißig. Die Frau, Thea, wie er später erfahren sollte, lallte, vielleicht war ihr nicht wohl. Wo soll ich sie hinlegen, fragte Toto. Der Mann sah ihn nicht an, genauso hatte Toto sich den warmen Empfang in einer einfachen herzensguten Bauernfamilie vorgestellt, leg sie neben die Tür, sagte er, und irgendetwas an dem Satz machte ihn offenbar wütend, denn er spuckte auf den Boden. Vielleicht erzürnte ihn die Erwähnung der Tür, wer weiß, was da vorgefallen war. Rüdiger redete kurz mit Frau Hagen, er verschwand im Haus, kam mit einer Plastiktüte zurück, gab sie der Erzieherin. So, Toto. Ich hoffe, du weißt die Chance zu nutzen, in einer normalen Familie aufzuwachsen. Toto atmete schwer, er nickte und verabschiedete sich. Frau Hagen bot ihm nicht an, mit Problemen zu ihr zu kommen, sie verschwand mit eindrucksvoller Geschwindigkeit.

Toto blickte sich langsam um. Er, der Meister der Langsamkeit, fertigte mit einer Drehung seines Kopfes ein inneres 360-Grad-Foto an. Ein verfallenes Haus, ein hässlicher Hof, nichts, wo sich ein Blick ausruhen konnte, Altmetall, Dreck. Schon wieder so eine Elendsdarstellung, das ist doch völlig übertrieben, wie in einem Film über den Krieg. Die Enkel würden gähnen, wenn er ihnen einst davon erzählte. Toto sah Rüdiger an, was für ein Name, der klang wie ein Eber.

Lass sie da liegen. Komm mit.

Die Arbeitskleidung, vormals blau, unterdessen graufleckig, wehte um seinen Leib, er erinnerte Toto an den Lehrer im Struwwelpeter, diesen Erstkontakt mit Folter, den jedes Kind des Landes im Kindergarten gehabt hatte. Ein wunderbar grausames Buch, ohne jede erzieherische Wirkung, denn Kinder lieben es, sich Wasserleichen und abgeschnittene Daumen anzusehen. Rüdiger schien wehende Rockschöße zu besitzen. Sein Kopf glich dem eines bösen, in die Mauser gekommenen Vogels. Er ging Toto voran in den Stall. Hier ist die Jungviehaufzucht der LPG, dreißig Muttertiere, Kälber und so weiter. Du musst jeden Morgen um vier melken, füttern, danach ausmisten. Du schläfst hier, kein Blickkontakt, Zeigen auf einen Verschlag. Neben dem Stall, durch eine halbhohe Holztür getrennt, eine Kammer mit kalkverputzten Wänden, ohne Waschbecken, ein eisernes Bettgestell, auf dem eine alte Matratze lag. Finden Sie den Raum wirklich kinderfreundlich, fragte Toto, denn er meinte, etwas zur Entspannung der Situation beitragen zu müssen.

Der Schlag traf ihn unvorbereitet. Eine Ohrfeige, nicht zu stark, mit genügend Verächtlichkeit ausgeführt, um demütigend zu wirken. Rüdiger, der Neuvater, Ende dreißig, verließ den Stall. Toto setzte sich auf die Matratze. Willkommen in der

Hölle, dachte er und sah auf die Kühe, die wenige Meter von ihm entfernt Kuchen aßen.

Irgendwann war Toto so erschöpft von seiner Ratlosigkeit, vielleicht auch benommen vom strengen, süßlichen Stallgeruch, dass er sich auf die Matratze fallen ließ und einschlief, auch wieder zu sich kam, von einem Ort, der nach Apfelbäumen gerochen hatte und wo die Fragen, die man im Wachzustand an sein Leben stellt, unwichtig waren. Traum, Schlaf und Wachen waren gleichwertige Zustände des Lebens. Wenn er daran glauben könnte, ohne eine Wertung, dann wäre er unantastbar. Dann würde ihm Rüdiger, der in der Tür stand, nicht solche Angst machen. Ich zeige dir deine Arbeit genau ein Mal, sagte Rüdiger und ließ offen, was beim zweiten Mal geschehen würde. Warum konnten die Menschen höflicherweise nicht einmal die Andeutung von Interesse an einem neuen Familienmitglied zeigen. Mistgabel, Mistaufnehmen, Mist auf Schubkarre, Schubkarre nach draußen, mit Schubkarre balancieren auf Brettern, die auf den Misthaufen gelegt waren. Das Entleeren der schweren Metallkarre war der heikelste Punkt auf dem schmalen rutschigen Brett, da fiel man hin, da schlug man sich wund. Einfach den Mist zusammenkratzen, nicht absetzen, nicht nachdenken. Das würde ja ins Nichts führen, so ein Nachdenken. Man wacht auf und ist in einem Kinderheim, in einer Schule oder auf einem Bauernhof. Was würde es helfen, wenn er sich und seine Fähigkeiten analysierte, was brächte es, wäre er sich klar über seine Stärken und Schwächen. Das einfachste ist doch, man bewegt sich mit den Wellen, ohne das Meer in Frage zu stellen. Man musste trotz der Männer überleben, sie waren nun einmal da, wie Alligatoren, Vogelspinnen und Pilze. Seit Toto gelesen hatte, dass Pilze Trojaner in Ameisen pflanzen, die diese zum Selbstmord in Baumkronen treiben, und dass aus dem Kopf verendeter Ameisen dann Pilze wuchern, um neuen Lebensraum zu erobern, wusste er, dass es

Unerklärbares gibt auf der Welt. Toto wusste nicht, warum ihn Männer so ratlos machten, in ihrer Aggression, er hatte furchtbare Frauen erlebt, die Erzieherin, die Mädchen im Heim, aber sie hatten ihn nie so in Angst versetzt wie Männer, und da war auch schon wieder einer.

Toto war schmutzig, er stank, er hatte Hunger, fror ein wenig und saß auf seiner Matratze und hörte Rüdiger rufen, unfreundlich, bellend, selbst die Kühe zuckten zusammen. Ob er gemeint war? Es konnte nicht schaden, nachzusehen. An den Gesäßen der Tiere vorbei auf dem rutschigen Boden, nach draußen, im Wohngebäude stand die Tür offen. Auf einem Tisch mit Wachstuchdecke stand eine Schüssel mit irgendwas. Drei Teller, da würde es jetzt wohl Abendessen geben. Geh dich waschen, an der Pumpe draußen, und zieh was Sauberes an. Sagte Rüdiger und gab Toto blaue Arbeitskleidung. Die Frau, war ihr Name eigentlich Thea gewesen oder hatte er sich das eingebildet, hatte vielleicht irgendwann mal ein schönes Gesicht gehabt. Nun war der Mund da eingesunken, wo früher Zähne gewesen waren, die Haare, blauschwarz gefärbt, fielen in einem dünnen Fluss über ihren Rücken, der war so armselig. Wie Flügel die Schulterblätter, sie bohrten sich durch Pullover und eine Kittelschürze. Das Paar war ein Paradebeispiel für misslungenes Hassmanagement, die schlechte Laune stand im Raum, wurde von einem dürren, trocknen Körper zum anderen getragen und lud sich dabei auf. Die mussten sich doch auch mal gut gefunden haben, diese Menschen, waren jung, dünn und groß gewesen und hatten sich ineinander erblickt, und sich an Händen haltend gedacht, sich zu mögen wie junge Hunde wäre ausreichend, um die Geschichte zu überleben.

Im Regal standen einige Bücher neben Unterhosen und Konfitüre. Das Kapital. Der Dschungel. Toto nahm sich vor, beide Bücher zu entwenden. Worauf wartest du noch, geh dich waschen, wir sind saubere Menschen. Unsere Eltern waren Antifaschisten. Fügte Thea an. Toto verließ den Raum, schwer an der letzten Information tragend. Die Pumpe stand auf einem Hof mit Kopfsteinpflaster. An dessen Rand auch ein Holzhaus, die Toilette. Daneben die Kadaver alter Autos, Schrott, Plastikteile, ein Wohnwagen. Ausgebrannt. Wichtig, solche Dinge aufzuheben, man weiß ja nie, wozu man sie noch brauchen kann. Es war vielleicht der erste Moment, in dem Toto sich wünschte, mit jemandem, der intelligenter war als er, reden zu können, er wollte gern wissen, ob es eine Aufgabe für ihn gäbe und ob die im Moment darin bestand, diesen traurigen Menschen im Haus das Leben zu erleichtern. Ob er geboren war, um anderen zu helfen, denn dass man sich selber helfen kann, das war ihm nicht klar. Und da, auf diesem Hof, in einem Ort, der sich auflöste, entstand das Große Missverständnis, das Toto von nun an begleiten sollte. Bis zum Ende würde er andere wichtiger nehmen als sich selbst.

Toto hatte die Funktionsweise der Pumpe erforscht, das Wasser roch nach Chlor, er stieg zitternd, seine Füße im Matsch balancierend, in die Arbeitskleidung und kehrte zurück in die Wohnung, die einen hohen Grad an Armut und Verwahrlosung offenbarte.

Iss, sagte Rüdiger, als Toto ins Haus zurückkehrte. Was sich allerdings auf seinem Teller befand, ließ ihn kurz innehalten, es war der gekochte Höhepunkt des Tages. Das schaffe ich jetzt nicht, wusste Toto, ich muss etwas erfinden. Mit unangemessener Trauer in der Stimme, so wie er sich vorstellte, dass Allergiker sprächen, sagte er: Entschuldigt, ich leide an einer Fleischunverträglichkeit. Ich bekomme Asthmaanfälle, wenn ich Fleisch esse oder auch nur berühre. Kurz herrschte Stille im Raum, doch statt der Ohrfeige, die Toto beinahe erwartete, stand die hagere Frau nur auf, warf das Fleisch mit großer Geste in einen Mülleimer und stellte einige Scheiben Mischbrot und Butter auf den Tisch. Dabei trafen sich ihre Blicke.

Dermaßen trübe Augen hatte Toto noch nie gesehen, er musste den Blick zu Boden wenden. Unter dem Tischbein steckte ein Buch, vermutlich um den Tisch gerade zu halten. Ein dickes Übersetzungswörterbuch. Nun waren es bereits drei Bücher, die Toto ausgemacht hatte, die Frage war nicht, ob er sie an sich nehmen würde, sondern wann. Erstaunlich, dass keiner sprach. Man hörte das Schmatzen Rüdigers, dessen Bein ununterbrochen zuckte. Von Thea war nur schweres Atmen zu hören, es wäre erstaunlich gewesen, wenn sie Nahrung zu sich genommen hätte.

Das Paar schien sich nicht gerne von Gegenständen zu trennen. Zeitungen lagen in Bündeln auf dem Boden, aus allen Schubladen einer schweren Anrichte lappte, ragte und lumpte es heraus, Untersetzer, Schrauben, Kämme. Eine Fensterscheibe war durch Pappe ersetzt, ein alter Eisenherd wirkte, als ob Tiere in ihm nisteten. Ein hoffentlich mit Eigelb beschmierter Wecker. Es war sieben Uhr dreißig. Toto wartete ab. Ihm war sehr wohl, wenn er sitzen oder stehen konnte und Bilder sammeln, die er ohne Wertung speicherte, ohne Unterscheidung zwischen interessant und langweilig. Er hätte einen Baum stundenlang betrachten können, oder ein Fernsehprogramm. Punkt acht erhob sich Rüdiger und schob einige Kleider zur Seite, unter denen sich ein Fernseher verbarg.

Die erste Nacht im neuen Zuhause verbrachte Toto sitzend auf seiner Matratze. Immer wieder trat er ins Freie, in der Hoffnung, das Licht werde endlich gelöscht. Doch Rüdiger und Thea ließen sich Zeit. Nachdem sie bis zum Sendeschluss ferngesehen hatten, wobei sie eine Flasche Wodka leerten, stritten sie sich. Danach begannen sie sich zu schlagen, um im Anschluss halbnackt taumelnd zu tanzen. Toto hatte keine Ahnung, was die beiden taten, aber es gefiel ihm nicht. Das Paar war von etwas Abstoßendem umgeben. Doch Toto konnte nicht wegsehen. Er wollte gerne verstehen, warum die beiden mit sich taten, was ihnen offensichtlich keine Freude bereitete. Irgendwann fiel Rüdiger über der Frau zusammen. Sie erbrach sich, ihr Mann versetzte ihr mit der Faust einen Schlag auf den Kopf, als wolle er einen Deckel schließen. Leise öffnete Toto die Tür, Thea atmete, wie er feststellte, er musste sie nicht retten. Er tauschte das englische Wörterbuch unter dem Tisch gegen einen Band Andersens Märchen aus, die er neben dem Fernseher fand, die Lücke, die bei der Entnahme des Kapitals entstand, füllte er mit einigen Dosen Katzenfutter vom Boden, Thea schnarchte, und Toto stieß noch auf eine Kiste, die mehrere Bände Einführung in die klinische Psychologie und Noten enthielt. Als er den Raum mit seinem Fund verlassen wollte, ging die Deckenlampe an. Rüdiger stand schwer atmend im Raum. Er schwankte. Vermutlich litt er an der gleichen Krankheit wie seine Frau, die immer noch schnarchte.

Und weiter.

Toto erwachte jeden Morgen um vier und war von seiner Selbstprogrammierfähigkeit immer wieder aufs Neue überrascht. Eine Uhr benötigen wohl die, die in ein Leben gehen, dessen Ablauf sie nicht kontrollieren können, und daran leiden. Toto wusste, dass sein Einfluss auf die Welt beschränkt war. Er könnte beim Betreten des Stalles in eine Mistgabel stürzen und wäre behindert. Das Land könnte bombardiert werden, die Welt explodieren, nichts konnte man beherrschen.

Es wäre Toto nie eingefallen, die Kühe, die ebenfalls um vier unruhig wurden, für die perfekte Funktionalität seiner inneren Uhr zur Verantwortung zu ziehen. Was bin ich für ein lebendes Meisterwerk, sagte er sich jeden Morgen. Ich komme, rief er den Kühen zu und glaubte, sie antworten zu hören. Toto wusste, dass Tiere über die gleiche Intelligenz verfügen wie Menschen und allein durch eine Verkettung unglücklicher evolutionärer Umstände in Körper ohne Stimme und ohne praktische Hände geboren werden.

Die Tiere waren Freunde geworden und Publikum. Seit Toto die Noten des Melodrams Liselotte Herrmann von Paul Dessau aus dem Haus seiner Erziehungsberechtigten entwendet hatte, war er besessen von der Idee, sie zu verstehen. Er hatte die Noten angestarrt, voll Ehrfurcht, über Wochen. Es musste großartig sein, etwas zu beherrschen, was hinausreichte über die Selbstprogrammierung als Wecker.

Toto beschäftigte sich jeden Tag für Stunden mit den Noten, die er betrachtete, bis sie zu Wegen wurde, dunklen, hellen, verhangenen, denen er leise mit seiner Stimme folgte.

Als er das erste Mal einen lauten klaren Ton erzeugte, war Toto erschüttert. Er ahnte etwas von dem Gefühl, das gekonntes Singen zu erzeugen vermag, von dem Selbstvergessen, das es bedeuten konnte. Toto hatte keine eitle Absicht, er wollte weder eine Bühne noch Erfolg, er hätte nur gerne etwas ausgedrückt, dem er keinen Namen geben konnte, und wäre dadurch in einen Kontakt mit der Welt getreten.

Einen Ton hatte er festgelegt, mit einer Gabel auf das Bettgestell schlagend, um ihn herum formten sich die anderen, punktierte Noten stellte sich Toto kräftiger vor oder länger, das würde er noch herausfinden. Er sang zu hoch, doch was heißt zu hoch oder zu tief für einen, der hinter dem Haus in einem alten Traktor sitzt oder daneben steht und das Singen übt in einem Dorf, das sich aufgelöst hatte. Toto schloss die Augen und sang, sehr leise, wie flüsternd, er wagte nicht laut zu werden, er fürchtete sonst zu schnell zu begreifen, dass er niemals einen sauberen Ton würde singen können. Toto wusste nicht, dass er ein absolutes Gehör besaß, wie Mozart oder Chopin. Nur einer unter zehntausend in Europa kann die Höhe einer Note erkennen, ohne vorher einen Vergleichston gehört zu haben. Zwar sollte man Jahrzehnte später herausfinden, dass diese Gabe in der westlichen Welt selten ist, jedoch in manchen Gebieten Asiens fast jeder zweite über sie verfügt, weil das absolute Gehör von tonalen Sprachen wie Mandarin oder Vietnamesisch, in denen die Wörter erst durch die Betonung ihre Bedeutung erhalten, trainiert wird. Tonal war Totos Sprache nun wirklich nicht. Denn sie wusste um unsere Sache, sang Toto leise, das Melodram Lilo Herrmann ist ein sperriges Stück Musikgeschichte, und was nützte ihm Asien, wenn er nicht einmal die Hauptstadt des sozialistischen Landes bereist hatte?

Denn sie wusste um unsere Sache. Hilft ein absolutes Gehör, perfekt zu singen, oder hilft es nur, an sich selber zu verzweifeln?

Toto fiel auf, dass seine Stimme, wenn er lauter wurde und

seine Zunge in den Rachen drückte, klang, als hätte er ein Kissen im Mund. Nahm er die Zunge aus dem Rachen, vibrierte seine Nase, und der Ton klang gesünder. Die Zunge verhinderte wie ein Lappen im Mund, dass Toto die Tonart wechseln konnte. Er gelangte nicht in die Höhen, die er erreichen wollte, und er wurde heiser. Toto versuchte seine Zunge mit einem Löffel nach unten zu pressen, denn er war überzeugt, dass etwas, das den Mundraum zu füllen schien, abgeflacht werden kann, um mehr Raum in der Kehle zu erzeugen. Seine Idee offenbarte eine grundlegende Unkenntnis jeder Stimmphysiologie. Denn tatsächlich füllt gerade das Abflachen der Zunge den Rachenraum mit Zungenmasse. Toto versuchte zu lächeln, während er sang, doch er merkte, dass er dadurch nur einen weit aufgespannten Gaumen, gehobene Wangen unter den Augen, entspannte Wangen an den Backenzähnen und eine ovale Mundöffnung erzeugte und seinen Kiefer nach vorne drückte. So rutschte die Stimme in den Rachen, der Kehlkopf konnte nur sehr gepresste Töne erzeugen, die falsch und unreif klangen. Wenn Toto sein Gesicht nach unten hängen ließ, verdeckten die Lippen die Zähne und die Stimme klang, als käme sie durch etwas Rostiges.

Wenn er seinen Brustkorb vollpumpte und zu viel Luft durch den Kehlkopf presste, wurde die Stimme mächtig und laut, doch es war unmöglich, Feinheiten zu modulieren. Toto fand heraus, dass er nicht mehr Atem zum Singen benötigte als für ein Gespräch, wenn er denn mal mit jemandem redete, der nicht vier Beine hatte. Er lernte mit dem Ausschlussverfahren und ahnte, dass alles unschön klingt, was Schmerzen erzeugt oder Heiserkeit, und dass er sich der Stimme, die er im Träumen hörte, nur annähern konnte, wenn er frei war. Mit einem guten Lehrer hätte Toto vielleicht einige Monate benötigt, um sich seiner Fehler bewusst zu werden, so war es unmöglich, zu einem anerkannten Wohlklang zu gelangen.

Toto sang in einem kristallklaren Sopran und erreichte einen Ton, der noch einen über Mozarts Königin der Nacht in der Zauberflöte lag. Aber woher sollte er das wissen.

Und weiter.

Das erste Mal hatte Toto vor Publikum gesungen, als seine Kuh getötet wurde. Das war vielleicht nach zwei Jahren auf dem Hof, eben als er begann, Routine zu entwickeln, sich in die Gesichter der Tiere einsah und merkte, dass es unsympathische Kühe gab, dumme, eitle, intrigante. Das erste Kalb hatte er mit auf die Welt gebracht, an den Beinen aus der Mutter gezogen hatte er es und Angst gehabt, weil es von so weit oben auf den Boden gefallen war, feucht und voller Angst. Willkommen in einem kurzen Leben, das beendet werden wird, von Leuten, die dich verzehren werden, danach ausscheiden, ohne dich zu fragen. Sie werden sich nicht erkundigen, ob du vielleicht depressiv bist, in diesem Scheißstall, weil es zu dunkel ist und zu eng, und ob du darum sterben und gefressen werden willst. Sie verfügen über dich, weil sie es so geschrieben haben, in ihren Märchenbüchern, damit sie sagen können: Es steht geschrieben, dass das Tier dem Menschen zu dienen habe und die Frau dem Mann, und das haben sich Männer ausgedacht, die gerne Fleisch fressen und Frauen prügeln, weil es ihnen hilft, mit diesem unwürdigen Leben zurechtzukommen, wo sie doch am Ende in die Hosen machen, da ist es doch ein Moment der Größe, ein Tier töten und das Bein auf seine Brust stellen.

Toto hatte damals das Kalb getrocknet und es dabei kennengelernt. Es gab bereits Tiere, auf die er sich freute jeden Morgen, die anderen waren ihm vertraut, er schlief neben ihnen ein, er heftete das Vakuummelkgerät an ihre Euter, fütterte sie, erfand Familien- und Liebesgeschichten, sie waren ihm sein Daheim, die Tiere, doch zu dem Kalb und seiner Mutter hatte er ein mehr als freundschaftliches Verhältnis. Die Mutter des Kalbes trat später immer zur Seite, wenn Toto sich näherte, und das Kalb drückte sich an ihn, und Toto begriff durch sie, dass man ohne den Kontakt zu Menschen unbeschadet überleben kann, wenn Tiere in der Nähe sind. Als die Mutterkuh erkrankte, pflegte Toto sie, legte ihr kühlende Wickel auf, fütterte sie, doch er konnte nicht verhindern, dass sie zu Boden ging, nicht mehr auf die Beine kam, sie hätte Zeit gebraucht, doch der Mensch hatte entschieden, dass eine kranke Kuh nichts wert ist, und sie wurde durch Rüdiger, der sich kaum auf den Beinen halten konnte, dem doch sein Hirn abhandengekommen war, der kein Mitgefühl in sich trug und keinen Humor, mit einem Bolzenschussgerät getötet. Sie töten so gerne Tiere, weil es unter Strafe steht, Menschen umzubringen, und weil sie doch so gerne auslöschen, am liebsten sich. Wie die Augen blind wurden, im Augenblick des Übergangs von einem beseelten Lebewesen zu einem Fleisch. Seele. Das Wort für den Herzschlag.

Der Abdeckwagen fuhr auf den Hof, eine Winde auf der Ladefläche, eine Eisenkette wurde in den Stall gezogen, der Eisenhaken am Ende der Kette in die Augenhöhle des Tieres gestoßen und sein Leib durch den Stall auf den Laster gezerrt. Wie praktisch der Mensch ist, und wie er zu töten versteht. Das Kalb wurde geschlachtet.

Toto sang für die Hinterbliebenen. Das war ihm ein wenig albern, wie er da stand, am Ende der Futterreihe, die Kühe sahen ihn an, das Melodram Liselotte Herrmann singend, doch der Auftritt vor Publikum sollte sich seit jenem Tag in seine Routine fügen, in die Ordnung der Tage. Vor der Schule das Melken und Füttern, unerhebliche sechs Unterrichtsstunden, zurück in den Stall. Nach der täglichen Arbeit wusch sich Toto mit Bürste und Seife im Hof, er rieb an seiner Haut herum, wusch die Haare auch im Winter, auch bei Schnee, er schrubbte, er schüttete das eiskalte Wasser über sich, wusch seine Kleidung, und in der kalten Jahreszeit, die immer war, trocknete sie nicht und half auch nicht gegen den Geruch von Kuhstall und Futter, von Gülle und Mist, den er nicht mehr wahrnahm, von dem er nur deshalb wusste, weil die Menschen sich die Nase übertrieben zuhielten, wenn er in der Nähe war, und er nie verstand, was sie damit sagen wollten, mit der zu großen Geste.

In Totos Zimmer lagerten Grundnahrungsmittel, er hatte die Erfahrung gemacht, dass es klüger war, sie vor den Eltern zu verbergen, denn ohne diese Vorsichtsmaßnahme gab es für ihn kein Frühstück. Er bereitete sich ein Marmeladenbrot, füllte ein wenig Getreidekaffeepulver in einen Beutel und ging ins Haus. Toto saß im Wohnzimmer, vorsichtig auf einer Zeitung, die er über das alte Sofa gelegt hatte. Er hatte den Raum nicht unbedingt zu einem Kleinod gemacht, doch die Müllberge waren ebenso verschwunden wie die neuen Eltern, die sich hier nicht mehr wohlzufühlen schienen. Weder begegnete Toto ihnen, noch verstand er, warum sie sich das Leben zu etwas Dunklem machten. Rüdiger hatte ihn noch mehrfach geschlagen, es aber irgendwann eingestellt. Vermutlich hatte irgendeine Leitung in seinem trüben Hirn einen Kurzschluss erzeugt, und er hatte verstanden, was er da tat. Er schlug einen Riesen, von dem er nur wusste, dass er über eine rechte Kraft verfügte, und hinter dessen rundem, liebem Gesicht sich vielleicht ein Monster aufhielt. Er hatte Toto angesehen, für Sekunden klar, seine Hand war gesunken, und Angst hatte ihn erfüllt. Der Frau war der tapsige Junge von Beginn an unheimlich gewesen. Sanftmut und Freundlichkeit verunsicherten das Paar, sie waren es nicht gewohnt, sie fühlten sich auf unangenehme Weise unvollkommen, wenn sie Toto um sich hatten. In wachen Augenblicken spürten sie durch ihn die eigene Widerlichkeit. Vielleicht mieden sie seine Anwesenheit, vielleicht hatten sie zu tun. Selten hörte Toto Geräusche aus dem Schlafzimmer. Der Kontakt fand nicht einmal mehr auf das Notwendige reduziert statt. Toto lieferte die Milch ab, verhandelte mit Viehhändlern, verwaltete das Geld, kaufte ein, versuchte nicht, eine Ordnung zu schaffen, wie sollte das gehen, in dieser Hölle. Die beiden Erwachsenen hatten sich zerstört, die Überreste wankten ab und an über den Hof. Das, was sie vor der Ankunft ihres Pflegekindes dazu gebracht hatte, sich zu bewegen, sich zu reinigen, Nahrung aufzunehmen, war eingeschlafen, endlich konnten sie dem, was in ihnen wohnte, ein rechtes Daheim geben. Dem Überdruss ein Haus bauen, eine Mulde im Bett, eine Flasche daneben, ab und an auf den Hof, austreten, aber auch das würden sie mit der Zeit einstellen. Fast friedlich wurden sie, mit dem Entfallen der Zwänge, mitunter redeten sie, im Dunkel, wie Kinder in zugigen Stuben aneinandergeschmiegt.

Nur in der Nacht verließen sie das Schlafzimmer, schauten, was Toto ihnen an Nahrung bereitgestellt hatte, mitunter traten sie auf den Hof, dessen Bezug zu einem Leben, das sie verachteten, sie immer seltener ertrugen. Sie lagen in furchteinflößendem Gestank, die Haare hatten eine Fettschicht im Kissen hinterlassen, als sei das Kissen eine Gussform. Der Geruch schien von ihrem Verstand zu kommen, der verfaulte und etwas ausdünstete, das der Tod hätte sein können.

Und alles nur des Kindes Schuld, das zu fleißig war, das man nicht hörte und das die beiden versorgte. Er versuchte den traurigen Menschen ein schönes Leben zu machen, mit seinen unbeholfenen Versuchen, die Ruine freundlich zu gestalten, er stellte Blumen auf den Tisch, füllte die Schränke. Toto hatte bereits herausgefunden, dass es am einfachsten war, Menschen, von denen er abhing, zufriedenzustellen. Sie vergaßen ihn, wenn ihnen wohl war, die Menschen, ihr Hass suchte kein Ventil, wenn sie in sich saßen und an die Decke schauten.

Die Erwachsenen warteten auf ihr Ende.

Toto wartete auf etwas Neues.

Und weiter.

Trötbach lag nicht im Tal der Ahnungslosen, nicht in jener Gegend, wo die Menschen aufgrund mangelhafter Übertragungstechnik keine Nachrichten aus dem kapitalistischen Ausland sehen konnten und darum, Gerüchten zufolge, liebenswürdige, einfältige Urwesen geblieben waren, unverdorben und rein in ihren Auen saßen, Schubertlieder sangen und sich die blonden Locken kämmten. In den von kapitalistischen Gedanken bewahrten Gegenden zitierte jedes Kind Karl Marx und Rosa Luxemburg, und nicht ohne Grund entstanden die meisten sozialistisch-realistischen Kunstwerke in jenem Teil des Landes.

Toto in Trötbach kannte den Rest der Welt aus Fernsehen und Zeitung. Seine Zweifel an der Richtigkeit der Informationen nährte er durch die Vorstellung, er erhielte den Auftrag, einen Bericht über sein Leben anzufertigen. Fünf Minuten Dauer. Er würde das verfallene Haus zeigen, das Dach war unterdes undicht geworden, und Schüsseln standen ständig bereit, um Regenwasser aufzufangen. Schnitt zu den Eltern in ihrem Schlafzimmer. Schnitt zu Toto, ein großgeratener Fleischklumpen, der neben den Kühen steht und singt. Die Kamera würde auf den Schrotthaufen schwenken und auf Krähen, die mit gierigen Augen auf seine Beine blickten. Aber das waren ja nur die beeindruckenden Bilder. Das Angenehme war doch nicht darzustellen. Der Geruch nach Land, die freundlichen Tiere, die angenehme Einsamkeit nach dem Verschwinden der Eltern, das war doch nicht darzustellen. Man benötigt Übertreibung, um den Menschen zu fesseln, keiner würde Toto beim Ausmisten und Kühestreicheln, beim Lernen oder Notenstudieren eines Berichtes für würdig befinden.

Toto sah Fernsehen.

Wie glückte es diesen Demonstranten nur, sich auseinanderzuhalten. Der Fernsehbildschirm war erfüllt von Jeansblau und Dauerwellen in Mittel- oder Aschblond bei den Frauen, der Mann trug das Haar hinten lang, auch er mit Dauerwelle. Dieser verheerende Hang zur Locke. Zu Kunstlederjacke und Karottenhose. Demonstrationen reizten Totos soziologisches Interesse. Einen braucht es, der laut Parolen ruft, und mit Glück werden ihm andere folgen. Wenn nicht, dann steht man nicht als Anführer einer Revolution auf der Straße, sondern als Geisteskranker. Es ist immer die Angst, der einzige zu sein und nicht zur Gruppe zu gehören, was den Menschen von bleibenden Taten abhält, und wenn es ihm irgendwann egal wird, was die Gruppe von ihm hält, dann wird er zum Amokläufer.

Die Demonstranten im hinteren Teil der Menschenansammlung verstanden vermutlich den Inhalt der Parolen nicht mehr, doch sie verhielten sich wie Menschen in Ansammlungen: Sie machten mit.

Diese halbe Stunde am Morgen, nachdem Toto die Stallarbeit erledigt hatte und vom kalten Wasser auf seiner Haut dampfend in der Stube saß, war eine der angenehmen Inseln, die er sich in seinem Leben eingerichtet hatte. Nichts, das man filmen wollte. Die Kameras schwenkten über die Demonstranten hinweg, ein erstaunlicher Ort mit regem Straßenverkehr. Toto kannte die Stadt, in der er aufgewachsen war, in der es kleine Häuser gab, verfallene Bahnhöfe und eine Fußgängerpassage, an deren Rand Stiefmütterchen in Betonröhren standen. Doch selbst diese Explosion schlechten Geschmacks bot eine fast ausufernde Schwelgerei für das Auge, im Vergleich zu Trötbach. Hier wurde nicht demonstriert, es gab auch kaum Einwohner, die zu solch extravaganten Freizeitbeschäftigungen imstande gewesen wären. In den wenigen Jahren, die Toto hier verbracht hatte, waren alle Frauen verschwunden, auf eine unklare Art hatten sie sich aufgelöst. Zurück geblieben waren traurige Männer, die mit den Landwirtschaftlichen Produktionsstätten einen Verfallswettbewerb auszutragen hatten.

Die Traktorenleichen lagen an der Hauptstraße, das Kopfsteinpflaster war immer feucht, der Laden im Dorf hatte geschlossen. Den Krug gab es noch. Der Wirt war in unglaubhafter Geschwindigkeit vom Freizeitalkoholiker zum Pflegefall geworden, er saß vom Morgen an mit seinen Gästen, den verbliebenen Männern, und trank.

Ab und an schwankte einer aus der Kneipe, um die Kühe zu melken und die Kadaver der verstorbenen Tiere zu entsorgen. Vielleicht lagen auch die Leichen der Frauen in den Häusern, man würde es nicht herausfinden, denn ein strenger Geruch schwebte ständig über dem Dorf.

Toto glaubte nicht an den Erfolg von Demonstrationen. Er misstraute der Masse, sie hatte sich noch nie richtig entschieden, soweit er seinen Geschichtsbüchern Glauben schenken wollte. Es zog ihn nicht in den kapitalistischen Teil der Welt, es trieb ihn nirgendwohin, doch er wollte gerne sehen, ob Menschen glücklicher waren, wenn ihnen scheinbar alle Möglichkeiten offenstanden.

Und weiter.

Toto war mit einem Zeugnis, das ihn durchaus zufriedenstellen konnte, wenn er sich dafür interessiert hätte, aus der Schule entlassen worden. Die Feier in der Aula war ein zum Staunen erbärmlicher Akt gewesen, wenn man bedenkt, dass die meisten der Kinder zehn Jahre miteinander verbracht hatten. All die Kriege, Liebesgeschichten, Demütigungen hätten sie verbinden müssen, doch was am Ende blieb, fand auf einer Sperrholzbühne statt, da standen sie und taten, als ob sie sich nie zuvor gesehen hätten, als ob ihnen all die Geheimnisse, die sie miteinander teilten, peinlich wären. Sie hatten sich schöngemacht und wirkten doch schon wie auf einem Foto gefangen, das sie dreißig Jahre später mit Scham betrachten würden.

Der arme Klassenlehrer hatte eine Lungenkrankheit und keine Frau, und die Mädchen hatten sich immer so geekelt vor seinen feuchten Händen an den falschen Stellen. Die Mädchen. Die nun in eine prächtige Zukunft als Köchin oder Verpackerin gingen. Und sich irgendwann an die Hand des Lehrers erinnern werden als an die Zeit, in der sie noch ein wenig Macht gehabt hatten.

Das Rednerpult, an dem der Direktor stand, war mit rotem Stoff umhüllt, Toto starrte verstört auf die Büroklammern, die ihn zusammenhielten, und auf den Fuß des Direktors in seinem Kunstlederschuh mit durchgestoßener Kuppe. Vom Tonband die Nationalhymne, ein Strauß Papiernelken am Boden. Der Raum strahlte eine fast alberne Trostlosigkeit aus. Wenigstens tropfte kein Wasserhahn, und kein Pferd mit Holzbein stand vor dem Vorhang. Toto starrte auf die Kuppe des Direktorschuhs.

Die Schuljahre waren angenehm nichtssagend gewesen. Für

die Dorfjugend war Toto der vertrottelte Dicke, vielleicht war er ja ein Mongo, damit kannten sie sich aus, die sind gefährlich, die schlagen zu, die werden wütend. Sie ließen ihn in Ruhe. Keiner hätte sich allein gegen den Zweizentnerriesen gestellt, man hätte sich verabreden müssen, um ihn zu Fall zu bringen, und dafür waren sie hier auf dem Land zu träge, zu müde von der Stallarbeit, matt hatten sie ein paar Steine nach Toto geworfen und das Interesse verloren. Die jungen Leute vom Lande schienen sich im Mittagsschlaf zu befinden. Gehässigkeit erfordert Energie, und über die verfügte keiner. Nach dem Unterricht gingen die Schüler wie ernste kleine Steuerbeamte zurück in ihre sich gleichenden Leben, die bestimmt waren von Kälte und Stallgeruch.

Toto ahnte, dass er sich später an nichts hier würde erinnern können. Weder an das Kopfsteinpflaster auf dem Schulhof, das lange zweistöckige Gebäude mit grauem Verputz, die Turnhalle mit ihrem Geruch von Generationen Kinderschweiß und Turnschuhen, die Schulglocke, die klang wie eine Sirene beim Fliegerangriff, noch an die Fahnenstange, an der jeden Morgen die Flagge des Landes gehisst wurde, dazu ein Lied, dessen erste Zeile: Auf, auf zum Kampf, zum Kampf, zum Kampf sind wir geboren, keinen außer Toto zu verwirren schien. Wogegen sollten sie kämpfen, diese müden jungen Menschen?

Es wäre eine zu grobe Vereinfachung zu behaupten, dass die gesamte Landbevölkerung einen asozialen Reigen der Verwahrlosung in verfallenen Häusern tanzte. Die Leiterin der Bücherei zum Beispiel versuchte es sich nett zu machen. Sie wohnte in einem frisch verputzten Haus, hatte Blumenkübel aufgestellt, ihre Tochter trug Kleidung aus dem Ausland, und die Mutter winkte ihr hinterher, wenn sie zur Schule ging. Immer wieder wurden ihr die Fensterscheiben eingeschlagen, Kot an ihre Türklinke gestrichen. Die Frau Doktor wurde sie abfällig genannt, ja, hier auf dem Land war Bildung suspekt; der

Frau, der musste man zeigen, wo ihr Platz war. Ein erfahrener Mensch, als Toto war, hätte an diesem kleinen Beispiel menschlicher Gemeinheit hier im Mikrokosmos Dorf verstehen können, dass es sich kaum lohnte, weiterzumachen in der Hoffnung, einen freundlichen Platz zu finden. Ein erfahrener Mensch, als Toto war, hätte sich zum Sterben hingelegt im Bewusstsein, dass er nichts verpasste, aber Toto glaubte noch an Wunder. Er war Schulabgänger und sechzehn, was ihn noch nicht volljährig, aber unauffällig machte. Er beschloss, nicht zu seinen Pflegeeltern zurückzukehren. Er wollte sie in angenehmer Erinnerung behalten, er wollte nicht wieder auf der Matratze liegen und frieren unter der Pumpe. Er war in einem Alter, in dem durchaus noch etwas Neues kommen konnte.

Und weiter.

Die Straße führte aus der Kreisstadt, in der sich Totos Schule befand und ein Kleiderladen, der Arbeitskittel und Schürzen verkaufte, und kein Restaurant, hinaus zu Orten, die noch nie ein menschlicher Fuß betreten hatte. Irgendwo am Ende der Welt würde die Straße im Sperrgebiet enden. Die etwa fünf Kilometer breite Zone, hinter der das Böse lebte, durfte nur betreten, wer über einen Personalausweis mit Zonenrandbewohnereintrag verfügte. Die Einwohner des Sperrgebietes mussten ihre Leitern mit Vorhängeschlössern sichern, die nur unter Anwesenheit eines Grenzpolizisten geöffnet werden durften, damit man sie nicht als Fluchtwerkzeuge missbrauchte. Die Grenze, auf welche diese privilegierten Bürger blickten, bestand aus einem etwa zehn Meter breiten und gepflügten Streifen, der teilweise vermint und mit Selbstschussanlagen ausgerüstet war, dahinter befand sich doppelter Stacheldrahtzaun von etwa drei Meter zwanzig Höhe. In Abständen von ungefähr zehn Metern standen Wachtürme, auf Menschen abgerichtete Hunde zogen ihre Bahn, Kontaktdrähte waren verlegt. Auf beiden Seiten der Grenzzäune befanden sich, je nach geographischer Gegebenheit, verschieden breite Zonen, die von jeglicher Vegetation befreit und in der Nacht beleuchtet waren, um ein schönes freies Schussfeld zu gewähren. Der antiimperialistische Schutzwall gab den Einwohnern des Landes das beruhigende Gefühl der Sicherheit.

Toto fühlte sich nicht bedroht, aber sehr angespannt. Der durchschnittlich ermittelte Lebenslauf für einen wie ihn, ohne besondere Eigenschaften und mit mittelmäßigem Schulabschluss, sah eine Ausbildung zum Facharbeiter vor, nachdem er den Sommer über in ein befreundetes sozialistisches Land gefahren wäre, um dort zu zelten. Toto würde in einem Zelt liegen, seine Füße würden ins Freie ragen, Tiere umringten sie und aßen davon.

Im Anschluss dürfte er mit seinen abgekauten Zehen den unterschätzten Beruf des Malers und Lackierers erlernen, würde mit einem Papierhut auf einer Leiter stehen und singen können, denn malen und lackieren müsste er wegen des Farbenengpasses in dem kleinen sozialistischen Land vermutlich selten. Drucker, Setzer, Lastwagenfahrer könnte er werden, unendliche Möglichkeiten, von denen ihn keine interessierte.

Die Sonne stand tief, und Toto wusste, dass sein Schatten gigantisch wirkte. Es war schade, dass kein müdes Pferd neben ihm trabte.

Die Landstraße ließ Toto fast albern langsam werden. Er war von einem dermaßen ausgeglichenen Charakter und seine Energie gedämpft, dass jede weitere Beruhigung von außen die Gefahr eines Herzstillstandes mit sich brachte. Sein Körper wirkte immer noch wie der eines Babys, mit der gut verteilten Rundlichkeit, seine Haut war sehr hell, sein Gesicht war nicht das eines pubertierenden Jungen, und für ein Mädchengesicht war es zu groß, keine Einordnung mochte greifen. Am ehesten wirkte er wie eine von einem Kind angefertigte Zeichnung. Toto konnte selbst mit offenem Mund in den Horizont starren, ohne dass es abstoßend aussah. Für einen Menschen seiner Größe konnte die volkseigene Textilindustrie nicht eingerichtet sein, sodass alle seine Hosen und Jacken etwas zu knapp waren, was Totos unbeholfene Ausstrahlung verstärkte. Toto hatte leise zu singen begonnen; wenn er schon Maler und Lackierer ohne Farben werden sollte, könnte er den Teil, da er arbeitslos auf einer mit Vorhängeschloss gesicherten Leiter stand, auch überspringen.

Vor einiger Zeit hatte er begonnen, sich Lieder auszudenken, Melodien, zu denen sich Worte fanden, die ihn glücklicher machten, als hätte er Vorhandenes nachgesungen. Er wollte nichts mit seinem Gesang. Der Gesang war einfach bei ihm, er war etwas, das ihn nicht einsam sein ließ. Auch konnte sich Toto nicht vorstellen, jemals den Satz auszusprechen: Ich möchte Sänger werden, falls aus Versehen einer fragen wollte. Es schien ihm ein so kitschiges Berufsbild, unvorstellbar, wie so ein Leben als Sänger aussehen sollte. Wohin würde er mit einer Erwachsenenaktentasche jeden Morgen gehen, um zu singen? Wie alles andere war auch die Kunst streng geregelt und verwaltet im kleinen sozialistischen Land. Die Genossen Künstler mussten ausgebildet, überprüft und mit Markierung versehen werden. Es würde das sorgfältige Gleichgewicht im Land zerstören, wenn jeder ohne ausgiebiges Studium eine Kunst machen wollte. Wissen ist die Waffe der Unterdrückten. Bildung für alle ein Verdienst des Sozialismus. Man vertraute Urkunden, Diplomen, den gerahmten Abschlüssen der Musikhochschule, die so wunderbare Sänger und Popbands hervorgebracht hatte. Selbst wenn einer nur an Hochzeiten auf dem Land singen wollte, brauchte er eine Spielerlaubnis als Amateurmusiker. Die wurde von der Kulturbehörde vergeben. Fraglich, ob Toto mit seiner merkwürdigen Stimme beim Vorsingen vor einer Kommission, die aus Funktionären in blauen, vom Bügeln glänzenden Anzügen bestand, besonderes Wohlgefallen erwecken würde.

Die Landstraße, an der keine Apfelbäume standen, das waren vermutlich Akazien, die letzten Häuser des Dorfes hinter sich lassend, nur in einem, an einem kleinen See, brannte noch Licht.

Ein Jahr nach

ihrem Handel mit Rüdiger, dem Vertreter der einfachen ehrlichen Landbevölkerung, hatte Frau Hagen bekommen, was ihr zustand.

Der Besitzer eines Hauses am See war überraschend verstorben, Mitte vierzig, kommt vor, Arbeitsunfall am Melkkarussell, nicht unüblich, der Boden immer feucht, die Kühe ungehalten.

Das Gebäude war in ansehnlichem Zustand und sogar romantisch, wenn man darunter Dinge versteht wie: mit einem Sexualpartner in der Badewanne sitzen, in deren Wasser Rosenblätter schwimmen. Es gab eine Badewanne. Es gab eine Ölheizung im Keller. Leider gab es kein Heizöl im Land, aber das waren Kleinigkeiten, und Frau Hagens Lust, durch das Haus zu streichen, unsichtbare lange Satinhandschuhe tragend, war immens.

Frau Hagen besaß ein Haus am See. Ein Haus am See, ihr Gesicht spiegelte den Stolz eines Menschen, der durch Betrug zu Reichtum gekommen ist. Das Dorf durchmaß sie von da an nur, um zum Bus zu gelangen, später würde gewiss ein Fahrer im Tatra vor ihrer Tür warten.

Jeden Freitag traf sie nach der Arbeit auf dem Land ein, grüßte nicht, hob das Kinn, lief vorsichtig, als befände sich sehr viel Kot auf der Straße, doch das war nur teilweise der Fall.

Frau Hagen saß jedes Wochenende in ihrem Haus, sie langweilte sich, ein Hochgefühl stellte sich nicht ein, sie ging früh zu Bett, um diese furchtbaren Wochenenden zu verschlafen. Es regnete über Gebühr, oder es kam ihr so vor.

Die drei Männer stemmten die Haustür auf. Es war Samstag, zwei Uhr nachts, die Zeit des Tiefschlafs, das Schloss lächerlich, die Kriminalität im kleinen sozialistischen Land in überschaubarem Rahmen, da gab es doch kein eingetragenes Elend, keine Obdachlosen, und zu entwenden gab es überhaupt nichts. Die drei Männer stiegen mit erstaunlicher Behutsamkeit in den ersten Stock und weckten Frau Hagen mit einem Faustschlag. Drei Frontzähne lösten sich aus dem Zahnfleisch, Blut füllte Mund und Rachen. Das Mondlicht erhellte den Raum. Einer der Männer schaltete das Licht an, man wollte sehen, was man aß. Frau Hagen versuchte einen Schrei. Das erzürnte die Anwesenden. Sie stopften ihr zwei Socken in den Mund, die einer der Männer sich zuvor mit großer Behendigkeit von den Füßen gestreift hatte. Die Socken waren feucht und seit Wochen an den Füßen des Mannes befindlich gewesen. Frau Hagen wurde auf den Bauch gedreht, unter Faustschlägen ans Bett gefesselt.

Die drei Männer hatten ihre Hosen heruntergelassen und vergewaltigten die Frau nacheinander. Das war ihnen nicht unangenehm, den warmen Vorgänger zu spüren, doch die Frau wand sich. Und der Spaß ließ sich anscheinend nicht steigern. Eine laue Erfahrung, hätten die Männer nicht noch überraschende Phantasie bewiesen. Sie suchten nach Material im Haus und fanden einen Besen, dessen Stiel sie in Frau Hagen rammten. Das Holz splitterte, und das Bett wurde rot vom Blut der Frau, die ohnmächtig geworden war. Ein paar Schläge belebten sie sehr schnell. Sie fühlte keine Schmerzen und keine Angst. Die drei Männer waren weit entfernt davon, all die Kinder zu rächen, denen Frau Hagen den Glauben genommen hatte, dass Menschen eine freundliche Spezies sind, die Männer wussten davon nichts, Kinder waren ihnen egal, sie mochten die Frau einfach nicht, ihre hochnäsige Städterart machte sie wütend. Ihre Frauen waren ihnen weggelaufen, hatten sie sitzengelassen mit diesem Leben, das sie überforderte, und dafür musste Frau Hagen büßen. Keinem der drei wäre eingefallen, dass sie Frauen hassten. Hass! Ein viel zu starkes Wort.

Sie verachteten sie nicht einmal, Frauen erfüllten sie mit Wut. Die Republik bestand doch noch nicht lange, mit ihrer absurden Idee der Gleichberechtigung, mit Frauen, die auf einmal wählen gehen konnten und Vorgesetzte waren, die sich wie Nutten kleideten und dem Mann widersprachen. Sie konnten nichts dafür, die Männer, ihre Wut kam von ihren Vätern, die auch schon unter ihren Frauen gelitten hatten. Diese ständig nörgelnden, immer unzufriedenen Frauen waren doch irgendwann einmal warme, sanfte Gefährtinnen gewesen, die den Mann bewunderten und Kinder gebaren. Jetzt ließen sie abtreiben. Jeder der drei hatte seine persönlichen Aversionen, genährt durch die Schwester, die Chefin, die Parteivorsitzende.

Die Männer waren hungrig. Sie mussten einen kleinen Imbiss zu sich nehmen, Frau Hagen machte absurde Geräusche, schnorchelte, blubberte und röchelte, sodass einer der Männer auf die Idee kam, eine Platte aufzulegen. Samba Pa Ti, Santana, eine ausländische Band, eine romantische Musik. Die Männer saßen auf dem Bett, Frau Hagen röchelte, man aß Schnitten. Frau Hagen war nicht mehr Frau Hagen; das, was einen Menschen ausmacht, der sich für unverwundbar hält, mit gehobenem Kinn auf seine Schritte und deren Wirkung achtet, war verschwunden. So machte auch das Demütigen keinen Spaß, und die Kleider waren verdammt noch mal schmutzig.

Später würde Rüdiger Thea erschlagen. In ein paar Jahren, Toto hätte sie längst vergessen, denn er interessierte sich nicht für Vergangenes, würde er irgendwann erwachen und seine hässliche traurige Frau für sein Schicksal verantwortlich machen. Das wäre ihm klar, eines Morgens, und er würde so lange mit einer Kristallvase auf ihren Kopf einschlagen, bis da auch sicher kein Leben mehr drin war. Dann würde er in den Krug gehen, trinken und abwarten.

Und weiter.

Das Licht am Himmel ausgeschaltet, Toto lief in völliger Dunkelheit, zufrieden. So muss es einem Maulwurf gehen, wenn er eine Wanderung macht. Plötzlich erhellte sich das Umfeld durch Scheinwerfer. Wohin sollte hier am Ende der Welt jemand unterwegs sein, es musste sich um Polizei handeln, um seine Adoptiveltern, um irgendetwas höchst Unangenehmes. Toto verließ die Straße, auf der Suche nach einem Versteck, er fand einen Baum, mit dem er zu verschmelzen suchte. Die Scheinwerfer kamen näher, ein Bus hielt, natürlich genau vor dem Baumversteck, vermutlich um wieder ein wenig Aktion und Zufall in Totos Leben zu bringen.

Der Bus stand, der Motor lief, die Tür öffnete sich, und ungefähr zehn Frauen und als Frauen verkleidete Männer, alle trugen Bärte, in olivfarbener Leinenbekleidung stiegen aus. Sie huschten im Licht des Autoscheinwerfers auf den Baum zu, hinter dem Toto mangelhaft verborgen war. Einige machten Anstalten, sich zum Urinieren niederzulassen, da entdeckten sie Toto. Das Erschrecken war gegenseitig. Nach dem kurzen Erstaunen, Menschen an Orten zu finden, wo man sie nicht vermutet hatte, beruhigten sich die Angehörigen der Reisegruppe, und auch Toto verlor seine Angst, aufgegriffen und zu seinen Pflegeeltern zurückgebracht zu werden. Vereinzelt verschwanden die Menschen, um in den Büschen zu urinieren, die anderen machten sich mit Toto bekannt. Die Leute waren der Hans, die Ina, der Dieter, die Grit, es war ihnen schon nach der Nennung ihres Namens wichtig, den unbekannten Jugendlichen mit dem Hinweis auf ihre politische Gesinnung zu überfordern, eine Art kommunistischer Kommune, die im kapitalistischen Teil des Landes lebte und einen Ausflug unternommen hatte. Und wer bist du, Kamerad, fragte einer der Männer. Toto nahm an, dass es sich um das Alphatier handelte. Genosse Toto, angenehm, Genosse Raimund, Händedruck, fest.

Raimund sah absolut durchschnittlich aus, ein Mann um die fünfzig, mit schütterem Haar und groben Falten um den Mund. Er hatte gelesen, dass sich Dominanz durch einen festen Händedruck und einen starken Blick manifestiert. Im Hintergrund wurde weiter uriniert. Wir unternehmen ständig Studienreisen zu unseren Genossen, die das Glück haben, in einem sozialistischen Staat zu leben. Sagte Raimund auf Totos Schweigen hin, dieses Schweigen, das man als tief, vielsagend und bedrohlich empfinden konnte. Wir besuchen Versammlungen der sozialistischen Arbeiterpartei, und wir bringen unseren Genossen atmungsaktive Leinenkleidung. Raimunds Blick führte, wenn er sprach, ein wenig über die Menschen, als fixiere er einen Punkt am Horizont. Nach verrichteter Ausscheidung fand sich die Gruppe wieder um ihr Zentrum, Raimund, und schaute Toto an. Was machst du hier, in der Dunkelheit, fragte Raimund, und Toto beschloss, mit diesen freundlichen Kommunisten zu reden, er erzählte seine Geschichte, in der das Waisenhaus, die betrunkenen Pflegeeltern und der Weg ins Nichts eine dramaturgische Rolle spielten, frei von Emotionen, und er versetzte damit die kleine Reisegruppe in eine emotionale Schwingung. Da stand ein ausgewachsenes Arbeiter- und Bauernkind vor ihnen, ein kleiner Marx, ein Babylenin, der in seinem doch sehr überlegenen System zu scheitern drohte. Die Frauen berührten zart die Arme des sozialistischen Waisenkindes, die Männer nickten mitfühlend, in einer Art, die sagte: Ja, ich habe auch schon viel mitgemacht. Ich habe zwei Weltkriege überlebt, und mein Vater hat mich geschlagen, aber dennoch bin ich ein empfindsamer Mann geblieben, der durchaus trostspendend nicken kann.

Raimund erhob das Wort erneut: Es gibt keine Zufälle, Genosse. Du brauchst Hilfe. Wenn es dir recht ist, könnten wir in der Gruppe diskutieren, ob wir dich mitnehmen, über die Grenze. Raimund reckte sich ein wenig, er reichte Toto nicht ganz bis zur Brust, ein Umstand, der ihn, trotz seiner rhetorischen Überlegenheit, zu verunsichern schien. Eine Frau, deren Gesicht an ihr hing wie ein Tuch, mischte sich sehr eilig ein: Wir würden ja alles geben, um hier wohnen zu dürfen, aber wir werden zu Hause gebraucht. Toto nickte, er wollte sich nicht in die Menschen einsehen, er wollte sie nicht verstehen, er wollte nur irgendwo anders sein. Weggehen wäre gut. Er war müde, und hungrig war er auch. Die Frau, die sich durch besonders mitfühlende Berührungen ausgezeichnet hatte, war bei Toto geblieben, während die Gruppe ein paar Schritte entfernt in der Dunkelheit stand, um über sein Schicksal zu diskutieren. Die Frau, es war die Ilse, starrte unverwandt zu Toto. Was hatte ihr das Leben nur angetan? Da waren doch alle Gliedmaßen augenscheinlich vorhanden, die Frau war wohlgenährt, aber irgendjemand schien ihr übel mitgespielt zu haben. Diese Frau, erkannte Toto, war auf der Welt, um anderen auf die Nerven zu gehen.

Aus dem Hintergrund Fetzen der Diskussion. Die Sondersitzung ist eröffnet. Das Wort hat Genosse Raimund.

Genossen und Genossinnen! Ich möchte ein paar Worte zur Befreiung des uns zugelaufenen Genossen ausführen. (Widerspruch.)

Es wird mir von der Gruppe der internationalen Marxisten also verweigert, eine Erklärung abzugeben. (Zustimmung.)

Ich bin der Überzeugung, dass die Befreiung des Genossen geschehen muss, und ich bitte die Anwesenden darüber zu entscheiden, ob es geschehen kann oder nicht.

Im Vordergrund redete die Frau auf Toto ein. Er verstand nur einzelne Worte. Selbstversorger, ökologisch, marxistisch, Widerstand, Bourgeoisie.

Jeder außer Toto hätte die Situation vermutlich merkwürdig gefunden, der aber fühlte sich wohl, gab es doch etwas Neues zu betrachten. Toto sah sich die Gruppe an. In Ruhe, jedes einzelne Gesicht. Sie machten ihm keine körperliche Angst, keine Panik, wie man sie empfinden mochte, wenn man einem Bären gegenübersteht, aber ein leises Grauen empfand er dennoch. Ich bin der Hans, sagte einer der Männer. Nachdem die Gruppe sich beraten hatte und alle ihm erfreut zunickten, war er, der Hans, auf Toto zugekommen und schüttelte ihm die Hand.

Also bin ich in der Gruppe aufgenommen? Fragte Toto.

Selbstverständlich nicht, sagte der Hans, wir haben erst einmal darüber entschieden, ob wir dich mit in den Kapitalismus nehmen. Ein schwieriger Entscheid, da du ja eindeutig in der richtigeren Welt zu Hause bist. Toto nickte, verdrehte die Augen und übergab sich. Innerlich.

Wie wollt ihr mich über die Grenze bringen? fragte Toto. Unter dem Bus, flüsterte Hans, da ist eine Stahlkammer unter dem Bus, in der zum Beispiel ich mit dir liegen kann, seine Augen flackerten. Es ist immer einer aus der Gruppe dabei, wenn wir einen Menschen aus dem Sozialismus retten, ich meine, wenn wir einen Genossen. Der Hans hatte sich versprochen, er hatte zu viel verraten, und Toto wollte doch nichts wissen, es ging ihm unwirklich, vermutlich wegen der Müdigkeit, wegen des Entschlusses wegzulaufen, wegen des Lebens, das heute beginnen sollte, egal, er war müde, schon gut, sagte er. Also, fuhr der Hans fort, wenn die Grenzsoldaten, was noch nie passiert ist, das Versteck finden, besteht immer noch die Möglichkeit, dass der Bürger des sozialistischen Landes unentdeckt bleibt, während einer von uns aus der Stahlkammer steigt und behauptet, wir liebten diese Grenzerfahrung. Ha, das ist ein Wortwitz, sagte Hans und lachte. Die Hunde können den Menschen nicht riechen in der Stahlkammer, weißt du.

Toto willigte ein, die Gruppe zu begleiten, und fand sich

kurz darauf von seinen neuen Freunden umringt. Für den Fall, dass Grenzpolizisten sie mit Teleskopen beobachteten, wäre außer Menschen in hässlicher Kleidung nichts Auffälliges zu bemerken. Die Gruppe drängte Toto zum Bus, schob ihn darunter, öffnete eine Klappe, und schon fand sich Toto in einem angenehm großen Versteck, dessen einziger Nachteil darin bestand, dass Hans sich neben ihn zwängte. Dann fuhren sie los. Oben sang die Kommunistencombo ein Lied, unten lag Toto und träumte von Grenzpolizisten, Hunden und langjährigen Gefängnisstrafen, er versuchte sich *den Westen* vorzustellen. Die achtziger Jahre waren in der Endrunde, im sozialistischen Teil des Landes berichteten die Staatsberichterstatter Furchtbares über die unmittelbar bevorstehende Explosion des Klassenfeindes; Drogenopfer in Ballen am Straßenrand, die schnelle Einsatztruppe tritt permanent die Wohnungstüren harmloser Rentner ein, das Land ist überzogen mit explodierenden Atomkraftwerken, Ausbeuter und Hundesöhne, wohin man blickt, die Obdachlosen nicht zu vergessen, denn wer als Humankapital nicht taugt, landet auf der Straße, hinter riesengroßen Flaschen mit von Pharmakonzernen gebranntem, blind machendem Alkohol. Toto versuchte sich vorzustellen, wie die Menschen dies Leben ohne jede Sicherheit ertragen konnten, er sah nichts mehr durch die Ritzen, es war dunkel geworden, und gerade wollte er einschlafen, da begann Hans zu reden.

Wir machen das

für den Gruppenzusammenhalt, diese Reisen, und um aktiv von unseren Genossen im realexistierenden Sozialismus zu lernen.

Sagte Hans. Die Gruppe besichtigte Stahl- und Walzwerke, sie verteilte Kleidung und Nussnougatcreme und durfte im Gegenzug an Parteiversammlungen teilnehmen. Sie hatte überdies in den vergangenen zwei Jahren drei Jugendliche aus dem Osten gerettet, die jetzt alle ein freies Leben führten, bis auf zwei, die drogenabhängig geworden waren, und einen, der sich umgebracht hatte.

Hans wollte so gerne reden, denn seit er in der Gemeinschaft lebte, hörte ihm keiner mehr zu, die Energie der Gruppe verhinderte feinstoffliche Extraleistungen.

Und der hörte nicht mal zu, der dicke Junge neben ihm, nicht mal so viel Anstand hatten sie heute, es hatte doch, verdammt noch mal, eine Ordnung in der Welt, die alles zusammenhält. Die die Menschen in Zaum hält, diese wilden Tiere, die eine Ordnung, die eine Entwicklung ermöglicht hat, befestigte Straßen und Medizin. Und wenn da jetzt jeder kommt und sagt: Ich ordne die Ordnung nach meinem Gutdünken neu, dann führt das ins Chaos. In Hans stieg die Wut hoch, die er so oft zu bekämpfen versuchte. Er schloss die Augen und wiederholte das Mantra, das Raimund ihm gegeben hatte. Unsere Pflicht ist es, die politische Konfrontation mit dem System, den bewaffneten proletarischen Gegenangriff vorzubereiten.

Kommunist war er noch nicht so lange. Ich war ein guter Bürger und Steuerzahler gewesen, begann Hans zu erzählen. Der dicke Junge schien munter zu werden. Ich war ein guter Bürger gewesen, fuhr Hans fort, voller Hoffnung, einen Zuhörer gefunden zu haben. Toto begab sich wieder an einen ruhigen Ort tief in sich.

Hans besaß ein nicht abbezahltes Eigenheim, mit dessen Raten er nie im Rückstand war, ich habe meine Raten immer vor dem Termin bezahlt, sagte er, als gäbe es gleich morgen eine Auszeichnung dafür, und seine Frau hatte es nach englischem Landhausstil eingerichtet. Geheimnisvoll dräuten schwerkarierte Stoffe, Kordeln überall, und hie und da drohten Bilder mit Jagdszenen an der Wand.

Als Hans und seine Frau noch ein Studentenpaar mit dem absurden Gefühl, die Welt liege ihnen zu Füßen, gewesen waren, fanden sie über ihre Bewunderung für England, sein Königshaus, seine Dichter und den Fünfuhrtee zueinander. Hans hatte einen Lehrstuhl für alte Sprachen inne, seine Frau arbeitete halbtags in der Universitätsbibliothek. Sie hatte keine Ambitionen. Viele Frauen haben keine Ambitionen.

Das Fundament von Hans' Leben, das, wie er meinte, sich schön fest geformt hatte mit all seinen Einrichtungen, wurde ein wenig brüchig, nachdem er fünfzig geworden war. Gegen seine feste Erwartung wurde er nicht zum Prorektor der geisteswissenschaftlichen Fakultät ernannt, ein jüngerer Kollege, der in Cambridge studiert hatte, wurde ihm vorgezogen, und obwohl unklar blieb, warum ein Unglück immer andere mit sich bringt, zog der neue Vorgesetzte mit seiner Frau, die wirkte wie eine Pornodarstellerin, in das Haus neben dem Haus von Hans, dieses Haus, das ihm nicht gehörte, sondern nur der Bank, aber mit den Ratenzahlungen war er nie im Rückstand, sagte ich das schon, sagte Hans. Wann immer es ihm seine Arbeit erlaubte, betrieb Hans unter Zuhilfenahme eines Fernglases die Beobachtung des Nachbargrundstücks. Die Frau, blondiert und sehr erhältlich wirkend, lief halbnackt über das Gelände, es war ungefähr in der Zeit, als bei Hans' Frau Multiple Sklerose festgestellt wurde, die zwar noch nicht ausgebrochen war, doch allein die Aussicht darauf veränderte sie frappierend; sie ging nicht mehr arbeiten und hielt sich seit der Diagnose im Rollstuhl auf. Hans' Frau redete nur mehr von sich, als hätte sie immer auf eine Entschuldigung gewartet, nicht mehr am Weltgeschehen teilnehmen zu müssen. Es hätte Hans befremden können, wie er, in einer Hand den Feldstecher, die blonde Nachbarin beobachtete und mit der anderen onanierte, während seine Frau unentwegt über sich monologisierte, doch Hans war zu jenem Zeitpunkt bereits depressiv, und ihn befremdete nichts mehr. Die neue Startbahn sollte durch seinen Vorgarten verlaufen, und er konnte sich schwer vorstellen, wie seine Frau im Rollstuhl am Rande der Startbahn sitzen wollte, während er mit dem Fernglas wichsend die Nachbarin beobachtete, das würden die Fluggäste doch sehen.

Etwas zerriss in ihm, ein kleines Verbindungskabel aus Glas, das den Menschen zusammenhält, ihn sich bewegen und alles ertragen lässt. Hans ging nicht mehr in die Universität. Er saß mit Schildern vor dem Rathaus, er schrieb Briefe, machte Eingaben und konnte nicht mehr onanieren. Zu stark waren die Magenschmerzen geworden, an denen er litt wegen seines sauren Aufstoßens, das zum Tick geworden war. Die Nachbarin zeigte ihn wegen sexueller Belästigung an, Hans hatte doch nur gemacht, worum sie gebettelt hatte. Im rechtmäßigen Abstand zu seinem Haus fuhren Maschinen auf, ein kleines Parkstück wurde gerodet, alte Bäume gefällt. Das war der Zeitpunkt, da er durch Zufall eine Rede von Raimund hörte, und all die Begriffe gefielen ihm. Es war also Kommunismus, was er die ganze Zeit gespürt hatte. Heute lebte er mit seiner Frau, Ilse, die mit Raimund sexuellen Verkehr hatte, wie alle Frauen der Gruppe, in der Kommune. Es ging ihm unwesentlich besser. Ilse lief auch wieder.

Und weiter.

Ruhe! Sagte Hans. Es schien ihn zu erregen, dass er eine Anweisung erteilen konnte. Der Bus hielt, Hunde bellten, durch die Ritzen kam zu helles Licht, das musste wohl die Grenze sein. Der antiimperialistische Schutzwall, die Trennung zwischen Gut und Böse, der Schießbefehl. Wie leicht es manchen fällt, das Töten, wie gierig sie waren, in eine Position zu gelangen, von der sie später sagen können: Ich habe nur Befehlen gefolgt. Und das gerne. Es war doch so interessant, das legitime Benutzen einer Schusswaffe, ein Rausch der Macht, ein Tanz der Hormone, ein klein wenig Unsterblichkeit beim Auslöschen unwerten Lebens. Ein Lied der Schusswaffe. So wunderbar sachlich, ein Knopf, ein Hahn, ein Schuss, und dann fällt der einfach um, der tote Hund.

Alle aussteigen, Papiere bereithalten, Gepäck öffnen, keine Sätze, keine Stimmen, lautes Schnappen, nach Autorität schnappen, nach Raum, die Beine immer gespreizt im Sitzen, die Arme über die Lehnen gehängt; wenn es in ihrer Macht steht, sich unerfreulich zu betragen, ergreifen Menschen diese Gelegenheit doch immer. Toto gebrach es an männlichen Vorbildern, die er hätte akzeptieren können, ein Mann braucht doch ein Vorbild, einen weisen Rabbi, der die Überlegenheit symbolisiert, so wollen sie werden, die kleinen Jungen, wie der geistige Führer, so mächtig und klar wollen sie sein, und Toto hatte nur Frau Hagen gehabt, die ihn hätte prägen, die die Schuld der Frauen an all dem Elend wieder einmal hätte beweisen können, doch sie war ohne jeden Einfluss geblieben.

Draußen brüllten Soldaten Anweisungen, die Hunde ließen das Bellen nicht, und in Toto herrschte eine Angst, die sich an der Vorstellung von Gefängnissen nährte. Die eiserne Maske und ein Verlies über dem Meer. Um sich zu beruhigen, stellte er sich den Schwimmunterricht vor, an dem er früher teilhaben durfte. Eine Reihe von frierenden fünfjährigen Heimkindern, die noch nicht einmal von ihren Eltern gelobt werden, das tiefe Becken im Freibad, Angst, leichter Regen, ein Kind nach dem anderen muss ins Wasser springen, eine lange Stange wird ihm vors Gesicht gehalten, an die es im Notfall des Untergehens greifen kann. Keines greift nach der Stange, sie paddeln wie kleine Hunde, und nach einer Stunde können die Kinder schwimmen, was Toto im Fall seiner Kerkerhaft in einem Verlies zugutekommen würde. Toto überlegte, ob er aus der kleinen Erinnerung eine Lehre fürs Leben ableiten konnte, aber es fiel ihm keine ein. Er atmete kaum, eine Technik, die er entwickelt hatte, um die Realität aus seinem Organismus zu drängen. Nach Minuten oder Stunden fuhr der Bus wieder an, vermutlich direkt in die Haftanstalt. Hans schwieg, Toto schwieg, die Businsassen waren wohl tot. Was gab es da auch zu singen, auf dem Weg in eine sozialistische Haftanstalt. Toto fand sich mit der neuen Situation so schnell ab wie mit allem, was ihm bisher begegnet war. Er war nun in einem Alter, da er Dinge nicht nur geschehen ließ, sondern eine Philosophie brauchte. Einen Subtext, der ihm das Gefühl höheren Sinnes gab. Wichtig sind nur die Momente, in denen etwas geschieht; wenn man sie ohne Hinblick auf eine zukünftige Vergangenheit und eine damit verbundene Wertung erlebt, verliert alles seine Traurigkeit. Hatte Toto notiert und sich so lange erhaben gefühlt, bis er wieder unter Menschen war und sich vorstellte, dass jeder so eine kleine Erleuchtung hatte, jeden Tag, und dass es doch nichts änderte an der allgemeinen Albernheit.

Der Bus fuhr durch die Hölle, die war geräuschlos, Toto stellte sich vor, wie an der Grenze Wachmänner lauerten, deren derbe Hände zärtlich russische Maschinengewehrläufe umschlossen.

Wenig später schlug erneut ein Hund an. Der Bus hielt, das Versteck wurde von außen geöffnet, Toto unterließ es, Luft zu holen, bis Hans ihn in die Seite stieß. Dann kroch er immer noch nicht atmend aus dem Unterboden, fast schon wollte er die Hände über den Kopf nehmen, in Erwartung von bewaffneten Truppen der Friedenskämpfer, doch er sah sich nur einer sehr müden englischen Bulldogge gegenüber. Die Kommunisten klatschten, sie klopften Toto auf die Schulter, die Frauen schienen ihn in übertrieben gieriger Art zu mustern, dann trugen alle ihre Leinentaschen in ein Gebäude, das wie ein altes Schulhaus wirkte. Das ist ein altes Schulhaus. Sagte Hans. Gepäck hast du ja keins, ich zeig dir, wo du wohnen kannst. Toto folgte ihm in das Gebäude, das einen sehr feuchten, ungeheizten Eindruck machte. Aber das kannte Toto, das Feuchte, Kalte, er hatte das Gefühl, nirgends gab es einen anderen Zustand für seinen Körper.

Das also war der schöne Westen, von dem alle geträumt hatten. Ein wenig enttäuschend, auf den ersten Blick, denn auch hier wurde die Straßenbeleuchtung sparsam eingesetzt, keine Kaugummiautomaten standen am Wegesrand, der Boden war nicht mit Jeans ausgelegt, um die Schritte zu dämpfen. Der Westen! Toto summte das Wort, so lange, bis sein Körper mit ihm erfüllt war, bereit, ein außerordentliches Gefühl aufzunehmen.

Dass alles sich immer erbärmlicher anfühlen muss als in der Vorstellung, alles immer hinter der Erwartung zurückbleibt, das ist ja nicht auszuhalten. Toto bekam ein Zimmer zugewiesen, das er alleine bewohnen konnte, er war müde und hungrig, überdreht und verspannt. Hans brachte Bettwäsche und zeigte Toto das Bad, das zwar feucht war, aber über fließendes Warmwasser verfügte. Das war Toto unbekannt, ein heißes Wasser, das ohne Erhitzen eines Kessels aus der Leitung kam. So muss es den Indianern ergangen sein, als sie das erste Mal

Glasperlen sahen: Toto betrachtete seine Hand, die vom heißen Wasser rot wurde. Da war er also, der Primärkontakt mit dem Kapitalismus, den es morgen zu entdecken galt, und da war auch morgen noch genug Zeit, den Drogensüchtigen gut zuzureden, es stand ja nicht zu erwarten, dass ausgerechnet über Nacht der Kalte Krieg eskalieren und Russland eine Atombombe schicken würde, um die Welt zu befreien.

Und weiter.

Toto, sich Mut machend, an Bomben denkend, an die wahnsinnige Angst, die man Kindern im sozialistischen Teil des Landes gemacht hatte, vor der amerikanischen Atommacht mussten sie sich fürchten, und Filme mussten sie sehen, über Hiroshima, um zu begreifen, was ein echter Klassenfeind so auf dem Kerbholz hat, Toto stieg die kalte Steintreppe ins Erdgeschoss. Er folgte den Stimmen und sah sich bald im Speiseraum der Gemeinschaft. Auf Sitzkissen lümmelten sie, hatten Teller in der Hand und waren nackt, wie Schnecken ohne Haus. Das Sie-waren-nackt hatte nur in Totos Kopf stattgefunden, er hatte ein Grauen erwartet und beruhigte sich langsam, die Menschen trugen korrekte Leinenkleidung und aßen ernsthaft, sie schienen bewusst einzuspeicheln, hatten den Anschein von kauenden Schildkröten. Es wurde nur selten gesprochen, und wenn, dann völlig ohne einen für Toto erkennbaren Zusammenhang.

Ein Mann, ja, vermutlich war es einer, seine Haare standen wie Antennen in die Luft, sagte, in seiner Studie über den Ursprung der Familie schreibt Engels: *Die moderne Einzelfamilie ist gegründet auf die offne oder verhüllte Haussklaverei der Frau, und die moderne Gesellschaft ist eine Masse, die aus lauter Einzelfamilien als ihren Molekülen sich zusammensetzt. Der Mann muss heutzutage in der großen Mehrzahl der Fälle der Erwerber, der Ernährer der Familie sein, wenigstens in den besitzenden Klassen, und das gibt ihm eine Herrscherstellung, die keiner juristischen Extrabevorrechtung bedarf. Er ist in der Familie der Bourgeois, die Frau repräsentiert das Proletariat.*

Ja, aber, die Frau spuckte, der Kommunismus ist auch eindeutig männlich konnotiert. Es war Ilse, die Exfrau von Hans.

Komm, setz dich zu uns, rief der und klopfte auf den freien Platz neben sich. Nimm dir was zu essen, sagte er und deutete zu dem Körnerbuffet.

Ich würde gerne über die Gefahren gespritzten Saatgutes reden, sagte ein anderer Mann, doch keiner schien darauf Lust zu haben, sie aßen weiter ihre ungespritzten und unbehandelten Körner.

Kapitalismus und Patriarchat sind untrennbar miteinander verbunden. Sagte eine Frau mit beeindruckend großen Brüsten. Sie schien stolz auf die gelernten Zitate, doch Toto war zu müde, um sie zu loben, denn schließlich verlässt man nicht jeden Tag sein Herkunftsland, begeht eine Republikflucht und landet in einer revolutionären Zelle.

Toto nahm sich vom Buffet, wo Schüsseln mit grauem, erdigem Essen standen, ein wenig Pampe. Er setzte sich aufs Fensterbrett, niemand schenkte ihm eine große Aufmerksamkeit, oho, der Hirsebrei, eine sehr gute Wahl, rief die Frau mit den großen Brüsten Toto erfreut zu, und der nickte, ohne sie anzusehen. Nein, ansehen konnte er die Menschen nicht, wenn er essen wollte. Und so betrachtete er seinen Hirsebrei mit großer Aufmerksamkeit. Als die Schale leer war, hob er vorsichtig den Blick. Die Menschen waren zum Trinken übergegangen und schenkten sich beherzt Wein nach.

Raimund trat so plötzlich auf, als sei er vom Himmel gefahren. Er trug eine Art Gewand, Toto wusste nicht, dass es ein einfacher chinesischer Arbeitsanzug war, was da den Leib des Führers verhüllte. Ungeachtet der Anstrengung des Tages stand noch eine Sitzung auf dem Protokoll, und in die Gruppe geriet Bewegung. Die Körnerschalen wurden beiseitegestellt, ein Getuschel und Gerutsche, die Haferkekse blieben unberührt. Die Anwesenden, der jüngste sechsunddreißig, die älteste zweiundsechzig, alle mit der Ausstrahlung jener, die sich ungesund ernähren und die Sonne meiden, mit dem Geruch nach Körper und unsorgfältig gewaschenem Haar, in einem Raum ohne geöffnetes Fenster. Raimund hatte in einem Buch über Bhagwan gelesen, dass dieser keinen Parfüm-, Seifen- oder Shampoogeruch ertrug, und hatte sich diese kleine Marotte angeeignet.

Vor zwei Jahren hatte Raimund seine ersten Anhänger selektiert, er war der Gründer der Revolutionären Zelle Süd, mit der er ein wenig zu spät kam, denn die Zeit des linken Aufstands war vorbei, die Mitglieder von RAF und Roten Brigaden hatten sich umgebracht oder saßen in Hochsicherheitsgefängnissen, doch Raimund war es mit einer Mischung aus Kommunismus und Esoterik gelungen, wütende Menschen mittleren Alters um sich zu versammeln, die ihm ein angenehmes Leben ermöglichten. Das wirtschaftliche und politische Umfeld, in dem der Revolutionäre Kampf entstand, wird bestimmt durch die Monokratie der USA, die wirtschaftliche Globalisierung, den Neoliberalismus, eröffnete Raimund die Sitzung, dann hielt er inne, er hatte den falschen Vortragszettel vor sich liegen. Es sollte die morgige Demonstration gegen die Startbahn verhandelt werden. In Raimunds kleinem Anwaltsbüro hatte die Bewegung begonnen. Der Flughafen der nächstgrößeren Stadt sollte erweitert, eine neue Startbahn gebaut werden, die den Landbesitz vieler Ortsansässiger entwerten und ihre Nerven mit Lärm belästigen würde. Raimund druckte Flugblätter, er machte Eingaben, es betraf ihn persönlich, am Anfang, bis er merkte, dass in der Sache das Potential einer Bewegung steckte. Raimund hielt Reden, er betreute Betroffene, es gefiel ihm, mehr als nur ein mittelmäßiger Anwalt in einer kleinen Stadt zu sein, er spürte Macht, er wollte mehr davon. Nach einem Jahr, die Gruppe war auf zehn Personen angewachsen, fand Raimund das alte Schulgebäude, und die Gruppenmitglieder leerten ihre Sparguthaben, verkauften ihre Wohnungen, Ehepartner, ihre Autos und Ketten, um all das Erwirtschaftete auf

Raimunds Konto zu übertragen, denn das Geld würde in der kleinen kommunistischen Gemeinschaft allen gehören, der Privatbesitz abgeschafft. Die alte Schule befand sich auf dem Gebiet, das von der Flughafenerweiterung betroffen war und ihr weichen sollte. Sie müssen uns schon tot aus dem Haus tragen, betonte Raimund gerne. Er war zu einem Revolutionsführer geworden. Er ließ sich die Haare wachsen. Er war der neue Che, der neue Baader, der neue Dutschke, der neue Führer der Zelle des gelebten Widerstands, von dem aus die lokale Bewegung *Nieder mit der Flughafenerweiterung* eine landesweite geworden war, die dem Unwohlsein vieler einen Namen gab. Es waren vornehmlich ältere Menschen, die sich gegen den Flughafen engagierten, froh, eine Aufgabe gefunden zu haben, und glücklich, nicht mehr allein zu sein mit ihrer Wut, die sich bei vielen in den mittleren Jahren eingestellt hatte, weil sie zu müde waren, um immer Neues zu lernen, sich an die wachsende Geschwindigkeit anzupassen, da war doch keiner belohnt worden für all die Mühe des Lebens, und dabei hatten sie immer, und sie betonten: Immer alles richtig gemacht. Hans ergriff das Wort außerhalb des Protokolls. Mein Haus wäre das erste, das weichen müsste, benennen wir die Sache doch beim Namen, Genossen. Für die Erweiterung müssten über 200 Hektar Wald gerodet werden. Der Wald, das ist doch gelebter Widerstand gegen die Betonierung der Großstädte. Die Gruppe nickte, sie hatte die gleichen Sätze von Hans schon ungefähr eintausendmal gehört. Hans war der Verwalter der Gruppe, in seinem Zimmer schlief er neben Tonnen von Papier, Dokumente des bürokratischen Kampfes, den er seit Jahren ausfocht, bevor er zur Gruppe des unbewaffneten Widerstandes gekommen war: Mein Vater war als Kommunist während der NS-Zeit im Konzentrationslager. Ich selbst bin nach dem Krieg erst in die KPD und, nachdem diese verboten war, in die DKP eingetreten. Sagte Hans. Ja, Hans, wir wissen das, sagte Raimund, der mit einem einzigen Satz wieder Ruhe in die Gruppe bringen konnte.

Es gab keine Sektenführerinnen oder Terrorgruppenführerinnen, ebenso wenig wie Frauen in einer der großen Religionen eine Rolle gespielt haben.

Der Grundstein einer neuen Wutgesellschaft war gelegt. Ein schönes, solides Fundament, auf dem die nächsten fünfzig Jahre Protestbewegungen gebaut werden konnten. Der Zusammenhalt, das gemeinsame Ziel, der sexuelle Rausch des Verbotenen, das Gefühl, auf der richtigen Seite zu sein, das konnte man an jenem Abend in der Gruppe der Flughafengegner beobachten. Und Toto durfte dabei sein.

Die Planung des aktuellen Protesttages musste jedoch in seiner Abwesenheit weitergeführt werden, denn Toto war eingeschlafen.

Und weiter.

Die Gruppe fand sich jeden Morgen bei Gerstenkaffee und Haferflockenbrei, die Gespräche über eine anstehende neue Weltordnung waren schleppend, die Nächte waren nicht mehr besonders anregend, jeder hatte schon mit jedem Sex gehabt und es nicht besonders genossen, nun schliefen die meisten alleine, aber mitunter eben schlecht, wenn sie an ihr Erspartes dachten, das nun in einer alten Schule steckte, die bald einer Startbahn würde weichen müssen. Raimund gesellte sich während der Mahlzeiten nie zur Gruppe, vermutlich wollte er sich einen übermenschlichen Status bewahren, einen von jeder materialisierten Energiezufuhr und Ausscheidung befreiten Organismus, der sich von Licht ernährt. Die Meister des Pranaismus verzichten auf Nahrung und Flüssigkeit, um sich von kosmischen Partikeln zu ernähren. Die normalerweise für Verdauung verbrauchte Energie wird auf diese Weise für ein spirituell intensiviertes Dasein genutzt, hatte Raimund irgendwann erwähnt, und er achtete sorgfältig darauf, die leeren Wurstverpackungen aus seinem Zimmer zu entfernen.

Toto hatte über all die Wochen zu niemandem ein Verhältnis entwickelt. Er fühlte sich im kapitalistischen Teil des Landes, als sei er auf einem fremden Planeten ausgesetzt worden. Wie wenig doch Menschen verbindet, selbst wenn sie dieselbe Sprache sprechen, dieselbe Geschichte teilen und die vielleicht alle miteinander verwandt sind. Toto konnte kaum benennen, was die größten Unterschiede im Charakter der kapitalistisch und der sozialistisch aufgewachsenen Menschen ausmachte, hauptsächlich war es wohl Angst. Die Bevölkerung im sozialistischen Teil der Welt hatte nichts zu verlieren, was ihre Furcht sehr überschaubar machte.

Toto war als Flüchtling registriert und von den Besatzungsmächten interviewt worden, er bekam einen Ausweis, in dem sein Geschlecht als männlich bezeichnet wurde, 200 Mark Begrüßungsgeld und eine Berufsberatung, bei der ihm nahegelegt wurde, den Beruf des Malers und Lackierers zu erlernen, worüber Toto gern eine Nacht schlafen wollte. Toto beschloss, in Ermangelung weiterführender Ideen bei der Gruppe zu bleiben, in seinem Zimmer, das einen angenehmen Ausblick auf alte Bäume bot.

Toto erhielt Krankengeld, ein Trick vieler Ostflüchtlinge, um nicht mittellos zu sein, bis ihre Anträge auf Arbeitslosengeld oder Sozialhilfe bearbeitet waren. Raimund hatte ihn beraten, das Geld lieferte Toto bei der Gruppe ab, die sich darüber freute, denn durch den Erwerb und den Umbau der alten Schule brauchte man jede Hilfe, auch arbeitete keiner mehr, denn die Organisation des Kampfes erforderte alle Aufmerksamkeit der Kernzelle. Überdies stand immer noch die Überlegung an, wie man ohne Waffen einen bewaffneten Widerstand aufbauen sollte. Da war Kreativität gefragt.

Komm, sing uns was vor, bat Hans jeden Abend, seit er Toto im Bad belauscht hatte, und manchmal folgte der Junge seiner Bitte. Dann stand er im Speisesaal, sang eine Viertelstunde, während die Frauen sich wiegten und dabei wie üblich verspannt aussahen. Die Männer, Toto konnte sie unterdessen von den Frauen unterscheiden, waren latent unglücklich. Es verlangte sie nach jungen Geschlechtspartnerinnen, die politische Tätigkeit am Rande der Legalität ließ ihre Hormone verrücktspielen. Die ständigen Streitereien, der verbissene Ton der Erwachsenen, ihre dauernde Geilheit, alles machte Toto unruhig. Er sang, und er versetzte seine Zuhörer in Erstaunen mit seinen Liedern, die immer lauter und inniger wurden, auf eine Art, die fast Befremden erzeugte. Du musst eine Ausbildung machen, drängte Hans, dessen Namen sich Toto sehr schnell gemerkt hatte, wegen des trockenen Speichels in Hans' Mundwinkeln. Davon abgesehen war er kein schlechter Kerl, nur seine feuchten, kalten Hände, die er zur Bekräftigung seiner Speichelworte an seinem Gesprächspartner anbrachte, befremdeten. Hans, der sich als Totos Mentor fühlte, fuhr fort: Du musst das lernen, dich an der Musikschule hier vorstellen. Vermutlich werden sie dich annehmen, dann kannst du später Geld damit verdienen. Das ich der Gruppe zur Verfügung stellen kann, dachte Toto.

Eine Gesangsausbildung. Die widerstrebte Totos Prinzip, nichts zu wollen, doch gut singen können, das wollte er gerne.

Und weiter.

Die Bulldogge hatte sich den einzigen gutriechenden Menschen der Gruppe gesucht und lag nun jede Nacht auf Totos Füßen. Toto war froh, dass ihn keiner nach seinen neuen Bekannten fragte, er hätte sagen müssen: Mit dem Hund verstehe ich mich ausgezeichnet, aber die Menschen und ihre Ideen sind mir fremd geblieben. Das ist alles zu unklar und sprunghaft. Dass man einen Flughafen bekämpfen will, in Ordnung, das ist eine feine Sache, Flughafen, Kernkraftwerke, Müllhalden, Hochhäuser, das kann man alles beseitigen, aber warum muss man sich dabei von Licht ernähren und Kommunist sein? Das alles war zu viel für Toto. Mit dem Kommunismus war er aufgewachsen, und er hätte der Gruppe erklären können, dass auch diese Gesellschaftsordnung nur von Menschen gemacht worden war. Toto wusste nicht zu sagen, ob es wirklich den Lehren von Marx und Engels zuzuschreiben war, dass es keine tuberkulösen, geschundenen Arbeiter mehr gibt? Vielleicht hat sich einfach nur die Zeit geändert und die TBC ist ausgestorben, die Arbeiter heißen heute Angestellte und frieren nicht mehr.

Toto brachte sich zwar nicht ideell, sonst aber prächtig in die Gruppe ein. Er half beim Saubermachen, in der Küche und versuchte sich ansonsten mit dem Kapitalismus zu verbrüdern.

Jeden Tag machte er einen Ausflug in die Stadt, denn Toto glaubte daran, dass man alles verstehen kann, wenn man es nur oft genug betrachtet.

Das Große Funkeln des Kapitalismus jedoch hatte er bisher nicht gesehen. Die grellen Verpackungen der Waren sagten ihm nichts, er verstand die Supermärkte nicht, die Tankstellen, Würstchenbuden, Schnellwäschereien, Autowerkstätten, Drogeriemärkte, Schnellkreditfirmen, Pappaufsteller, Getränkemärkte, warum musste das alles so aussehen? So abspritzbar, warum trugen die Menschen, die ihn anstarrten, diese unglaublich bunten Trikotagen, und warum hatten alle blondierte Strähnen im Haar? Toto hatte sich die Abwesenheit von gutem Geschmack im sozialistischen Teil des Landes immer mit Mangelwirtschaft erklärt. Langsam vermutete er jetzt, dass die Verweigerung von Schönheit menschlich war. Vielleicht gibt es Länder, in denen alles besser aussieht, aber die kannte Toto nicht, er kannte ja noch nicht einmal sein neues Umfeld.

Toto war im *Andere Ufer* gewesen, ein Schwulencafé, aber hallo: Schwulen-Schrägstrich-Lesben-Café, sagten die Lesben, auch hier keine Einigkeit, kein Schulterschluss der Ausgegrenzten, es gelang den Schwulen-Schrägstrich-Lesben wie den Grünen oder den Anarchisten, den Feministinnen oder Royalisten nicht, ihr Ego einem größeren Thema unterzuordnen.

Sie waren doch alle mit so einer Hoffnung in ihr neues Leben getreten; nach der Angst und Unsicherheit, nach nächtelangem Zweifel hatten sie geglaubt, der Rest ihres Daseins werde ein Spaziergang sein, wenn sie sich nur erst einmal offen bekannt hatten. Das erste Mal Hand in Hand auf der Straße mit ihm oder ihr, das Kate-Millett-Buch, das immer aus einem Beutel ragt, das Halstuch aus der Hosentasche, der erste öffentliche Kuss, Freunde, Partys, und dann diese Scheißenttäuschung, da geht das Leben weiter wie vorher, die Aufregung hält sich in Grenzen, die meisten Menschen in der mittelgroßen Stadt zuckten mit den Schultern, bei diesem mutigen, immer etwas aggressiven, Ablehnung erwartenden Satz: Ich bin homosexuell. Trotz im Blick, abgeprallt an leeren Augen. Und dafür die ganze Anstrengung? Für ein Schulterzucken gelangweilter Mitteleuropäer.

Da hatten sie Selbstmordversuche hinter sich und Selbsthilfegruppen und heimliche Phantasien und Schuldgefühle, und das ganze Theater nur, weil man sich eventuell in irgendwen verlieben mag oder sich mit ihm paaren, und das geht doch keinen etwas an, was man liebt und warum man liebt, geht doch keinen etwas an. Und normal wird das doch nie, in diesem Leben. Fast überall auf der Welt. Den Eltern muss man es sagen. Keine Ahnung, warum, die Eltern reden doch auch selten mit den Kindern über ihre Liebe, aber so sind die Regeln der Sühne, des gelungenen Coming-outs. Ein Nachmittag in der Kleinstadt. Schnee fällt in pampigen Flocken in den betonierten Vorgarten, die Mutter rennt ins Freie, wie wahnsinnig kehrt sie den Schnee zusammen. Seit dem Nachbarschaftsstreit muss man mit Naturphänomenen vorsichtig sein. Sie haben Klage eingereicht gegen die Nachbarn, die ihr Laub erst nach kompletter Entlaubung der Bäume entsorgen. Das ist doch eine aberwitzige Sauerei, was kann da alles passieren, es sind doch schon Kriege wegen glitschigem Laub verlorengegangen, vom Schnee gar nicht erst zu reden. Stalingrad ohne Schnee, ein Spaziergang wäre das gewesen! Der Vater liest die Zeitung, er hält sie verkehrt herum, er will seine Ruhe. Und dann steht der Tim da, die Mutter noch rot von der Kälte, der Vater in Zigarre gehüllt. Ich muss mit euch reden. Ja, Tim, sagt die Mutter, hat das nicht Zeit, bis ich den Kuchen, nein, ich muss jetzt mit euch reden, sagt Tim, jetzt, und ich bin schwul, er schreit fast. Der Vater lässt die Zeitung sinken, er bekommt einen Infarkt, die Mutter sinkt zu Boden, und Tim staunt, zwei unglücklichere heterosexuelle Menschen als seine Eltern kennt er doch nicht, soll das die Lösung sein? Diese große Furcht der Menschen, dass die Evolution boykottiert werden könnte. Irrational. Sie würden es ja, wenn keiner sich vermehren möchte, gar nicht mehr erleben.

Toto war vor dem ersten Besuch im Café nervös gewesen, im

sozialistischen Teil des Landes hatte es keine Schwulen gegeben, Toto fragte sich, ob man sie sofort erkennen würde und was ihr Geheimnis wäre und ob er hier Menschen finden würde, die ihm nah waren.

Keiner fühlte sich wie die anderen. Die Menschen sind doch immer zu dick, zu dünn, sie sind taub oder blind, Contergan-Opfer, die Eltern geschieden oder Trinker oder zu spießig, sie sind homosexuell oder sexsüchtig oder asexuell, zu groß, zu klein, sie haben Autismus oder Epilepsie, Herzprobleme, Schweißfüße, einen Buckel, Akne, keiner entspricht der Norm, und selbst aus Metall gestanzte Figuren wie Bankangestellte und Versicherungsmitarbeiter, Anwälte und Mitarbeiter diverser Aufsichtsräte leiden unter Blasenschwäche. Als Teil der Welt, die doch allen gleichermaßen gehört, fühlt sich keiner.

Die Homosexuellen schienen Toto näher als alle, denen er bisher im Kapitalismus begegnet war, doch auch sie machten ihm schnell durch offensives Desinteresse klar, dass er keiner von ihnen war. Auch sie hatten ein gemeinsames Schicksal, das Toto nicht mit einschloss.

Im kapitalistischen Teil des Landes waren homosexuelle Handlungen bis 1969 strafbar und wurden verfolgt, das oberste Gericht befand 1957, gleichgeschlechtliche Betätigungen verstießen eindeutig gegen das Sittengesetz, und Homosexuelle durften sich nicht auf das durch das Grundgesetz garantierte Recht auf freie Entfaltung berufen. Es wurden über fünfzigtausend Männer verurteilt und hunderttausend Ermittlungsverfahren eingeleitet, bei Frauen nahm man es nicht so genau, da zwinkerte man und sagte: Na, wenn sie mich zuschauen lassen. Neunzehnhundertneunundsechzig wurde gleichgeschlechtlicher Sex unter Volljährigen legalisiert, die polizeiliche Sammlung der Daten von Homosexuellen wurde fortgesetzt. Die kleine Normalität fand mit Aids ihr Ende. Erregt ergriffen Christen die Gelegenheit, um von der Strafe Gottes zu reden. Die Kampagne wurde hauptsächlich von christlichen Frauen getragen, die ihre Nächstenliebe kurzfristig verdrängten. Schwule waren ihnen nicht Brüder und Schwestern, sondern das Gegenteil von ihren eigenen Lebensentwürfen.

Die Besitzer des Cafés hatten alles gegeben, um optisch ein Zeichen der Andersartigkeit zu setzen, der Fußboden schwarz, farbige Neonröhren an der Wand, unbequeme Bestuhlung, unpraktische Tische, keine Blumen. Fast alle hier im Café waren in Eigenheimen groß geworden, die Großeltern hatten gespart, die Eltern geheiratet, und dann musste es ein eigenes Eigenheim sein, eine Pest in diesem Teil des Landes, abgezirkelte Grundstücke, begradigte Gärten, in denen man steht, die Nachbarn hasst und Angst um sein Eigenheim hat. Alle besaßen einen Bausparvertrag, das war eine angenehme Vorstellung, dass alle in diesem Café einen verdammten Bausparvertrag besaßen, sosehr sie auch anders waren. Da hatten sie am Christopher Street Day für die Rechte der Schwulen demonstriert, ihre Eltern verlassen, um in vergammelten Wohngemeinschaften an Hauptstraßen zu sitzen, in Zimmern, in denen nie Blumen standen, doch ihren Bausparvertrag, den hatten sie nicht gekündigt, und sie sahen so reizend normal aus, die Männer trugen die Haare kurz, manche in Lederhose, die Mädchen, die mit ihren Freundinnen dasaßen, waren vorrangig unauffällig, leise versuchten sie, nicht angesehen zu werden und all diesen Wahnsinn nicht zu hören, da muss nur mal ein richtiger Mann kommen, ist doch klar, dass sie lesbisch ist, bei dem Aussehen, wer ist denn eigentlich der Mann bei euch? Den Männern sagte man so etwas nicht, die schlug man direkt, ohne Vorwarnung.

In diesem Café würde Toto nicht finden, was er suchte. Auch ohne zu wissen, was genau es war. Er gehörte nicht hierher. Er würde morgen vorsingen. Und er hatte ein wenig Angst davor, denn die Bilder, die er hatte, unterschieden sich so angenehm von allem, was er kannte. Er sah Flügel, geöffnete Fenster, lange Flure, in denen Musik zu hören war. Toto wollte etwas. Kein guter Zustand.

Die Freunde nannten Herrn Müller-Degenbart einfach nur Kurt.

Seit seine Frau ihn verlassen hatte, waren die Besuche der Freunde selten geworden, sodass Herr Müller-Degenbart von fast niemandem mehr einfach nur Kurt genannt wurde. Seit seine Frau ihn verlassen hatte, war die Frau von Herrn Müller-Degenbart eine Quelle für abstoßende Vermutungen in der Stadt. In der wohnten zwar fast eine halbe Million Menschen, doch darunter viele Türken, die man nicht richtig dazuzählen wollte, Italiener, Gastarbeiter in der zweiten Generation, die galten nicht, weil sie nichts von den Alteingesessenen verstanden, von den besseren Kreisen, den alten Familien und ihren seit vielen hundert Jahren verbundenen Geschichten. Redeten Leute wie Müller-Degenbart von den Menschen in ihrer Stadt, dann meinten sie damit vielleicht dreihundert Familien, Honoratioren, Professoren, Politiker und Künstler, deren Vorfahren die Stadt begründet hatten. Man kennt sich, redet übereinander, in jeder Familie gibt es unliebsame Vorfälle, die von den anderen nie vergessen worden sind, die Geschichte von Müller-Degenbarts Frau gehörte von nun an für sicher hundert Jahre dazu. Frau Müller-Degenbart war mit einem Gesangsschüler ihres Mannes verschwunden. Die Frau war über vierzig. Der Schüler unter zwanzig. Verständlich, dass man sich noch lange an diesem Thema erfreute. Mit diesem unfassbar peinlichen Abgang hatte Müller-Degenbarts Frau nicht nur einen älteren Mann, ihn, in der leeren Küche zurückgelassen, mit leerem Konto auf der Bank und leerem Ehebett, sie hatte ihn zum Gespött gemacht und ihm seine Heimat genommen. Müller-Degenbart musste nun, damit er weiterhin als ehrbarer Bürger in seiner Gemeinde verkehren konnte, Außerordentliches leisten, sich verdient machen, um die Schande vergessen zu lassen. Dann hieß es zwar nach zwanzig Jahren immer noch: Sie erinnern sich ja sicher an die Geschichte mit seiner Frau, die mit einem Kind durchgebrannt ist, aber er hat doch Ungeheures für unsere Stadt getan. Als Direktor der Musikschule war es ihm gelungen, internationale Lehrkräfte zu gewinnen, mit denen der Ruf des Institutes als hervorragende Ausbildungsstätte über die Grenzen der Stadt und des Landes wuchs, es gab weit mehr Bewerbungen als Studienplätze, und das, um es nur am Rande festzuhalten, war ausschließlich Müller-Degenbarts Verdienst. Wenn er nun durch die Straßen lief, meinte er ein leises Raunen zu vernehmen: Seht an, da ist Müller-Degenbart, er hat zwar keine Frau mehr, aber was hat er sich um die Qualität unseres Lebensbereiches verdient gemacht!

Ein Höhepunkt in Müller-Degenbarts höhepunktarmen Leben war die jährliche Aufnahmeprüfung neuer Studenten. Da musste er anwesend sein, da musste er Obacht geben, da galt es das Niveau zu verteidigen. Müller-Degenbart betrachtete die Anwärter für einen Studienplatz im nächsten Jahr wohlwollend beim Vorsingen. Nach einigen untalentierten Mädchen aus der Provinz, die er mit hochgezogener Braue und inneren Spaziergängen überstanden hatte, kam es. Bereits als der junge Mensch den Raum betrat, schien es, als ob alle sechs Anwesenden der Prüfungskommission zischend die Luft einzögen. Herr Müller-Degenbart hatte Vergleichbares noch nie zu sehen oder hören bekommen. Ein Riesenmädchen, das aussah wie ein Junge, mit einer hohen Falsettstimme, dem beim Vorsingen die Tränen über das Gesicht liefen. Erscheinung und Gesang wirkten so abstoßend intim, als wenn man ihm beim Geschlechtsverkehr zusähe oder beim Gebären, Sterben. Unangenehm berührt blätterte Müller-Degenbart in den Bewerbungsunterlagen. Ha, da schau her. Der Junge, der wohl ein Mädchen war, wohnte zu allem noch bei der Kommune, den Startbahngegnern, dem Dorn im Fleisch der Gemeinde. Herr Müller-Degenbart wollte so etwas nicht in seiner Stadt, es ekelte ihn an, die Stadt ekelte ihn an, er wollte sie frei haben von aller Sexualität, er wollte, dass sie nur noch ein Ort der Kunst war, des reinen Klanges. Müller-Degenbart schaffte es trotz seiner Übelkeit, nach dem Vortrag in lautes Gelächter auszubrechen. Danach verließ er zügig und voll Abscheu den Raum.

Und weiter.

Die Taubheit des Körpers ließ im Laufe einer Viertelstunde nach, das Gehirn nahm seinen Dienst ungefähr zur selben Zeit wieder auf. Es ist nicht wichtig, nichts ist wichtig. Sagte sich Toto, er lief durch die Stadt und wusste, dass Beschwörungen funktionierten, schau dir die Schlangen an und ihren rasenden Erfolg in der Kaninchenwelt, man muss nur lange genug am Ball bleiben.

Er war ausgelacht worden, sein Gesang war lächerlich, natürlich, selbstverständlich, er wusste doch, wie ordentliche Sänger klingen, mit Stütze und hohem C, und der Tenor ist aber auch ein prachtvoller Mann, finden Sie nicht, Frau Wohlhuber. Aber sicher, diese blonden Locken, und ich liebe die Zauberflöte, das war noch Musik, damals, nicht dieses armselige Zeug heute. Toto hätte nicht einmal sagen können, ob er Musik liebte. Die stehen doch Stunden vor den Türen von Opernhäusern, die Musikliebhaber, um einen Blick nach innen zu bekommen, um die Tenöre zu hören durch Wände und Decken, auch jene, die in Musikclubs als Reinigungskräfte arbeiten und sich auf dem Boden der Umkleideräume von Bandmitgliedern wälzen, aber das war doch nicht er, die Musik liebte er doch nicht, es machte ihn nur glücklich, sie zu erzeugen. Oft wurde es ihm so unendlich, wenn er voller Stimme war, und das war vermutlich Kitsch, ein unendlicher Sänger, ergriffen von sich, den will keiner sehen und hören, da verlässt man den Raum, da bekommt man keinen Studienplatz, und weil Totos Verstand im sozialistischen Teil des Landes geformt worden war, bedeutete keine Ausbildung, dass er kein Sänger werden konnte.

Das Prozent der Weltbevölkerung, das sich für Kunst interessiert, will Bekanntes wiederfinden. Den vertrauten Strich, den erprobten Ansatz, die Sicherheit, in der sich die Kulturgemeinschaft erkennen kann. Raum für Ungewohntes gibt es im Untergrund, abseits des Kulturmainstreams, nur wusste Toto das nicht, er wusste nichts, er zweifelte an sich und fühlte sich bestätigt in seinem Desinteresse sich selbst gegenüber. Es war Zeit für etwas Neues, Zeit, einen Zufall zu forcieren, der ihn in eine neue Richtung tragen konnte.

Toto war der Hässlichkeit, die ihn umgab, überdrüssig. Was gingen ihn diese Straßen an, diese Häuser, dieses Backsteinelend, diese achtziger Jahre, von denen Toto nicht wusste, dass sie enden würden, denn bald schon werden die Menschen den Kapitalismus haben, den sie sich erträumten, dann wird es bunte Cafés geben und nicht diese roten Imbissstuben mit scharrenden Stühlen auf Steinböden und Glasfilterkannen. Irgendwann wird das alles aufgeräumt sein und steril, und nur die Einkaufspassagen, die müssen dann gesprengt werden und geflutet das Elend, das die Menschen sich errichtet haben.

Vor einiger Zeit hatte es im Kernkraftwerk Tschernobyl nahe der Stadt Prypjat, in der Ukrainischen Sowjetrepublik, als Folge einer Kernschmelze und Explosion im Kernreaktor Tschernobyl Block 4, einen unerfreulichen Zwischenfall gegeben. Keiner wusste genau, was das bedeutete, doch man sollte keine Pilze mehr essen. Es war eine unangenehme Energie in den Straßen, als ahnte jeder, dass es gleich losging. Irgendwas. Nichts Gutes. In irgendeine Richtung. Der Endspurt vor dem Jahrtausendwechsel verdichtete die Luft, machte die Menschen schneller, sie irrten fast im Zickzack herum und noch unverständlicher für Toto, der zu langsam für alle war, den sie dauernd traten, den sie nicht wegschieben konnten, weil er zu groß war, nur Wogen schlechter Laune prallten in seinen Rücken. Gehen Sie doch schneller, Mann, ein junger Bankangestellter, vielleicht Versicherung, die Schuhe glänzend wie die Hose, voller Selbstbewusstsein, auf seine Wirkung bedacht, federnd, das

Kinn gereckt. Dass die sich nie überlegen, wie schnell ein Laster sie erfassen kann, eine Bombe sie zerreißen, ein Stein auf ihren Kopf, und was bleibt, das wären gut geputzte Schuhe.

Ein Sänger würde er auch nicht werden. Nichts war er, nichts als ein dicker, alberner junger Mann, der für ein paar Stunden geglaubt hatte, er besäße überraschend ein Talent. Doch da war nur jemand, der nirgendwo hingehörte.

Er verstand die Depression hier nicht, sie war so anders als die Schwere seiner alten Heimat, die durch die Farbe der Häuser bestimmt wurde, durch die vielen russischen Soldaten und die Zusammensetzung des Volkes, Menschen, die aus Ländern stammten, in denen Melancholie kein Schimpfwort war.

Heimat hieß nur, über Hässlichkeit nicht verwundert sein. Hier war nichts Vertrautes, hier war das Land der vielen Joghurts und des Jammerns.

Toto hatte keine Idee und keine Lust, in dieser Stadt zu sein, die ihm nichts mitteilte, außer der umfassenden Sorglosigkeit ihrer Erbauer. Da war keine Vertrautheit entstanden mit den Supermärkten und Billigbekleidungsläden und Imbissbuden. Darum all das Theater? Das ist die Freiheit, die ihr wollt? Auf einer gelb verbauten Straße Würste essen, über die ihr Soße schüttet? Das war das große Versprechen Kapitalismus: Du kannst alles erreichen. Du kannst so reich werden, dass du diese Geschwüre auf den Straßen nicht mehr sehen musst, dass du andere für dich arbeiten lassen kannst, während du in einem Haus sitzt, dessen prächtige Jasminhecken dich von allem Elend abschirmen, das du mit zu verantworten hast.

Toto kam an einem alten Mann vorbei, eindeutig ein Verlierer in jedem Spiel, seine Hose schien von Exkrementen beschmutzt, und er roch so beißend, wie es nur jahrelang ungewaschenen Menschen gelingt. Der Alte betrachtete Toto, verzog das Gesicht, es war ohnehin verbeult vom Leben, und spuckte auf den Boden.

Toto sah nichts mehr, er hatte zu weinen begonnen. Es war das erste Mal, und keine Erleichterung, es reinigte nicht, es half nichts, und doch war es nicht aufzuhalten. Es floss aus ihm, tropfte, rann, Toto wollte sich einfach auf den Boden legen und darauf warten, dass jemand kam, um ihn zu streicheln, zu trösten, ihm zu sagen, wohin er gehen sollte und warum. Wenn man keinen Gott hat, sagt einem das doch niemand. Lasst mich doch alle in Ruhe, sagte Toto und merkte, dass das ein absurder Satz war, denn es ließen ihn ja alle in Ruhe, sie wollten ihn nicht. Nirgends. Das war eindeutig nicht sein Tag. Nicht seine Stadt. Nichts, was ihn hier halten konnte. Toto hatte sein Begrüßungsgeld bei sich und seinen neuen Pass. Der Hund stand auf dem Bahnsteig. Und Toto saß wenig später im ersten Zug, der sich ihm bereitgestellt hatte, das wollte doch jeder mal, dieses: zum Bahnhof gehen und in den nächsten Zug einsteigen, nur war es nicht so interessant, wie man es sich vielleicht ausgemalt hätte. Toto saß in einem Zug Richtung Norden, draußen regnete es, in Schlieren lief es am Zugfenster herab, das Nass, dahinter lagen weite Felder im Dunkel.

Es regnete. Das Land lag verschwommen und flach, nass und langweilig vor dem Zugfenster.

Kasimir, von außen

betrachtet ein junger dynamischer Schmock wie viele in jener Zeit, hatte sein Elternhaus verlassen, um in der Großen Stadt im Norden den Grundstein für seinen Erfolg zu legen. Sein Anzug war teuer, das Geld hatte er seinem Vater gestohlen, eine Echsenmappe auf den Knien, Erfolg ist eine Frage der Energie. Setzt man ähnliche Intelligenz und Ausbildung voraus, ist Energie das Geheimnis, das Menschen zu Präsidenten oder Wirtschaftsbossen macht. Verfluchter Dreck. Kasimir trainierte seine Energie. Er aß im Laufen, um Zeit zu gewinnen. Speichel tropfte ihm auf den Kragen. Er schlief vier Stunden und lernte im Anschluss Fremdsprachen und die Funktionsweisen von Personal Computern. Er trainierte seine Muskeln und rannte, wenn die Stadt erwachte, an den Lichtern vorüber, die gerade in den Küchen der Trägen entzündet wurden. Sein Lungenvolumen vergrößerte sich, er war selten müde, er war immer unterwegs, das muss doch alles ein Wachstum haben. Kasimir rasierte sich täglich komplett. Sein Körper glich dem eines Aals, und er mochte es, seine Aalhaut abzutasten. Kasimir glaubte an die Ausdehnung von Reichtum und Universum. Wachstum schafft Arbeitsplätze, Krippenplätze, Parkplätze. Platz. Wir brauchen mehr davon. Auf mehr Platz kann man sich mit seinen Produkten ausbreiten. Man kann sie um sich schichten und sitzen und auf den Tod warten, der einen nicht finden wird, denn man ist hinter den Waren verborgen.

Erinnerte sich Kasimir an Verwandte, dann sah er seine Adoptivmutter vor sich, die inzwischen eine kontrollierte Alkoholikerin geworden war. Sie hatte vierzig Kilo zugenommen, unsereiner hat ja keinen Personal Trainer wie die da oben, sagte sie sehr gerne. Und dabei hielt seine Mutter ihr Handgelenk nach hinten abgeknickt, irgendeine Säufermarotte, und in der Hand steckte eine Gabel mit Fleisch. Gekochtem Fleisch. Vielleicht vertrug ihr Alkoholikerinnenmagen nur mehr das. Es stank im Haus nach diesem gekochten Fleisch an ihrer Gabel, und sie hatte keine Handgelenke mehr, nur noch Fett mit Grübchen. Modell hätte sie werden können. Ich hatte meine Chancen, ja, ich hätte Modell werden können, sagte Kasimirs Mutter sehr gerne. Der Vater war gestorben, vor zwei Jahren, und Kasimir war allein mit der Frau und dem gekochten Fleisch und seiner Verachtung. Nie fiel Frauen etwas ein wie: Ich hätte Vorstandsvorsitzende einer Bank werden können, oder Nuklearphysikerin mit eigener Forschungsgruppe. Immer waren es Tätigkeiten, die den Verkauf des Körpers implizierten, da kannten sie sich aus, im Verkauf ihrer Geschlechtsorgane. Wissen Sie, die Prostitution ist eine ehrliche Sache, sagten sie, sonst gäbe es viel mehr Vergewaltigungen, sagten sie. Wer Geschlechtsverkehr erwirbt, vergewaltigt nicht.

Kasimir war ein Mann, da blieben doch nur siebzig Jahre, denn er würde wie alle Männer über seine physischen Verhältnisse leben, Krebs bekommen, Depressionen, und dann wollte er verdammt noch mal die Möglichkeit haben, tot in seinem Pool zu treiben und von Angestellten, die immerhin ein Lächeln unterdrückten, gefunden und beerdigt zu werden. Er ahnte, wie es ohne Anstrengung enden würde, wo das alles enden würde, noch zu seinen Lebzeiten, noch während seiner erbärmlichen siebzig Jahre, das ahnte er. Und lächelte bitter, wenn irre Optimisten von den Krankenhäusern berichteten und von dem steigenden Lebensstandard auch für die Dritte Welt, die ihnen doch völlig egal war. Das interessiert doch keine Sau, wie es irgendwelchen Schwarzen geht oder den Indern. Oder der herzensguten tanzenden Weltgemeinschaft. Oder irgendwem, der nicht mit einem verwandt ist. Und da war er wieder bei seiner Adoptivmutter, dem gekochten Fleisch, dem Ekel, der Kreis hat sich geschlossen.

Die Globalisierung hatte begonnen, und alle jubelten, Kasimir schien es, als sei er der einzige, der ahnte, was das mit sich bringen würde: Fremde zu nah. Der Hass würde wachsen, der Nationalismus, die Fahnen, die Geier, die Gartenzwerge. Himmel, warum war dieses Land so hässlich, ein paar Pagoden könnten da doch Außerordentliches leisten.

Kasimir würde Hedgefund-Manager werden, das stand fest, seit er das erste Mal Alfred Winslow Jones gelesen hatte, der 1949 den ersten Fonds gründete. Ein schlauer Mann. Und Kasimirs unbedingtes Vorbild. Alfred war Journalist gewesen, in den vierziger Jahren noch ein geachteter Beruf. Er hatte herausgefunden, dass es keine professionellen Aktienanalysten gab, die wirklich wussten, ob die Börsenkurse in Zukunft steigen oder fallen würden. Alfred sah eine Marktlücke. Er kaufte Aktien von unterbewerteten Firmen, denen er einen Kursanstieg zutraute, von offenkundig nicht brillant arbeitenden Firmen verkaufte er die Aktien, ohne sie wirklich zu besitzen. Alfred hatte die Marktlücke geschlossen. Kasimir verstand nicht, wie man auf nichtexistierende Firmenanteile wetten kann. Ihm war nur klar, dass die Börse das größte Geschäft mit der Gier der Menschen ist. Fast noch sicherer als der Tod.

Morgen war sein erster Ausbildungstag in der Bank, und er hatte alles richtig gemacht. Sein Anzug war bescheiden, kleine Schulterpolster, nicht zu teuer. Er hatte noch keine Visitenkarten, er roch unauffällig. Er würde die Alphatiere nicht verunsichern, er würde sie bewundern, ohne ihnen in den Arsch zu kriechen und sie dadurch anzureizen, ihn zu vernichten. Draußen war seine Heimat. Er verachtete das Wort. Frag den letzten Idioten im hinterletzten Loch auf der Welt, irgendwo in der Wüste. Er wird strahlen und von den besten Heuschreckenspeisen berichten, er wird mit feuchten Augen tanzen und Heimatlieder singen. Die Scholle, die schönste in der Welt. Würde der Idiot sagen, und bei uns ist die Familie sehr wichtig, und er würde sich einzigartig fühlen. Das beste Essen, die schönste Landschaft. Idioten. Keiner kam auf die Idee, dass es vielleicht eine hormonelle Bindung ist, so etwas, wie Mütter es beim Anblick ihrer Babys spüren, was einen für immer an den Flecken bindet, auf dem man zufällig geboren ist. Da kann man doch mal nachdenken, nicht wahr? Da draußen würde nur ein umfassendes Bombardement helfen. Die ehemaligen Ostgebiete. Verlassene Bahnhöfe, besoffene Jugendliche. Der Osten.

Toto.

Und weiter.

Genau so beginnen Städte, die diesen Namen verdienen, hatte Toto gedacht, als der Zug durch den Freihafen gerollt war. Industrie und ein breiter Fluss, Kräne und Lagerhäuser, Lichter in der Nacht und Regen. Wäre er verwegener gewesen, hieße die Stadt jetzt São Paulo und Toto wäre auf dem Weg, als Leichtmatrose anzuheuern auf einem Fang- und Verarbeitungsschiff.

Toto erschien diese Stadt im nördlichen Teil des kapitalistischen Landes schon weit genug entfernt für einen, der vornehmlich zwischen hundert Einwohnern, die im Kreis um eintausend Milchviehanlagen lebten, groß geworden war.

Nach Verlassen des Zuges war Toto versucht, den Boden zu küssen, vielleicht würde er später einmal, in völliger Überschätzung seiner Wichtigkeit für die Erde, vom Beginn einer Schicksalsbeziehung sprechen. Er und die Stadt, die er als Immigrant per Zufall gefunden hatte. Er würde in Interviews von seiner Hassliebe zu dieser Stadt reden.

Vor dem offenbar aus Edelstahl gefertigten Bahnhof befand sich das, worauf Toto in zehn Schuljahren vorbereitet worden war: die Kehrseite. In der sozialistischen Schule war immer von dieser Kehrseite die Rede gewesen, und hier war sie nun endlich, in Form von Männern und Frauen, die sich prostituierten, und Drogensüchtigen, die sich vor oder nach dem Drogenkonsum auch prostituierten. Kleine Mädchen mit dünnen Beinen und ohne Zähne saßen in ihren Exkrementen. Jungs in Leder schauten ihn aus müden Augen an und leckten sich die aufgesprungenen Lippen. Das also war das versprochene Elend, und wo es Elend gibt, muss es auch Christen geben, ahnte Toto und fand sehr schnell eine Mission.

Eine stramme Mutter Oberin sah Toto prüfend an, den wohlgenährten Toto, der sich sauber hielt, und nur die kommunistische Plastikkleidung verriet ein wenig Bedürftigkeit. Toto war kein Sozialschmarotzer, ein nützliches Wort, das damals erfunden wurde, er brauchte nur einen Ausgangspunkt für sein neues Leben. Er schaute wie eine traurige Katze, den konnte er gut, diesen Katzenblick, und schon gab es für die Frau kein Halten mehr. Die Oberin wirbelte durch den Raum, wühlte in Papieren, wählte Nummern und kam wenig später mit der Nachricht zu Toto, dass im Heim der christlichen Männer gerade durch einen Abgang, tiefer Seufzer, schwerer Blick, ein Zimmer frei geworden sei. Eine Adresse, ein U-Bahn-Plan mit Markierungen, ein kleines Begrüßungsgeld, und schon war Toto unterwegs.

Das Wohnheim lag im touristischen Rotlichtbezirk der Stadt, eine hässliche Straße, die dem Viertel seinen Namen gibt, bestanden von Spielhallen, Imbissbuden, traurigen Cafés.

Das Heim war nicht der Rede wert, für einen, der in Heimen seine ersten Jahre verbracht hatte, nahezu ein Spaziergang. Ein Hauswart mit geplatzten Adern an der Nase, eine Kapelle neben der Anmeldung, die Gebetszeiten müssen eingehalten werden, Alkoholverbot, und hier ist Ihr Zimmer. Bett, Kasten, Tisch, Blick auf die Straße, warum gibt es keine Bäume hier, eine funktionierende Heizung. Toto saß auf dem Bett, immer saß er in letzter Zeit auf unbekannten Betten, fast entwickelte er ein erotisches Verhältnis zu karierter Bettwäsche, wenn er denn erotische Gefühle gehabt hätte, was immer noch nicht der Fall war, er war frei von jeder Erregung, die nach Paarung verlangte. Vielleicht hoben sich die Hormone, die seine männlichen und weiblichen Organe produzierten, gegenseitig auf, vielleicht wurde da auch nichts hergestellt, und was ist ein Mensch ohne die Fähigkeit der Reproduktion eigentlich wert, wenn er nicht einmal ein Angestellter war.

Toto hatte sein neues Zimmer verlassen, er würde pünktlich zum Abendgebet zurück sein, eine kleine Gegenleistung für Gott, so viel Anstand muss sein.

Es war früher Abend, die Prostituierten stellten sich ein, am baumlosen Straßenrand, sie musterten Toto mit professionellem Interesse. Um sich zu stärken, das ist ja kein Spaziergang, so ein Geschlechtsverkehr, kehrten die Freier in Bars ein, in Souterrains, oder standen neben kleinen Kiosken, in deren Auslagen geschnittenes Mischbrot lag und Makrele in Tomatensoße, offenbar das Lieblingsessen von Prostituierten und ihren Kunden. Die Wege voller Zigarettenstummel, Bierdosen, Trostlosigkeit, das war zu viel Information, verwirrte den Kopf, der war doch schon voll von Polizeisirenen, Betrunkenenlallen, Musik aus Zuhälterautos und Touristenlauten. Die stolperten kichernd aus Reisebussen, paarweise, sie trugen beige Partnerlook-Trikotagen und würden richtig was erleben. Erst das Musical, praktisch im Viertel gelegen, und dann, wenn wir schon mal da sind, würden sie sagen und sich in der Gruppe Mut machen. Sie hatten Angst, die Bewohner des kapitalistischen Landes, überall, wo sie nicht wohnten, und sie würden zusammenrücken, lauter werden und eine Live-Show betreten. Die Frauen würden schamhaft zu Boden blicken, Sex auf der Bühne, also wirklich, sie zögen angewiderte Gesichter, weil sie meinten, das erwartet man von rechtschaffenen Frauen. Zu laut würden schlechte Scherze gemacht, und wie peinlich, Menschen beobachten zu müssen, die in scheinbarem Selbstverständnis geschlechtlich wurden. Und dann noch eins trinken, die Frauen hakten die Männer unter, als sie an den Huren vorbeigingen, das ist meiner, den hab ich inne, bin eine ehrbare Frau, durch ihn, meinen Mann, die Heirat hat mich dazu gemacht, ich habe ein Haus, ich verfüge über einen Esstisch!

Der Höhepunkt war eine durch Tore abgetrennte Straße, zu der Touristinnen keinen Zutritt hatten, in der die Huren nackt in Schaufenstern saßen. Die Männer traten ein, feixend, sich Mut machend, ihre Frauen warteten vor dem Eingang, selbstgefällig verlegen. Es war ein großer Moment in ihrem kleinen Dasein. Sie gehörten zu den Guten, den Normalen, sie sagten: Mein Mann, und meinten: Ich bin auf der richtigen Seite. Heterosexuell und in ordentlichen Verhältnissen, ich habe allgemeingültigen Sex in der Missionarsstellung und wasche meine Scheide im Anschluss. Da ist es doch egal, wie sehr sie leiden, weil der Mann sich aufführt wie sein Vater und dessen Vater, mit breiten Beinen sich im Schritt kratzend, neben das Klo pissend. Sie haben alles richtig gemacht. Sie leiden. Mit Ablehnung musterten sie Toto, der ihnen gegenüberstand, das war eine Eigenschaft von ihm, das Stehen und Starren, bis er etwas begriff. Die Frauen mochten ihn nicht, ohne sagen zu können, warum. Er sah eben anders aus. Das langt. Sie waren ordentliche Frauen, sie sahen nicht anders aus, sie ähnelten sich. Waren unbestimmten Alters, sie hatten ihr Lebensziel erreicht, sie waren Gattin. Die Haare grau, die Trikotagen bequem und beige, das Gesicht ungeschminkt, der Körper vernachlässigt, die Mitte unförmig. Fleischgewordener Trotz. Sie hatten verdammt ihre Pflicht getan, waren nicht zum Spaß auf der Welt. Sie waren Mütter.

Toto wechselte die Seiten, war jetzt einer von den Männern, ein interessantes Gefühl, diese Komplizenschaft, das verstohlene Zwinkern, Mutmachen, komm, nu steck ihn schon mal rein. Dazu gibt's sie doch, die Frauen, zum Reinstecken, oder zum Muttersein. Dazwischen alles uninteressante Grauzone. Die Männer hier waren mit Müttern verheiratet, da will man nicht mehr geschlechtlich sein, das ist fast eine Schweinerei, da will doch keiner anfassen, neben was er jeden Morgen aufwacht, die Scheide, nicht mehr prall wie Gummi nach der Geburt. Und Toto sah die Frauen an, in den Schaufenstern, die Augen kalt, sie mussten Männer hassen, würden vermutlich aber sagen, dass sie gerne Verkehr hatten, sie waren wie Geschenke verpackt, die Frauen, sich zu verkaufen war ihnen angeboren. Es war so ungleich furchtbarer, wenn ein Mann sich sexuell anbot. So widernatürlich. Nicht wahr, die Männer stießen sich in die Seite. Eine Frau bot sich doch immer an, von klein an war sie darauf dressiert, zu gefallen. Nicht zu laut sein, dem Vater das Gefühl geben, dass sie in seiner Hand verschwinden konnte. Sie lernten Mitleid und Rührung erzeugen, um nicht vom körperlich Überlegenen vernichtet zu werden.

Das Unwohlsein wurde körperlich, schnell verließ Toto die Straße, um zu Gott zu finden. Zeit für das tägliche Gebet der hilfsbedürftigen Schafe. Die Glocke in der kleinen Behelfskapelle läutete, es war acht Uhr.

An die dreißig verwahrloste Männer falteten die Hände, es sah befremdlich falsch aus, und da glaubte doch keiner an was. Wo soll der sein, der Gott? Das höhere Wesen. Keiner der Anwesenden überlegte sich die metaphorische Bedeutung einer übergeordneten moralischen Instanz, wenn schon, dann glaubten sie an einen Mann mit Bart, und den konnte man nirgends besichtigen. Sie hätten auch zu jedem anderen Führer gebetet, wenn der Sozialstaat weiterhin seiner Verpflichtung nachkommen wollte, sie wären in den Krieg marschiert oder hätten Türken zusammengeschlagen und deren Läden mit Parolen beschmiert, wenn es sich für sie ausgezahlt hätte.

Das sich beschleunigende System hatte sie ausgespuckt, die gedemütigten Männer in Kleiderkammerhemden, zu hellen Jeans, schlecht riechend, dünne Haare, miese Zähne. Sie alle hatten versagt, sie hatten es nicht geschafft, das Rudel war weitergezogen, sie lagen im Schnee und mussten jetzt die Hände falten, wie Kinder neben dem Bett, damit sie morgen ein Frühstück erhielten. Aber wo blieb der Seelsorger?

Der Raum

neben der Behelfskapelle des Männerheimes sah aus wie die Garderobe eines Gasthofs für eine tourende Laientheatergruppe, erbärmlich und doch voller Verheißung.

Da würde noch mal eine Große Kapelle kommen, eine Große Bühne, internationales Publikum, der Pfarrer puderte sich ernsthaft ab, er wollte eine gute Show bieten, egal vor wem. Die sind doch nicht alle pädophil, das sind doch Ausnahmen, das sind doch wenige, die von Weihrauch träumen, von bestickten Soutanen, die holländische Maßschneider mit feinem Brokat umsäumen, und sich homoerotische Hoffnungen auf feiste Engel machen. Das war doch nicht die Regel, dass man sadistisch mit Knaben umgeht und gegen Schwule wettert, sie verfolgt, um von sich abzulenken, ich bitte Sie.

Mit vierzehn fand der Pfarrer, damals noch Junge, zu Gott, was eigentlich nur bedeutete, dass er sich von dem uniformen Fleischkörper der Klassenkameraden mit dem Willen distanzierte, sich in gasförmige Spiritualität aufzulösen.

Der Vater, das Testament, das klang ihm nach Reinheit und Gehröcken. Er mochte die Vorschriften, sie leuchteten ihm ein, er begriff Gott als das System, sich über das Menschsein zu erheben, das erbärmlich war in den Zeiten des Wachstums und mit Körperflüssigkeit zu tun hatte. Die Veränderungen seines Körpers ekelten ihn, die Haare, die da wuchsen, das Verlangen, das da entstand und kein Ziel kannte, der Geruch, der sich veränderte, nichts wollte er mehr, als wieder Kind sein, in Unschuld. Religion war Unschuld. War Wohlgeruch. War Kirchentag. War geschützte Werkstatt. In den Gott, da rutscht man doch so rein, es hätte jede andere Sekte sein können, doch der Gott war der dem Alltag nächste Guru, da standen keine Zerwürfnisse mit den Eltern im Raum, der Ausschluss aus der Gesellschaft war nicht zu erwarten, es galt sich keine Glatze zu scheren, keine roten Gewänder lagen bereit. Den Gott, den konnte man einfach so mitnehmen.

Nach einem Jahr einsamer Studien, getragen von dem Gefühl der Einzigartigkeit, fand er in eine junge Gemeinde und erlebte den ersten Kirchentag.

Zurückblickend schien es, als habe er Jahre in Zelten verbracht, mit fremden Jungen, mit nach Schweiß riechenden, halbnackten Jungen, zarte Muskeln und flaumige Wangen, mit aufgeregten Jungen, die ihre großen Schuhe vor dem Zelt parkten und am Morgen staunten im Duft des taunassen Grases, der sie weckte in seltsamen Umarmungen, aus denen sie sich verlegen befreiten. Bei einem der Kirchentage entjungferte er, um sich seiner Normalität zu versichern, eine junge Frau, deren Kreuz auf der Brust im Takt seiner Bewegungen schaukelte. Sie hatte immens große Brüste. Mariabrüste. Die Frau hieß Anna und war fünfzehn.

Der Pfarrer schämte sich seiner Freude am Sex, und er wechselte vom evangelischen zum katholischen Glauben, dort fühlte er sich stärker, gnadenloser, unverfälschter. Evangelisch ist für Versager.

Bald begann er mit seinem Theologiestudium.

Was wird denn dein Beruf sein, fragten seine Eltern, die den Zugang zu ihm komplett verloren hatten, an ihrem kleinen Küchentisch, in ihrer kleinen Wohnung, die nach Mensch roch, und er sagte: Der Priester hat die Aufgabe, Jesus Christus als den guten Hirten gegenwärtig zu setzen. Und schaute in einer Weise altklug, dass seine Mutter Lust bekam, ihm etwas auf den Kopf zu schlagen.

Das hatte sie dann doch gelassen, die Mutter, und gefragt: Ja, aber warum denn katholisch, täte es eine evangelische Pfarrei nicht auch, irgendwo im Schwarzwald, wo du in einem

Pfarrhaus leben und Hühner haben kannst? Nein, unmöglich, er hatte sich in einen Rausch des Überirdischen gesteigert, vielleicht weil er sich für seine Freude am Geschlechtsverkehr und an Annas großen Brüsten verachtete und weil er seine weißen Beine verachtete und die Samenflüssigkeit auch unangenehm roch, er war hohlwangig geworden und hatte begonnen sich zu geißeln in einer verblödeten Rigorosität. Als er seine Weihe erhielt, war Anna in ihrem heimischen Badezimmer und gebar das Kind, dem sie Toilettenpapier in den Mund stopfte, damit es schwieg.

Später war er dann Pfarrer des Wohnheimes junger Männer geworden. Und jetzt ging er predigen.

Und weiter.

Toto faltete die Hände, das war schwierig, sie waren so dick, wie verschränkte Würstchen sahen sie aus, und der Hauspfarrer sprach von Sünde.

Er hatte sich in Ekstase geredet, aus der ihn offenkundig nur ein rascher Infarkt würde retten können. Jenen aber, die uns auf die Probe zu stellen suchen, mit missgestaltetem Körperbau und glierender Sexualität, denen werden wir beherzt entgegentreten und uns von ihnen befreien, Korinther 237, erfand er, direkt vor Toto stehend, den der Speichel aus des Pfarrers Mund traf, und zeigte von der Kanzel. Nein, in der improvisierten Kapelle gibt es nur eine kleine Empore aus Sperrholz, noch nicht mal eine verdammte Kanzel hat er unter seinen Füßen, nicht einmal ein ordentliches Gewand trägt er, nur diesen Kittel, den er sich selber geschneidert hat, verfluchter Mist. All das Unrecht, das ihm in seiner Laufbahn widerfahren war, alles hatte eine Ursache, und die saß da vorne, ein paar Meter von ihm entfernt. Schnell ging er auf Toto zu. Und die Männer im Raum, die es noch nicht mal in den achtziger Jahren schafften, mit Bravour zu überleben, in diesem gnädigen Jahrzehnt, da junge Menschen bis Mitte dreißig in Wohngemeinschaften lebten, kaum Miete zahlten, sich in Bands versuchten oder in Kunst und nachts in Küchen arbeiteten, um dann irgendwann eine sichere Stellung zu finden, als Kunstprofessorin in Düsseldorf oder als Schriftsteller oder Musiker, in diesem laschen Jahrzehnt, das noch weit entfernt war von dem Jahrzehnt der Beschleunigung, welche die Welt wenig später beherrschen würde, diese Männer beteten zu einem Gott, an den sie nicht glaubten, für eine Suppe und ein Bett, und hatten nun einen gefunden, auf den sie hinunterblicken konnten, und natürlich kann man eine solche Chance nicht unbenutzt verstreichen lassen.

Toto verstand weder, warum die Stimmung sich plötzlich geändert hatte, noch womit er die Aggressionen hervorgerufen hatte, aber ihm war unwohl, die Männer zu nah, die wollten dem Priester zeigen, dass sie anders waren, besser waren, sie hätten dieses große Ding, das da stand mit seinem einfältigen Gesicht, mit seinem sanften Lächeln, ohne Zögern erschlagen, denn sie waren gute Männer, sie erfüllten ihren Betauftrag, sie machten die Nonnen glücklich, sie würden essen und schlafen und irgendwann aus dem Heim verschwinden. Und weitersaufen, und an einer Leberzirrhose sterben, mit fünfzig, ein ehrliches Dasein. Es war das erste Jahrzehnt, das sich in großem Umfang Verlierer leistete, vorher gab es doch immer nur die, die arbeiteten, und die, die es aus familiären Gründen nicht nötig hatten. Es war der Beginn des Untergangs der westlichen Welt, aber das ahnte hier noch keiner.

Langsam, rückwärts verließ Toto die Kapelle, er schaffte es, ohne aufgehalten zu werden, atmete tief durch, kalt war es nicht vor der Tür, es schien in dieser nordischen Stadt keine Jahreszeiten zu geben, nur Feuchtigkeit, und es wehte ein strenger Wind. Willkommen im letzten Jahrzehnt des alten Jahrtausends, stand auf einem Schild, das über einer Kneipe hing, wenige Meter und gestolperte Schritte neben dem Männerheim. Toto verstand die Botschaft nicht, der Wind irritierte ihn.

Auf der Treppe vor dem Lokal saßen junge Menschen neben ihren Bierflaschen und starrten gelangweilt in den hereinbrechenden Abend, und Schiffssirenen waren neben den lauten Warnsignalen großer Kräne im Hafen zu hören. Es hätte schön sein können, hätte nicht ein seltsamer Schleier über allem gelegen. Eine Apathie, die sogar die Gebäude erfasst hatte. Als wollte die Welt die Jahre bis ins neue Jahrtausend verschlafen. Als glaubten die Menschen, dann würde die Zukunft sofort beginnen, die sie so sehr erwarteten. Ohne Alter, ohne Probleme, und mit fliegenden Autos.

Willkommen, mein Freund, in unserer nordischen Stadt, wo die Menschen über sehr kräftige Knochen und eine kolossale Unfreundlichkeit verfügen, sagte Toto zu sich selbst, es sagte ja sonst keiner was.

Toto betrachtete das Umfeld, in das er zufällig gespült worden war, es war ihm so gut wie jedes andere. Seinem Leben einen Verlauf aufzwingen zu wollen oder unzufrieden zu sein, fiel ihm nicht ein. Toto wusste nicht, dass im gleichen Moment Menschen barfuß auf einen vertikutierten Rasen traten, wie Aale in einen Pool glitten, um danach in den privaten Jet zu schlüpfen, er wusste nicht um Schönheit und um die raren intakten Plätze auf der Welt. Toto war mit sich zusammen, er war beschäftigt mit der Betrachtung der neuen Umgebung, und er war zufrieden. Das Obdachlosenheim, die Bosheit waren vergessen, Toto hielt sich nicht mit Vergangenem auf, die Sekunde, in der er sich befand, verlangte nach seiner vollen Aufmerksamkeit.

Das war der Westen, der berühmte Westen, warum funkelte der nur nicht? Warum erzeugte er keine Zufriedenheit in den Gesichtern der Leute? Die halbe Erdbevölkerung wollte hier leben, in dieser Kälte, in diesem Wind, und durch diese baumlosen Straßen tigern, warum war das den Bewohnern dieser Stadt nicht klar, warum erzeugte es kein Glücksgefühl, so privilegiert zu sein?

Vor der Polizeistation saß ein weinender dicker Mann, die Prostituierten standen an den Straßenrändern und trugen Grell, Polizeisirenen übertönten den Lärm der aufgeregten Touristen, alles wie aus Pappe, nachlässig geformt.

Entschuldigung, wenn ich dich anstarre, sagte ein älterer Mann, der wie eine Taube wirkte. Bist du hier aus einem Club? Travestie oder so? Es war nicht neu für Toto, angestarrt zu werden. Es war beunruhigend. Es lag Totos Wesen sehr fern, auffallen zu wollen, und er sah den Mann, der ihn angesprochen hatte, interessiert an. So frei jeder Eigenschaft war er, bar jeden Merkmals, dass vermutlich öfter Menschen durch ihn hindurchliefen.

Nein, sagte Toto, ich weiß gar nicht, wovon Sie reden.

Naja, ich meinte nur. Sagte der Mann. Du siehst aus wie ein Transvestit, stört es dich, wenn ich ein paar Schritte mit dir gehe, ich laufe sehr gerne neben Transvestiten. Fragte der Mann, und Toto überlegte so lange, dass sich eine Antwort irgendwann erübrigte. Der hässliche Mann lief ja schon neben ihm, mit doppelter Schrittzahl. Ich bin gesprächig, sagte der Mann, ich habe schon ein wenig über den Durst getrunken, da werde ich immer gesprächig. Während ich über den Durst trinke, seh ich mir alle in der Kneipe an, und ich bin mir absolut sicher, dass keiner so eine schreckliche Kindheit hatte wie ich. Toto nickte, er schaute den Mann mitleidig an, von oben nach unten, sogar sein Hintern war traurig, und er nahm sich vor, dem armen Mann aufmerksam zuzuhören. Du siehst echt komisch aus, sagte der, hat dir das schon mal jemand gesagt? Toto schwieg, eine Technik, die sich immer bewährte und fast jeden ins Plaudern brachte. Ich gehe in einen Live-Club, sagte der Mann, ich hab da Beziehungen, willst du mitkommen. Toto war jedes Ziel recht, um den Kapitalismus zu begreifen, also würde er mit einem hässlichen kleinen Mann, der befand, dass er, Toto, merkwürdig aussah, eben einen Live-Club aufsuchen. Weißt du, ich komme einmal die Woche hierher, einmal die Woche gönn ich mir was. Toto seufzte. Haben Sie geseufzt? fragte der Mann. Das habe ich, sagte Toto, es ist meine Art, Mitgefühl auszudrücken. Ja, Mitgefühl, das erfährt man heute viel zu wenig, fuhr der Mann fort, Toto nickte. Es wollten sich bei ihm keine Sätze einstellen. Die Kunst der Unterhaltung enträtselte er nicht, außer nicken und den Kopf schütteln beherrschte er wenig aus dem Repertoire menschlicher Kommunikation. Der Mann neben ihm redete weiter, was Toto wieder einmal klarmachte, dass den meisten gar nicht an einer Unterhaltung gelegen ist, sie wollen laut denken, vor sich hin brabbeln, neben einem Artgenossen, weil es als schrullig gilt, mit sich selbst zu reden.

Im Club war es dunkel, und ein Geruch nach Rührei herrschte vor. Ein kleiner Tisch, zwei Polsterstühle mit abgegriffenem Bezug. Wir haben noch nichts verpasst, gleich geht es los, es geht immer zur vollen Stunde los, flüsterte der hässliche Mann und starrte mit geöffnetem Mund auf den geschlossenen Vorhang. Von der Seite wirkte er wie ein Huhn, und Toto hatte ein großes Mitgefühl für ihn. Ein armes, kleines, gelbes Huhn, das einmal pro Woche in eine Live-Show geht und davon träumt, einen Menschen kennenzulernen, mit dem er so vertraut würde, dass er sich in tiefem Einvernehmen von ihm verzehren ließ. An einem polierten Nussbaumtisch mit einer großen gestärkten Serviette um den Hals würde der Mann seine Einzigartigkeit feiern, das Überspringen von moralischen Grenzen, und er würde dadurch unsterblich. Dachte er.

Der Vorhang öffnete sich. Zwei Erwachsene kamen in einem Rotkäppchen- und einem Wolfskostüm auf die Bühne, Synthesizermusik, der Wolf entledigte sich seines Fells, behielt aber seinen Wolfskopf auf und steckte sein Glied in Rotkäppchen. Alles geschah so ohne Grund und Übergang, ohne Gefühl und Charme, dass es war, als wohnte man jemandem beim Geschirrspülen bei. Der unauffällige Mann atmete tief, sein Mund stand offen. Im Raum, an kleinen Tischen verteilt, saßen vornehmlich ältere Männer, alle mit geöffneten Mündern, und zwei unglückliche Paare. Ohne jede Anteilnahme sahen sie das Paar auf der Bühne, durch das Paar hindurch, spürten die Hand ihrer Männer auf ihren Beinen nicht mehr, spürten nichts, vermutlich würden sie im Anschluss an die Show in einen Swingerclub gehen, und falls sie einer fragen sollte, würden sie antworten, dass sie Swingerclubs belebend fanden. Jedenfalls sagte das ihr Mann, und die Frauen hatten jeden näheren Kontakt zu ihren Körpern schon lange verloren.

Toto hatte vorerst genug gesehen, es war sein erster Geschlechtsverkehr gewesen. Er hatte es sich doch irgendwie romantischer vorgestellt.

Toto war schlecht, und er wusste nicht warum. Vielleicht war seine Idee von der Welt gerade ein wenig kleiner geworden. Die Menschen nahmen den Sex so wichtig, weil sie dabei nicht denken mussten, das lag ihnen nicht, das Denken und Stillhalten, da wurden mit Getöse alle Löcher gestopft, wurde aneinander gerieben, die Brüste geknetet, die Schwänze gerubbelt, nur um nicht bei sich zu sein, nur um nicht mit dieser furchtbaren Verantwortung umgehen zu müssen, ein Gehirn zu besitzen, das zu mehr fähig wäre, als auf fremde Geschlechtsorgane zu starren. Als Toto zu seiner Männerherberge zurückkam, lagen seine Sachen auf der Straße verstreut. Wenigstens waren die Noten nicht verlorengegangen. Sie lagen auf dem Trottoir.

Kasimir federte morgens

in die Abteilung Devisenhandel der größten Bank der Stadt.

Er versuchte, so gut es ihm möglich war, einen heterosexuellen Mann darzustellen. Er rauchte im Gehen, damals rauchte man noch, und zwar gerne, und er fuhr Rad, nicht weil er keinen Wagen hatte, sondern weil es zu seiner Vorstellung von Dynamik gehörte, die Hosenbeine eines teuren englischen Tweedanzugs mit alten Klammern zu straffen und auf einem Rennrad zum Preis eines Kleinwagens in die Bank zu gleiten. Der schnelle Sprint kurbelte Kasimirs Gehirnaktivität erfreulich an. Er verfügte über einen Hirnschaden, der sein Gefühlszentrum betraf. Später werden Studien seinen Defekt als nicht therapierbar belegen, im Moment waren das aber noch die achtziger Jahre, das Individuum als pathologische Einheit noch nicht entdeckt, und man bewunderte Kasimirs besondere Fähigkeit. Sein Vernunftzentrum war intakt, seine Gefühlsareale verletzt, das machte ihn in Anlageentscheidungen überlegen, denn er kannte weder Furcht noch Gier. Viele erfolgreiche Broker weisen diesen Hirnschaden auf, die sie dem normalen Anleger überlegen machen.

Die Männer, die Kasimir bewunderte, arbeiteten in einer immer irrer werdenden Geschwindigkeit am Verfall der Zivilisation. Sie waren die Kannibalen der Neuzeit, ohne jede Intelligenz, die sie befähigt hätte, über ihr Leben hinauszudenken. Die Welt abnagen würden sie, wie ein appetitliches Rippchen. Im Moment machten sie ihr Geld vornehmlich mit dem Handel von Devisen und Unternehmen, bald schon würden sie zu Immobilien und Rohstoffen übergehen, der Untergang würde sich abzeichnen, wenn sie begannen, mit Grundnahrungsmitteln Poker zu spielen.

Kasimir verachtete heterosexuelle Männer. Ob sich dahinter der Wunsch maskierte, wie sie zu sein, so unreflektiert und selbstverständlich in der Belegung von Machtpositionen, das wollte er nicht ergründen. Er verstand auch, dass die Verachtung der Heterosexuellen für Homosexuelle simple Evolution ist, doch es war ihm egal. Er entschuldigte Biologismus nicht.

Kasimir plante sein Leben.

Jeden Tag, jeden Anzug und jeden Schritt auf der Karriereleiter. Er war überzeugt, dass sich sogar der Tod, Verbrennung, Urnenbestattung, der Grabplatz war bereits erworben, planen ließ. Er bildete sich fort. Lernte Fremdsprachen, schlief wenig und hatte einen Kalender an der Wand, auf den er nach jedem erreichten Karriereschritt eine kleine Fahne steckte.

Sein Leben, so glaubte er, würde nicht ausufern, wenn es kontrolliert verliefe, in einer Ordnung gehalten. Die Ordnung würde auf einem Geldbett stattfinden.

Kasimir arbeitete als Wertpapierhändler in einer der größten Banken des Landes, er verdiente im Monat ungefähr zwanzigtausend Dollar, nach Abzügen, und es war nur eine Frage der Zeit, dass er sein Einkommen verzehnfachte und sich als Hedgefund-Manager selbständig machte. Kasimir ließ es ruhig angehen. Er fokussierte sich, er litt an leichtem Autismus, wie fast alle Männer, man könnte behaupten, dass das Testosteron im Mutterleib bei der Ausprägung des männlichen Gehirns nur Wesen in die Welt stellt, die nicht empathiefähig sind. Das waren nur Vermutungen, noch vor der Zeit, als wissenschaftlich bewiesen wurde, wie ernst zu nehmen das auch immer sein mochte, dass Autismus der reinste Ausdruck der männlichen Gehirnstruktur war.

Kasimir lebte in einer Erdgeschosswohnung in einer erbärmlichen Straße im Rotlichtviertel in der hässlichen Stadt. Er fand es motivierend inmitten des menschlichen Auswurfes. Hier war wenigstens klar, dass ihn nichts mit den Menschen in den Nebenwohnungen verband, in den teuren Vierteln wären doch sicher Nachbarn gewesen, die Werbeagenturen besaßen oder Versicherungsbroker waren.

Kasimir sehnte sich mit einer Kraft nach Schönheit, dass es ihm körperliche Qual bereitete. Hässlichkeit machte ihn über Gebühr böse, ja, er wurde ganz verrückt, wenn ihm hässliche Gegenstände, Gebäude oder Menschen begegneten. Da die Stadt, die den Grundstein seiner Karriere legen würde, großflächig im Krieg zerbombt und beherzt in den sechziger und siebziger Jahren wiederaufgebaut worden war, erstickte man fast an dem unästhetischen Gesamtbild, das sie bot, und Kasimir war es nicht vergönnt, Hässlichkeit auszublenden.

Er wusste, er musste aushalten, es war eine Frage der Zeit, dass er den Ort fand, der in seinen Gedanken jetzt schon bestand, dort, wo er ohne Qual wäre und endlich mit sich in einer Einheit lebte. Er hatte keine Ahnung, was für ein Gefühl das wäre, endlich in sich zu sein, sich nicht fremd, sich nicht reden zu hören, lügen zu hören, sich nicht zu berühren mit dem Gefühl, etwas Fremdes anzufassen, die Einsamkeit, die machte es unerträglich, und schwer zu sagen, wie es sein würde, wenn er ein Mensch wäre, der sagen kann: Oh, ich bin gerne Mensch, ich bin gerne mit mir, wir verstehen uns prächtig, ich und mein Ego, und mein Körper ist immer dabei, immer putzmunter.

Der Ort war der Schlüssel, Antwort auf die Frage wozu. Tuche mit Stickereien, Stores, durch die sanftes Licht fällt, perfekte Böden aus geöltem Holz, das zart nach Honig riecht, vollendet polierte Möbel und Kiefern vor dem Fenster, die leise Geräusche machen. Das Wetter würde harmonisch sein, es würde den Körper nicht berühren. Es gäbe keine Körper, keine Hässlichkeit, es gäbe keine Frauen. Kasimir hatte einige Male Prostituierte in seine Erdgeschosswohnung geholt. Er hatte junge gewählt, reinliche, hübsche. Er hatte sich den Körper einer jungen Frau wie den einer Puppe aus Plastik vorgestellt, glatt und kühl, und war nicht auf das vorbereitet gewesen, was er hatte sehen müssen. Das Fleisch und die Poren, Haare und Schuppen, Knie mit Falten, große Ohrmuscheln, hässliche Füße, hässliche Scheiden, und die Brüste, das war das Schlimmste, diese Brüste, dieses Fettgewebe. Es stand natürlich außer Frage, mit so einer Person geschlechtlich zu werden. Er hatte aufgegeben. Und wandte sich umso intensiver seiner Karriere zu, denn wie nackte Männer aussahen, wusste er, da musste er nichts erforschen, das verbot sich von selbst, so ein Männerkörper, der weit entfernt war von jeglicher Vollkommenheit.

Kasimir liebte die Arbeitstage; nur der Abend, die Feiertage, die Sonntagsunterbrechungen mit ihrer Suizidluft machten ihm zu schaffen.

Kasimir sah auf die Straße vor seinem Haus, wo Obdachlose sich im Schein von Striptease-Bars ein Nachtlager bereiteten.

Und weiter.

Toto hatte nach seinem Rauswurf aus dem Obdachlosenheim ratlos in einem Hauseingang gesessen. Er hatte auf den Müll in der Atmosphäre gelauscht. Das wird die Menschen krank machen, aggressiv machen, vielleicht werden sie sich irgendwann umbringen, nur weil sie von diesem Krach verrückt geworden sind. Die Luft erfüllt von Geräuschen, die eng zusammenstehenden Häuser spielten sie sich zu. Knatternde Autos, hupende Busse, kreischende Bohrer, Fahrradklingeln, Kaffeemühlen, Haarföns, Staubsauger, Radios, Plattenspieler, Fernseher, Mopeds, Presslufthämmer, Abrissbirnen, Toto beendete seine innere Auflistung. Vielleicht könnte die Welt nach Überwindung all jener lärmerzeugenden Dinge, auf die sie so stolz ist, durch eine Verfeinerung der allgemeinen Zustände wieder in eine Stille finden, aber das würde Toto nicht mehr erleben. Die ständige Beschallung im öffentlichen Raum, so nannte der Kapitalist die Plätze, an denen sich Menschen bewegen konnten, ohne dafür zahlen zu müssen, war ihm schon unangenehm aufgefallen. In jedem Geschäft, jedem Café lief Musik oder sangen Vögel, rauschten Bäche, alles, damit der Mensch nur nicht mit einer Stille konfrontiert war, die er nicht mehr ertrug, die ihn verjagte, er sollte doch kaufen, bleiben, shoppen, sterben. Menschen hassen Stille, schon vor ihrer Geburt ist da ein Getöse um sie, die Verdauung der Mutter, die Därme, das Blut, das Herz. Ob Menschen, die in Petrischalen gezeugt und in Gebärmaschinen herangereift sind, also in absoluter Stille, bessere Lebewesen werden?

Toto konzentrierte sich auf seinen Körper und dessen Geräusche. Er studierte die Struktur des Straßenpflasters und hatte gute Laune. Er hatte es weit gebracht. Statt hinter einem

Stall zu liegen und Kühe anzusingen, saß er auf einer kapitalistischen Straße und konnte interessante Beobachtungen machen. Toto zog die Beine eng an seinen Körper, die ersten Touristen liefen an ihm vorüber, einen unbedingten Ausdruck von Gier in den Gesichtern. Sie würden, fragte man sie, sagen, dass die Liebe die stärkste Kraft in ihrem Leben sei, sagen, dass sie, unsichtbares Schlagen an die Brust, nichts mit jenen gemein hatten, die ihre Kinder prügelten oder den Nachbarn erschossen. Die Kühltruhen der Leichenhäuser voller Kinderleichen, totgequälten, verhungerten, blaugeschlagenen, und Amokopfern, die Gerichtssäle verstopft von Nachbarn, die sich anschrien wegen Blumenrabatten, das stimmte doch alles nicht, da klammerten sie sich doch an ihre Märchen, an ihre Gebetsbücher und glaubten an ihre Güte und dass es ihnen glänzend gelungen sei, die Genetik zu überwinden. Toto ermahnte sich. Es gibt doch so viel Schönes auf der Welt. Familien, die sich weinend in den Armen liegen, Mutter Teresa, Umzüge der Stadtfeuerwehr und kleine Kinder, die auf den Knien ihrer Opas sitzen. Ein Schatten fiel auf Totos Gedanken. Ein junger Mann stand vor ihm. Er sah aus wie etwas aus einem Traum, und er schien zu leuchten. Menschen sterben auf Straßen wie dieser, sagte der junge Mann, der seltsam somnambul wirkte, die blonden Locken schwebten um ein Gesicht wie gemalt, eine gerade Nase, etwas schräge Augen, der junge Mann war eine Frau oder eine Katze und hatte einen seltsam angeklebten Vollbart, der das halbe Gesicht verdeckte. Am verwirrendsten jedoch war der komplett abwesende Zustand des Mannes, wie ein Zimmer, in dem man seit Jahren Urlaub macht und das plötzlich daheim an der Tür klingelt. Noch während Toto überlegte, ob dieses Bild wirklich zutreffend war, sagte der junge Mann: Du kannst bei mir übernachten. Selbstredend, dachte Toto, nichts normaler, als bei einem Fremden übernachten, der aussieht wie eine Katze mit angeklebtem Bart.

Toto wunderte sich nicht. Er war in einem neuen Land, in einer fremden Stadt, was wusste er schon von den Sitten hier. Er folgte dem Mann über die Straße in eines der verwahrlosten Häuser, die er eben noch ohne Neid angesehen hatte. Schade. Das Gefühl der Verwunderung wäre möglicherweise stärker gewesen, hätte er vorher in erleuchtete Fenster geschaut und dort, wo das Licht war, einen Platz ersehnt, stärker als alles auf der Welt.

Die Erdgeschosswohnung des jungen Mannes machte, dass man sofort seine Schuhe ausziehen wollte. Überall lagen feine Stoffe auf den Chaiselonguen, die Farben harmonierten außerordentlich, die Teppiche dufteten und waren aus etwas unbekannt Weichem.

Kaschmir. Sagte der junge Mann, der beobachtete, wie Toto erstaunt den Teppich berührt hatte. Keine Ahnung, ob Kaschmir ein Tier oder eine Wolle ist, mit dem Landstrich zu tun hat oder ob es einfach eine fremde Sprache war, in welcher der junge Mann nun mit ihm Kontakt aufnehmen wollte. Vermutlich polarisiert meine Wohnung, sagte der junge Mann, heute polarisiert ja alles, was nicht Anzeige der Tageszeit ist. Will man ausschließliche Zuneigung, dann muss man sich umbringen. Aber vermutlich sind selbst die Betrachter der Leiche sich dann nicht einig. Der Tod ist nur ein anderes Wort für Neubeginn, mögen manche sagen, soll ich dir zeigen, wo du übernachtest? Toto hatte nichts gesagt, das war wohl auch nicht gefordert.

Im zweiten Raum der Wohnung stand wieder eine Chaiselongue, man konnte einen kleinen Fetisch erkennen.

Du bist sehr schön, sagte der junge Mann, zu dicht neben Toto, und wieder war da eine Ahnung, ein Wiedererkennen, die Ahnung verschwand, denn Toto bemühte sich, den Witz zu verstehen, den der Mann gerade gemacht hatte.

Auf alten Bildern hatte Toto solche gesehen, wie er selbst einer war, sie waren Engel und schwebten nackt an Decken. Aber er konnte sich doch nicht ständig in Kirchen oder Museen neben Engelsdarstellungen plazieren, um sich irgendwo zugehörig zu fühlen. Wo kommst du her, fragte der junge Mann, der sich nicht vorstellte. Toto wäre es nicht eingefallen, ihn etwas zu fragen, das wäre eine Neugier, die ins Nichts führt. Toto dachte, jeder Mensch gibt genau so viel von sich preis, dass ihm nicht unwohl wird, und er ahnte noch nicht, dass in der Welt der Erwachsenen fast ausschließlich gelogen wird oder in Erwartungen agiert.

Der junge Mann hatte Toto nicht zum Sitzen aufgefordert, er wirkte seltsam linkisch in seiner doch vertrauten Umgebung, was Totos Verdacht erhärtete, er könne bei einem Soziopathen gelandet sein. Hast du irgendwelche Talente? Diese seltsamen Fragen, die Toto nicht verstand. Ich bin noch nicht sehr alt, also ich meine, ich hatte noch nicht so viel Zeit, mich zu fragen, ob ich ein Talent überhaupt brauche. Um irgendjemandem später zu sagen, wissen Sie, früher habe ich über ein Talent verfügt, aber das Leben hat es nicht gut mit mir gemeint.

Toto war erstaunt, dass er komplette Sätze sagen konnte. Du willst sagen, dass du nichts kannst? Der junge Mann fragte weiter. Nicht tanzen, nicht Kopfstand, nicht besonders gut schreiben?

Toto wollte nicht reden, er wollte nie reden, er betrachtete voller Freude die seltsame Situation, zwei Fremde, einer mit angeklebtem Bart, standen in einer komplett übermöblierten Wohnung und berichteten einander von ihren Talenten. Das war großartig. Toto gefiel die Sache immer besser.

Ich singe, sagte er. Aber ich glaube, nicht besonders gut, denn an der Musikschule haben sie mich nicht genommen, seitdem singe ich nicht mehr so oft, und ich denke, dass ich mein kleines Hobby vermutlich vergesse, wenn sich etwas anderes ergibt. So, ja, gut, unterbrach ihn der junge Mann, das würde ich gerne hören, das Singen. Sing mir etwas vor. Toto blieb still, und wie immer wirkte die Verweigerung des Redens hervorragend. Der junge Mann kam ins Plaudern. Ich zum Beispiel kann gut rechnen, ich gehe nur davon aus, dass dieses Talent für Vorführzwecke nicht besonders geeignet ist.

Toto war es nicht peinlich zu singen, er hätte auch getanzt oder gerechnet, er verstand nicht, was Menschen warum peinlich war, warum sollte es in einem Leben, das die universale Länge eines Wimpernschlags hat, Peinlichkeiten geben. Alle verkleidet auf Durchreise, da ist Scham nicht angebracht. Toto sang ein Lied, das er vor einigen Monaten geschrieben hatte:

Ich red zu dir im gelben Straßenlampenschein. Was, wenn du gar nicht weißt, dass es mich gibt? Da wird mir bodenlos, das kann, das darf nicht sein. Ich weiß doch noch, wie wir uns verliebt. Weiß ihn, den Augenblick vor einem Jahr. Du auf der Bühne, ich im Publikum, du weit weg und sahst mich an, mein kleiner Star.

Der Asphalt nass, dein Mantel ist zu dünn für diese dumme Nacht. Mit kurzen Schritten läufst du einsam und, sag, hast du je nur einmal kurz an mich gedacht? Du in deinem Bett, und an der Decke gelbe Schatten. Du hast so Angst, und ich darf nicht zu dir. Ich weine um die Nähe, die wir niemals hatten. Bis aufs Blut beiß ich die Hand dann mir.

Ich stehe traurig da im Schutz der Bäume, so furchtbar nah und weit bist du bei mir. Willst du den Mond für dich alleine, mein Herz? mein kleines dünnes armes Tier, lässt mich verhungern hier in meinem Schmerz. Wie dein kleiner Mantel bin ich stets bei dir. So rot, so rot, so wie dein Mantel, so wund ist das in mir.

Wie Blut ist er, dein kleiner Mantel, lieg nur still. Dass ich dich halten kann, beweg dich nicht. Allein zu sein mit dir, das ist doch alles, was ich will. Schrei nicht, ist doch kein Mensch in

Sicht. Immer Nacht, und du in meinen Armen. Warum hattest du auch kein Erbarmen. Und jetzt, jetzt schau, du atmest nicht.

Das ist ein Psycholied, merkte Toto, als er geendet hatte, verunsichert durch lautes Schnauben. Der Klang seiner Stimme in der kleinen vollgestopften Wohnung war in der Tat grauenhaft, aber rechtfertigte das einen Tränenausbruch?

Der junge Mann weinte, Tränen fielen auf sein weißes Hemd, verliefen sich in seinem Bart.

Unfassbar! sagte er nach einiger Zeit, als er die Contenance wiedererlangt hatte, noch nie habe ich so eine Stimme gehört. Unausgebildet, ja, aber von einer verzweifelten Kraft. Ich muss noch ein paar Anrufe tätigen, sagte der junge Mann, strich sich über den Bart und ging aus dem Raum. Toto hatte den Satz: Ich muss noch ein paar Anrufe tätigen, noch nie gehört. Er kannte ja auch kaum Menschen mit Telefonen.

Toto versuchte auf der zu kurzen Liege eine Position zu finden, in dieser merkwürdigen Welt, wo die Menschen mit ihren Anwälten reden, in der sie sich Bärte ankleben oder Pfarrer werden, obgleich sie Menschen hassen. Eine furchtbare Chaiselongue; als ob er auf einem kleinen unbequemen Tier lag, fühlte es sich an, doch Toto war jung, er konnte fast überall schlafen, eine Fähigkeit, die er später vermutlich verlieren würde, und wenn er nicht besonders gescheit und vorsichtig war, würde er es als Zeichen des Untergangs sehen, würde sich seine Lebensberechtigung absprechen, wie viele alte Menschen, die so erfüllt sind von ihrer Enttäuschung, dass sie nur noch Hass für die Angehörigen ihrer Generation empfinden und sich übertreffen in der Verächtlichkeit, mit der sie über ihre schlaffen Sexualorgane sprechen. Gleichaltrige Geschlechtspartner würden ihnen ekelhaft sein, eine absurde Verehrung der Jugend würden sie pflegen und sagen: Ja, ich kann nur noch mit Tabletten und Alkohol zur Ruhe kommen, statt zu erkennen, dass Schlaf so egal ist und nur wichtig, was man in den wachen Stunden anstellt mit seinem Gewissen.

Toto schlief noch nicht, im Halbdunkel vermeinte er den jungen Mann in der Tür stehen zu sehen, es schien ihm klug, sich schlafend zu stellen, denn irgendetwas Unangenehmes haftete an dem Bild, das er da im Dämmerlicht zu sehen glaubte. Als es endlich hell wurde, Toto fragte sich, ob die Nacht auf der Straße wirklich schlechter gewesen wäre, stand der junge Mann neben seinem Sofa und teilte ihm den Erfolg seiner Telefonate mit. Er hatte einen Platz für Toto gefunden, und der müsse ihm versprechen, weiter zu singen, das würde seine Belohnung sein, ihn ab und an singen hören zu dürfen. Toto hatte nichts dagegen, das ist in Ordnung, sagte er, nahm die Plastiktüte, in der seine Zahnbürste steckte, und folgte dem Mann auf die Straße. Toto war in einem Alter, da man sich noch nicht nach einem Frühstück sehnt, das kommt erst später, dieser Glaube an Rituale, dieses Festhalten an strengen Abläufen, mit denen man meint, das Leben zu einer festen Größe zu machen.

Toto wurde übergeben. Das war sein Schicksal, er war so etwas wie das ungewollte Geschenk, das immer weitergereicht wird, schon schüttelte er die winzige Hand des Barmanns, ich heiße Tom, die nur durch die Ringe ein Gewicht hatte. Toto wartete auf die neue Entwicklung, die sein Leben jetzt nahm.

Also, das ist die Bar, da müsstest du ein wenig alles machen, was anfällt, hier hinten, Tom wies auf dahinten, ist ein Klavier, kannst du Klavier spielen? Leider nicht, sagte Toto. Ok, dann nicht, sagte Tom, vielleicht kann jeweils einer von den Gästen Klavier spielen, oder du lernst es halt. Und jetzt zeig ich dir dein Zimmer. Toto folgte dem dünnen Mann in den ersten Stock, über der Bar, in eine Wohnung, die so groß war, dass es sich um eine öffentliche Einrichtung handeln musste. Ein Flur, der zwanzig Meter maß und von dem unzählige Türen abgingen. Wir wohnen hier eigentlich zu viert, aber es sind immer Gäste da. So, das ist die Küche, Blick in eine riesige, schmutzige Küche, da eins der zwei Badezimmer, Blick in ein schmutziges Badezimmer, das ist so eine Art Wohnzimmer für alle, Blick in ein riesiges Zimmer, wo ein paar Menschen auf Matratzen lagen und rauchten und schliefen, oder beides zusammen. Hier ist Platz für dich, du hast Glück, gestern ist einer, ähm, ausgezogen.

Warum liegt ihr alle auf Matratzen, fragte Toto. Tom schaute leer und verstand die Frage nicht.

Toto sah sein Zimmer an, es schien ihm, als sei es die Aufgabe seines Lebens, hässliche Räume mit sich selbst darin zu betrachten, ein dunkler Schlauch, dessen Fenster in den Hinterhof auf die Abluftanlage der Bar ging. Im Hof standen Bierkästen. Was singst du denn so, fragte Tom und wirkte völlig uninteressiert. Da Toto selbst nicht genau wusste, wie er diese Frage beantworten konnte, sang er eine Strophe seines neuesten Liedes. Strange, sagte Tom, total strange, du singst wie ein Kastrat, das ist strange. Richte dich mal ein, und komm gegen neun in die Bar. Tom ging, Toto setzte sich auf eine Matratze am Boden. Es erstaunte ihn plötzlich, dass er nichts besaß. Da war doch Kapitalismus draußen, da musste man doch einen Besitz vorweisen. Die Ersatzkleider, die er von seinen wahnsinnigen Freunden aus der Sekte bekommen hatte, lagen jetzt aus ihm unklaren Gründen vor dem Männerheim im Dreck. Seine Zahnbürste lag in der Tüte, neben seinem neuen Pass und neben einer Schachtel mit dem, was vom Begrüßungsgeld geblieben war. Toto fragte sich, ob es eine gute Idee war, sein Leben zu verbringen, als wäre man in einen Fluss geworfen worden. Man greift ab und zu nach einem Ast, der vom Ufer aus ins Wasser ragt. Sollte er nicht lieber ans Ufer gehen? Beherzt eine Richtung einschlagen und die Abzweigungen, die sich boten, ignorieren. Was, verdammt noch mal, macht ein glückliches Leben aus, und ist es möglich, beide Formen auszuprobieren?

Toto rückte die Matratze an die gegenüberliegende Wand, es gab dem Raum keine behaglichere Aura, er entfernte einen zerlöcherten Samtvorhang, das trug auch nicht dazu bei, aus dem Sterbezimmer einen behaglichen Salon werden zu lassen, und schließlich gab er auf. Er setzte sich auf die kalte Nachtspeicherheizung, ein riesiger Kasten vor dem Fenster, und versuchte ein neues Lied zu schreiben. Es handelte von tristen Aussichten aus verschmierten Fenstern.

Später ging Toto hinunter, in die Bar. Es dauerte einen Moment, bis er in der Dunkelheit etwas erkennen konnte, aber vielleicht war es auch nur so laut, dass er die Augen zusammengekniffen hatte. In den Ecken des Raumes standen junge Männer mit durchgedrückten Wirbelsäulen, der Schwerpunkt der Menschen in dieser Stadt schien in Steißbeinhöhe zu liegen. Mit diesem Körperbau war es ausgeschlossen, irgendeine Anmut zu entwickeln. Die Männer standen steif, hatten ein Bier in der Hand, und ihre Münder waren geöffnet. Es schien Toto, als gäbe es zu viele junge Männer auf der Welt, die sich glichen, mit kurzen Haaren und traurigen T-Shirts, darauf konnte man doch keine Visionen errichten, auf den Leibern dieser jungen Männer, die nichts mit ihren Körpern anzufangen wussten, außer sie zu ruinieren. Der Abend verging langsam und sinnlos, hier waren die, die sich bei einem Bier entspannten, die, die später Hobbys haben würden, weil ihr Leben eine Qual war.

Toto spülte Gläser, öffnete Bierflaschen, leicht für einen, der in einer Milchviehanlage gearbeitet hat. Die Männer in T-Shirts verschwanden gegen Mitternacht, sie mussten ausgeruht sein, am nächsten Tag würden sie weiter an ihrer Aufgabe arbeiten und das Fundament der Gesellschaft bilden. Langsam wurde der Raum dunkler, die Stammgäste kamen, schwarzgekleidete Menschen, unklar, welchen Geschlechts. Sie waren geschminkt, trugen lange Mäntel und unzureichendes Schuhwerk. Sie froren. Es zog. Die Musik machte jedes Gespräch unmöglich, keiner wollte sprechen. Alien Sex Fiend, die Stranglers, Sisters of Mercy, ein Musikteppich, gemacht, dass man auf ihm die Unvollkommenheit der Welt betrauerte. Es gab keine Heizung, es gab auch kaum Kontakt, ein guter Ort, um einsam zu sein, das gehörte zum Label derer, die nirgends daheim waren außer in dem Gefühl der Verlorenheit. In jungen Jahren leiden die Menschen ausschließlich an sich, später nur mehr an der Welt, doch sie leiden immer, es gehört zum Leben wie die Nahrungsaufnahme.

Du kannst jetzt singen, sagte Tom gegen drei am Morgen. Die Barbesucher standen unterdessen weniger gerade, ihre Blicke waren glasig, vereinzelt fanden sogar Gespräche statt. Ich habe Hans-Heinz Evers geliebt, sagte eine junge Frau und sackte dann an der Wand hinunter. Ein wunderbares Publikum. Tom stellte das Lied von Allister Crowley aus, eine rare Aufnahme, und Toto sang drei Lieder. Ein Mädchen hörte zu, die anderen rund fünfzehn Gäste blickten nicht einmal auf. Ein musikalischer Durchbruch sah wohl anders aus.

Und weiter.

Eine von Totos angenehmen Eigenschaften war, dass er sich nicht ernst nahm. Natürlich war er, neben einigen Bakterien und Parasiten, der einzige, dem das Privileg zuteilgeworden war, in seiner Haut zu wohnen, er hatte engen Kontakt zu seinen Organen, zu denen er Fremden nicht ohne weiteres Zutritt gewähren würde, und trotzdem glaubte er nicht, sich vor anderen auszuzeichnen. Toto war so antriebslos, so ohne Ehrgeiz, dass er auch in einem Schwarm Pantoffeltierchen eine gute Figur gemacht hätte. Er wollte genau da sein, wo er sich im Moment befand, zum Beispiel als Inventar einer Gruftibar. Man hätte sagen können, dass Toto keine Identität besaß, weil die doch nur durch Umgang mit anderen entsteht, er war alleine, irgendwo, und hatte keine Idee von sich selbst. Toto dachte weder über seine Vergangenheit noch über seine Zukunft nach, nur über die nächste Stunde machte er sich Gedanken, in einem Kopf, der von jeder Reflexion über sich selber frei war. Es führt jedes Leben zu einem Ende, ob man sich nun einen Arm auskugelt oder nicht, dachte er, und auch, dass sein Zimmer vermutlich reizender aussähe, wenn er ein junges Genie wäre. Mithin bedauerte er, keines dieser 98-sprachigen Wunderkinder zu sein, die Schachweltmeister werden und dann Professoren mit sechzehn, aber man konnte das jetzt auch nicht mehr ändern.

Toto fand sich schnell in seine neue Umgebung. Er schlief bis zum Mittag, aß etwas in der dunklen Bar, zusammen mit dem dünnen Barbesitzer und den Gästen, die sich gerade in seiner Wohnung aufhielten und alle im Gefühl der Unsterblichkeit ihre Jugend vergeudeten, ihre Zähne vernachlässigten, ihre Lebern, etwas mit Musik machten oder mit Drogen, die sich von Konzerten kannten oder einfach derselben Szene angehörten, die schwarz gekleidet waren und vorrangig nichts wollten. Es wurde wenig geredet und viel geraucht. Immer und überall, auch während des Essens, das widerwillig eingenommen wurde.

Später am Tag erforschte Toto seine neue Heimat. Er stellte sich vor, ein Spion zu sein, der so viele Informationen wie möglich zusammentragen muss, und stand auf der Straße im Weg, um nichts zu begreifen.

Es war die Zeit, da jeder Bürger Aktionär geworden war, ohne zu ahnen, dass das die Welt schon bald ruinieren würde, ihr Hang zum Pokerspiel, der Erwerb von Firmenanteilen, während man, um ihre Aktionäre zufriedenzustellen, Arbeiter entließ, Produktionsstätten nach Asien verlegte. Jeder Idiot befriedigte seine kleine Gier, er kaufte und kaufte, er interessierte sich nicht für die Welt, die ihn umgab, und die nachfolgende Generation war ihm völlig gleichgültig. Der Individualismus hatte endlich gesiegt, die Therapeuten konnten sich nach erledigter Arbeit zufrieden einem Großen Feuer überantworten.

Die Millionen Kleinaktionäre entwickelten einen grenzenlosen Geiz. Sie mussten ja Aktien kaufen, und so sparten sie vornehmlich am Essen. Was da in die Leiber gestopft wurde, an Sägespänen und vergammeltem Fleisch. Auch hier legte man schon den Grundstein zu späteren Seuchen durch industrielle Nahrungserzeugung, sie sparten an der Körperhygiene und kauften wie Wahnsinnige Desinfektionsmittel. Dann saßen sie mit billigem Fleisch im Bauch, dessen vergiftende Wirkung sie mit Bier betäubt hatten, und beobachteten ihr Geld beim Kopulieren, und bald schon würden sie alles verloren haben und schreien, und noch mehr sparen, sparen an allem, was das Leben erträglich hätte machen können.

Jeden Nachmittag übte Toto am Klavier. Eine kleine Lampe erhellte die dunkle, kalte und schlecht riechende Bar, und Totos unbeholfenes Spiel ähnelte seinem Gesang, schön laut musste es sein, damit sie Toto nicht peinlich war, diese Ergriffenheit, die er verspürte, fast war es, als leuchte er, fast fliegen konnte er, wenn er sich auflöste mit seiner seltsamen Stimme und nirgendwo mehr war. Um dann wieder hart zu landen, zu verzweifeln, musikalisch mehr zu wollen, doch nicht zu wissen, was. Besser werden, nicht mehr nachdenken müssen, wie etwas warum klang oder nicht klang. Er konnte nicht ausdrücken, was er wollte, die Ahnung, mehr in sich zu haben, als man in die Welt entlassen kann, man könnte es vielleicht mit dem Unvermögen eines Stotternden vergleichen, der so gern fließende Vorträge halten möchte. Toto wünschte sich ein Wunder, wünschte, einer jener Zufälle, die bisher sein Leben bestimmt hatten, könnte doch eintreten und seine Lieder besser werden lassen.

In der Nacht begann Totos Schicht an der Bar, und über die Wochen hatte sich eine kleine Gruppe von Zuhörern gebildet, man hätte sie Fans nennen können, wenn man unbescheiden gewesen wäre, immer öfter kamen Gäste nur, weil sie von dem komischen Jungen gehört hatten, der aussah wie ein Mädchen und der wirklich merkwürdig sang.

Die Stammgäste kannten einander, doch offenbar lehnten sie Freundschaften ab als etwas, das nur in bürgerlichen Kreisen stattfand, dort, wo Reihenhäuser und Hochzeiten gediehen. In der Bar, dieser Zentrale all derer, die sich eine Einordnung kategorisch verbaten, sie waren Individualisten, auch wenn sie alle gleich aussahen, wurde Nihilismus dargestellt. Die Philosophie der Situationisten wurde auf den Kernsatz: Arbeitet niemals! heruntergebrochen und mit Drogen versetzt, bis eine wirkliche Beziehungslosigkeit zu allem entstand. Ein erstaunlicher Mangel an Mitgefühl, vor allem mit sich. Jeder fror, ständig, keiner fühlte sich wohl, und keiner wusste, wie es herzustellen war, dieses warme Gefühl, von dem die Werbung immer berichtet.

Manchmal stand eine schwarze Gestalt neben Toto und versuchte ein Gespräch, doch hatten sich die meisten in der Szene, die keine sein wollte, so in ihrer Schweigsamkeit eingerichtet, dass es kaum mehr einen Weg zu einem Menschen gab, der man nicht selber war, aber auch dorthin war es nicht leicht. Manchmal war Toto mit einer dieser Barbekanntschaften in die Wohnung gegangen. Alle hatten die Fenster verdunkelt, Kerzen standen herum, und Ketten hingen an den Wänden oder Kruzifixe, Schädel dienten als Aschenbecher, und im Flur standen schwarze spitze Schuhe. Hast du einen Plan, im Leben, fragte Toto, um einen anderen als seinen eigenen, nicht vorhandenen Lebensentwurf zu erforschen, auf Matratzen sitzend, in dunklen Wohnungen, die immer nach Rauch rochen. Nach dem Konzert einer Punkband, bei dem der Sänger nach einigen Minuten von der Bühne gefallen war, war er mit einem jungen Mann in dessen Wohnung gegangen. Toto ging oft zu Konzerten, bevor seine Schicht begann, dort standen Menschen in schwarzen Kleidern und schoben ihre Körper langsam vor und zurück. Jeder ein hungernder Planet, denn essen war so unwichtig, dass die meisten es vergaßen, Kleidung musste nichts außer schwarz sein, wärmende Faktoren wurden völlig vernachlässigt. Es hatte keiner ein Ziel, denn sie wussten, dass Ziele albern waren, in jener Reihung von Ereignissen, die man Leben nennt und die zum Tod führt. Die Menschen, die sich um Toto bewegten, von denen alle Wochen einer verschwand, verstorben an einer Lungenentzündung oder an übermäßigem Drogengebrauch, waren zwanzig bis dreißig Jahre alt, sie arbeiteten stundenweise in Plattenläden, spielten in Bands, wollten Schauspieler sein oder Künstler, es war ausgesprochen selten, dass einer von ihnen bei einer Versicherung hätte arbeiten wollen, eigentlich wollte keiner arbeiten, denn das Leben war zu kurz, die bürgerlichen Formen zu lächerlich.

Der junge Mann, den Toto begleitet hatte, trug einen schmutzigen Frack, mehrere Totenkopfringe und lange schwarzgefärbte Haare. Einen Plan? fragte der junge Mann. Wozu soll das denn gut sein? Was machst du denn jeden Tag, fragte Toto weiter. Der junge Mann nahm einen langen Zug, seine Fingerkuppen waren gelb. Ich schlafe bis mittags, dann geh ich auf die Straße, schauen, ob alles noch steht, hole vielleicht was zu essen. Und Zigaretten. Dann gehe ich wieder in meine Wohnung und male. Ich höre Musik und male, bis es Zeit wird, in die Bar zu gehen. Der junge Mann zog eine Spritze auf. Oft setzten sich Totos neue Bekannte Heroinspritzen, auf jeden Fall lief Musik. Joy Division bei den Fixern, Cure bei den Haschrauchern.

In der Wohngemeinschaft über der Bar, in der es immer kalt war, die Elektrizitätsrechnung zahlen war ein Zugeständnis, das keiner machen mochte, übernachteten Bands auf den Matratzen, Kajalstifte lagen in den Badezimmern, und erstaunlich traurige Liebesgeschichten begannen und endeten in wenigen Tagen. Was Toto von den Affären sah und verstand, war nichts, das ihn etwas vermissen ließ. Dies fiebrige Aneinanderklammern bei Nacht und die große Erstarrung in der Helligkeit und dies Schweigen ist schon unter normalen Umständen schwer, völlig unmöglich aber wird es, wenn die Beteiligten eines Paarversuches immer ein wenig hungrig und schlechter Laune sind.

Später sollte herausgefunden werden, dass in jenen Jahren der Grundstein für eine Generation von Osteoporose-Patienten gelegt wurde, es gab kaum Zahnimplantate, und wenn es sie gab, waren sie utopisch teuer, und deshalb hatten viele der jungen Menschen Zahnlücken oder schlechtsitzende Brücken, denn die Mangelernährung und die Drogen hatten ihr Gebiss angegriffen. Es war die Generation jener Versager, die sich auch später nie in Hierarchien einfügen konnten, falls sie die neunziger Jahre überlebten. Es waren die, die sich nie als Arbeitskraft sehen würden und, wenn überhaupt, Karrieren im

Plattenhandel oder als Gastwirte in Ibiza machten. Eine unregierbare, für den Kapitalismus uninteressante Bevölkerungsgruppe, denn auch am Konsumieren, sofern es nicht Drogen und Musik betraf, hatte sie keine rechte Freude.

Toto verstand den Widerstand gegen den Konsumterror, wie es die jungen Menschen gerne nannten, nicht. Er hatte sich seinerzeit durch die Abwesenheit von Farbe und Möglichkeiten stärker unter Druck gesetzt gefühlt. Nichts war doch besser geeignet, Depressionen herzustellen, als das Abhandensein von wenigstens scheinbaren Wahlmöglichkeiten. Hier, im Überangebot von Joghurts mit künstlichen Aromen und Turnschuhen mit seltsamen Farbzusätzen, war es ihm ein Vergnügen, nichts wirklich zu brauchen, eine Art Erhabenheit durch Verzicht, die der Mensch im kommunistischen System niemals erleben konnte. Toto stand von seinem Fensterbrett auf. Es war Zeit. Er ging in die Bar. Seine Schicht begann. Er hatte ein paar neue Lieder. Er sang.

Robert stand

vor dem Zielort seines Auftrags. Aus einem Kellerloch drang der nahezu perfekteste Gesang, den er je gehört hatte.

Er folgte der Stimme ins Innere der Bar. Wenn er richtig hörte, umfasste diese unausgebildete Stimme vier Oktaven, vermutlich würde man sie mit Training auf fast unfassbare sechs Oktaven bringen können. Er sah eine völlig befremdlich wirkende Frau vor einem Klavier. Das Spiel war stümperhaft. Der Gesang in einer Art besessen, der abstoßend und faszinierend wirkte. Robert setzte sich mit einem Bier, das tranken die jungen verhungerten Menschen in diesem Lokal, auf einen Barhocker und versank in die seltsame Darbietung. Robert wusste: Was er in diesem Loch hören durfte, war ein außerordentliches Talent. Da konnte Kunst entstehen, wirkliche Kunst, Kunst, die Menschen wahnsinnig werden ließ, wenn sie endlich erkannten, wie unbedeutend sie waren und wie glücklich sie wurden, weil es doch etwas gibt, was größer ist als die Albernheit ihrer Bausparverträge.

Es war der letzte Augenblick einer Kunst, die mit Leidenschaft, Wahnsinn und der Suche nach Erhabenheit zu tun hatte. Es war der letzte Augenblick, da bildende Künstler über dreißig und ohne Hochschulabschluss, da Galeristen ohne reiche Eltern oder Schriftsteller von ihrer Arbeit leben konnten und sich nicht durch den Unterhaltungsbetrieb, der Subventionen verteilte, hindurchvögeln mussten. Der letzte Augenblick, in dem Kunst noch etwas Subversives war, das wenigstens scheinbar den Kampf gegen den Kapitalismus aufnahm. Eine absurde Idee, denn natürlich würde der schon bald siegen, in Buchhandlungen gibt es dann nur noch Kochbücher und die Biographien berühmter Fernsehstars, in den Theatern ausschließlich bewährte, blitzsauber inszenierte Klassiker. Es war der letzte Augenblick, in dem es noch möglich war, in Europa mit wenig Geld zu überleben, ohne in Obdachlosenunterkünften zu lagern.

Robert wusste, dass er es nicht einmal jetzt, in der Hochzeit der Dilettanten, zu etwas bringen würde.

Er hatte die Kritik seines letzten Auftritts wörtlich im Kopf: Warum in der historischen Aufführungspraxis mit einem Authentizitätsargument auf Countertenöre zurückgegriffen wird, bleibt ein Rätsel. Der Einsatz der Kopfstimme ist wenig authentisch und verwandt mit dem Einsatz von Kastraten, deren Stimmen – so weit kann man dies unzweifelhaft den zeitgenössischen Quellen entnehmen – einen Fünf-Oktaven-Umfang aufwiesen. Eine gänzlich misslungene Aufführung der Or la tromba aus Händels Rinaldo mit dem unsagbar albern wirkenden Robert Rainald.

Robert war an einem Punkt angelangt, an dem er verstand, dass aus seiner Karriere nichts mehr werden würde. Er war am Ende seiner Möglichkeiten als Sänger, er war fast fünfzig, er war verbittert. Robert beobachtete die Erfolge anderer Countertenöre mit leidenschaftlichem Hass. Er wurde nicht mehr gebucht. Sein Höhepunkt war Mitte der achtziger Jahre beendet, als die Aufregung um Klaus Nomi verebbt war. Robert hatte es nicht einmal zu einem Engagement im C-Haus einer Kleinstadt gebracht, sein Agent buchte ihn für Rentnerkonzerte in Seebädern. Robert finanzierte sein Leben durch gelegentliche Untervermietungen und Gesangsstunden. Vielleicht würde es Robert bessergehen, wenn er den Umfang und die eingeschränkten Möglichkeiten seiner Stimme akzeptierte, doch davon war er weit entfernt, noch schob er das Ausbleiben seines internationalen Erfolges auf Intrigen, Speichellecker, Politik und persönliche Rache von Kollegen. Robert war homosexuell, was jetzt, Ende des Jahrtausends in einer kapitalistischen Großstadt lebend, keine spürbaren Beeinträchtigungen mehr mit sich brachte, doch war man eigentlich homosexuell, wenn man nicht sexuell war? Seit Jahren, seit er die Haare verloren und zwanzig Kilo zugenommen hatte, wurde Robert nicht länger mit der Aufmerksamkeit anderer Männer beschenkt, man konnte sagen, für die Männer, die ihn interessierten und die meist jung waren, existierte er nicht mehr. Robert hatte durchaus gute Erfahrungen mit Strichern gemacht, sich jedoch regelmäßig und schmerzhaft in die Prostituierten verliebt, weil er Sex von Gefühlen, die nach Liebe klangen, nicht trennen konnte. Robert sah sich als lieben, vertrottelten Versager, wenn er in freundlicher Stimmung war, und als abstoßenden verkommenen Fettsack, wenn er wütend war, also meistens.

Die dicke Frau sang die letzten Akkorde. Keiner der Idioten im Raum wusste zu schätzen, was da passierte. Sie suhlten sich in ihrem Weltschmerz, starrten in ihre innere Leere und gefielen sich in Verachtung, die bleichen Junkies in dieser Bar, sie hörten nicht zu, das machte Robert völlig verrückt. Er sah sich singen, sich sah er da, übergewichtig und schwul, ja, das dicke Mädchen war bei näherer Betrachtung wohl doch ein schwuler Junge, der die Augen geschlossen hielt, an die hundertfünfzig Kilo. Ein großer Klumpen unkontrollierter Gefühle, ein verdammtes Genie. Könntet ihr bitte einfach mal die Fresse halten, ihr untalentierten Schweine, schrie Robert. Er begann zu weinen und war so außer sich, dass er selbst das Eintreffen der Polizei nicht mehr bemerkte, der es gelang, den Tobenden zu beruhigen. Auf Nachfrage wollte der Besitzer der Bar keine Anzeige erstatten, die Polizisten verließen die Bar, nicht ohne die herumschlierenden Gestalten verächtlich zu mustern. Als Robert wieder zu sich fand, hatte der dicke Schwule seinen Gesang beendet und wusch Gläser. Robert trat zu ihm. Guten Abend, ich bin Robert. Opernsänger. Es würde mich glücklich machen, wenn ich dich ausbilden dürfte. Es bestünde auch die Möglichkeit einer Unterkunft, sagte er und überreichte Toto seine Karte.

Und weiter.

Als Toto an jenem Abend, nach dem Auftritt des seltsam gasförmigen Mannes, der wirkte, als hätte er eine Fliege getragen, in sein Zimmer kam, wurde es draußen bereits hell. Vielleicht war ja Frühling, das konnte man in der im Norden gelegenen Stadt nie genau sagen, denn kalt war es fast immer, windig meist, und es ging ein feiner Regen. Müde sah Toto in den Hof vor seinem Fenster. Wo immer sich Menschen aufhalten, schlagen sie Schneisen des Grauens; wenn sie die Möglichkeit zwischen Schönheit und absurder Ekelhaftigkeit wählen können, entscheiden sie sich stets für das Unfassbare, vielleicht, weil sie mit der Umgebung verschmelzen wollen.

Übrigens, ich brauche das Zimmer morgen.

Tom stand bleich in der Tür, er hatte zu viel von irgendwas erwischt. Wie meinst du, du brauchst das Zimmer? Fragte Toto. Für eine Nacht, ein paar Tage oder für immer?

Für immer, sagte Tom, ich hab es einer Freundin versprochen.

Und der Job? Fragte Toto. Und die Konzerte? Fragte er.

Ich brauche dich nicht mehr, sagte Tom. Ja, ich verstehe, sagte Toto, wer braucht schon irgendwen, aber vielleicht solltest du mir dann.

Ja? fragte Tom, und seine Stimme klang wie die von jemand, der bei einem Betrug ertappt wird und böse ist darum.

Mein Gehalt zahlen, ich habe jede Nacht gearbeitet. Seit Monaten. Tom kam so schnell auf Toto zu, als wolle er durch ihn durchgehen, kurz vor seinem Bauch bremste er ab und schrie: Bist du völlig bescheuert? Du wohnst hier umsonst, du isst auf meine Rechnung und gibst deine Konzerte, übst Klavier und arbeitest an deinem Scheißhobby, das meine Scheißgäste vertreibt, und ich soll dir was zahlen? Heute Abend bist du weg.

Tom federte aus dem Zimmer. Erstaunliche Drogen, die einen jungen Menschen aussehen lassen wie einen Achtzigjährigen und ihm gleichzeitig die Energie eines Pubertierenden verleihen.

Tom würde in sein Zimmer gehen, in dem eine Frau lag, die er nicht kannte, das war kein Beinbruch, denn auch er wäre ihr fremd, er würde schlafen, ohne sich vorher die Zähne zu putzen, und am Morgen hatte er Toto vergessen. Er vergaß alles, denn sein Gehirn war im Zustand des Dauerrauschens. Er wusste nicht, was er tat und warum, er roch nicht, dass er stank, spürte keinen Hunger und nur selten Harndrang. Seine Finger waren gelb vom Nikotin, und nicht einmal Musik vermochte noch etwas in ihm auszulösen. Tom empfand nichts für andere Menschen, und auch sich selber betrachtete er mit keinerlei Gefühl. Toto verurteilte ihn nicht. Es war nur einer mehr, der mit sich und seinen minimalen Möglichkeiten gescheitert war.

Toto hatte keinen überbordenden Zuwachs von Besitz zu verzeichnen, er nahm seine Plastiktüte, seine Kosmetikartikel, die Hefte, in die er seine Lieder schrieb, er drehte sich noch einmal um, nichts, was er vermissen würde, und wieder einmal beendete er einen Abschnitt auf seiner Reise, am Tag des Mauerfalls, von dem er nichts mitbekam, denn er musste sich Gedanken über einen Schlafplatz machen, auf einen neuen Zufall wartend.

Und weiter.

Fünf Etagen über den Horden, die aus Totos alter Heimat stammten und nun unten im Rotlichtbezirk die Große Freiheit entdeckten, saß Toto auf seinem Balkon.

Er empfand eine unklare Traurigkeit, wenn er Leute von daheim sah, von damals, in Jeansbekleidung, mit versauten Dauerwellen und diesem Staunen. Darum also haben sie uns betrogen, staunten sie, um Nutten und Makrele in Tomatensoße, das alles hätten wir die letzten dreißig Jahre haben können, eingefärbt von diesem herrlichen Neonlicht.

Guten Tag, mein Balkon, sagte Toto, wann immer er seinen Lieblingsort betrat.

Wunderbar, dieser Kapitalismus, der jedem eine Wohnung schenkt, der sie zahlen kann! Durch seine verschiedenen Beschäftigungsverhältnisse, Toto liebte das Wort Beschäftigungsverhältnis, es entsprach dem Bild, das er bislang vom Kapitalismus bekommen hatte, wäre es ihm möglich gewesen, sich auch ein Auto zu leisten, doch wozu sollte er ein Auto besitzen, wenn er nirgendwo hinfahren wollte. Das Auto war dem Menschen dieses Landes das letzte Stück der Großen Freiheit, und sah man, wie sie es putzten und liebten, dann konnte einem recht traurig werden, es streichelte nie zurück, dieses verdammte Auto. Und dann wurden sie wütend, in ihrer unerwiderten Liebe, und fuhren sich auf Autobahnen zu Tode.

Toto hatte einen denkwürdigen Ausflug an ein kaltes Meer gemacht, um seine Umgebung zu erforschen. Die Bahn hatte ihn in einen Ort gebracht, der aus einer Straße bestand, wo rote hässliche Backsteinhäuser klebten, aus den Fenstern blickten die Kinder von Bruder und Schwester. Toto war Stunden gegen einen kalten Wind angelaufen, er hatte das Meer gesucht, das er aufgrund der herrschenden Ebbe nicht gefunden hatte. Es gab, befand Toto, wirklich keinen Grund, die Stadt nochmals zu verlassen, denn Hässlichkeit traf man auch da genug, ja eigentlich existierte kaum etwas Schönes, außer seiner ständig überheizten Wohnung.

Im ehemaligen sozialistischen Teil des Landes, wie Totos alte Heimat, bemüht um absolut korrekte politische Korrektheit, genannt wurde, war nicht daran zu denken gewesen, dass einer wie er eine eigene Wohnung besaß, die Leute bekamen Zimmer zugewiesen oder Mitbewohner, sie warteten Jahre, um in einen Plattenbau zu ziehen, in dem es warmes Wasser gab. Wohnen im Sozialismus, das war Kälte, das waren kleine gusseiserne Öfen, die Wohnungsbrände verursachten, Badewannen, in die man Wasser schöpfte, das man zuvor auf einem Kohleherd erwärmt hatte, das war frieren, immerzu frieren. Toto würde wie die meisten aus dem Sozialismus stammenden Menschen sein ganzes Leben Angst vor der Kälte haben.

Toto holte sich noch einen Kaffee, er fühlte sich wie eine Königin, die ihre Ländereien abschreitet. Die langen Haare lagen auf dem Rücken, da war der Liegestuhl mit einer warmen Decke auf dem Balkon, die Sonne stand hoch, es war Frühling, oder etwas, das ähnliche Gefühle erzeugt.

Es war einfach gewesen, damals, nach seinem Rauswurf durch Tom. Nach einem Moment der Ratlosigkeit am Straßenrand fand er sich wieder mal in einem Hauseingang, dann war Toto ins nächste Lokal gegangen, es war eine Striptease-Bar, hatte nach einer Arbeit gefragt. Er hatte Glück, er bekam einen Job an der Bar und einen Schlafplatz im Hinterzimmer des Lokals.

Er fand in der folgenden Woche noch eine Stelle als Reinigungskraft in einem chinesischen Restaurant, und bereits nach zwei Monaten täglicher Doppelschicht konnte Toto sich seine erste eigne Wohnung leisten. Sie hatte zwei Zimmer, die weitgehend leer waren, eine Matratze gab es, natürlich gab es eine Matratze, Toto wollte durch den Besitz eines Bettes nicht unangenehm auffallen. Die Heizung musste man nur andrehen, das heiße Wasser kam aus der Leitung, als wäre das normal. War es für Toto aber nicht, er staunte täglich über den Luxus der Moderne, drehte die Heizung auf, unentwegt, und ließ heißes Wasser laufen, ohne es zu verwenden.

Wie einer unausgesprochenen Verabredung folgend, waren die schwarzgekleideten Barbesucher verschwunden, von einem Tag auf den anderen. Verstorben an Zeug, verschwunden in Bürgerlichkeit. Die dunklen Kellerclubs hatten neonbeleuchteter Geschmacklosigkeit Raum gemacht, da saß der Mensch der neunziger Jahre und definierte sich. Ein übergewichtiger Patriarch, von dem Politikwissenschaftler später schwärmen würden, ihn als gebildeten Politiker lobend, regierte seit hundert Jahren das Land und hatte es mit Atomkraftwerken und Wohlstand erstickt. Diese neunziger Jahre, die mit nichts in der geschichtlichen Erinnerung bleiben würden. Noch nicht einmal die Mode würde später zitiert werden, die Musik zeichnete sich durch abenteuerliche Flachheit aus, Pop regierte, das letzte Jahrzehnt brachte Dutzende von verzweifelten Revivals hervor, die Boygroups wurden erfunden, Metalmusic wurde Mainstream, die Wiederbelebung der Gothicszene nannte man Grunge, warum auch nicht. In den neunziger Jahren wurde der Techno erfunden, Musik, deren aggressive Geschwindigkeit durch die Wirkung der Drogen, die man konsumierte, neutralisiert wurde. Techno war endlich wieder eine Jugendbewegung, aber leider von Erwachsenen erfunden. Was immer die Jugend für sich entdeckt zu haben glaubte, wurde ihnen im gleichen Augenblick weggenommen und vermarktet. Das Raven verlangte nach gestählten Leibern und Energydrinks, die Zeit der vollelektronischen Musik stand stellvertretend für den vollelektronischen Menschen, den es noch zu entwickeln galt.

Man war auf gutem Weg, die Menschen rauchten noch, doch mit schlechtem Gewissen, und wer nicht ins Fitnesstudio ging, hatte bei Stehpartys schlechte Karten. Was, du gehst in kein Fitnesstudio, fragten Männer mit glänzenden Anzügen und schauten verloren durch diese formlose Person, den Fitnessverweigerer, den Karriereknicker. Die Zeit rollte auf ein neues Jahrtausend zu, die Jahre bis zum Wechsel mussten herumgebracht werden, der Mensch musste sich in Form bringen, alle machten sich bereit, um mit den neuen Anforderungen zu verschmelzen.

Und weiter.

Gib mir einen.

Toto schenkte der Asiatin, die vor ihm am Tresen lehnte, Wodka ein. Die Frau sah jetzt, sieben Uhr abends und ungeschminkt, verheerend aus. Ihr Gesicht glich der Nahaufnahme des Mondes, die Augen hingen darin wie gelbe Lampen. Ich kann die Abende ohne Alkohol nicht mehr ertragen, sagte Li und verriet Toto kein Geheimnis, denn er würde ihr den gesamten Abend nachschenken, ihren Verfall beobachten, ihr irgendwann ein Taxi rufen.

Diese dummen alten Männer mit ihren ungewaschenen Unterhosen, die so stolz drauf sind, wenn er zum Stehen gelangt, und dann kommen sie direkt, und dann sagen sie, oh, wie wunderbar, die asiatischen Frauen, die wissen noch, was Frau sein heißt, die sind so sanft, so einfühlsam, anders als die Emanzen hier, und damit meinen sie nur, dass sie uns vergewaltigen gegen Bezahlung und wir den Mund halten und sie nicht auslachen. Damit meinen sie, sie haben keine Angst vor uns, weil es ist wie Kinderficken, damit meinen sie, sie sind erbärmliche Versager, die sich nur besser fühlen können, wenn sie jemanden verachten dürfen, uns, die kleinen schlitzäugigen Babyhuren, die sie ficken im Urlaub oder hier und wegwerfen können und sich einreden, wir machen das aus Spaß, oder weil sie so tolle Hechte sind, die Kindervergewaltiger, die sich auf uns rollen mit ihrem dreifachen Gewicht. Li, die vielleicht Petra hieß, auf Thailändisch, kippte noch ein Glas, dann schwankte sie auf kleinen traurigen Katzenbeinen hinter die Bühne.

Der Job an der Bar war nicht geeignet, Toto ein entspanntes Geschlechterverhältnis zu lehren. Es waren ausschließlich

Frauen, die sich hier verkauften. Teils, weil sie zu dumm waren, als dass ihnen die Konsequenzen dieses Jobs klar gewesen wären, teils, weil sie aus Ländern kamen, wo es ihnen selbst ohne den Verkauf ihrer Leiber noch schlechter gehen würde.

Die Welt schien Toto zu jener Zeit ein Wald aus Männern, die ihre Penisse in den Händen hielten, an nichts anderem interessiert, als diese kleinen Teile in irgendwas zu stecken, das sich im besten Falle noch bewegte. Toto entwickelte ernste Zweifel an der Existenz eines höheren evolutionären Plans. Der Fehler liegt in der körperlichen Überlegenheit der Männer und ihrem unsinnigen Drang nach Vermehrung. Wären es die Frauen gewesen, die entscheiden, ob sie gebären wollen und sich paaren, dann wäre die Welt nicht überbevölkert und es hätte sich das intelligentere Erbgut vermehrt, da die Frauen die männlichen Exemplare, die Toto allabendlich mit offenem Mund und Schweißperlen auf der Stirn schwitzen sah, als Erbgutspender vermutlich abgelehnt hätten.

Weißt du, ich bin zu müde, um was zu ändern. Jede Nacht, zwischen dem Schlaf, in der Dämmerung des Denkens, ist mir klar, was ich zu tun habe, damit ich wieder atmen kann, damit ich einmal wieder munter werde. Ich habe das nicht vergessen, dieses Gefühl des Munterseins. Ich sehe mich überdeutlich, an einem warmen Ort, wo ich in kurzen Hosen und ohne Schuhe draußen arbeiten könnte, und sei's nur als Kellner in einer Strandbar, ich würde atmen können, verstehst du, atmen, ohne dass es sticht in der Brust. Und dann klingelt der Wecker, und ich bin zu müde, möchte weinen, weil ich so müde bin, und dann trinke ich Instantkaffee, da könnte man sich übergeben, diese Plörre, die macht Magenkrebs, aber sie macht abhängig. Ich bin sehr gerne abhängig, es gibt mir Halt. Ich trinke diesen Instantkaffee, weil ich mich dann fühle wie zwei Menschen am Strand mit Rosen in der Hand. Rosen, das sind doch die Schäferhunde unter den Blumen. Ich gehe in mein Büro, das ich mit zehn anderen teile, und dort machen wir unsere Arbeit, ich hab keine Ahnung, wozu sie dient, und ich hab Angst, sie zu verlieren, also mache ich sie gut, die Arbeit, und habe immer Angst, dass jemand dahinterkommt, dass ich nicht weiß, was ich da mache. Ich bin so müde und werde immer gelber im Gesicht, und wenn ich Feierabend habe, dränge ich mich mit allen anderen in den Supermarkt und kaufe irgendwas, das ich nur erwärmen muss, und eine Frau habe ich natürlich nicht, ich hab's verpasst, und nun bin ich zu müde und gelb im Gesicht, und dann wird es dunkel, ich gehe heim und esse, sitze danach da, mit offenem Mund, sehe die Wand an, ob da schon Risse aufgetreten sind, und es ist mir ein Rätsel, woher ich die Kraft nehmen sollte, irgendwohin zu gehen, ich könnte noch nicht mal einen Koffer packen, verdammt, ich habe ja noch nicht mal einen Koffer. Und dann kommt das Bier, und dann kann man mich eh vergessen, ich falle ins Bett und habe vor dem Einschlafen die Idee, dass ich einfach weggehen sollte, am nächsten Tag.

Die Männer, die Toto ihre immergleiche Geschichte erzählten, sahen aus wie Wasser. Sie hingen an der Bar und waren meist sogar zu müde oder zu geizig, sich eine Frau zu kaufen, sie schauten nur, vielleicht onanierten sie kostensparend zu Hause. Gegen eins, drei Durchläufe Live-Sex und unendlich viele Stripteasenummern später, endete Totos Schicht; auf der Straße vor dem Lokal das übliche Gedränge von Touristen aus der Provinz, der Geruch von altem Öl, in dem alte Kartoffeln schwimmen, und das Geschrei der Animateure vor den Bars. Ein paar Straßen weiter lag die Bar Centrale. Nach all den dunklen Kellerbars, dem Schwarz an den Wänden, legte man in modernen Bars Wert auf eine Helligkeit, die den Gästen keinen Gefallen tat. Hier verkehrte die Jugend des kommenden Jahrtausends, hervorragend ausgebildet, gut gekleidet, mit gepflegtem Haar und sauberen Nägeln. BWL war das Studienfach der Saison, man trug Blau. Marketing war die Überschrift des kommenden Jahrtausends, und alle freuten sich sehr darauf. Endlich gaben die, die in den letzten zehn Jahren als phantasielose Langweiler gegolten hatten, den Ton an. Toto setzte sich ans Klavier. Jeden Samstag um eins, für eine halbe Stunde.

Und jeden Samstag, wenn Toto am Klavier in der Bar Centrale saß, war der Gastraum überfüllt mit jungen grauen Mäusen, die johlten, klatschten und die Texte mitsangen.

Eine halbe Stunde sang Toto und weinte dabei, seine Stimme war so hoch und klar wie die einer wahnsinnigen Frau, er schlug auf die Klaviertasten ein, und danach fühlte er sich leer und unglaublich traurig. Dann stand er auf von seinem Klavier, das Publikum trat zur Seite, und Toto hatte eine Idee davon, wozu sein Leben taugen könnte.

Seit er Toto wiedergefunden hatte,

durch einen Zufall, vor seiner Haustür, vor über einem Jahr, hatte Kasimir ihn nie mehr aus der Beobachtung entlassen. Er wusste zu jeder Zeit, wo Toto sich aufhielt und warum. Er hatte Pläne, um deren Nähe zu geisteskranker Besessenheit er wusste.

Jeden Samstag beobachtete Kasimir in der Bar Centrale in einer Ecke stehend Totos Auftritte.

Gut genährt standen die Menschen, in Erwartung des Spektakels. Gleich würden die siamesischen Zwillinge kommen, die zwergwüchsige Frau, jeden Moment träte Florence Foster Jenkins auf, um sich zum Gespött zu machen, sie hatten eine Erregung im Blick, da galt es etwas Peinliches zu beobachten, einen zu sehen, dem sie sich überlegen fühlen konnten, ihre Gesichter glänzten, die Münder waren bereits jetzt, vor dem Ereignis, zusammengepresst, verächtlich nach unten verzogen, sie würden etwas sehen und hören, das sie nicht verstanden, worüber sie sich amüsieren konnten. Kasimir hasste jeden von ihnen.

Bei den ersten Konzerten hatte er kurz geglaubt, das Publikum verstünde, was es da sah, und würde mit Toto weinen und sich erregen lassen von ihm, bis er begriff, dass er für alle ein großer Witz war. Gleich kommt es, pass auf, du lachst dich tot. Da, siehst du, was ist das denn, ein Transvestit? Eine Tucke? Ist ein Zombie, Mann, siehst du doch, pass auf, bis er anfängt zu quäken, das hast du noch nicht gehört, so was. Und dann kriegten sie sich nicht mehr ein, sie prusteten, schüttelten sich vor Lachen, und Kasimir sah sie an. Mittelmäßige Menschen mit einheitlichen Gesichtern, in denen nichts strahlte, die Augen tot, alle gleich gekleidet in ihre blauen Uniformen, übergewichtige Körper mit fleckiger Haut, und Gedanken, die sie alle von irgendwo bezogen, aber nicht aus sich, sie alle wollten etwas mit Medien machen, etwas Kreatives. Es war der Beginn des Untergangs, bevor alle nur noch Geld machen wollten, nicht überlegend, was sie denn anstellen sollten, wenn das Geld aus Versehen einmal verschwindet.

Kasimir versuchte zu verdrängen, dass er die Luft atmete, die durch diese ekelhaften Menschen geflossen war, er zwang sich, die Widerlichkeit zu verdrängen und Toto zuzuhören, dessen Schmerz so kunstvoll vollendet war, dass Kasimir jeden Samstag aufs Neue die Bar verlassen musste, um draußen zu weinen. Keiner sollte ihn sehen, keiner von diesen unglaublich abstoßenden Menschen, die für alles standen, was er hasste. Da war doch keine Verbesserung zu verzeichnen, seit dem Mittelalter, als sie ihren Kot auf der Straße ließen, seitdem war nur gepudert worden, war die Niedertracht in teure selbstreinigende Kleidung gesteckt worden, hinter oberflächliche Bildung, die aus Überschriften bestand, verborgen das Elend des schlichten Gehirns.

Kasimir sprach bei den Konzerten immer wieder eine an. Er war gepflegt und roch gut, wirkte zart und kultiviert, sie ließen alle mit sich reden, am Anfang noch überheblich, sie wussten um die biologische Ohnmacht der Männer, diese blonden, großgewachsenen Zuchtstuten, die alle ein Geschenk für ihre Jugend erwarteten, die noch nicht eingesehen hatten, dass das Leben für sie einen Mann bereithielt, der Thorsten hieß. Das ist alles, was du erwarten kannst, blonde Frau, einen Thorsten für dich, sei froh, es könnte noch weniger sein als dein verdammter Thorsten, dessen Haar sich in absurder Geschwindigkeit verabschieden wird. Thorsten wird was mit Hoch- und Tiefbau machen oder Versicherung, er ist ein freundlicher Trottel, und er wird der Karin, der großen Blonden, ein Haus kaufen in einer traurigen Siedlung am Stadtrand, ihr Prinzessinnenschloss, wo sie alles anders machen möchte, und da sitzt sie dann, nachdem Kim geboren ist, und die zwanzig Kilo zu viel, die wollen nicht verschwinden, und dann werden die Haare abgeschnitten, ist doch praktischer, ein Ehrgeiz war da nie, und die Abhängigkeit von Thorsten wächst, und Thorsten sieht zwar mittelmäßig aus, ist aber unterdessen Abteilungsleiter und fährt einen Dings, das machte ihn für Trixi, die Sekretärin, zu einem Alphashot, und dann geht er fremd, vielleicht wird er Karin verlassen, das Haus wird verkauft, Karin ist alleinerziehend und halbtags in einem Imbiss tätig, oder er bleibt doch bei ihr und bei ihrer Gewichtszunahme und ihrer rasch voranschreitenden Verblödung, das passiert, wenn man den halben Tag Fernsehen schaut, Hut ab, das ist die Basis der Gesellschaft, dieses uninformierte, dumme Pack mit seiner lauernden Wut auf die Enttäuschung, die das Leben ist, und dann wird rechtsradikal gewählt, denn irgendwer ist ja schuld, die anderen sind schuld, und vielleicht wird im Bioladen eingekauft, alles Bio, ich kaufe Bio, aber verdammte Scheiße, einen Orgasmus macht das auch nicht. Hallo Karin, sagte Kasimir und sah ihre Geschichte, und sie zierte sich, und dann auf dem Weg nach draußen, nach einigen Gläsern teuren Gesöffs, sah sie seinen Jaguar, wie ein Luchs glitt sie in die cremefarbenen Polster. Gab es noch einen Rest von dem, das sie für ihren Stolz hielt, so verflog der in Kasimirs Wohnung.

Ist das Leder auf dem Fußboden, ja, Kleines, das ist Echsenleder, und schon lag sie nackt vor ihm, auf einem der teuersten Betten der Welt, angefertigt in einem alten Familienbetrieb in Umbrien, eine Reminiszenz an frühe Alvar-Alto-Stücke, und Kasimir würde mit der Menschenrückführung beginnen. Was von Karin bliebe, wäre nicht der Rede wert.

Doch erst würde er sie befriedigen, er wäre der erste, der die Geduld aufbrächte, an ihren öden Genitalien zu reiben, bis sie die Scham verlor, sich der Mechanik überließ, es war so einfach, der Effekt so groß, sie hatte noch nie so gefühlt, würde sie sagen und ihn ansehen, sein Haar so duftend, sein Körper so gepflegt, und der unermessliche Reichtum würde sein Haupt umleuchten. Schon wäre da ein Film im Kopf dieser Karins, sie sähen sich an seiner Seite, also eigentlich sähen sie sich mit seinem Geld in der Wohnung, im Jaguar, in der Businessclass, ihr Leben eingerichtet, gebären, vielleicht auch das, und der Film würde sich gewaltig mit den Leben decken, die sie aus Illustrierten kannten, diese verdammten Illustrierten, die allen das Gefühl gaben, Hollywoods Häuser warteten auf sie, St. Barth ist um die Ecke, und es stünde ihnen zu, einfach, weil sie da waren und die Anstrengungen täglicher Ausscheidungen auf sich nahmen. Und dann wären die Karins am Haken, und Kasimir würde sie freundlich, aber etwas kühl verabschieden, denn er wusste, am nächsten Tag würden sie wieder vor der Tür stehen. Er ließe sie ein und würde sie in eine verheerende Abhängigkeit bringen, sie würden sich vergessen, nach einigen Wochen nackt vor ihm auf dem Boden kriechen, sie würden dick werden oder dünn, wenn er es wollte, sich hassen für ihre Abhängigkeit, und nach einiger Zeit würde Kasimir die Karins völlig überraschend für sie entlassen, in dem angenehmen Bewusstsein, einen dauernden Schaden in ihnen angerichtet zu haben. Wie gesagt, es hatte mit Sadomasochismus zu tun, mit einem Ekel, den er Frauen gegenüber empfand. Besonders aber mit dem eigentlichen Objekt seiner Obsession, das er sich aufbewahren wollte wie ein erlesenes Dessert. Es würde seinen Weg begleiten, bis er es für gegeben hielte, Totos Leben zu einem Großen Finale zu führen. Doch im Moment versuchte er, sich auf Toto zu konzentrieren, der sang, der schrie, von einem Leid, dessen er sich nicht bewusst war, und der die Menschen, die ihn zu verspotten suchten, nicht wahrnahm.

Toto schien über allem zu schweben, was die Welt zu einem widerlichen Ort machte.

Die Mitte.

Erst wenig war benutzt worden vom neuen Jahrtausend. Der demokratische Kapitalismus existierte knappe drei Generationen, der weltweite Warenhandel war in den vergangenen fünfzig Jahren um das 29-fache gestiegen, ein Wachstum war immer und zu jeder Zeit unbedingt notwendig, die Beschleunigung durch das Internet erfreulich, in Sekunden lassen sich Milliarden verschieben, die Finanzunternehmen mussten immer neue Fonds kreieren, um die Anlegefreudigkeit ihrer Kunden zu befriedigen, und die wissen, was sie wollen.

Mehr.

Die öde Überschrift des neuen Jahrtausends.

Für die Menschen war das Mehr ein wenig viel geworden, ein unbewusster Unmut durch Überforderung ließ sie den Alltag nur mit Medikamenten überleben, heimlich wuchs die Sehnsucht nach der guten alten Zeit, die es nie gegeben hatte, es war alles zu eng, zu schnell, zu groß, zu voll, zu dick, zu bunt, zu laut und zu vernetzt, da wuchs ganz globalisiert so eine richtig, richtig schlechte Laune.

Da war kein Gegenentwurf, zu viel war über die real gescheiterten Alternativen bekanntgeworden. Diktatur! riefen die Überlebenden, die in einem ordentlichen kommunistischen System aufgewachsen waren, Diktatur! raunten die Überlegenen, die in einem ordentlichen kapitalistischen System aufgewachsen waren, und die Öffnung Chinas, der letzten kommunistischen Bastion, gab ihnen recht, man wusste von Folter, Unterdrückung und Gleichschaltung zu berichten, ja, man musste den Kapitalismus einfach mögen, das einzig lebbare demokratische System, die Freiheit, die unbegrenzten Möglichkeiten, all das gab dem Leben recht, dem Leben im Vertrauen auf die niedrigsten Instinkte. Unbemerkt von den westlichen Ländern vollzog sich ein gewaltiger Umbruch im arabischen Teil der Welt, die Bevölkerungszahlen Ägyptens, Marokkos, Tunesiens und anderer arabischer Länder hatten sich innerhalb der letzten dreißig Jahre verdreifacht, der Analphabetismus ging zurück, da wuchs ein Potential von Millionen jungen gut ausgebildeten Männern heran, für die es keine Verwendung gab, die Länder, in denen die Frauen Zugang zur Bildung hatten, veränderten sich am stärksten, die Geburtenzahlen stagnierten, die Unruhe wuchs, interessante Umwälzungen kündigten sich an, in dem kapitalistischen Land im Norden merkte man das nicht, um was soll man sich noch alles kümmern, hier wurde das Arbeitsamt in Jobcenter umbenannt und das vorherrschende Orange im öffentlichen Raum durch Rot ersetzt, und man bereitete den langsamen Zusammenbruch des Sozialstaates vor, der ist gegen die menschliche Natur. Das Teilen liegt ihnen nicht, den Leuten.

Es ging ihnen immer noch nicht wirklich schlecht, den Menschen im Westen Europas, die Slums waren die alten Neubaugebiete am Rande der Städte, wo arbeitslose Ausländer der zweiten Generation und arbeitslose Einheimische der zwanzigsten Generation schlecht zusammenlebten, sie hatten eine Heizung und eine Wohnung, aber keinen Hunger, da war soziale Gleichheit versprochen worden, dafür zahlten sie schließlich Steuern, und nun saßen sie da, gedemütigt oder in sich zusammengesunken, die arbeitslosen Söhne der arbeitslosen Einwanderer waren wütend auf das Scheißsystem und auf Scheißamerika, da war es doch so schwer, einen Feind auszumachen, selbst die sehr Einfältigen waren verwirrt von der Schwierigkeit, eine Position zu beziehen, diese Welt spuckte jetzt sekündlich neue Informationen aus, das gab dem Menschen das Gefühl, dass man alles besser machen musste, anders machen musste, ließ ihn denken, dass die Welt eine Einheit war, ein globales Dorf, das man doch ordentlich führen musste, würde ihn nur einer fragen, warum, verdammt, fragt ihn denn keiner.

Diese Wut war eine alberne Form der Energieverschwendung, und es wäre schade drum gewesen, sie auszusitzen, darum wurden die wütenden jungen Männer gleich welcher Eltern zu Kleinkriminellen, sie redeten vom Ghetto und ihrem Block, sie hatten Hormone und wussten nicht, wohin damit, wenn sie doch nur Bäume in Häcksler stopfen dürften, das Scheißsystem macht mich zu dem, was ich bin, sagten sie und übten sich im Zusammenschlagen von selbstgerechten Rentnern. Einige Söhne der arbeitslosen Einwanderer schlossen sich seltsamen Kampfgruppen an, sie genossen Respekt. Sie waren wieder wer, es war die alte Geschichte von Männerbünden und dem gemeinsamen Orgasmus der Eigenexplosion, das neue Ding zu Beginn des neuen Jahrtausends.

Die Angst vor dem Terror, den Bakterien und diesen neuen Geheimnissen ließ die Menschen in ihren Berufen, Beziehungen, Wohnungen ausharren, ließ sie um ihre Stellen beten, ach, wenn sie nur gewusst hätten, zu wem, in den Banken wurde gewissenhaft die Krise vorbereitet, die wenig später die Welt kurzfristig erschüttern sollte, so wie die Hurrikane und Erdbeben, die Tsunamis und Waldbrände und Überschwemmungen und Erdrutsche, die sich erstaunlich häuften, wer hätte das geahnt.

Es gab kaum mehr einen Widerstand, die Menschen hatten sich ergeben, wussten nur nicht, wem. Die Generation der erwerbsfähigen Dreißig-, Vierzigjährigen starrte paralysiert auf den Zusammenbruch der angenommenen Sicherheit ihres Lebens. Plötzlich waren sie arbeitslos. Oder sie hatten mehrere Tätigkeiten, und sie mussten sparen. Sie konnten nicht mehr Businessclass fliegen, sie konnten überhaupt nicht mehr fliegen, denn es gebrach ihnen an Zielen. Sparen. Was für ein kleinbürgerliches Wort, ein Elternwort, ein Siedlungshauswort. Das Internet war die Werbebranche der Zeit, großartige Firmen wurden gegründet, Internetportale, Webzeitungen, Singlebörsen, Dreierbörsen, Kinderbörsen, Werbebannerplattformen. Büroräume wurden angemietet, Kredite aufgenommen, mit Skateboards wollte man durch Lagerhallen fahren und die Welt verändern, also in finanzieller Hinsicht, und nun war schon wieder alles vorbei, es war zu früh, der Markt nicht erforscht, die Bedürfnisse nicht vorhanden, die Summen absurd, die Start-up-Unternehmen bankrott, und ihre Gründer waren wieder zu den Eltern gezogen oder fuhren Taxi.

Ein kontaktfreudiger Student an der Harvard-Universität entwickelte mit Freunden eine Internetkontaktplattform für seine kontaktsuchenden Mitstudenten, auf der sich schon nach wenigen Monaten Milliarden und Abermilliarden Menschen über ihr Privatleben austauschten, in der rührenden Annahme, dass sie mit ein wenig Jungmenschengequatsche die Welt zu einem moderaten Ort geformt hätten.

Die letzten Bastionen der Männer waren Religion und Naturwissenschaft, die wurden verteidigt, es war der Beginn der letzten Schlacht zwischen den Geschlechtern; seit es möglich war, Nachwuchs ohne männliche Aktivität herzustellen, waren die dümmeren und damit lauteren Angehörigen dieses Geschlechts in Aufruhr, es würde noch einige Jahrzehnte benötigen, bis sie Ruhe gaben, bis alle gleich waren, sich mit gleicher Kraft selber versklavten.

Jeden Tag starben einige Geheimnisse und mehrere Tierarten aus. Die Zahl der Personal Computer stieg täglich um etliche Millionen, die Welt hatte sich so verkleinert, das schöne Leben jener null Komma null null drei Prozent, die im Besitz des kompletten, täglich um fünfundsiebzig Prozent wachsenden Weltvermögens waren, war greifbar nah, durch all die farbigen Bilder im Netz, aber mit dem greifbar war das nicht so einfach, und das machte so verdammt unzufrieden. Sie saßen an ihren Computern und glaubten an eine vorübergehende Konjunkturschwäche, wird alles nicht so schlimm, suchten die Schuld für den persönlichen Engpass bei der Überalterung der Gesellschaft, bei der Klimaveränderung, beim Papst und natürlich bei der Regierung. Sie mochten nicht glauben, dass sie in diesem nagelneuen, noch fast unbenutzten Jahrtausend wieder um ihre Existenz kämpfen mussten, sie konnten sich nicht vorstellen, dass sie die Sicherheit, die ihre Eltern noch gekannt hatten, nie kennenlernen würden.

Und sie ahnen nicht, dass alles noch schlimmer kommt. Obdachlos, ständige Naturkatastrophen, fuck it.

2000–2010.

Und weiter.

Für Toto hatte es sich nicht wirklich brillant weiterentwickelt, das Leben, seit er seine Wohnung verloren hatte. Er beklagte sich nicht, da war auch keiner, der ihm hätte zuhören wollen, aber auch wenn da einer gewesen wäre, er hätte kaum gejammert, denn wenn man mit einem Minimum an Anstrengung durch das Leben kommen will, wenn man sich dem bürgerlichen Jahrtausend entzieht, dann stehen einem wohl auch keine außerordentlichen Geschenke zu. Diese tiefen Gefühle und deren Analyse, das Bedeutsame eines Lebens, die Entscheidungen, um die ein großes Theater zu machen war, die erschütternden Zwiegespräche, die finden doch nur in Filmen statt. Oder in langen Gesprächen mit langjährigen Freunden. Ist einer allein, so wie Toto, und spricht mit keinem, dann bekommt das Dasein schnell etwas sehr Eindimensionales, besteht aus Handlungen und Abfolgen, versinkt in Schweigsamkeit und Funktion. Verliert seine interessante Bebilderung und ist eben einfach ein Dasein. Toto fragte nicht, er hatte nicht das Bedürfnis, sich mitzuteilen, er handelte instinktiv und nach Lage.

Die Konzerte waren eingestellt worden, nachdem die Besucher ausgeblieben waren; um genau zu sein, seine Kündigung war jenem Abend zuzurechnen, als er vor drei jungen betrunkenen Männern gesungen hatte, die den vermeintlichen Homosexuellen mit Bierflaschen beworfen hatten und die, später nach diesem Ereignis befragt, mit den Schultern zuckten.

Die Zuschauer hatten also ihren Spaß gehabt mit dem jammernden Freak, sie begannen sich zu langweilen, sie mussten weiter, zum nächsten Event, mussten in Outdoor-Läden, die überall neu entstanden. Wenn schon die Natur verschwindet, will man dem Ereignis doch in einer wasserdichten Jacke beiwohnen.

Wenige Tage nach dem Ende seiner Samstagskonzerte war die Striptease-Bar, in der Toto gearbeitet hatte, geschlossen worden, die alten Etablissements hatten nur überlebt, wenn sie sich zu sterilen Neonsexpalästen umfunktionieren konnten, denn keiner mochte mehr Orte aufsuchen, wo Bakterien vorhanden sein können, die die Arbeitskraft schwächen.

Toto war nur sein Reinigungsjob geblieben. Einige Monate hatte er versucht, neue Arbeit zu finden, doch auf jede minderwertige Stelle kamen hundert Bewerber. Toto aß jeden Abend eine Dose Makrelen in Tomatensoße, er hatte ständig ein leichtes Hungergefühl, er fror oft, war müde und seine Gelenke geschwollen. Der Körper wollte irgendwas nicht mehr, vielleicht wollte er nicht mehr funktionieren.

Das Haus, in dem sich seine Wohnung befand, die ihm eine Heimat geworden war, ohne dass er sie so nannte, das wäre ja absurd gewesen, eine Wohnung Heimat zu nennen, er lebte in einem Land, wo man für die Heimat starb, wo die Liebe zur Scholle wieder offiziell erlaubt war, nachdem die Bevölkerung lange neidisch zugesehen hatte, wie fröhliche Einwanderer ihre Fahnen hissten und ihre Nationalhymnen sangen – das Haus war also sehr plötzlich verkauft worden. Keiner der meist drogensüchtigen Mieter hatte sich zu wehren gewusst. Wenig später befanden sich Eigentumswohnungen in dem Gebäude, das mit neuem Putz und Glasfahrstuhl zu einem begehrten Investitionsobjekt geworden war. Die Gegend, in der Toto viele Jahre verbracht hatte, war nun Teil der modernen Welt, wo rote Farbe und schlechtes, aus Asien kopiertes Design vorherrschten. Die kleinen Läden mit ihren staubigen Makrelendosen hatten Sushifließbändern und Bars Platz gemacht, selbst die Prostituierten wurden von jungen, mountainbikebesessenen Schauspielern dargestellt. Die große Katastrophe zur Jahrtausendwende hatte sich als eine Zeitungsente herausgestellt, alle hatten überlebt, mehr oder weniger.

Nach der Kündigung seiner Wohnung durfte Toto im Hinterraum des chinesischen Restaurants übernachten und verfiel zusehends. Mit dem Verlust seines Balkons und seiner Konzerte fehlte ihm der Grund, sich in Bewegung zu halten. Toto verlangsamte sich in der Hoffnung, irgendwann ein Tempo zu finden, dass er nicht mehr spürte, und eines Tages stand er still. Es war ihm nicht mehr möglich, die Hand zu heben. Er lag auf einem Holzbettgestell, auf einem etwas feuchten Steinfußboden. In einem Spind hing die Arbeitskleidung der Köche, und ein Waschbecken mit gelben Ablagerungen war auch vorhanden. Außer einem Fenster verfügte der Raum über alle Annehmlichkeiten für ein friedliches Sterben. Toto hatte auf dem Gestell gelegen und gewartet, dass eine Änderung eintrat. Die erfolgte in Gestalt des chinesischen Restaurantbesitzers. Er hatte vermeint, eine Ähnlichkeit zwischen Toto und diversen Buddhadarstellungen wahrzunehmen, und in Hoffnung auf ein erfreuliches nächstes Leben geduldet, dass Toto im Hinterzimmer lag, und ihn sogar mit Nahrung versorgt. Seine Frau, die über eine stark erotische Beziehung zu Geld verfügte, wies ihn jedoch darauf hin, dass Buddha asiatischer Herkunft war, was man von Toto nicht behaupten könne. Im Übrigen hätten sie einen Monat hervorragende Karma-Arbeit geleistet, Zeit für Toto zu gehen.

Es war ein milder Abend gewesen, und Toto war nicht erfroren, keine Idee entstand da in ihm, nur starren konnte er, auf die Pfützen vor seinen Füßen und auf das Theater der Nacht, die Wurstpellen, die aufgekratzte Stimmung, die damit einherging, etwas Verruchtes zu tun, der Angstschweiß, die Erbärmlichkeit, nichts Erfreuliches gab es da, nichts, was nicht schon lange die Unschuld verloren hatte. Ab und an warf einer ein Geldstück vor Totos Füße, der sich nicht danach streckte, denn er war über den Rand gekippt. Diese fünf Zentimeter, die einen vor dem Verfall bewahren, die einen davor schützen, in die Hose zu nässen, sich hinzusetzen und die Umwelt nur noch wahrzunehmen wie einen Waschraum voll Luftfeuchtigkeit. Eine Sekunde Spannungsverlust, und schon sitzt du auf dem Planeten der Affen.

Toto sah die Passanten an, und er war unfähig, sie als seiner Spezies zugehörig zu identifizieren. Er hatte die Worte verloren, in denen sie sich verständigten, und ihre Rituale ohnehin nie beherrscht. Die kleinen Abläufe, die er sich eingerichtet hatte und die es nun nicht mehr gab, hatten es ihm ermöglicht, mit den Außerirdischen zu verkehren, unter ihnen zu leben mit minimalem Kontakt.

Zu Kindern hätte er früher gerne Kontakt aufgenommen, zu denen, die noch nicht schlecht rochen, bei denen alle unangenehmen Anlagen unterentwickelt waren, die Feigheit noch vertretbar, Kinder hatte er gerne, sie waren so verloren wie er, in ihrer unreflektierten Art des Ausgeliefertseins, doch sie mochten ihn nicht. Sie hatten Angst vor ihm, wenn sie allein waren, lachten ihn aus, in der Gruppe. Toto, der auf der Straße saß, keine Wohnung hatte und keinen Menschen. Die benötigt man, wenn man schwach ist, die vielbeschriebenen, vielbesungenen, vielbedichteten Freunde, die Familie, den Liebsten, alles Worte, mit denen Toto nichts verband. Und sehr kalt wird es, wenn man noch nicht einmal weiß, dass das, was man vermisst, ein Mensch ist, der einen hält. Gestorben wäre er da gerne, auf der Straße, nicht weil er das Gefühl gehabt hätte, das Leben sei ungebührlich hart zu ihm, er war klug, und sein Gehirn funktionierte nicht in solchen Dimensionen, er wusste, dass es keine Person gab, die *Leben* heißt und Glück verteilt, er wusste, es war Zufall, dass er auf der Welt war, und dieses Auf-der-Welt-Sein hatte keine Funktion, außer sich sinnlos zu vermehren, Kriege zu führen, die Erde restlos mit seiner Rasse zu bevölkern.

Kann ich Ihnen helfen? Eine grauhaarige Frau mit Tretroller in der Hand beugte sich mit anteilnehmendem Lächeln zu Toto. In dem Gesicht der Dame sah man den wahren Grund der menschlichen Anteilnahme, es war ein kleiner Orgasmus, der dem Helfer geschenkt wurde, ein kurzer Moment der eindeutigen Überlegenheit, Gefühl der Gottgleichheit, die ihm für seine uneigennützige Hilfe beschert wurde. Das Gesicht der Frau war von roten Adern überzogen, und Toto entschied sich gegen das Schicksal. Er wollte nicht auf der Bettcouch der Dame erwachen, ihre Geschichte des Scheiterns hören, als Gegenleistung für eine Mahlzeit, er wollte sterben. Toto raunte mit 666-Stimmlage, ich will dich ficken, ein probates Mittel, um hilfsbereite Frauen zu vertreiben, und fand sich allein wieder. Wenn es nur so einfach wäre, die Welt zu verlassen, doch es war vermutlich genauso anstrengend wie damals, bei der Geburt. Nur den Atem anhalten genügt nicht, auch Verhungern kann sich bei solchen Fettreserven lange hinziehen. Und dann fand Toto bei der Suche nach einem Mordwerkzeug in seinen Taschen die Adresse von Robert, dem seltsamen Sänger, der ihn unbedingt hatte unterrichten wollen.

Und weiter.

Eine halbe Stunde später hatte Toto vor dem Haus eines Stadtviertels gestanden, das man selten betrat, war man nicht Besitzer einer der weißen Villen, die an Kanalufern und um den See lungerten. Das Viertel ließ keinen Zweifel über das ungerecht verteilte Vermögen in der Welt. Ein befremdliches Aufkommen von Buchsbäumen hatte Toto kurz einhalten lassen; wäre er nicht zu erschöpft gewesen, dann hätte er sich gefürchtet in dieser Gegend. Hinter den saalartigen Flügelfenstern konnte man Kinder sehen, die an Flügeln saßen, und Frauen, die Perlenketten trugen und dem Gatten, mit seiner auch bei Tisch nicht gelockerten Krawatte, Tee einschenkten.

Toto stand vor einem absurd wuchtigen Haus, dessen Fenster innen von zwölf identischen Kleinlampen erhellt waren, die den Blick auf geraffte Vorhänge ermöglichten, hinter denen man vermeinte, die Schatten großer Eichkatzen huschen zu sehen.

Robert hatte geöffnet, er trug eine gelbe Hose und schaute Toto an, als würde er ihn nicht erkennen, was durchaus der Fall sein konnte. Toto hätte sich im Moment wohl selber kaum erkannt. Er wirkte wie die Reste in Mülltonnen. Und sah sich einem Mann gegenüber, den er auch etwas prächtiger in Erinnerung hatte. Toto betrachtete Roberts Verschwinden ins Innere der Villa als Einladung, ihm zu folgen, und fand sich in einer Halle wieder, Treppenhaus oder Salon, dominiert von einem Fernseher in Fußballstadiongröße.

Robert hatte sich in einen Sessel fallen lassen und Toto nicht aufgefordert, Platz zu nehmen, so stand er da, mit Schmerzen im Körper, und beobachtete, wie sich Flugzeuge in zwei Hochhäuser bohrten. So muss eine Vergewaltigung sein, hatte er gedacht, und das sind die Fundamentalisten, hatte Robert gesagt, unklar, woher er seine Information hatte. Es ist die Verzweiflung der heterosexuellen Männer. Alle wollen plötzlich Rechte für Frauen, sogar die Frauen selbst, das muss ihnen doch sein, als ob Affen dem Gericht vorstünden. Robert hielt sich die Flanken und murmelte: Entschuldige, es geht mir nicht so gut, und starrte weiter die Live-Penetration im Fernseher an.

Toto hatte nicht mehr stehen können und rutschte auf einen Sessel, er hatte sich gezwungen, den Blick vom Fernseher zu wenden, die ständige Wiederholung des Eindringens der beiden Flugzeuge in die Hochhäuser verursachte ihm Übelkeit. Die Angst der in einem Flugzeug eingesperrten Menschen, die Panik der Leute, die sich in den Etagen über dem unterdessen explodierten Flugzeug aufhielten, all die Todesangst, die abgetrennten Gliedmaßen, die Rümpfe, angeschnallt in Flugzeugsitzen, das ertrug er nicht mehr, wie konnte man das nur immerzu aushalten, all die Scheiße, die Menschen einander antun, weil sie sich im Recht glauben, das ist doch zum Aussterben.

Nach ungefähr zwei Stunden hypnotisierten Starrens auf die zerstörerische Meisterleistung schlechtgelaunter Idioten, widerlicher rechthaberischer Arschlöcher, unbefriedigter Dumpfbacken, geisteskranker Wichser, dämlicher heterosexueller, explodierter Arschgesichter hatte Robert sich Toto zugewandt. Du brauchst Hilfe, wie es aussieht, hatte er festgestellt, entschuldige, wenn ich ein wenig unaufmerksam bin. Die Ereignisse haben mich schockiert. Auch mit meiner Gesundheit steht es nicht zum Besten. Langsam und von Schmerz gebeugt ging Robert zum Plattenspieler, um ein Hornkonzert aufzulegen. Komm mit, ich zeige dir einen Platz zum Schlafen, du brauchst doch einen Platz zum Schlafen? Dass Toto seit langem weder geschlafen noch sich gründlich gereinigt hatte, war unübersehbar. Ein Ort zum Schlafen wäre gut, sagte Toto und sah Robert mit Bedauern an. Dem Mann schien es wirklich nicht gutzugehen. Alles an Robert schien zu hängen, obwohl er sehr dick war. Ein trauriger Mensch, einer, der Hilfe braucht. Robert schleppte sich ins Souterrain der Villa, das wirkte, als läge es im Nebel, und gleich würden längst verstorbene Zwillingspaare am Ende des Flures auftauchen.

Robert zeigte Toto ein Zimmer mit merkwürdig fleckigem Bodenbelag. Ein neues Kapitel in Totos Welt der Zufälle konnte beginnen; die gab es doch, diese Zufälle und Glück oder Pech, aber die Menschen mussten nur immer mit spitzem Mund betonen, dass sie daran nicht glaubten, denn sie beherrschten ihre Lebensgestaltung, beackerten tatkräftig den Garten, mit eignen Händen.

Später saßen die beiden am Küchentisch. Nach einem Glas Wein kam Robert ohne gewandte Überleitung auf seine Erkrankung zu sprechen. Du fragst dich, warum ich so schlecht aussehe, fragte Robert, und Toto hatte sich das eigentlich nicht gefragt, denn seine Knochen taten ihm wieder sehr weh, und wegen der fünf Spiegeleier, die er verzehrt hatte, war ihm ein wenig übel. Meine beiden Nieren sind funktionsuntüchtig, sagte Robert mit einem Ton, der an Schluchzen erinnerte. Ich muss dreimal in der Woche zur Dialyse, sagte er. Was bedeutet das, fragte Toto, sein Mitleid war geweckt, es bedurfte wenig, dass er sich in der Rolle dessen fühlte, der einen anderen betreuen muss. Robert holte aus. Nehmen wir an, eine mit Gift beladene Flüssigkeit wird in einen Plastiksack mit kleinen Poren gefüllt. Der Plastiksack liegt in einer wässrigen Lösung. Alle Giftstoffe, die durch die Poren passen, können nun aus der verseuchten Flüssigkeit in die wässrige Spül-Lösung wandern, bis die Konzentration der Giftstoffe auf beiden Seiten der porösen Trennwand gleich ist. Damit werden die Giftstoffe aus dem Blut dialysiert, also entfernt. Es verlängert mein Leben, retten indes kann mich nur eine Nierenspende. Aber es gelingt nicht, einen geeigneten Spender zu finden, dabei können die Menschen sehr gut mit einer Niere leben. Robert sah Toto an wie ein kleines Tier, das halb überfahren unter dem Auto liegt. Ist denn so eine Operation schmerzhaft? Toto sah sich auf dem blanken Boden eines Operationszimmers kriechen, Schläuche aus der Nase, offene Wunden, so genau hatte er es nicht wissen wollen.

Aber nein, man spürt nichts, sagte Robert. Man spürt überhaupt nichts.

Keine Uhr tickte. Toto betrachtete seine Hände. Sie schienen ihm abgezehrter als früher. Fast sah man Knochen. Weißt du, ich möchte so gerne einen Tag ohne Übelkeit sein. Toto, dessen körperliche Befindlichkeit sich nicht stabilisieren mochte, konnte das sehr gut nachvollziehen. Ich hatte nicht viel Glück im Leben, sagte Robert. Außer diesem Haus, das meine Mutter mir hinterlassen hat, besitze ich nichts. Seit Jahren warte ich auf meinen Durchbruch als Sänger, ich bin einer der besten Countertenöre des Landes, aber der Apparat ist gerade gegen diese Stimmlage. Toto stellte sich den Apparat vor, der sich gegen Stimmlagen ausspricht, Robert fuhr fort: In Amerika hätte ich groß rauskommen können, aber in diesem Land? In diesem Land, in dem es weder Humor noch Finesse gibt, in dem Kultur Wagner bedeutet und Kleidung fleischfarben und atmungsaktiv ist, ich bitte dich, hier werde ich es zu nichts bringen, dabei bin ich einer der.

Toto nickte, er hatte nicht genau gehört, was für einer der Robert war, er war müde und wollte gern liegen, doch er wusste, dass er nicht würde einschlafen können, wegen der Schmerzen, die dumpf in seinen Gelenken hockten, und hier wurde er gebraucht, er berührte Roberts Hände, und es schien, als habe der nur darauf gewartet. Wenig später lag Robert schluchzend in Totos Armen und berichtete ihm von der Großen Niederlage, die sein Leben war. So eine arme Seele, die sich durch ein dunkles Leben kämpft, keiner da, der ihm für einen

Moment die Illusion schenken will, dass es lohnt zu leben, weil da ein Mensch ist, der dich braucht. Das bekommt doch keinem, so völlig ungebraucht. Toto streichelte Robert, brachte ihn später zu Bett und ging erschöpft in seinen Keller.

In jener Nacht lag Toto in Vorfreude der Nachricht, die er Robert morgen überbringen wollte. Die Niere. Natürlich würde er Robert, der ihm in der Not geholfen hatte, seine Niere geben. Eine reicht vollkommen, und es tut nicht weh. Oben im Salon telefonierte Robert mit einem Bekannten. Er ist dabei. Sie können Frau Professor schicken. Dann legte er auf, und seine Augen schielten vor Falschheit.

Und weiter.

Die Gesangsstunden bei Robert waren ein rares Ereignis, dem Toto ungern beiwohnte, er tat es, um Robert eine Freude zu machen. Über die Monate war Totos Stimme immer unzuverlässiger geworden. Bei den ersten Unterrichtsstunden hatte Robert ihm gesagt, dass er seine Stimme zerstören wollte, um sie neu und richtig wieder aufzubauen. Der erste Teil war gelungen.

Der Gesang war momentan unwichtig, denn Roberts Krankheit erforderte Totos ganze Aufmerksamkeit. Er versuchte, dem Mann, der ihn dauerte, das Leben so leicht wie möglich zu machen, er holte ihm seinen Eimer, in den er sich gegebenenfalls übergeben konnte, er strich ihm das feuchte Haar aus dem Gesicht, er räumte die Villa auf, Toto war schon wieder komplett mit der neuen Situation verschmolzen, es hätte eine gute Zeit sein können, doch Toto spürte seinen Körper zu schmerzhaft, um wirklich entspannt zu sein. Er bewegte sich meist leicht gekrümmt durch das verwahrloste, leere Haus, das von großer Lieblosigkeit zeugte, und er nahm sich vor, alles zu tun, damit Robert bessere Laune bekam. Toto war nicht wohl, wenn es anderen schlechtging. Er konnte sich nicht wehren gegen das Eindringen ihrer traurigen Stimmung in seinen Organismus.

Totos Zimmer verfügte über mehr Luxus, als er in seiner Situation erwarten konnte, es gab eine Dusche und einen schmalen Blick in den Garten, wenn man sich dicht ans Fenster stellte und durch den Schacht und die Gitterstäbe nach oben schaute. Toto las nicht mehr, schrieb nicht mehr. Er sang kaum noch, und es war, als sei die Sonne untergegangen. Er schlich morgens in die Küche, trank mit Robert Tee, fragte, ob er Besorgungen machen solle, reinigte das Haus, während Robert auf dem Sofa lag. Toto hatte sich in einem Supermarkt Nieren angesehen. Keine Große Sache. Er hatte Robert daraufhin mitgeteilt, dass er bei einer entsprechenden Verträglichkeit seine Niere gerne zur Verfügung stellen wollte. Robert hatte geweint. Freundschaft jedoch war zwischen ihnen nicht entstanden. Toto war so an sein Schweigen gewöhnt, an sein Vegetieren mit sich, dass es ihm unmöglich war, sich zu verlassen. Das Zusammenleben der beiden glich etwas, das in einem Altersheim hätte stattfinden können. Wenn Toto in seinem Zimmer saß, hörte er Robert husten und schlurfen, lag er auf seinem Bett, hörte er ihn singen. In den langen Pausen, in denen sich Toto von seiner Erschöpfung erholte, fragte er sich, ob es ihm mit einem Lebensplan, einer Ausbildung, einem Beruf als Friseuse bessergegangen wäre. Bei dem Wort Friseuse knackte es in Totos Kopf. Das hörte er nicht, denn es knackte ständig irgendwo in seinem Körper. Seine Ähnlichkeit mit einem dicken Engel nahm dank dem Mangel des einen oder dem Überschuss des anderen Hormons erstaunliche Ausmaße an.

Die Schmerzen waren nicht akut, nicht stechend, nichts, was einen brüllend zu Boden sinken macht, sie hätten sich am besten mit einem dauernden schlechten Ton beschreiben lassen, der jede Bewegung bewusst und unangenehm begleitet. Toto hatte eine mittelstark ausgeprägte Osteoporose, vermutlich war unterdessen noch ein Gelenkrheuma dazugekommen, denn die letzte Zeit war feucht gewesen. Toto war erschöpft von der anhaltenden Einsamkeit, aber woher sollte er das ohne Arztbesuch wissen, woher sollte er wissen, dass man sich anders fühlen kann, ihm fehlte der Vergleich.

Wenn Toto nicht um Robert beschäftigt war, lag er auf dem Bett und versuchte vergebens eine Position zu finden, in der er sich nicht spürte. Der Raum war sauber tapeziert, Spannteppich am Boden, Schichtholzmöbel, die an einen Ort gemahnten, wo ein extrem unglücklicher Jugendlicher sich aufgehalten hat, bevor er sich mit seinem Schlüpfer erhängte. Toto wurde immer sehr schwer, wenn er sich den armen erhängten Jugendlichen vorstellte.

Es war vielleicht Vormittag, der Schacht, der im Souterrain als Fenster diente, ließ keine genaueren Ortungen zu. Oben wurden Möbel gerückt, Leihpersonal trampelte durch den Tanzsaal, es würde ein Fest stattfinden, eins von denen, die Robert alle Monate gab, um endlich einmal für ein paar Stunden im Mittelpunkt zu stehen. Totos Kopf knackte, vielleicht hört ja heute alles auf, und so endet eben, was sich den Vorgaben der Gesellschaft nicht unterordnet, als zwischengeschlechtlicher Freak in einem Souterrain.

Frau Professor Konstantin

stand vor dem Tor zu Roberts Villa und brachte sich in einen erregten Zustand.

Dazu betrachtete sie eingehend das weiße Metallgitter mit den vergoldeten Spitzen. Sie würde entgegen ihrer Veranlagung heute Abend reden müssen, lächeln müssen, und das verlangte ihre volle Aufmerksamkeit. Verlor sie ihre Konzentration nur kurz, griff ihr Tourette-Syndrom Raum, und sie begann in leichter Form ihren Gesprächspartner zu beleidigen oder ihn schwallartig mit albernen Bemerkungen zu verstören. Sie betrat die Villa, ein Mietbutler nahm ihr den Mantel ab, im Saal erklang die Sonate für Violine und Cembalo h-Moll, BWV 1014, in einer furchtbaren Interpretation.

Herr Robert hatte geladen, smart casual wurde auf den Einladungskarten bestimmt eingefordert. Die Frauen der besseren Gesellschaft trugen Kleider, die an ungezügelte Vorhänge gemahnten, es blitzten geschwollene Füße aus unpassenden Pumps, die Herren waren in legere rote oder gelbe Cordhosen und Slipper wunderbar gekleidet. Ein blaues Sakko machte den gepflegt unkomplizierten Stil vollkommen. Die meisten der Anwesenden hatten Berufe, die ihnen gemeinsam mit dem Vermögen vererbt worden waren, sie saßen in Ausschüssen und Vorständen, die Damen machten, wenn sie gerade nicht ihr Medienimperium beaufsichtigten, Charity. Man muss der Welt etwas zurückgeben, und wir tragen Verantwortung. Sie alle standen im Salon, prosteten sich zu und waren unsterblich. Eine ausschließlich weiße Oberschicht; weder durch Heirat mit Ausländern noch offen gelebte Homosexualität wurde ihre homogene Ausstrahlung von selbstzufriedener Überlegenheit getrübt, jeder hatte einen zweistelligen Millionenbetrag auf dem Konto, der ihm das Gefühl gab, unantastbar zu sein. Prost, wir wissen, was smart casual bedeutet, wir haben zwar auch so unsere Ausscheidungen, aber die sind über jeden Zweifel erhaben.

Zwar würde das Ende ihres Lebens für alle eine unangenehme Überraschung bereithalten, aber darum wussten sie nicht, darum wusste keiner, gütigerweise.

Der Herr dort, Vorstandsmitglied eines Pharmakonzerns, CEO aus Leidenschaft, der seine totenkopfbestickten Samtslipper mit Grandezza zu tragen wusste, dessen reiner goldgeknöpfter Wollblazer in harmonischem Dialog stand mit seinem roséfarbenen Hemd, beide aus London, Himmel, er kann sich den Namen seines Schneiders nie merken, obgleich der schon seit zwanzig Jahren für ihn arbeitet, sein Gesicht glänzte schwach und gut genährt, deutlich, dass die Haut gepflegt wurde. Die erlesenen Nahrungsmittel, das gute Licht am Meer und das Lifting hatten ihm ein wenig den Ausdruck eines Hamsters aufs Gesicht gezaubert, vermutlich war das gewollt, sie wirkten so drollig frisch, diese Bäckchen, und natürlich hatte er eine Geliebte, die er lustlos mit Zuhilfenahme potenzsteigernder Mittel begattete, doch nun, nach zehn Jahren, fiel es ihm schwer, sich zu erinnern, warum er die Geschichte überhaupt begonnen hatte, da die Geliebte doch unterdessen seiner Gattin fatal ähnelte. Professor Konstantin schaute sich weiter um. Ihr Blick parkte bei Robert, hervorragender Kandidat für einen gutentwickelten Prostatatumor. Die Chemotherapie schlüge gut an, er müsste sich viel übergeben und verlöre an die vierzig Kilo. Nach einem Jahr, da er sich mit einer philippinischen Pflegerin in seiner abstoßenden Villa erholte, kam der Rückschlag, Metastasen in Nieren und Knochen sowie in der Bauchspeicheldrüse. Er wurde dann sehr schnell bettlägerig, ließ unter sich, durchlitt Phasen großer Unsicherheit, Luftknappheit und Angst, einer verwirrten, bodenlosen Angst, in einem Ausmaß, das er nur als Kind erlebt hatte, wenn er an den Tod dachte, der wie ein Monster unter seinem Bett auf ihn lauerte. Es wurden große Dosen Morphin verabreicht, unterdessen von einer ausgebildeten Pflegefachkraft, die er jedoch kaum mehr wahrnahm.

Der bald einsetzenden Atemknappheit war Panik verbunden, die durch Morphin alleine nicht zu therapieren war, darum verabreichte die Schwester zusätzlich Lorazepam und Midazolam, sein Körper war wundgelegen, da war kaum mehr Fleisch zwischen Knochen und Laken, das dünne alte Fleisch, die traurige Haut, die qualvolle Ausscheidung, und dann der Death Rattle, die geräuschvolle Atmung in den letzten Stunden oder Tagen des Lebens. Er war nicht mehr in der Lage, Speichel reflektorisch zu schlucken oder Schleim aus der Trachea abzuhusten. Durch den Verlust von Schluck- und Hustenreflex kommt es zur Ansammlung der Sekretion im Oropharynx, in der Trachea und in den Bronchien. Ein abstoßendes Geräusch, das selbst einer erfahrenen Schwester immer wieder zusetzt, das sie nervös macht und wünschen lässt, die Patienten würden endlich gehen. Doch sie gehen nicht. Wie Karpfen liegen sie, stinkende Haufen verwelkten Fleisches, und schnappen rasselnd nach Luft. Dann irgendwann reißen sie die Augen auf, ungläubig, die Hand greift ins Leere, als ob da noch einer sein müsste, da ist keiner, am Ende, und dann bäumen sie sich auf und pfeifen, und endlich, endlich ist Ruhe, und die Schwester reinigt die Instrumente.

Frau Professor Konstantin geriet in gute Laune. Sie überlebte Abende wie diesen nur dank ihrer hervorragenden Phantasie, die ihr ein guter Unterhalter war.

Die Professorin hatte Rechtswissenschaft und später Medizin bis zum Doktortitel studiert. Im Anschluss hatte sie sich intensiv mit Fragen der Hormontherapie beschäftigt und war zur Spezialistin für das Klimakterium geworden, ein Gebiet, das von ihren männlichen Kollegen aus naheliegenden Gründen vernachlässigt wurde. Es war ihr wohl in der Welt der klinischen Forschung, sie hoffte, dass diese die reale Welt bald ersetzen würde, die ein Scheißhaufen war. In der realen Welt hatte sie sich zu viele Feinde geschaffen mit ihrer Intelligenz, die sie Dummheit gegenüber extrem ungeduldig machte. Sie lebte in einem Zustand der Dauergereiztheit, weil sie zu viel verstand, und doch zu wenig, um etwas an dem Umstand der allgemeinen Verblödung zu ändern. Es gab nur selten Menschen, die sie nicht langweilten. Kinder gehörten dazu. Kinder geben nicht vor, intelligent zu sein. Frau Professor Konstantin war mit der Gewissheit aufgewachsen, es sei normal, nicht zu wissen, wie man mit Menschen in Kontakt tritt, und auch das Gefühl, ständig zu träumen und nie aufzuwachen, nahm sie als gegeben hin. Später hatte sie sich ein paar Umgangsformen antrainiert, es gab nichts Leichteres.

Frau Professor blickte auf, um eine Uhr zu suchen. Der Grund ihres Besuches war ein Patientengespräch und die Spendensumme, die sie dafür erhalten würde. Es wäre zu schön, zu Hause noch zu forschen, fern von dieser grauenhaft schlechten Musik, die sie nervös machte wie alle Geräusche, das Klappern des Bestecks, das überlaute Schmatzen, die Gesprächsteile. Der Gastgeber, Robert, nickte ihr zu. Zeit, ihren kleinen Teil der Abmachung zu erfüllen, sie folgte Robert durch die Korridore ins Souterrain.

Was für ein verwahrloster Anblick sich ihr bot. Bis auf den Speise- und Ballsaal befand das Haus sich in befremdlichem Zustand. Fast pathologisch die Unsauberkeit in den seit Jahren ungelüfteten Räumen. Frau Professor Konstantin betrachtete den schweren Hermaphroditen, dem sie attestieren sollte, dass sich seine Niere hervorragend als Spenderorgan eignete. Der junge Zwitter war eindeutig krank, sie sah auf den ersten Blick, dass er Schmerzen hatte. Frau Professor Konstantin kniete sich vor den jungen Menschen, und der sah sie an. Frau Professor war so noch nie angesehen worden, tief in einem Bereich, den nie zuvor ein Mensch betreten hatte. Frau Professor Konstantin hatte das Gefühl, sie sähe dem Guten ins Gesicht, dem Gegenpart zum Bösen, der hochentwickelten Moral, dem perfekten Menschen ohne dunkle Seiten. Frau Professor wusste, dass sie ein solches Lebewesen noch nie gesehen hatte. Sie würde tun, was sie tun musste.

Kasimir beobachtete

aus einem Ledersessel in einer Ecke des Ballsaals, wie die von ihm bezahlte Frau Professor sich mit dem von ihm erpressten Gastgeber zu dem Menschen begab, den er vernichten wollte.

Hach, Gottchen, dachte Kasimir und verdrehte die Augen, das ist doch ein rechtes Drama. Er brach auf, um den Rest der Operation zu Hause abzuwarten.

Er schlug mit Eleganz die Tür des Hauses zu, in dem gerade Totos Operation verhandelt wurde, an der er leider aus Versehen sterben würde. Nach Totos Verschwinden von der Welt würde nichts mehr zwischen Kasimir und der absoluten Macht stehen.

Die Männer, mit denen er geschäftlich zu tun hatte, beneidete er um ihre Fähigkeit, ihr Leben und ihre Gefühlswelt komplett abzutrennen von allen Bereichen, die sie als Geschäft bezeichneten. Er bewunderte sie wegen ihrer absoluten Unauffälligkeit. Die Welt wurde beherrscht von Männern mit Hirndefekten, die alle gleich aussahen. Blaugrau mit mahlenden Kieferknochen, mit denen sie ohne jede innere oder äußere Regung Firmen ruinierten, das Sparguthaben tausender Rentner versenkten, Gift im Meer verklappten, mit Walfischen handelten und Großmütter aus ihren Häusern warfen. Es ist nur Business, sagten sie, zuckten die Schultern und glaubten an nichts. Was Kasimir von ihnen zu trennen schien, waren seine Gefühle für Toto, die waren wie schmutzige Füße in teuren Kaschmirsocken, und obwohl Kasimir sich eingestehen musste, dass dieser Gedanke vollkommen unlogisch war, konnte er sich doch nicht dagegen wehren, Toto als die Ursache seines Scheiterns zu betrachten. Ohne Toto würde er frei sein. Keine Ahnung, wie sich das anfühlen würde, doch ganz sicher besser als jetzt, immer gequält von dunklen, sexuellen, devoten Gefühlen, denen er nicht nachgehen wollte.

Kasimir hatte seine Befreiung sorgfältig geplant. Er hatte einen Gesangslehrer gesucht, um Toto bei seiner Sehnsucht nach Perfektion zu packen. Robert war mehr als das. Er machte sich in die Hosen, im wörtlichen Sinne, als Kasimir ihn mit dem Wissen um seine Vergangenheit konfrontierte.

Als Kasimir die Berichte seiner Detektive erhielt, musste er sich übergeben, weil er Dinge erfuhr, die er nicht hatte wissen wollen. Irgendetwas rührte ihn, wenn es um Kinder ging. Er wusste, wie sie versteinern, in Einsamkeit, und wie das ist, völlig hilflos auf einem Meer ohne eine Planke. Er wusste, wie sie sich fühlen, so schwach und Angst vor allem, was stärker ist, er wusste, wie sie schreien wollen und es nicht dürfen, weil sie sonst geschlagen werden oder gefoltert, er kannte den ganzen Dreck, er kannte die Männer und ihre Frauen, die später in Kameras lügen, von ihrem lieben Sohn, vom guten Mann und Vater redend. Kasimir ekelte seine Zugehörigkeit zur Rasse Mensch.

Robert war einfach zu erpressen, wie ein Dackel war er zu Toto gesprungen und hatte sich ihm vorgestellt. Den Rest erledigte einer von Kasimirs Subunternehmen. Sie hatten das Haus gekauft, in dem Toto früher gelebt hatte, sie hatten das Haus gekauft, in dem die Bar befindlich war, wo er auftrat. Und schon war Toto obdach- und arbeitslos. Und er hatte nur eine Option, die Karte des dicken Gesangslehrers. Die rührselige Geschichte des Nierenkranken, dem würde sich der gute Mensch Toto nicht verwehren können, Frau Professor hatte Kasimir gegen einen Forschungsbeitrag nicht unerheblichen Ausmaßes eine gefälschte Organkompatibilität bescheinigt. Der Sänger war natürlich putzmunter, seine Nieren in einem wirklich erstklassigen Zustand. Toto war ins Krankenhaus aufgenommen worden, nun konnte die Sache laufen.

Kasimir hätte erleichtert sein müssen, aber es wollte sich immer noch keine Stimmung einstellen. Er saß in seiner hervorragenden Wohnung und hatte außer einer Dumpfheit kein verdammtes Gefühl vorzuweisen. Sechs Analysten arbeiteten für Kasimir, eine Sekretärin, die sieben Sprachen sehr fließend beherrschte, ein Büro voller Bildschirme, Computer, leise Ledersohlen, keine Hosenträger. Und er stand und zahlte Bestechungsgelder in Umschlägen aus.

Kasimir wusste, dass ein Zuwachs persönlichen Reichtums nichts mehr an seinen Gefühlen ändern würde. Er verfügte über ein Barvermögen, das Verlierer bewegen müsste, voller Unverständnis den Kopf zu schütteln. Wenn wir so viel Geld hätten, würden sie murmeln, dann arbeiten wir doch nicht mehr, wir würden vielmehr bis zum Lebensende, ähm, und dann, nach diesem ähm, gebräche es ihnen an der Vorstellung, was sie mit all den unerfüllten Jahren anfangen könnten, und sie stellen sich in Ermanglung weiterer Visionen irgendetwas vor, das am Strand von Mallorca stattfinden wird. Kasimir wusste, dass es genau dieser Mangel an Phantasie und die große Bereitschaft zu Missgunst ist, was Erfolglosigkeit ausmacht.

Die Diskontierung kommender Gewinne ist der Schlüssel erfolgreicher Hedgefund-Manager. Sagte Kasimir gerne und ungefragt. Er liebte es, diese Nullsätze bewusst auszusprechen, welche die Männer in seinem Umfeld unbewusst verwendeten. Kommunikation war für Kasimir die lächerlichste Erfindung seit Beginn der Menschheitsgeschichte. Wie alle seine erfolgreichen Kollegen nahm er für kurzfristige Gewinne die Schädigung von Ressourcen in Kauf, die Welt interessierte ihn nicht, und wenn sie verdorrt und ohne Leben im All hängen sollte, dann war es ihm egal. Er wusste, wie kurz die Halbwertszeit seiner Karriere war, wie lächerlich überhaupt der Begriff, bei einer Zeitspanne, die allerhöchstens vierzig Jahre umfasste. Die

Karriere, das abstoßendste Wort des Jahrtausends, von jedem debilen Jungen verwendet, der für ein halbes Jahr in einer Boygroup Playback singt.

Von seinem Daybed, die daybedgewordene Perfektion des 1963 von Gianni Songia entworfenen GS 195, sah Kasimir auf die Jogger, die am Ufer des Sees um ihre Unsterblichkeit bettelten. In diesem Moment kam der Anruf aus der Klinik. Toto lebte noch. Die Niere war nicht entfernt worden, denn Frau Professor Konstantin war aus der Sache ausgestiegen. Der Arzt, den Kasimir am Telefon hatte und der natürlich auch bestochen war, drückte sich wegen der Gefahr, abgehört zu werden, in Bildern aus. Kasimir verstand, dass der Arzt, ein offenkundiger Geisteskranker, Toto einen sehr langsamen, sehr qualvollen Tod zugedacht hatte.

Nach dem Telefonat begann Kasimir zu weinen.

Und weiter.

Eine Woche oder zwei, vielleicht waren es Jahre, im Dämmerzustand, warum nur riecht es nicht mehr nach Schimmel? Weißes Licht stach von der Decke, durch die geschlossenen Lider. Vielleicht hatte Robert Flutscheinwerfer im Garten installiert, um seine ausgefranste Wiese im Licht wie englischen Rasen scheinen zu lassen?

Dass er sich in einem Krankenhaus befand, wurde Toto selbst durch die zehn gierigen Assistenten, Schwestern und Doktoren, die jeden Morgen um sein Bett standen, nicht klar. Diese Gesichter machten verständlich, warum in dem kapitalistischen Land die Zuschreibung nett als Schimpfwort galt. Man war hier nicht drauf aus, Unbekannten das Leben einfacher zu machen, mit freundlichen Gesten.

Die Gesichter des medizinischen Personals, das war es doch? Oder war hier Kapitän Zufall im Spiel, und wieso heißt es Kapitän Zufall. Toto konnte nicht klar denken. Die Gesichter der Kommissare spiegelten einstudiertes Mitgefühl wieder, unter dem etwas lauerte, was am ehesten vergleichbar ist mit dem Gesichtsausdruck von Zeugen eines Unfalls. Ein Mann redete mit der arroganten Miene eines Menschen, der seine Sterblichkeit verdrängt hat. Vermutlich der Kapitän. Das ist wirklich wie in diesen Filmen, in denen Ärzte reden und der Patient nicht ein Wort versteht. Entweder sehen die alle zu viele Krankenhausserien, oder sie müssen sich mit ihrem exquisiten Geheimcode beweisen, dass das lange Studium gelohnt hat. Es gab keine Oberärztinnen oder Chefärztinnen in diesem Krankenhaus, ha, jetzt hatte er Krankenhaus gedacht, nach zehn Tagen, jedenfalls hatte Toto noch keine gesehen, dafür eine männliche Schwester. Pfleger Peter hätte wohl gerne Kontakt mit ihm gehabt, ab und zu strich er um sein Bett, doch Toto war noch nicht wieder da, er war nirgends, war noch nicht mal sicher, dass er nicht mehr in der Villa des Countertenors lag.

Mit jedem Tag und seiner warmer Routine, mit Frühstück, Visite, den Pillen, der Langeweile, kam er nun ein wenig mehr zu sich, verstand erst nach einiger Zeit, dass er keine Schmerzen mehr in den Knochen hatte, wenn er sich bewegte, und dass seine Gelenke nicht mehr geschwollen waren, und er spürte unangenehm das hinten geöffnete Krankenhaushemd.

Eines Morgens blieb der Chef der kleinen Visitebande am Fußende seines Betts stehen, normalerweise der Platz, der dem Gevatter Tod vorbehalten ist, auf keinen Fall setzte er sich, natürlich kam er nicht auf die Ebene eines Sterblichen. Das Neonlicht bildete leider keinen Heiligenschein um sein Haupt, daran müsste man noch arbeiten, da müsste man noch Versuche mit unterschiedlichen Leuchtkörpern anstellen. So, ähm, dann wollen wir mal schauen, sagte der Arzt, was haben Sie denn bisher von Ihrer Situation verstanden? Die Niere? Fragte Toto. Sehr gut, sagte der Chefarzt, er wirkte uninteressiert. Wir haben keine Nierentransplantation durchgeführt, denn wir haben festgestellt, dass Sie ein Problem mit der Harnröhre, ähm, hatten, ein kleiner Tumor an Ihren innenliegenden Hoden wurde entfernt, eine Streuung ist nicht zu verzeichnen, Ihre Schilddrüse produziert keine Hormone, und jene, die in Ihren inneren Geschlechtsorganen produziert werden, sind ähm, kontraproduktiv, weshalb man eine Ersatztherapie begonnen hat. Der Herr Doktor sah Toto nicht einmal an, er redete zu einem Punkt über seinem Kopf, er rezitierte die ermüdende Liste von Fehlentwicklungen aufgrund eines unbehandelten oder falsch behandelten echten Hermaphrodismus. Ein was, bitte, fragte Toto, nun sehen Sie, erklärte der Doktor, ähm, Toto, hier auf dieser Abbildung, woher hatte er plötzlich die Bildtafeln? Hier, sagte der Doktor, sind äußere weibliche und männliche Genitalien zu sehen. Wenn Sie diese Abbildungen mit Ihrer eigenen körperlichen Ausstattung vergleichen, wird Ihnen auffallen, dass Sie. Nichts sind, vervollkommnete Toto den Satz des Arztes, der ihn irgendwie an die Ärzte in KZs erinnerte.

Ich bin ein Nichts. Nun, sagte der Arzt, so hart würde ich es jetzt nicht formulieren. Heute nennt man Menschen wie Sie Intersexuelle, Sie leiden an einer geschlechtlichen Unklarheit.

Ich leide nicht, sagte Toto. Der Arzt verstummte sehr kurz. Wie auch immer, Sie, ähm, leiden an einer Fehlentwicklung, eine Laune der Natur, die unglücklicherweise nicht, ähm, repariert wurde. Was hätte man da reparieren können, fragte Toto und stellte sich seinen Körper vor, nun, da ihm klar war, wie ein ordentlicher Leib auszusehen hatte. Toto war verwirrt, er hatte Fragen, doch der Chefarzt war keine Person, der er sie hätte stellen wollen. Richtigerweise, fuhr der Arzt fort, und sein Gesicht wurde rot und verriet chirurgische Erregung, wurden bis vor wenigen Jahren im Säuglingsalter automatisch geschlechtliche Anpassungen vorgenommen. Die Betroffenen brauchten später nicht einmal davon erfahren. Doch heute muss ja alles durchdiskutiert werden, nicht wahr. Reden, reden, reden. Und wird es dadurch für die Betroffenen einfacher? Können sie durch das Gequatsche ihre Fortpflanzungsfähigkeit wiederherstellen, einen Partner finden, ihren Platz in der Gesellschaft einnehmen? Die Menschenrechtsorganisationen haben sich da sehr stark hervorgetan, aber ich frage Sie, was ist das denn für ein Leben, nicht wahr?

Der Piepser erklang, der Chefarzt musste zu einer anderen Mission und ließ Toto verwirrt zurück.

Toto sah vor sich die Darstellung rosiger, plastisch wirkender Geschlechtsteile. So sahen ordentliche Menschen mit rechtschaffenen Genitalien aus. Darum hatte er früher alleine duschen müssen, darum hatte der einzige Junge, an dessen

Freundschaft er interessiert gewesen war, ihn ausgelacht, darum all die Andeutungen, die seltsamen Blicke. Vermutlich hatten seine Eltern ihn weggegeben, weil er ein Ding war. Toto meinte sein Leben in einem Schlaf verbracht zu haben und erst heute aufgewacht zu sein, hatte er doch immer geglaubt, ein sehr normaler, etwas dicker Mensch zu sein. Doch er war ein Problemmensch. Problemmensch, das Wort gefiel ihm, und er hatte es wohl laut ausgesprochen, denn Pfleger Peter, der schon seit Minuten im Raum lungerte, nachlässig Geräte überprüfte und nicht vorhandene Flecken von Defibrillatoren entfernte, warum lagen da eigentlich Defibrillatoren, trat zu Toto.

Dann hat er es dir jetzt gesagt, fragte Peter, und Toto nickte, denn es war klar, worauf sich der Pfleger bezog. Unklar war jedoch, was der Pfleger von ihm wollte. Peter war ein stabil gebauter junger Mann, mit fast schönen Gesichtszügen, fast, weil ein Permanent-Make-up seiner Augenbrauen ihm ein allzu starres Aussehen gab. Mit lauerndem Ausdruck sah er Toto an, wartete so sehr auf eine Frage, dass es Toto fast leidtat.

Also erzähl schon, was weißt du alles, sagte Toto und versuchte, interessiert zu schauen. Er war nicht interessiert. Wäre er ein anderer, dann hätte er nun endlich eine Ausrede für sein offenbares Versagen und würde sich sofort eine Selbsthilfegruppe suchen, um über seine Gefühle zu reden, aber Toto hatte keine Gefühle, die ihn betrafen. Er war mit sich, mochte sich, und es wäre ihm nicht eingefallen, an sich zu leiden. Froh, endlich reden zu können, erzählte Peter. Du hast Glück gehabt. Professor Konstantin hat dich hergebracht und die Eingangsuntersuchungen gemacht. Sie hat früher einmal hier gearbeitet, sie ist eine Kapazität. Kapazitäten benötigen Defibrillatoren, freute sich Toto, wenigstens ein Rätsel gelöst. Sie hat dir Informationsmaterial hiergelassen, stieß Peter hervor, seine Aktivität war verwirrend, hast du gesehen? Hier, das wusste ich auch nicht. Peter wühlte in einer Artikelsammlung und zitierte: Bis ins 18. Jahrhundert war es rechtliche Praxis, Hermaphroditen auf Wunsch ihre Zweigeschlechtlichkeit zuzugestehen oder sie selbst entscheiden zu lassen, welchem Geschlecht, Mann oder Frau, sie angehören wollten.

Ab 1830 wurde eingeschränkt, dass Hermaphroditen bis zu ihrem 18. Geburtstag selbst entscheiden müssen, welchem sozialen Geschlecht sie zugeordnet werden wollen. Aber eine Zuordnung muss stattfinden, sie muss, das hat ja keine Ordnung sonst. 1895 wurden Hermaphroditen im Gesetzbuch juristisch für nicht existent erklärt. Das ist bis heute unverändert. Intersexualität gilt als medizinisches Problem, also als Krankheit, und fällt nicht in den politischen und rechtlichen Zuständigkeitsbereich.

Nein, Toto hatte diesen Text nicht gesehen, er wusste nur, dass er Nichts war und sich gut fühlte. Er verstand nicht, wozu eine klare Zuordnung dienen soll, wenn doch keiner weiß, wie man ein Leben erfreulich verbringt, wenn doch ein Krieg zwischen Männern und Frauen herrscht und keiner einem sagen kann, was genau eine Frau und ein Mann sind und wozu es eine Klarheit benötigt in einem Dasein, das nach achtzig Jahren in völliger Unklarheit zu Ende gehen wird. Warum muss alles seine Ordnung haben, wenn doch nichts in einer Ordnung befindlich ist in diesem Universum. Toto war so müde, dass er sich nicht einmal für Pfleger Peter verantwortlich fühlte, der sich neben sein Bett gesetzt hatte und ihn hungrig ansah. Vielleicht hatte er einfach zu wenig Energie für dieses Leben, das ständig eine Anstrengung zu erwarten schien. Hast du schon mal einen wie mich gesehen, fragte Toto, und Peter der Pfleger nickte, seltsam schwer. Sein Pferdeschwanz hing betrübt in seinem Nacken, als er aufsprang und sofort wieder arbeiten musste, wie er sagte. Toto blickte ihm nach. Da waren Menschen, die dringend irgendetwas mussten, nur er hatte nie gemusst, gewollt, gearbeitet. Vielleicht war sein unkonzentrierter Lebensentwurf eine Folge seiner, ja, was eigentlich. Toto hatte sich nie behindert gefühlt. Es schien ihm eher so, dass viele Männer und Frauen ihre Rollen darstellten, weil sie glaubten, dass das erwartet wird. Er hatte die Mann- und Frau-Darstellungen nie richtig ernst genommen. In seiner kommunistischen Jugend war kein großes Aufhebens um Geschlechter und ihre Rollen gemacht worden. Waren die Eltern weder Intellektuelle oder anderweitig Staatsfeinde, gab es für alle die gleichen Chancen auf ein wunderbar erfülltes volkseigenes Leben im Arbeiter- und Bauernstaat. Hier im Kapitalismus schien die Frage nach den Rollen von Mann und Frau von einer außerordentlichen Wichtigkeit. Es wurde unentwegt darüber geredet, gestritten, geschrieben. Es schien, als müsse man, um seine Zugehörigkeit zu einem der beiden Geschlechter zu demonstrieren, gezieltes Kaufverhalten entwickeln. Die Frauen mussten sich Brüste kaufen, unbedingt, und an jeder Nachttankstelle müssen die erhältlich sein, und die Brüste müssen dann in Dessous geschlagen werden, während die Männer ihr Gesicht ständig rasieren müssen, mit muskelbepackten Armen. Toto war das alles unverständlich. Da steht doch keiner auf, am Morgen, und streicht sich bewundernd über seinen geschlechtszugehörigen Körper, da sind doch alle gleich müde und gleich nicht vorhanden, mit sich allein.

Und weiter.

Toto konnte wenige Tage später, gestützt von Pfleger Peter, zur Toilette gehen, der künstliche Harnausgang war wieder nach innen verlegt worden. Er hatte abgenommen, war fester im Fleisch geworden, das mussten die Hormone sein, die ihn auch mit einer seltsam guten Laune ausstatteten. Toto hatte nie darüber nachgedacht, dass Männer meistens im Stehen urinieren. Es war ihm schon immer logischer erschienen, sich zu setzen, denn es war viel bequemer. Sitzt du beim Urinieren, fragte er Pfleger Peter, und der sagte, ich stehe, aber nicht weil es bequemer ist, sondern weil die Fische das Sitzen einfordern. Auf Totos leeren Blick fuhr er fort, die Fische, die Frauen, die Heteras. Vielleicht leitete sich die Bezeichnung für Frauen von der Form ihrer Genitalien ab, Toto war unterdessen Experte für Genitaldesign. Toto hatte Robert angerufen, denn er fühlte sich schuldig wegen der versprochenen Niere und machte sich Sorgen um den armen traurigen Mann, doch der wirkte seltsam erleichtert und versicherte, alles hätte sich wunderbar gefügt und er sei gesund. Toto war sich sicher, dass er ihn nie wiedersehen würde.

Er lief mit einer großen Freude an seinen eleganten Nieren und dem schmerzfreien Körper durchs Krankenhaus, das Linoleum war beige, eine wunderbare Farbe, um nach kurzer Zeit abgestoßen und fleckig zu wirken. Die Wände waren in einem warmen Sonnengelb gestrichen, vermutlich hatte ein Therapeut die wohltuende Wirkung dieser Farbe entdeckt.

Toto wunderte sich über den unglaublich abgestoßenen Zustand des Mobiliars und die Überbelegung der Zimmer. Ein Paradies für Bakterien.

Auf der Kinderstation war Besuchszeit. Besorgte Eltern saßen an Kinderbetten, und Toto wurde es schwer. Dass die mangelnde Aufmerksamkeit, die ihm entgegengebracht worden war, ihm nie zugesetzt hatte, war erstaunlich. Vermutlich hatte er damals schon diese hormonelle Fehlentwicklung gehabt, oder besitzen Kinder noch keine Hormone? Vermisst man Dinge und Gesten nur, wenn man sie erfahren hat? Toto sank an der auswurffarbenen Krankenhauswand der Kinderstation herab, hockte und schaute auf die anderen, die bewegten sich doch nur so schnell und planvoll, weil sie sich nicht zu den Füßen der anderen wiederfinden wollten, ratlos, müde. Bis zu jenem Moment an der Wand, auf dem Boden, kam Toto alles unsinnig vor. Die Vorstellung, das Krankenhaus verlassen zu müssen, in eine Stadt zu laufen, die ihn nichts anging, sich eine Unterkunft suchen zu müssen, die vermutlich schäbig wäre, einen Plan zu entwickeln, Geld zu verdienen, um gottverdammte Fischkonserven kaufen zu können, machte, dass Toto sich auf der Stelle wünschte, nicht mehr da zu sein.

Warum sitzt du hier, fragte ein Kind, das mit einem Tropf neben Toto zum Stehen gekommen war, gerade als der sich an der Wand emporschieben wollte.

Es gibt hier nicht so viele angenehme Sitzmöglichkeiten, antwortete er, und warum hast du keinen Besuch, fragte Toto. Ich komme aus schwierigen Verhältnissen, sagte das Kind, das keine Haare hatte und dessen Adern sich so durch die blasse Haut abzeichneten, dass sie fast blau wirkte. Schwierige Verhältnisse kenne ich, das wird besser, wenn man älter ist. Wie alt bist du? Fragte das Kind. Keine Ahnung, sagte Toto, der darüber noch nie nachgedacht hatte. Wichtig ist, dass es besser wird. Das Kind hatte sich neben Toto gesetzt. Kannst du mir das versprechen? Ja, sagte Toto, ohne Zucken kann ich das versprechen. Irgendwann ist man alt genug, um wegzugehen, an einen Ort, wo keine Erwachsenen sind. Das Kind lächelte. Sie sagen, ich werde sterben. Wer sagt das, fragte Toto. Die Ärzte, ich habe es gehört. Ja, sagte Toto, vermutlich wirst du sterben. Ich werde auch sterben. Alle werden wir sterben. Aber der Zeitpunkt ist völlig ungewiss. Es ist mir auch egal, sagte das Kind und verspannte sein Gesicht, sodass die Lüge rührend klang.

Toto fiel nichts ein. Geh wieder in dein Bett, Kleiner, mach deine Chemotherapie, was immer zu tun ist, ich komm heut Abend und besuch dich, sagte er nach einer langen Pause, in der er nachgedacht hatte. Kinder bemerken Pausen nicht und Schweigen, sie werten Ruhe nicht als Abhandensein interessanter Gedanken. Das Kind nickte und schlurfte in sein Zimmer, Toto schob sich an der Wand empor, er hatte wieder jemanden gefunden, der ihn brauchte.

Am Abend hatte Toto auf dem Dach des Krankenhauses eine Filmszene nachgebaut, Kerzen, aus der Küche gestohlener Kuchen, Kakao. Ein bisschen kitschig, sagte Toto, als er das Kind und seinen Tropf durch die Dachluke hob. Ist schon in Ordnung, sagte das Kind, dann saßen sie unter dem Mond, aßen Kuchen, das Kind erbrach sich irgendwann, und es war glücklich. Toto überlegte sich, wie er das Kind, das nie Besuch hatte, bei sich aufnehmen könnte. Wie es dann gesund würde, und wohin sie im Sommer fahren mochten, das überlegte er sich auch.

Wohin wollen wir verreisen, wenn wir frei sind, fragte Toto, als sie am nächsten Abend auf dem Dach saßen, das Kind war besonders schwach, aber es war sehr zufrieden. Wenn ich noch lebe, könnten wir nach Paris fahren, sagte es. Dort stehen sehr viele Mühlen. Rote Mühlen. Ja, sagte Toto, davon habe ich auch gehört. Ich weiß nur nicht, ob mir diese Baskenmütze steht, die sie dort tragen müssen. Es ist, glaube ich, gesetzlich vorgeschrieben. Beide überlegten, was das für ein seltsames Gesetz war. Mit dem Kind hatte Toto eine Leichtigkeit des Zusammenseins, die Erwachsene nie bei ihm erzeugen konnten. So ein Kind konnte ohne Mühe den Sprüngen der Gedanken folgen, es konnte Ruhe ertragen, und es sah Toto nicht so wertend an, wie Erwachsene das immer taten. Es hatte nicht einmal gefragt, ob Toto nun ein Mann oder eine Frau war, es schien einen Menschen zu sehen, ohne all den Kram, den Erwachsene so dringend brauchten. Toto dachte nicht daran, dass er sich irgendwann von dem Kind würde verabschieden müssen.

So, Zeit, sich zu verabschieden, sagte der Chefarzt am nächsten Tag. Sie können heute nach Hause, und Toto fragte sich, wo das sein sollte. Wie ist denn das Befinden, fragte der Arzt und war in Gedanken bereits bei Tisch. Danke, gut, ich fühle mich gut, ich fühle mich wie eine Frau, hatte Toto gesagt. Und ich habe einen Freund gefunden. Aber das sagte Toto nicht.

Ach je, als Frau fühlt er sich, der Klumpen, Doktor Wagenbach resümierte die zeitraubende Operation des Intersexuellen, wie er dieses Wort hasste, diese aufgeräumte Bezeichnung für etwas Namenloses.

Da schließt sich der Kreis. Der Klumpen, den er vor Jahrzehnten, als der sozialistische Teil des Landes noch existierte, zur Welt gebracht hatte, war wieder vor ihm gelegen. In Unglück gealtert. Er hätte jetzt tun können, was er damals versäumt hatte. Aber was hatte er gemacht? Nun, was hatte Doktor Wagenbach gemacht? Was er immer machte. Sein Bestes geben. Die Zähne zusammenbeißen, sich der Sache unterordnen. Wagenbach gab sein Bestes. Immer. Auch wenn er nicht davon überzeugt war, dass ein Weiterleben für bestimmte Kreaturen von Vorteil war, hatte er doch den Eid geschworen. Er ließ sie am Leben. Die Verkrüppelten, die Siechen, die Hundertjährigen, die Komatösen, die Debilen, denn mitunter ist das Weiterleben die größere Strafe.

Er wusste, theoretisch, dass er Menschen früher geliebt hatte und sie retten wollte. Er war zu Beginn seiner Karriere in den Ferien in die Dritte Welt gereist, hatte Hasenscharten operiert, Beine amputiert, Tellerminenopfer behandelt, er hatte in Slums praktiziert, seine Hände hatten voller Liebe auf Kinderköpfen geruht, und nachts in seinen erbärmlichen Unterkünften zwischen Kakerlaken hatte er geweint, weil die Welt ein so ungerechter Ort war. Das hatte sich verloren. Das Weinen, aber auch das Mitgefühl. Nachdem er die Bedürftigen zusammengeflickt hatte, zogen sie auf ihren schlechtsitzenden Prothesen wieder los und brachten einander um. Die Frauen mit den Kindern, die Armen mit ihren aufgeblähten Bäuchen trennten die Klitoris ihrer Töchter mit Scherben ab.

Manchmal, wenn er, nur mit seiner Vogelmaske bekleidet, zitternd vor dem Ankleidezimmerspiegel stand, für Sekunden klar, wusste er, dass er sich auf dem Weg in die Geisteskrankheit befand. Er konnte nicht mehr zwischen Gott und seinem Glied unterscheiden.

Er hatte den Zwitter operiert. Seine ehemalige Chefin, Frau Professor, hatte sich dummerweise vorzeitig aus dem Operationssaal entfernt. Sie war sehr um den Zwitter besorgt gewesen. Doktor Wagenbach hatte die Operation allein beendet. Der Zwitter würde noch lange leben. Aber angenehm würde das für ihn nicht.

Und weiter.

Keine sichtbare Veränderung war auszumachen, kein Denkmal des Menschseins war da errichtet worden, und dennoch rückte sich für Toto ein Möbelstück an den optimalen Platz, eine Schablone legte sich deckungsgleich über die Vorlage, die Temperatur war die perfekte, an diesem ersten Tag als Frau.

Da war kein starkes Verlangen, pinke Hüte zu tragen oder Lidstriche, all diese Dekorationsstatements dienten nur der äußeren Manifestation innerer Unklarheit. Da wusste doch keiner klar, was das sein soll, dieses Mann oder Frau, was soll das denn sein, außer seltsamen Blicken des Vaters, wenn der Junge Mutters Röcke tragen wollte. Was soll das sein, außer Fundamentalismus.

Toto war sie. Sie, Frau Toto, den Namen behielt sie, das Geschlecht im Pass auch, es war egal. Es fühlte sich einfach besser an auf der weiblichen Seite, vielleicht nur, weil die männlichen Stereotype so langweilig waren. Nichts würde doch an ihrem seltsamen Aussehen etwas ändern, das wusste sie selber, man würde sie weiter anstarren, aber das war egal. Irgendeinen Platz am Rande der Gesellschaft, bei den Freaks, würde sie schon finden. Dort war ihr wohl, bei all denen, die auch keine Idee hatten, aber es anders wollten. Friedlicher, toleranter, irgendwas mit Einhörnern wollten sie, und dass jeder den anderen in Ruhe ließ. Da, wo die Freaks wachsen, die sich nicht verkleiden wollen, nicht in gelernten Sätzen redeten, die sich nicht verkaufen wollten für alberne Mittelklassewagen, bei den Freaks, die Kinder bleiben wollen, eine Kunst machen, die keiner braucht, bei denen wäre ein Platz für sie, sie musste ihn nur finden.

Toto wollte nicht mehr auf Bettgestellen in Hinterzimmern

chinesischer Restaurants liegen oder in Hauseingängen. Sie wollte eine eigene Badewanne und einen Balkon, auf dem sie mit Kaffee sitzen konnte, und vielleicht einen Menschen, an den sie sich gewöhnen konnte, weil er sich an sie gewöhnt hatte.

Hier war er vermutlich nicht, aber Toto hatte geglaubt, irgendwo mit der Suche beginnen zu müssen, aber hier, das konnte doch nicht ihr Platz sein, mit Sisal am Boden, auf dem Bett ein vermutlich in Lima gefertigter Quilt, thailändische Elefantenstoffe an den Wänden und ein chinesischer Sonnenschirm. Eine Duftlampe flackerte, Ylang-Ylang verdunstete stimmungsvoll. Philohomophobe beharren auf dem vortrefflichen Geschmack der Schwulen. Man sollte sie in Gruppen durch diese Wohnung führen.

Peter schnaufte in Totos Rücken. Das also war der Sex, von dem alle redeten.

Die Religionen, die Zeitungen, die Filme, die Unterhaltungsindustrie, die Kosmetikbranche, die Modewelt, die Pharmaindustrie, sie müssen den Menschen zur Vermehrung anhalten, zum Konsum, zum mehr Wollen, Haben, Kaufen. Emanzipation und Homosexualität bedrohen die Fortpflanzung, die Familie, die Sorge um die Brut, alles, was Menschen so ängstlich und leitbar macht, das wäre gelebte Anarchie. Genauso sah das hier aus. Wie in einer Anarchistenhöhle.

So ein großes Theater um ein wenig Fortpflanzung, Evolution, du Füllhorn verschenkter Möglichkeiten, du in diesem Fall so völlig vergeudeter Samen.

In der Wohnung, in die Peter Toto nach ihrer Entlassung aus dem Krankenhaus eingeladen hatte, erklärte sich die Obsession des Pflegers für sie. Jeder der drei Räume war eine Art Tempel für Sebastian, einen Transsexuellen, der bei dem Versuch einer preisgünstigen Anpassungsoperation in Thailand, die Elefantendecke! ums Leben gekommen war. Die Narkose war zu stark oder zu schwach, Toto hatte es im Schluchzen des Pflegers nicht verstehen können, es war auch egal. Peter suchte einen Sebastian-Ersatz. Das war Toto nicht. Sie war kein Transsexueller, kein Mann, der eine Frau werden wollte, keine Frau, die ein Mann werden wollte, sie war kein Transvestit und wollte nicht in der Kleidung des anderen Geschlechts herumwackeln, wobei sie diese spezielle Vorliebe ohnehin nicht nachvollziehen konnte. Mit dem sogenannten Bruch von Stereotypen konnte doch nur spielen, wer sie verinnerlicht hatte. Toto war, wie sie nun wusste, eine Frau, die vermutlich wie ein Mann aussah, aber das war doch alles vollkommen egal; es war doch nur die Intelligenz, was Menschen unterscheidet, ein paar Kluge, der Rest nicht in der Lage, sich von oben zu betrachten. Toto wirkte nur dann seltsam, wenn man davon ausging, dass alle anderen Menschen perfekt sind, mit all dem Gehänge und Gelampe an ihren Körpern. Die sahen doch alle anders aus, als es in den medizinischen Lehrbüchern angedacht gewesen war.

Peter kam wieder zu sich. Er wälzte sich auf Toto, als ob er einen Walfisch erklimmen wollte, um eine Fahne in seinen Schlund zu stoßen, oder war es der Mond, in den ja auch immer Plastikfahnen gesteckt werden. Toto versuchte, sich hungernde Kinder vorzustellen, kleine überfahrene Hunde und eine alte Frau, die ein totes Kätzchen in einem Piratenkostüm wiegt. Das hilft. Tote Katzen in Piratenuniform machten Toto zuverlässig traurig, und so gelang es ihr, Peters Gesicht nah bei sich zu ertragen, ohne zu lachen.

Es war so schön, für mich. Lange Pause, keine Antwort. Seit ich dich das erste Mal gesehen habe.

Ein großes weiches Rauschen erfüllte Totos Kopf.

Sie sah Peters feuchte Augen zu nah, es schien, als sei der Pfleger ergriffen von seinen Gefühlen. Toto glaubte ihm nicht. Zwar hatte noch nie ein Mensch sie gewollt, sie hatte noch nie

Sex gehabt, wusste nicht, was Liebe war, aber das hier war eine Liebesdarstellung, dessen war sie sich sicher.

Vielleicht war das alles ein Großes Theater um die Liebe, eine Lüge, die keiner bloßzustellen wagte, weil ohne sie nichts mehr geblieben wäre, das die Menschen hätte von einem Sinn träumen lassen.

Peters Haare klebten feucht und dünn an seinem Schädel, auf seinen Nasenflügeln glänzten geplatzte Adern. Das würde man doch im Fall der Liebe gar nicht bemerken, diese unattraktiven Dinge, oder wenn man sie bemerkte, würde man sie mögen und küssen wollen. Toto wollte ihre Ruhe haben. Das Sozialamt hatte ein Zimmer in Aussicht gestellt, das am nächsten Morgen bezugsbereit war. Peter wollte nicht, dass sie in einem Sozialhilfezimmer lebte, er hatte doch Platz, es könnte alles so schön sein, und die alte Kleidung von Sebastian, die lag auch noch auf dem Dachboden, die Sachen, die er nachts getragen hatte.

Toto würde mit den Kleidern einer Leiche in einem Schaukelstuhl in seiner Wohnung sitzen und darauf warten, dass sie ausgestopft würde.

Toto versuchte, nicht nervös zu werden. Sie verstand ihr Unwohlsein nicht, da war sie doch, die Chance, einen Menschen zu entdecken, der sie mögen könnte. Das sagen doch alle, dass sich die Liebe mit der Zeit einstellen würde. Toto blickte Peter an, der eingenickt war und dessen Brust sich nach innen wölbte, die Nase, die aussah, als hätte ein Kind sie aus Plastilin gerollt und lustlos in ein Gesicht gesteckt. Toto kniff die Augen zusammen, bis Peter unscharf wurde, und versuchte sich vorzustellen, dass er ein Baby war. Ein hilfloses, kleines, unterernährtes Baby, das in einer Pfütze sitzt. Nein, auf einem Müllhaufen, und sein bester Freud, der Müllhaufen-Geier, ist tot. Es funktionierte nicht. Toto stand auf, vorsichtig, ohne Peter zu wecken, und zog sich die üblichen weiten schwarzen Dinge an, die Haare, dicht und dunkel, reichten zu den Schultern, der Bauch war kaum mehr vorhanden, das Gewicht mit achtundachtzig Kilo noch ein wenig über dem, was Toto sich unter dem Körperbau eines vollschlanken Menschen mittleren Alters vorstellte.

Und weiter.

Toto fand sich nach dem Verlassen ihres ersten Sexualpartners in einem unbekannten Stadtteil. Lange Zeilen roter Backsteinwohnblocks am Rande sechsspuriger Straßen. Die Stadt lag unter ihrem Feuchtigkeitsfilm, die Temperatur erreichte den jährlichen Durchschnitt von vierzehn Grad, auf dem Bürgersteig ließen Werbeplakate mit lachenden Modellen in gestreiften T-Shirts Passanten stolpern. In den Wohnungen erwachten Menschen, man hörte das Pfeifen von Wasserkesseln, das Läuten von Weckern. Es war jedem hier zu wünschen, dass er nicht von Größerem träumte.

Toto wartete vor dem Sozialamt, allein, denn so früh will doch keiner sein eigenes Elend demonstriert bekommen, die verwaschene Sozialarbeiterin drückte mit einem so unendlich müden Ausdruck Stempel auf diverse Unterlagen, dass Totos Knie vor Anteilnahme auch recht schwer wurden.

Sie besaß nun ein eigenes Konto, auf dem sich ein wenig Krankengeld befand, und eine halbe Fahrstunde mit der Bahn später betrat Toto die dunkelste Wohnung, die seit der Inbesitznahme von Höhlen durch Menschen existierte. Ihr Zimmer hatte die Nummer 7, ein wunderbares Omen, das sich im Inneren erfüllte: ein Klappbett, ein Schrank, ein Tisch. Fertig. Einen Stuhl gab es nicht, wozu auch, Stühle werden überbewertet. Zehn Zimmer gingen von einem langen dunklen Flur ab, und eine Gemeinschaftsküche, wo auf verschiedenen Feuerstellen diverse Reis-Knochen-Gerichte zubereitet wurden. Frauen aus Eritrea mit kleinen Kindern, russische Prostituierte, Flüchtlinge aus allen möglichen Ländern, in denen es noch viel schrecklicher sein musste als hier, wo es doch keine Bedrohung des Lebens gab, und Essen, und Wände. Toto war immer wieder erstaunt über die Angst, die die Menschen im kapitalistischen Teil des Landes beherrschte. Sie war den Osten gewohnt. Zerfallene Gebäude, Alkoholiker, Kälte und das Abhandensein einer prachtvollen Zukunftsaussicht hatten sie trainiert. Das Fenster blickte in einen Schacht, in dem einige depressive Tauben hockten. Lichtmangel, Sie verstehen.

Das Leben, dieser interessante biologische Umstand, hatte kein Mitleid, kein Gefühl, keinen überbordenden Sinn für Gerechtigkeit, und niemand schuldete einem das Geringste. Wenn es um irgendetwas gehen konnte, dann nur, dass man alles so elegant wie möglich annahm, alles, was passiert, was einem durch die anderen geschieht, dass man es mit einem Lächeln verstaut, abtut, sich schüttelt. Und weitermacht. Es war ja nur für den Übergang. Dieser Blödsinn, den Menschen sich einreden. Dieses rührende: Es ist nur für den Moment. Alles ist nur für den Moment, und darum muss man das, was einen stört, schnell ändern. Morgen würde Toto sich eine Ausbildung suchen. Mitte dreißig ist dafür ein sehr guter Zeitpunkt. Toto saß kichernd auf dem Klappbett, sah sich von oben kichernd auf einem Klappbett in einem Sozialfürsorgezimmer, das Badezimmer nebenan war ständig von urinierenden Eritreern besetzt, die in die Toilette spuckten. So oft hatte Toto noch nie eine Wasserspülung arbeiten hören. Babys weinten, Toto lag auf ihrem Klappbett, die Beine hingen ein Stück über die Kante, der Mond war nicht zu sehen im Schacht, und Toto war froh, dass sie nicht aus Eritrea kam oder aus dem Sudan, als es an der Tür klingelte. Toto hörte eine ihr bekannte aufgeregte Stimme, die alte Frau schimpfte, kurz darauf lag Peter schluchzend vor dem Klappbett. Und Toto wurde hilflos. Bevor sie die Pension verließ, verteilte sie ihr Geld an die Frauen in der Küche, die sich unbeeindruckt zeigten.

Und weiter.

Das Kind war tot. Natürlich war es tot.

Toto war jeden Tag im Krankenhaus gewesen, hatte das Kind besucht und ihm beim Verschwinden zugesehen, und als es starb, war ein Freund bei ihm gewesen. Ich glaube, ich sterbe jetzt, hatte das Kind gesagt, und durch den Druck seiner Hand die große Angst gezeigt, die man in dem müden Gesicht nicht mehr sehen konnte. Ich möchte so gerne nicht sterben, hatte das Kind gesagt, und Toto hatte geweint, sosehr sie sich auch hatte stark zeigen wollen. Sie konnte das Kind nicht anlügen, es war schon kaum mehr auf der Welt und wusste es besser. Toto wollte so gerne stark sein, etwas Kluges sagen, aber sie musste so stark schluchzen, dass ihr keine Worte kamen. Das Kind versuchte, Toto zu trösten. Komm, es ist doch nicht so schlimm, du wirst einen neuen Freund finden. Sagte es, und dann, als ob der Zuspruch all seine Kräfte in Anspruch genommen hätte, fiel der kleine kahle Kopf zur Seite, und es war nicht mehr vorhanden.

Toto hatte, als sie das Krankenhaus verließ und das kleine kalte Kind vor sich sah, das Gefühl, niemand mehr werde sie je so brauchen. Und auch sie werde keinen Freund mehr finden, der nichts wollte, außer dass sie bei ihm war.

Es war doch alles gelogen gewesen.

Du musst überhaupt nichts. Wohn einfach bei mir. Lass uns hin und wieder zusammen eine Mahlzeit einnehmen. Das ist doch nicht zu viel verlangt. Ja, da hatte Peter wohl recht, so eine gemeinsame Mahlzeit ist nicht die Welt, hatte Toto gedacht und wollte dem jammernden Mann auch ein wenig seiner Selbstachtung lassen.

So beginnen Geschichten, die man am Ende nur noch durch einen Axthieb auflösen kann.

Die Scham, die man für einen anderen empfindet, weil er sich erniedrigt und um Zuneigung bettelt, die Scham, die man für sich empfindet, weil man seine Gefühle unter Druck setzen lässt, die Verspannung, die falschen Töne, das Umeinanderschleichen, das Gejammer, das Geseufze, der schwere Blick. Lass mich ruhig allein im Dunkel sitzen, nein, es macht mir nichts aus zu frieren, das Wichtigste ist doch, dass es dir gutgeht, all diese Sätze von emotionalen Folterknechten müssen in der UN-Menschenrechtscharta gekennzeichnet und verboten werden.

Toto hatte die Sozialhilfewohnung nicht ungern verlassen, so viel Ehrlichkeit muss sein, und einige Tage lang sah es aus, als sei die Idee, zu Peter zu ziehen, keine völlig irrsinnige. Das Zimmer von Elefantendecken befreit, die Geruchsampeln verstaut, tote Pflanzen entsorgt, Sebastians Frauendarstellungskleider im Schrank zur Seite gerückt, dann stand Toto am Fenster und überlegte, ob die Straße mit den zu Tode gestutzten Bäumen einfach entscheiden konnte, eine Allee zu sein, so wie sie entschieden hatte, eine Frau zu sein, ohne äußerliche Anstrengungen unternommen zu haben.

Bald würde sie ein ehrbares Mitglied der Gesellschaft sein, denn sie hatte einen Termin bei der Berufsberatung gehabt.

Herr, hatte der Berater angesetzt, Frau, sagte Toto, ich würde lieber als Frau angeredet werden.

Der Berufsberater zuckte kaum, seine Weltordnung würde er sich nicht durcheinanderbringen lassen, Sie gestatten, dass ich mich auf die Angaben in Ihrem Pass verlasse, Herr Toto. Ein guter Start in ein neues Leben, die Atmosphäre im Raum hatte sich verdichtet, als sei die Luft plötzlich zu kleinen Kristallen geworden.

Ohne Vorkenntnisse, oder haben Sie irgendwelche Vorkenntnisse? Fragte der Mann, und Toto versuchte, wie immer, wenn er Menschen begegnete, die nicht freundlich waren, daran zu denken, dass auch sie geliebt wurden. Eine Frau sitzt daheim und hofft, dass genau diesem Beamten nichts passiert, dass ihm kein Kran auf den Kopf fällt und er abends wieder bei ihr ist. Keiner kann doch wirklich schlecht sein, wenn er jemanden hat, der ihn mag, und diese Vorstellung half Toto meist über ihre negativen Gefühle. Ich kann melken und in der Landwirtschaft arbeiten, sagte Toto durch die Kristallwand, der Berufsberater schien nichts zu hören, und in Ihrem Alter, fuhr er fort, können wir Ihnen nur Aushilfsstellen vermitteln. Auf dem Bau vielleicht, sagte der Mann und musterte Totos Körperbau. Nicht auf dem Bau, gut, eine Kfz-Werkstatt, ein Lagerist wird hier gesucht, eine Museumsaufsicht. Ich würde lieber noch etwas lernen, sagte Toto, dazu ist es doch nie zu spät.

Natürlich nicht, sagte der Berufsberater selbstgefällig, der Satz hätte von ihm stammen können, ja, er war neben: Was man angefangen hat, muss man zu Ende bringen, sogar sein Lieblingssatz.

Wir haben hier verschiedene Ausbildungsstellen im Angebot, ich müsste aber mit dem Lehrbetrieb Rücksprache wegen Ihres Alters halten. Tun Sie das, sagte Toto, aber vielleicht schauen wir erst einmal, was mir so liegen könnte. Na, wissen Sie, sagte der Berater, aufgrund der ökonomischen Lage stellt sich diese Frage in den seltensten Fällen. Was würde Sie denn interessieren? Etwas mit, Blick nach oben, Tieren vielleicht? In der Stimme des Mannes schwang alle Verachtung eines Menschen mit, der keine Fragen mehr stellt. Etwas mit Tieren wäre schön, das haben Sie sehr gut erkannt, sagte Toto, sie stellte sich Hamster vor, der Beamte dachte an Kakerlaken und deren Ähnlichkeit mit dem Ding auf der anderen Seite seines Schreibtisches.

Sehr schön habe ich das gemacht, der Beamte würgte, wenn er eines sicher nicht brauchte, dann waren es Komplimente von fragwürdigen Personen. Er hatte genug Probleme. Vor einem Jahr waren in die Wohnung über ihm neue Eigentümer gezogen. Ein Paar. Sie liefen herum, die Nacht über liefen sie herum, sie hörten Musik, von der nur die Bässe durch die Decke schwangen, sie stritten sich, sie waren: Da. Seine Wohnung war noch nicht einmal abbezahlt. Vermutlich würde sie nie abbezahlt sein, denn er würde einen Infarkt bekommen, wegen des Ärgers. Und er hatte keine Frau. Er war über fünfzig, sah zehn Jahre älter aus und hatte keine Frau, weil er kein Geld hatte. Und er begann zu riechen und merkte das nicht, er merkte nur, dass sich die Aura um ihn verändert hatte, dass Menschen abrückten, aber warum, da hatte er doch keine Ahnung, vermutlich weil er krank war wegen des Paares oben, die ihre Bioverpackungen immer extra auffällig entsorgten. Ein Häufchen Papier hier, eine umweltfreundliche Kartonage da, er sah sie sitzen, über seinem Kopf, und wenn die Decke gläsern gewesen wäre, hätte er ihre wiederverwertbaren Genitalien beobachten könne und sehen, wie sie an einem Tisch aus nachwachsenden Ressourcen saßen und Biokot erzeugten. Als ob die Welt daran interessiert ist! Als ob der Mensch wieder ein ursprüngliches Leben führen könnte! Wobei, das werden sie wohl auch nicht wollen, wenn sie mal drüber nachdächten, die Idioten, die sich ernähren und darüber sprechen, als bekommen sie eine Medaille für das, was sie in ihren Darm lagern, ehe er es wieder ausscheidet. Und obendrauf, auf seine Probleme, brauchte er jetzt dieses Dings.

Nach mehreren Telefonaten, Toto wartete auf dem Flur, hatte es ein positives Resultat gegeben, Toto würde in einem Monat eine Lehre als Metallfacharbeiter, ähm, -in beginnen. Der Zoo hatte leider, Blick zu Toto, keine Lehrstellen mehr frei.

Toto hatte sich unter dem neuen Beruf nichts vorstellen können, aber einer war ihr so recht wie der andere, irgendwo musste sie beginnen, ihr Leben in eine verwaltbare Menschenform zu bringen, es unabhängig von Zufällen selbst in die

Hand nehmen. Es war ein Versuch. Die Methode, sich durch ihr Leben treiben zu lassen, sich in Nihilismus zu üben, hatte zu keinem befriedigenden Resultat geführt, also musste eine neue Idee her. Was milliardenfach bewährt schien, konnte nicht schlecht sein.

Am Abend hatte Toto Peter von der neuen Sache erzählt, von einem Beruf, den man mögen konnte wie jeden anderen, der aber Geld brächte und eine Miete bezahlen würde; sie berichtete von der Idee, ein erwachsener Mensch zu werden, der Kleidung mit Bügelfalten trug und in fertigen Sätzen sprach. Peter freute sich nicht. Selbst Totos ausgereifter Plan, einfach das Leben der in den Anzügen Befindlichen nachzustellen, sie zu kopieren in ihrer Art, sich zu kleiden, sich zu ernähren und ihre Freizeit zu verbringen, konnte Peter kein zustimmendes Lächeln entlocken. Wenn man alles genauso nachbildet, wie die es tun, die ein Ziel zu haben scheinen, erklärte Toto, wie die, die keine Fragen haben und nicht staunen, ja, wenn man genau ihre Haltung einnimmt, morgens zur Arbeit geht, zum Lönch, sie gehen immer zum Lönch, mit Kollegen, und wenn man dann dasitzt mit den Kollegen, beim Lönch in klimatisierten Restaurants, die Füße schön am Boden, nicht so verhuschelt auf der Sitzfläche, schön nebeneinander müssen die Füße am Boden stehen, und man muss sich zuprosten mit Wein, der immer riecht und schmeckt wie trauriges Leben. Wenn alle Menschen unbedingt einen Lebensplan haben wollen und sie auch mehr oder weniger dieselben Ordnungspunkte in ihren Lebensplanlisten aufführen, dann ist das vielleicht ein bewährtes System, das zur Zufriedenheit führt. Ich glaube, so wird es was, und ich werde herausfinden, wie Erwachsene es schaffen, sich so sicher zu sein, dass genau ihre Lebensform über jeden Zweifel erhaben ist.

Peter wirkte wie im Koma, dumpf ließ er den Kopf hängen. Wirst du nicht hierbleiben? fragte er. Und Toto merkte, was sie angerichtet hatte. Sie hatte von ihrem Leben erzählt, und Peter hatte an seines gedacht. So war das mit den Menschen, immer reden sie und wollen aneinander vorbei.

Fahren wir in Urlaub, fragte Peter, und Toto sah in sein deprimiertes Gesicht, und sie war von einem Mitleid erfüllt. Dieser arme Mensch, der da sitzt und seine große Liebe verloren hat, der arme Kerl, der vielleicht der einzige ist, der Toto je wollen wird, ja, sicher doch, fahren wir, sagte sie, und, verdammt, warum kann man nie einen Gedanken zu Ende bringen. Warum ist man nur immer mit dem ersten Impuls im Gehirn zufrieden, und redet oder handelt. Mit ein wenig mehr Sorgfalt würden so viele Probleme entfallen. Verkehrschaos, schlecht verarbeitete Schuhe, unglückliche Ehen, das alles muss es doch nicht geben, wenn die Leute ein wenig länger nachdächten. Aber das ist zu anstrengend, zu uninteressant, da muss sofort wieder ein neuer Impuls her. Was hätte sich für ein Elend verhindern lassen, wenn man das Zuendedenken in der Schule lernen würde.

Natürlich wollte Peter nicht, dass Toto in ein eigenes Leben verschwand. Er liebte die Idee, dass sie von ihm abhängig war. Natürlich setzte er sie wieder mal unter Druck, und dem war Toto erlegen, und nun mussten sie zusammen nach Asien fahren.

Und weiter.

Die Pfade in Thailand sind völlig ausgetreten. Sagte Peter. Und Toto grübelte unangemessen lange über den Inhalt des Satzes nach, doch ehe sie zu einer Idee gelangte, fuhr Peter bereits fort: Der Asiat an sich, Toto kniff die Augen zusammen, hatte Peter wirklich der Asiat an sich gesagt, oder hatte sie sich das eingebildet, sie war nicht besonders schnell an jenem Tag, eine Reise stand an, und das verwirrte sie sehr, der Asiat an sich also ist sehr tolerant, wegen seiner Religion, weißt du, das ist verrückt zu sehen, dass sie mit zwei Dollar am Tag leben, und ich meine, die wissen ja, was wir verdienen, und dennoch lächeln sie einen an, so von Herzen. Peters Stimme hatte dieselbe Frequenz wie Wassertropfen auf Email. Toto nickte ein, das Flugzeug war noch da, wo es sein sollte. Am Boden.

Den es zu Totos Verunsicherung im Anschluss unter sich ließ. Zehn Stunden Angst, das versauert jedes noch so gute System. Selbstverständlich hatte Toto viel über Aerodynamik gelesen, so eine Flugreise tritt man ja nicht unvorbereitet an, und doch war ihr die Sache nicht nur ein Rätsel, sondern widerwärtig. Das war also das Fliegen, das alle so betrieben, wie man früher Bus gefahren war. Ohne nachzudenken, mit lässiger Attitüde, die den Menschen sofort verging, wenn das Flugzeug in eine Turbulenz geriet. Fast wünschte man sich anhaltende Stürme, bei jedem Flugvorgang, damit die Menschen drüber nachdachten, was sie da taten. Ist das alles wirklich nötig? Muss man, um seine Freizeit angenehm zu verbringen, unbedingt in andere Länder reisen? Toto blickte auf die Schlafenden, die sie umgaben. Dass einem die Menschen, mit denen man die Atemluft zwangsweise teilt, so unglaublich unangenehm sind. Ruhig, nicht dran denken, nur nicht dran denken, an die kleine

Kiste, die im All herumwackelt und Fleisch transportiert, das sich bei einem Absturz vielleicht zu einem großen Haufen formen wird, ob einen das nicht selbst dann noch stören wollte, diese Vermischung der Materie.

Im Flugzeug nach Bangkok saßen erstaunlich viele einander gleichende Männer. Sosehr sich Toto auch konzentrierte, sie konnte nicht ausmachen, ob alle einen Schnauzbart trugen oder nur so aussahen, und eine erregte Vorfreude ließ sie die Beherrschung über ihre Vokale verlieren.

Nichts wie weg aus Bangkok, sagte Peter nach der Landung und machte es sich im Anschlussflug nach Kambodscha bequem. Selbstverständlich, Thailand und seine verdammt ausgetretenen Pfade, der Tourist will die Welt entdecken, das ist in ihm drin, im weißen Mann, er will immer irgendwo seine verdammten Fußspuren in unbenutztem Boden hinterlassen. Das Gefühl, der erste zu sein, ist ihm gerade heute, wo es kaum mehr Jungfrauen gibt, immens wichtig.

Nach der Ankunft in Phnom Penh machten sich die ungefähr zwanzig Stunden Reisezeit in den völlig desorientierten Zellen bemerkbar. Der Verstand kollabierte, das Gehirn noch irgendwo auf Reise, Toto war überwältigt von dem Gefühl, mit dem falschen Menschen an einem Ort zu sein, der auch nicht der richtige war.

Es war natürlich Totos erste Auslandreise. Und der Moment, da ihr klar wurde, dass die Welt tatsächlich alle diese Länder trägt, die sie auf Karten studiert hatte, dass es einen Himmel gibt, der in der Lage ist, ein Flugzeug zehn Stunden zu beschäftigen und dann an einen Ort gelangen zu lassen, wo die Menschen so anders aussahen als gewohnt, dass man Großartiges in sie projizieren konnte. Das war doch erstaunlich, das war doch etwas, das man gerne teilen wollte, aber verdammt noch mal nicht mit Peter.

Peter staunte nicht. Das war nicht vorgesehen bei einem, der mit dem Fernsehen aufgewachsen und später ins Internet gewechselt war und vernetzt mit der Weltbevölkerung, die dieselbe Musik hörte, die gleichen Filme sah, da unterscheidet sich nicht mehr viel, alle wollen alle überall dasselbe, wenn es vielleicht auch in anderen Verpackungen geliefert wird. Peter beurteilte Menschen nur anhand ihrer möglichen Verwertbarkeit als Sexualpartner.

Toto starrte aus einem Taxifenster auf die Straße. So muss eine Mikrobenbahn unter dem Mikroskop betrachtet aussehen, Tiere, Menschen, es war nicht auszumachen, bei vierzig Grad und 100 % Luftfeuchtigkeit, alles in Bewegung, schnelle Beinschlagzahl, immer in Gruppen, komplett unverständlich, was sie taten, in welcher Beziehung sie standen, welche Stars sie mochten.

Peter trug ein Tuch um den Kopf, wie ein Harley-Fahrer oder ein Eroberer. Das Haar, das in Form eines Zöpfchens unter dem Tuch hervorkam, war feucht wie der Schweißfleck auf seinem T-Shirt. Die Van-Halen-Tour 1985, ein ironisches Statement. Aus der khakifarbenen Hose standen seine weißen, mückenzerstochenen Beine, woher waren diese Mücken gekommen, sie waren doch grade erst gelandet, auf dem Boden dieses Taxis, das durch Rostlöcher einen Blick auf die Straße gewährte. Das Äußere soll man nicht überbewerten, wird immer wieder erzählt. Toto hingegen war überzeugt, dass der Charakter eines Menschen seine Züge formt, seine Ausstrahlung und seinen Geschmack.

Das Hotel, das Peter ausgewählt hatte, blickte auf den Mekong, der sich enttäuschend schmutzig durch die Stadt schob, tat, als sei es etwas Neues, mit gewaschenem Beton, mit designten Abstellflächen, die erst auf den zweiten Blick moderten, und kleine Tiere zogen ihre Bahnen auf dem glatten Untergrund. Im Spa-Bereich, das brauchte man in jener Zeit, man konnte nicht überleben ohne ein Spa, die Menschen der westlichen Welt drehten geradezu durch, wenn sie nicht irgendetwas Spa nennen konnten, und sei es auch nur eine enge Kiefernholzsauna – im Spa-Bereich standen viele junge Männer mit um die Lenden geschlungenen Tüchern. Wie träge Katzen schlichen sie durch die Gänge des Hotels, schauten über ihre Schultern, verschwanden in Zimmern. Im Speiseraum hielten sich nur westliche Männer auf. Sie trugen die Haare an den Seiten ausrasiert, vorn fiel ein langer Pony schräg ins Gesicht, alle hatten T-Shirts mit zu tiefem V-Ausschnitt an rasierten Oberkörpern, vermutlich gehörten sie einer Reisegruppe an. Toto wunderte sich über die Unachtsamkeit ihres Nachdenkens, das sie nicht auf einem eigenen Zimmer hatte bestehen lassen. Der traurige Blick Peters, die kurze Aufrechnung der Kosten, und schon schien Toto ihr Wunsch übertrieben kompliziert. Nun saß sie auf der Fensterbank und hörte Peter beim Duschen zu. Aus Büchern wusste sie, dass sich Verliebte wünschen, das Wasser zu sein, das an des Liebsten Leib herabrinnt. Die Vorstellung, an Peters Körper zu rinnen, war ungemütlich.

Es gab keinen Ort, an dem sie weniger gerne gewesen wäre im Moment, als in diesem Hotelzimmer oder an Peters Leib. Toto musste sich auf ihre Fähigkeit konzentrieren, Umstände auszusitzen. Dieser Urlaub würde in zwei Wochen vergangen sein, danach begann sie eine Ausbildung. Sie würde ein arbeitender Mensch mit Wohnung sein, und die Vorstellung, auf einem eigenen Balkon zu sitzen, machte sie so zufrieden, dass das Hotelzimmer in Phnom Penh völlig verschwamm.

Die ersten Tage vergingen mit Reisemüdigkeit und Schweigen in absurder durch die Hitze erzeugter Langsamkeit. Vom Frühstück an, inmitten ordentlicher, durchtrainierter Homosexueller, die Toto und ihre Unklarheit angewidert betrachteten, hoffte sie auf den Abend. Der ließ auf sich warten, denn da stand die Besichtigung des Auslands davor.

Zu viel in zu großer Hitze, jeder Tag verplant, um keine Freizeit aufkommen zu lassen, was hätten sie da tun sollen, in der Stille. Und so fuhren sie an allem vorbei, was der Reiseführer ihnen empfahl, der Reiseführer, den Peter mit dem Finger folgend laut vorlas, und dabei empörte er sich immer wieder über orthographische Fehler. Die Erregung, die manchen über die mangelhafte Rechtschreibung anderer heimsucht, ist das Eingeständnis eines komplett gescheiterten Lebensentwurfs. Toto wusste, wann immer man so einen trifft, heißt es verschwinden, so schnell wie möglich. Und saß doch in einem Taxi zu eng. So langweilig kann einem alleine nie werden wie mit einem Menschen, mit dem man sich nicht versteht und der glaubt, in einen verliebt zu sein.

Toto würde diesen Urlaub vergessen, zumindest hoffte sie das, allein die unendlichen Fahrten in heißen, klappernden, rasselnden, stinkenden Taxis, an die würde sie sich immer erinnern. Sie flossen zusammen zu einer einzigen langen staubigen Straße mit komplett unvertrauten Menschen am Wegesrand. Ab und an hielten sie und stiegen aus, wobei sich stets sofort eine kleine Ansammlung um Toto bildete. Dann liefen sie in alberner Hitze ein wenig an Sehenswürdigkeiten vorüber, umringt von gaffenden Asiaten, die sich vornehmlich über Toto zu amüsieren schienen. An einer kleinen Dreckspiste standen Holzhütten, vor denen weiß angemalte Kinder saßen. Die Nuttenstraße der Stadt. Fünf Dollar pro Verkehr. Von hinten könnte man sie für Jungen halten, sagte Peter, er sagte immer etwas, das man nicht überhören konnte, das ihn abstoßend machte, zumindest für Toto.

Sie besichtigten den Mekong, und wenn er eine Lebensader sein sollte, wollte man den Tod wirklich nicht kennenlernen. Tuol Sleng, das alte KZ, in dem Toto fast ohnmächtig wurde, und Peter rauchte, die Killing Fields, je mehr man von der Geschichte des Landes begriff, umso unverständlicher wurde, wie sich Touristen hier aufhalten konnten. Die haben doch nichts hier zu tun, an diesem verkommenen Ort. Das ist wie Urlaubmachen in Bürgerkriegsgebieten oder nach Tsunamis, da hocken doch immer Touristen, die Blutegel der Menschheit, an den absurdesten Orten und sagen: Wenn wir nicht kommen, hilft es dem Land ja auch nicht.

Was mache ich hier, fragte sich Toto jede Sekunde. Es gelang ihr nicht, sich zu entspannen, ein herzensguter, wissbegieriger Tourist zu sein, das wollte ihr nicht gelingen, es befand sich eine klebrige Schicht zwischen ihr und der Wirklichkeit, die sie nicht berühren wollte.

Phnom Penh wirkte, als kauerten die Seelen all der Ermordeten am Ufer des Flusses und spieen mit klebrigen Fäden nach den Lebenden. Ein Ort, an dem jeder Weiße wie ein Freier wirkte. Vierhunderttausend Touristen kamen nur wegen des Geschlechtsverkehrs ins Land. Wer hatte sie gezählt? Und was hatte es mit diesen Penissen auf sich, dass ihre Träger zwölf Stunden in einem Flugzeug saßen, nur um ihn irgendwo unterzubringen, zu reiben, ein paar Sekunden Wohlgefühl?

Alles hier war falsch. Ein guter Ort, um die Hölle zu malen, nach seinem Vorbild.

Die Touristen waren unangenehm. Junge Männer, die mit scharfer Munition schießen und auf Enduro-Maschinen durch die Killing Fields fahren wollten, ab und an kamen Stars ins Land, um Kinder zu adoptieren, und natürlich auch hier Massen an guten grauhaarigen Paaren, Kulturtouristen, die Traditionen respektieren und sich lächelnd vor den Kinderhuren verbeugen.

Ein Hauch von Wahnsinn umschwebte ihre Häupter. Sie waren offene westliche Menschen, durchaus mit einem kritischen Augenzwinkern. Wann immer so ein Paar Totos ansichtig wurde, verzogen sich die Gesichter für unbeherrschte Sekunden voll Abscheu.

Was tue ich nur hier? Fragte sich Toto.

Und Peter. Trug seine Erwartungen wie einen Fettanzug um sich, der ständig wuchs. Er konnte sich kaum mehr bewegen vor Enttäuschung, die in aggressive Bosheit umschlug mit den verstreichenden Tagen.

Peter lachte zu laut, er berührte Toto zu oft, Peter suchte Streit, fand ihn nicht, war beleidigt, stöhnte im Schlaf, seine Bettdecke wackelte, er weinte im Anschluss, antwortete nicht, hatte am Morgen schlechte, alles vergiftende Laune.

Am Ende der zwei Wochen redete Peter nicht mehr mit Toto. Beide frühstückten schweigend, dann ging Peter unbekannten Missionen nach, und Toto lag auf dem Bett im Hotelzimmer. Sie wollte nicht mehr in diese Stadt, nichts Grauenhaftes mehr sehen, nicht mehr angestarrt werden, angefasst, angebettelt, sich schuldig fühlen, sie wollte nur noch heim, an einen Ort, wo sie nur gering und auf keinen Fall als Tourist auffiel, wo es Menschen gab, die auch nicht liebenswert waren, die man jedoch wenigstens hätte verstehen können. Nach Hause. Heimat, Hirsch, Ahorn, Winter, Streusplitt, Mischbrot, Buchstabensuppe, Rückversicherungsgesellschaft. Sie wollte weg, und es standen immer noch zwei Nächte davor.

In der vorletzten kam Peter, kichernd, betrunken, wie es schien, und schob einen Jungen ins Zimmer. Einundzwanzig, zweiundzwanzig, zu lang in der Tür, lauernd auf eine Reaktion, da kam doch keine und ab ins Bett. Im Halbdunkel sah Toto nur den dünnen Körper des Knaben, wie der eines Kindes, die Laute, das Schnaufen Peters, etwas übermächtig Böses im Raum, Toto versuchte sich weit weg zu denken, nicht wahrzunehmen, was da passierte, er versuchte, Peter nicht zu sehen, der im Anschluss triumphierend nackt dasaß. Toto schwieg und schämte sich dafür, dass sie sich mit Peter in einem gemeinsamen Leben aufhielt.

Nachdem der Knabe gegangen war, weinte Peter, der so auf eine Eifersucht gehofft hatte, wurde wütend, lief schimpfend durch den Raum, nannte Toto undankbar, einen ekligen Zwitter, er warf sich ihr zu Füßen, weinte in ihre Schenkel, die Nacht und der Wahnsinn wollten nicht enden. Es war, wie einem Unfall beizuwohnen, Zeuge einer Gewalttat zu sein, Innereien zu betrachten, und irgendwann gegen Morgen fiel Toto wie bewusstlos in einen leichten Schlaf, der sich mit den vergangenen Szenen der Nacht und ihren unheimlichen Lauten verband, aus dem sie betäubt erwachte. Die Hitze drückte bereits um sieben Uhr in den Raum. Es dauerte, bis Toto begriff, dass Peter nicht da war. Der Schrank leer, seine Tasche nicht vorhanden, und auch sein Kopftuch schien unterwegs.

Toto trug ihren Pass und das Ticket bei sich, sie hatte zu viele Bücher gelesen, in denen verrückte Frauen wahnsinnigen Männern im Orient ihren Pass überlassen hatten. Mit Peter war jede schlechte Schwingung aus dem Raum verschwunden, wenn man an so etwas wie Schwingungen glaubt, vielleicht waren es einfach Ausdünstungen, die man nicht verträgt, und nun schien eine Luftveränderung stattgefunden zu haben.

Beim Verlassen des Hotels, selbst ein kleiner Regen ging zur Feier der Unabhängigkeit nieder, sprang der Junge, der mit Peter im Hotelzimmer die Nacht verbracht hatte, plötzlich neben Toto. Fast unwirsch war sie im ersten Moment, hatte sie sich doch so auf die Einsamkeit gefreut, doch dann sah sie an, was da neben ihr lief. Der junge Mann hätte Totos Miniaturausgabe sein können, ein kleines Tier, kein Mann, keine Frau, die Gliedmaßen hätte man zwischen zwei Fingern zerdrücken können, der Brustkorb bohrte sich spitz durch das hässliche Hemd.

Toto starrte den Jungen an. Der redete über Peter und sein Versprechen. Die Eltern. Die kranke Schwester. Welches Versprechen. Toto war verwirrt, vielleicht war das Wetter verantwortlich für den Zustand dieses Landes, da waren alle ständig ein wenig vernebelt, da klebte doch alles zusammen, da wollte man nichts mehr, als an schattigen Plätzen liegen. Sie erwarten uns, sagte der Junge, der wie ein Mädchen wirkte und sich in einer beneidenswerten Geschmeidigkeit bewegte. Toto schwitzte zu stark, um sich zu fragen, wer wen erwartete, sie folgte, ließ sich schieben, anstarren, anfassen und freute sich nur, dass Peter abgereist war und ihr die erste freie Nacht bevorstand, sie würde das Fenster öffnen und nicht mit der eiskalten Klimaanlage schlafen müssen, würde auf dem Balkon sitzen, den Geräuschen lauschen, und morgen wäre sie zu Hause. Umstände erzeugten keine Launen bei Toto. Sie schwamm durch jede Witterung, durch Stimmungen und Menschen immer im Schutz ihrer Person, die sie mochte. Es war ihr nicht zuwider, neben einem Fremden durch ein Land geschoben zu werden, das sie nichts anging, es war nur nicht der Zustand, den sie freiwillig für sich ausgewählt hätte.

Nach einer halben Stunde betraten sie eine rauchgeschwärzte Wohnung in einem verschimmelten Wohnblock ohne Fensterscheiben. Wozu auch Fensterscheiben, sie würden die Insekten abhalten, die sich ungehindert auf dem Boden suhlen konnten, sie schienen in eine Familienaufstellung vertieft, Dutzende großer flinker Tiere, neben denen sich zwei zahnlose Frauen, ein Mädchen mit Baby und ein alter Mann oder mehrere aufhielten, es war dunkel und Toto nicht in der Stimmung, alle Anwesenden durchzuzählen. Es gab eine Art halboffener Feuerstelle, zu der eine der beiden alten Frauen sich schnaufend bewegte, um etwas zu kochen, für das es keinerlei Rechtfertigung gab. Wer muss denn morgens ein Gericht mit etwas Zuckendem essen? Die fünf, sechs oder mehr Anwesenden schauten voller Erwartung auf Toto. Sovann, sagte der Junge, der sich zu nah neben Toto niedergelassen hatte, vermutlich stellte er sich vor, oder das Gericht, das zubereitet wurde. Die zahnlose Frau rührte in einer Pfanne, der Raum füllte sich mit dem beißenden Geruch offenen Feuers, das durch Plastikabfälle, die beherzt nachgelegt wurden, am Brennen gehalten wurde. Die Menschen blickten Toto immer noch an. Sovann, Toto nahm der Einfachheit halber an, dass der junge Mann so hieß; der sprach noch schlechter Englisch als Toto, was wirklich erstaunlich war. Toto hatte neun Jahre lang Russisch gelernt, sie erinnerte sich an den Geruch der russischen Soldaten nach altem Leder und schlecht gelüfteten Uniformen. Jeder andere als Toto hätte sich befremdet gefühlt, gedacht, dass er die Anwesenden mit Geschichten hätte unterhalten müssen, aber Toto war unempfänglich für die Erwartungen anderer, sie erwartete auch nichts, warum sollte das jemand anders handhaben. Wenn die Menschen wert darauf legten, dass sie hier in dieser schwarzen Wohnung hockte, nur zu. Wenn sie ihrer überdrüssig würden, nähme sie gerne ihren Hut.

Die Hand des kleinen Sovann schob sich in die ihre, und er legte seinen Kopf an Totos Schulter. Ein Teller wurde vor sie gestellt, darauf zuckte es immer noch, das konnte doch nicht sein, dass irgendwas, was keine Spinne war, so lange nachzuckte, außer das Augenlid spielte verrückt, die Nerven, die Anspannung.

Iss doch, sagte Sovann, Toto wurde unbehaglich, sie hasste Touristen, die es mutig finden, irgendwelche Affenhirne zu löffeln, und sich dabei grinsend mit Handys filmen. Es zuckte, das Auge, das Gericht, die Blicke, der Rauch, und aus den Fragmenten setzte sich eine beängstigende Idee zusammen.

Alles deutete darauf hin, dass Peter dem kleinen Sovann versprochen hatte, Toto werde für den jungen Mann sorgen, ihn vielleicht sogar heiraten. Was hier mit den lebenden Speisen zelebriert wurde, war eventuell die Verlobung. Toto stand so schnell auf, dass die Rasselbande am Boden Angst bekam. Komm mit, sagte sie zu Sovann, ich muss dir etwas erklären. Für einen zu langen Moment sah Toto sich, einen Fleischberg, neben dem kleinen androgynen Wesen, das mit der doppelten Schrittzahl neben ihr herlief. Ein schönes Paar, wir sollten heiraten.

Und Kinder zeugen. Hör zu, ich weiß nicht, was Peter dir versprochen hat, ich kenne ihn nicht, ich bin nicht sein Freund. Ich will nur weg hier. Ich habe zu Hause ein Leben zu beginnen, ein Erwachsenenleben, ein ordentliches, in dem ich Vorgaben erfülle, mich korrekt kleide und Steuern zahle. Ich werde ein Mitglied der Zwangsgemeinschaft, ich werde nicht mehr jeden Tag darüber nachdenken, wie lächerlich alles ist, so wie alle anderen, ich werde mich wichtig nehmen und nicht überlegen, dass schon ein kleines Zucken der Erdkruste genügt, mich auszulöschen, mich ausgedörrt in die Krone einer Eiche zu hängen, oh, Entschuldigung, Eiche kennst du nicht, eine Palme mit Blättern, darum geht es mir jetzt, endlich einmal nicht mehr nachdenken und mich nicht mehr motivieren, das Bett zu verlassen, nicht denken, es ist alles sinnlos, warten wir doch auf das Ende, das bald eintreten wird. Ich werde da draußen mitmachen, vielleicht ist es das Geheimnis, einfach zu tun, was alle tun, im Strom, eingereiht in die gutriechenden Leiber, die am Morgen die Verkehrsmittel stürmen, ich werde Prioritäten in meinem Leben setzen, eine Familie gründen oder Freunde finden. Verstehst du, das wird mein neues Leben sein. Sovann lief schweigend neben Toto und fragte: Und was heißt das. Das heißt, sagte Toto, mach dir ein nettes Leben hier, mit deinen Freiern, den Tellerminen und den korrupten Verbrechern in der Regierung, den blöden Touristen, dem Aids, ich verabschiede mich an dieser Stelle.

Darf ich noch einmal in einem Bett liegen, fragte Sovann, als hätte er Totos Vortrag nicht verstanden, was vermutlich der Fall war, und was konnte man darauf schon antworten.

Toto hatte die Idee von einem letzten Tag alleine aufgegeben, der Junge folgte ihr mit doppelter Schrittzahl, so viele

Haken sie auch schlagen mochte. Da gab es auch kaum etwas zum Flüchten. Die Promenade, an deren Rand die Minenopfer bettelten, die Innenstadt mit den verfallenen Kolonialgebäuden, der Fluss und wieder zurück, sie saßen auf einer Terrasse, und Toto betrachtete Sovann zum ersten Mal ausdauernd, die schmalen Hände, die Wangenknochen, die langen Wimpern und die fließenden Bewegungen. So sollten Menschen aussehen, in dieser perfekten Bauweise sollten sie hergestellt werden und dann begreifen, dass sie viele sind, und alle mit den gleichen Träumen versehen, sie sollten sich helfen und gemeinsam untergehen, anstatt in dieser kurzen unsicheren Zeit zu stehlen, zu töten oder in die Luft zu sprengen.

Später, nach langem Schweigen, begleitete Sovann Toto selbstverständlich. Folgte ihr ins Zimmer, betrat die Dusche, kam zurück und legte sich nackt aufs Bett. Toto war verwirrt, ging sich waschen. Begann im Pyjama verunsichert zu packen, sie musste das Hotel am nächsten Morgen gegen sechs verlassen, da hieß es doch bereit sein, und so packte sie und packte und stand neben der Reisetasche aus lauter Unwissen, was zu tun war. Im Fernsehen, das sie angeschaltet hatte, lief eine Kochsendung, in der eventuell Menschenfleisch zubereitet wurde. Mit interessierten Gesichtern betrachteten die asiatischen Köche mögliche Finger, die keinem mehr zugeordnet werden konnten. Unbedingt nicht zum Bett sehen, was da lag, vielleicht wäre es einfach verschwunden. Der junge Mann machte dem Elend ein Ende, trat neben Toto, ergriff ihre Hand, zog sie zu sich. Er roch wie Tee.

Das Licht der Straße fiel auf den dünnen braunen perfekten Körper, neben dem sich Toto wie eine Missgeburt fühlte. Sovanns Hand streichelte Totos Gesicht, ihre Arme, Toto entspannte sich und schloss die Augen, öffnete sie wieder, lag entkleidet und wurde gestreichelt, wie von der Mutter, die es nicht gegeben hatte, sie sah der Hand zu, die ihren Körper leicht berührte, und wurde ansehnlich durch sie. Draußen ging ein Tropenregen, und das Zimmer wurde kühl, Sovann war bei ihr, neben ihr und ließ sie etwas Kostbares sein. Ein neues Gefühl, das Toto verlegen machte, und unbeholfen, sie schaute den jungen Mann an, etwas Gemaltes, Unwirkliches, und Toto, die nie Pläne gemacht hatte, die sich dem Zufall überlassen hatte, malte sich in Sekundenbruchteilen ein Leben mit Sovann aus. Sicher würden sie irgendwann miteinander reden und lachen können. Was zog man so einem kleinen Menschen nur an, in dem kühlen Land, wo würden sie leben. Toto sah sich neben dem Jungen auf dem Balkon sitzen, und hatte sich verliebt.

Kasimir sah Toto

auf dem Balkon seines Hotels.

Zufrieden ging er zurück in das Innere des Foreign Correspondent Club. Er rauchte eine Zigarre. Weil er es konnte. Weil es zu dem Leinenanzug passte, zu dem leichten Hut. Kasimir schwitzte nicht. Das war die Bedingung, die Kasimir an seinen Körper stellte, um sich in den Tropen aufzuhalten. Er rauchte seine Zigarre, die Ventilatoren hatten etwas rührend Sinnloses, devote Servicekräfte schlichen durch den Raum, in dem sich einige Angeber aufhielten. Kasimir wusste, dass er die weiße Rasse im Ausland so unpassend fand, weil er ihr nah war. Asiaten, die durch Europa und Amerika wuseln, verströmen selten einen so peinlichen Geruch. Sie adaptieren ihre Umgebung, verschmelzen mit ihr und machen sie sich untertan.

Und dann die Touristen, Kasimir lachte kurz und spitz auf, manchmal vergaß er sich, und seine Stimme rutschte in ungeahnte Höhen, so wie er auch bisweilen die Kontrolle über seine Hände verlor, die dann in der Luft flatterten wie nervöse Vögel. Sosehr er auch versuchte, seine Homosexualität unsichtbar bleiben zu lassen, einige Gesten, die er albern fand und sozusagen ironisch verwendet hatte, waren mechanisch in seinen Bewegungsablauf übergegangen.

Kasimir erhaschte den verstörten Blick eines Kellnersklaven, egal, die westlichen Touristen in der Dritten Welt, erschlagen von schlechtem Gewissen. Sie waren zu dumm, um genau zu wissen, welche Länder Kolonien hatten, im Zweifel die, die heute ein Problem mit Zuwanderern aufwiesen, und reihten sich ein in den kollektiven Aschermittwochszug des westlichen Schuldgefühls. Sie wollten Islamisten knuddeln, Steinigungen erklärten sie zur Tradition, und mit Schwarzen wollten sie vornehmlich tanzen, es stand nicht im Widerspruch dazu, dass sie die einheimischen Kinder und Frauen ficken wollten, auch ein Akt der Nächstenliebe. Besonders die Männer waren vom Islam fasziniert, Männerbünde, wie herrlich, Tee trinken, sich von Weibern bedienen lassen, großartig. Kein westlicher Mann würde es aussprechen, doch der Araber lebte ihrer Meinung nach, wie es sich gehört, die Frau war an dem Platz, der ihr zusteht, und Homosexuelle, die dumm genug waren, sich erwischen zu lassen, wurden gehängt.

Kasimir reiste gerne im Winter in die Dritte Welt. Neben den angenehmeren Temperaturen verhalf ihm das Rendezvous mit niederen Formen des Menschseins immer zu einer gewissen Demut, die er schätzte. Der Schwung hielt wenig vor; wieder daheim, meditierte er noch Tage und dankte dem Universum für die Gnade seiner Geburt an einem privilegierten Ort.

Kasimir blickte auf die Straße. Diesen Menschen hier war das Fleisch genauso vergänglich wie ihm, nur konnten sie es sehr viel schlechter genießen, das Fleisch, und dem Verfall waren sie so grausam ausgeliefert. Kasimir warf seine Zigarre über die Brüstung des Clubs.

Eine Kellnerin kam an den Tisch und fragte nach seinen Wünschen. Freundlich sah Kasimir sie an und sagte in seiner Sprache: Ich möchte dich ausgeweidet sehen. Die junge Frau lächelte und verschwand, vermutlich um ein Entbein-Messer zu holen. Frauen. Kasimir war sich nicht klar, wann es ihm klargeworden war, dass sie ihn ängstigten; so, wie andere Kinder sich vor Clowns fürchten, begann er in der Nähe von Frauen stumm zu schreien. Die Abwesenheit der Väter macht sie so übermächtig, lässt Männer zu Homosexuellen werden oder zu jenen abstoßenden Maschinenwesen in Anzügen, die ihn auf seiner Arbeit umgaben. Die Frauen waren die Antimodernisten dieser Welt, sie hielten sie auf, sie bremsten, verzögerten, ihr Sexualverhalten ließ sich auf alle Bereiche des Lebens übertragen. Taktierend. Ohne Leidenschaft.

Wenn er sich vorstellte, und das tat er oft, dass er aus der Scheide einer Frau gekrochen war, dann wurde ihm so unangenehm, dass er schnell auf etwas einschlagen musste, das sich bewegte. Alles an Frauen stieß ihn ab. Ihre Cellulitis, ihre Ausdünstungen, ihre Unkultiviertheit. Sie waren am Gebären interessiert, am Stillen, an allem, was körperlich ist. Nie kann perfekt sein, was aus einer Frau entsteht. Einen kleinen Tick haben ja alle.

Kasimir wurde nervös, denn nach seiner Berechnung müsste der Junge, den er für eine kleine Gefälligkeit entlohnt hatte, längst das Hotel verlassen haben, in dem Toto wohnte. Doch er kam nicht.

Und Toto stand immer noch seltsam erleuchtet auf dem Balkon. Da war etwas völlig außer Kontrolle geraten. Kasimir fegte wütend das Tablett aus den Händen eines Kellnersklaven. Er hatte verdammte Lust, die Straße zu überqueren, in das Hotelzimmer der Transe zu gehen und, ohne anzuklopfen, ihren Kopf gegen die Wand zu schmettern.

Und weiter.

Toto saß mit dreißig Frauen, die sie in den vergangenen Stunden mehrfach durchgezählt hatte, zusammen in einem Raum. Der Ventilator verteilte stickige Luft, die roch, wie man sich Pestluft vorstellt, wie altes Öl klebte sie auf dem Leib.

Jedem stand ein Stück Boden zu, auf dem er liegen konnte, der gefangene Mensch. Toto hatte Schwierigkeiten, ihre Gliedmaßen an sich zu verstauen, denn sie war ansehnlich größer und breiter als die winzigen Frauen hier, die, selbst wenn sie für ihre Rasse übergewichtig waren, selten mehr als fünfzig Kilo wogen. Toto saß in einer Ecke, um nicht zu viel Platz zu belegen. Sie konnte sich nicht einmal freuen, dass sie ohne ein Murren in das Frauenuntersuchungsgefängnis verbracht worden war.

Vor zehn Stunden, im Flughafengebäude, war Toto traurig gewesen. Sovann stand draußen, an der Glasscheibe, zusammen mit tausend anderen Kambodschanern, die nicht einmal neidisch auf die Reisenden blickten. Sie würden nie irgendwohin fliegen. Der Masochismus trieb sie in ihrer freien Zeit zum Flughafen, sie schauten Maschinen an und Touristen, vielleicht träumten manche, einer werde sie sehen und sagen: Komm, flieg doch mit! Flieg mit mir in ein Land, das du aus dem Fernsehen kennst. Dort wirst du einen Wagen besitzen, denn das war es doch, was sich die meisten unter dem Inbegriff von gutem Leben vorstellten, ein Mittelklassewagen, um den sie tanzten.

In Totos Trauer mischte sich die große Freude auf zu Hause, sie freute sich sogar, dass sie dachte: zu Hause, und damit die graue Stadt im Norden meinte. Ein letzter Blick zu Sovann, sie würde sich während der zwölf Stunden ausmalen, wie sie hierher zurückkäme oder Sovann einlud, und in dem Moment, da sie sich schon auf die Phantasien im Flugzeug freute, wurde sie von zwei eventuellen Polizisten grob angehalten. Toto war in einen Nebenraum gedrängt worden, der Inhalt ihrer Reisetasche entleert, einer der Uniformierten hielt triumphierend ein Päckchen in der Hand. Toto wurde durch die Halle in ein Auto geschoben, Sovann war nicht zu sehen. Kurz darauf saß Toto in einem Raum, hinter einer geschlossenen Gittertür, ohne etwas zu begreifen. Das war eine dieser Situationen, die der moderne Mensch so oft in Filmen gesehen hat, dass sie ihm nicht real scheinen. In jenem Jahr waren achtzigtausend Menschen bei Naturkatastrophen ums Leben gekommen. Hitzewellen, Erdbeben im Iran, diverse Unwetter in Kombination mit den Terroranschlägen in Istanbul, Marokko, Irak und Saudi-Arabien, man gewöhnt sich dran, dass alles Bedrohliche nur im Fernseher existiert, der Betrachter ist unantastbar, überlegen, es gibt keine Verwandtschaft des Einzelnen mit der Welt.

Die Frauen um Toto wimmerten, einige hatten gerade eine Schlägerei hinter sich, andere lagen apathisch auf ihrem Fleck Boden. Ein überfüllter Eimer für die Ausscheidungen stand in der Ecke.

Toto ging immer davon aus, dass ihr jederzeit alles zustoßen konnte, ein Unfall, ein Krebs, ein Flugzeugabsturz, ein Erdbeben, und nun eben eine filmreife Verhaftung in Asien; irgendjemandem musste es doch passieren, wenn es auch im Fernsehen zu sehen war. Warum also nicht ihr.

Toto saß, blickte die Frauen an, immer noch dreißig, und versuchte ihre Gesichter zu lesen. Schwierig, sich in sie einzusehen, es gab wenig Parameter, die sie mit den Gesichtern der Weißen teilten, in denen man eine Landkarte des Lebens erkennen konnte, wenn man sich darum bemühte. Bei einigen Frauen war die Hoffnungslosigkeit klar zu sehen, sie hatten aufgehört, an Wunder zu glauben, ihnen war so viel Bosheit entgegengebracht worden, dass sie hart geworden waren und nur noch überleben wollten.

Toto schwitzte so stark, dass sie sich überlegte, ab wann ein Körper, der ja, wie man hört, aus 99 % Wasser besteht, einfach weggeflossen wäre.

All das Gequatsche von Würde. Die würdevollen Menschen, ihrer Anzüge entledigt, hier auf den Boden gesetzt und dann geschaut, was da so übrigbleibt.

Neben Toto lag eine alte Frau, sie zitterte, vermutlich war sie krank. Toto rutschte zu ihr, legte ihr die Hand auf die Stirn, sie hatte hohes Fieber. Und Angst, die in aufgerissenen Augen stand. Toto murmelte leise und beruhigend, sie sang ein Lied und deckte die Frau mit ihrer Jacke zu.

In jener ersten Nacht fand Toto nur schwer Schlaf, aber es bestand ja auch keine Notwendigkeit, am nächsten Morgen munter zu sein, sie musste ja schließlich keinen Kran steuern.

Keine Kühlung, aber um sie war ein Mantel aus Schluchzen, Husten und Murmeln ausgebreitet worden. Gern hätte Toto die Frauen getröstet, ihnen gesagt, dass es hier so gut war wie überall, dass man es sich nett machen konnte, Geschichten erzählen, gymnastische Übungen machen oder sich festhalten konnte, aber es gebrach ihr an den sprachlichen Möglichkeiten. So schlich sie nur in der Dunkelheit zum Eimer und überlegte, nach welcher Rangordnung das System hier funktionierte und wer die Frauen waren, die in der Nähe der Latrine liegen mussten. Toto rollte sich wieder auf ihren Platz, und die Frage war, wie sie wieder hinauskam.

Es stand nicht zu erwarten, dass ihr Land sich über Gebühr um ihre Freilassung bemühen würde, sie war weder zur Reproduktion geeignet noch mit einem finanziell verwertbaren, interessanten Spezialwissen ausgestattet. Toto war Füllmaterial. Weiße Schaumstoffteile, die wichtige Waren in Paketen schützen. Sie war einer jener Menschen auf der Welt, die evolutionär von keinerlei Wert waren. Außer einigen Spezialisten, deren Job es war, das Chaos, das die menschliche Freude am Wachstum auf diesem alten Planeten angerichtet hatte, einzudämmen, war keiner von nationalem Interesse. Und sich eine Familie zuzulegen, nur damit jemand an ihrem Sarg weinen mochte, das war Toto bislang noch nicht eingefallen. Früher, als die Menschen keine Wahl hatten, besaßen sie eine Heimat. Einen Ort, den sie nie verließen, Menschen, die ihr Leben teilten, ob sie wollten oder nicht, vom Beginn bis zum Ende. Heute sucht sich, wer kann, seine Zugehörigkeiten, Interessensgemeinschaften, möblierte Appartements für Wanderarbeiter. Toto saß auf ihrem Platz. Die Frauen nahmen sie zur Kenntnis, keine sprach sie an, berührte sie, ihre zitternde Nachbarin hatte sich ein wenig entspannt, lächelte Toto an, und das waren die Momente, für die sie auf der Welt war.

Eine Badewanne wäre schön. Gewesen. Toto merkte, dass sie sich ausmalte, wie es wäre, heimzukommen, in eine nette Wohnung, die sie noch nicht besaß, einen Blick in die Bäume zu haben und in der Badewanne zu liegen. Das Badezimmer müsste ein Fenster haben und draußen der Himmel sein. Dieser seltsame feuchte Himmel, der manchmal einen Fetzen Blau zeigt.

Toto tat wieder das, was sie am besten konnte. Sich nicht auflehnen, wissend, dass das Leben nur aus Zufällen besteht, die am besten überlebt, wer sich nicht dagegen wehrt. Es war eine interessante Erfahrung, die man nicht jeden Tag macht, in einem asiatischen Frauengefängnis sitzen, sich nur einmal am Morgen mit einer Tasse Wasser reinigen, und vermutlich würde diese Erfahrung enden, wie alles, früher oder später, und sei es durch ihren Tod. Auch nicht schlimm, kein Beinbruch, es würden sich Beziehungen entwickeln, sie könnte die Sprache der Frauen lernen. Es war doch komplett egal, in welchem Mikrokosmos sie ihre Zeit verbrachte. Und so floss Toto wieder in eine neue Umgebung, bewegte sich langsam, tröstete, rollte sich auf den Boden und fragte sich nichts. Sie war wieder in sich unterwegs, betrachtete sich bei den kleinen Handlungen, die die Tage vergehen machen.

Nach einer Woche wurde Toto überraschend und ohne Begründung entlassen. Sie wurde zum Flughafen gebracht, in eine Maschine gesetzt und hatte dann, während langer Stunden, Zeit, sich zu überlegen, ob sie sich alles nur eingebildet hatte. Ihre erste Liebesgeschichte und die Inhaftierung, vielleicht war alles nur in einem Traum real gewesen.

Und weiter.

Facharbeiterin für Metallverarbeitung. Das klingt nach frohem Winken mit Schraubenschlüsseln, nach ölverschmierten Nasen, nach etwas, das man ausüben kann, unbehelligt von der unqualifizierten Kritik Fachfremder. Bei einer Kunst weiß doch jeder Bescheid, aber wie viele rechtschaffene Bürger mit gesundem Menschenverstand klingeln schon in einem metallverarbeitenden Betrieb, um sich über die Qualität einer Entgratung auszulassen.

Leider musste Toto nach einigen Monaten feststellen, dass Facharbeiterin für Metallverarbeitung ein höchst unerfreulicher Lehrberuf war, der nicht mehr versprach als ein unerfülltes, tristes Leben. Sind ja nur noch dreißig Jahre bis zur Rente, sagte sich Toto und versuchte, ihr Ego zu überwinden. Sich einzureihen in die Schar fleißiger Arbeiter, die das System am Laufen hält.

Das Abkommen, das jeder Bürger mit dem Staat per Geburt ungefragt schließt, beinhaltet den Verkauf der Arbeitsleistung des Individuums. Es darf als Gegenleistung mit einer lückenhaften medizinischen Versorgung, sauberem Grundwasser und Atomenergie rechnen. Und natürlich mit der Erlaubnis, frei zu wählen. Toto zweifelte am persönlichen Vorteil dieses Abkommens, denn die Freude, eine eigene Wohnung zu besitzen, wog den Umstand kaum auf, dass man sie mit neun Stunden seiner täglichen Zeit abzuzahlen hatte.

Ein Zimmer und Bad mit Blick auf etwas, das vielleicht irgendwann grün werden würde. Die Badewanne, in der Toto lag, manchmal, in der Nacht, und sich an Kambodscha erinnerte. Die erste enttäuschte kleine Verliebtheit, die seltsam geendet hatte. Toto gestattete sich keine Erkenntnisse. Es ist wohl

Zufall, wenn sich zwei mit ähnlichen Gefühlen begegnen. In den meisten Fällen bleibt einer enttäuscht zurück und bedarf dann einiger Willenskraft, nicht an sich zu zweifeln. Toto beobachtete, wie ihre Gelassenheit sie verließ, so wie Luft einem Ballon entweicht. Es machte sie traurig, dass keine Zufälle in den geregelten Tagesablauf eindringen konnten, dass es so klar war, was sie morgen tun würde, wann sie in der Badewanne läge und wann sie aufstand. Unverständlich, wie der größte Teil der Weltbevölkerung das ertragen kann, die Berechenbarkeit des Lebens und die Abhängigkeit von einem Arbeitgeber.

Eine größere Unsicherheit als in der angeblich so sicheren Anstellung war ihr noch nie begegnet. Wie kann man das aushalten. In dem Gefühl, sich verkauft zu haben. Rechenschaft schuldig sein über die Anzahl der Toilettenpausen, gehetzt werden bei einer Zugverspätung. Sie verstand zum ersten Mal die freiwillige Aufgabe der Frauen im kapitalistischen Teil des Landes, die in Ermangelung besserer Ideen heirateten, ihre Selbstbestimmung vergaßen und gern die Rolle ihrer eigenen Mutter einnahmen. Vielleicht hatte Toto das unbedingte Gefühl, für sich selbst verantwortlich zu sein, nur, weil ihr ein Elternpaar als Vorbild fehlte. Sie stellte sich vor, wie sie ihrem Mann eine Aktentasche in die angstfeuchte Hand drückte, des Morgens, um sich danach mit ihren Freundinnen am Spielplatz zu treffen, den Tagesplan der Kinder besprechend.

Toto sehnte sich danach, sich nach einer Badewanne zu sehnen.

Sie hatte sich zwei Wochen gefühlt, wie sie sich Personen unter Heroineinfluss vorstellte. Außer sich, ohne Körper und glücklich, hatte sie in jeder Ecke gesessen, innerlich Deckchen auf nicht vorhandene Möbel verteilt. Für ein Leben als Mitglied der arbeitenden Bevölkerungsgemeinschaft war es unabdingbar, Möbel zu kaufen, Schränke, die mit Produkten gefüllt werden konnten; Betten, die Matratzen benötigten, Möbelpflegemittel, Staubsauger, Dekorationsobjekte mussten angeschafft werden, und in regelmäßigen Abständen musste alles wieder entsorgt und gegen neue Produkte ausgetauscht werden. Das ist doch kein Zustand sonst. Das ist doch nicht zum Aushalten, ein Leben ohne Stühle, die man unter Tische schiebt, auf die man sich setzt, um auf Porzellan etwas Wohlschmeckendes einzunehmen. Bedürfnisse schaffen, wo keine existieren, das Motto der Marktwirtschaft, der Antrieb des Kapitalismus. Toto würde das alles noch begreifen.

Sie schlief auf einer Matratze, besaß einen Wecker und Plastikgeschirr. Der Wecker klingelte immer, wenn sie bereits, wie noch im Halbschlaf, in der Küche auf dem Fensterbrett saß und Kaffee trank. Es war dann sechs Uhr am Morgen. Mit der U-Bahn, gedrängt an müde, ebenso traurige Menschen, zur Aggression fehlte ihnen um die Uhrzeit noch die Kraft, fuhr sie zwanzig Minuten durch verstörende Vororte. Was haben sich die Menschen da nur eingerichtet? Das zweite Jahrtausend, und immer mehr Spezialisten braucht es, um zu flicken, was hundert Jahre Dummheit angerichtet haben. Autobahnen zerteilen Täler, Müllhalden dampfen, die Luft schmutzig, der Regen sauer, die Bäume abgeholzt, die Meere leer, jetzt geht's ab in die Tiefsee, mal sehen, was sich da anstellen lässt.

Draußen die vorletzte Station. Backsteinhäuser mit Blick auf die Gleise. Ein Autohof. Fehlte nur noch die Autobahnkirche. Da war doch nichts zu sehen von den blühenden Utopien, die früher versprochen worden waren. Sozialismus wie Kapitalismus, war doch alles egal, die Menschen hatten sich eine Hölle geschaffen, aus der sie nur in den kurzen Urlauben ausbrechen konnten, wenn überhaupt, dann wanderten sie durch übersichtliche Waldflächen, im Boden schlummerten radioaktiv verseuchte Pilze, und sie konnten murmeln: Ist doch großartig, so in der Natur. In der Stadt fühle ich mich entfremdet.

Aussteigen. Im Strom Angestellter durch eine Unterführung geschoben werden; ein Feuer hier, und sie würden stillhalten, sich gerne den Flammen überlassen. Toto, unauffällig gekleidet, mit einem Gesicht, das Menschen rührte, denn es hatte etwas Kindliches, mit zu großen Augen, den zu vielen Haaren, der zu hohen Stirn, dem traurigen Mund. Keine Schönheit, nichts, was man zum Verkauf von Produkten verwenden könnte, doch auffallend, die Weichheit des Ausdrucks, so auffällig, dass sie immer wieder angestarrt wurde. Toto bemerkte es nicht. Es war zu früh.

Die Ausbildungsfabrik lag in einem Industriegebiet, das auf einer dünnen Erdoberfläche stand, unter der das Erdinnere kochte, Blasen warf und nur drauf wartete, zu gegebener Zeit zu explodieren, Erdplatten zu verschieben, als Lava auf Einfamilienhäuser zu regnen. Die Natur, der Hund, lässt sich nicht beherrschen. Macht, was sie will, und seit die Menschen keine Götter mehr verantwortlich machen wollen, beschuldigen sie sich gegenseitig für das, was sie Katastrophen nennen, was aber einfach die Erde ist, das Meer, die Stürme, die Erdbeben.

Toto stempelte eine Karte elektronisch ab. Eine unsichtbare Hand fuhr aus dem Gerät, streichelte sie und murmelte: Brav, gut gemacht, feines, folgsames Ding. Jetzt aber genug der Kosung, und ab an den Schraubstock.

Die Umkleideräume rochen nach Fett. Totos Aufgabe bestand seit Wochen darin, Maschinenteile in ein Ölbad zu tauchen, sie in Ölpapier zu wickeln und in einem Regal zu verstauen. Die Halle war immer kalt, der Betonboden von einem Ölfilm bedeckt, die Hände waren voller Öl, Toto atmete Öl. Sie lernte nichts. Außer dem Einwickeln von Metallteilen, die im besten Fall zu irgendetwas Großem werden konnten.

In ihrer Schicht arbeiteten drei Männer aus verschiedenen Kriegsgebieten, sie waren gläubig, wie sie gerne betonten, wie um Respekt einzufordern, und eine rumänische Frau. Alle redeten in unverständlicher Sprache, die sie eventuell für die hier gebräuchliche hielten. Die Gruppe war durch ihren Hass auf den Arbeitsplatz zu einem Etwas zusammengewachsen, das Toto misstrauisch gegenüberstand. Wann immer sich Gelegenheit bot, machte einer der Männer anzügliche Bemerkungen, immer ging es um Totos Muschi, um das Glied des betreffenden Mannes, um das, was man nach Feierabend anstellen könnte, um die Frage, ob Toto denn eine RICHTIGE Frau sei, um die einheimischen Frauen, die Nutten wären, die keine Jungfrauen wären, die sich verkauften, die es nicht anders verdient hätten, um Berichte, wie sie ihre Schwestern gezüchtigt hätten, die hatten irgendetwas falsch gemacht, waren über die Straße gegangen, hatten aus dem Fenster gesehen oder dergleichen.

Den Tee, den Toto der rumänischen Frau aus der Kantine brachte, ließ diese stehen, die Kekse, die Toto kaufte, ungegessen. Sie wurde hier nicht gemocht, das war die Mitteilung, und nur noch dreißig Jahre bis zur Rente. Da redete keiner mit ihr, da gab es keine verschworene Gemeinschaft der Gedemütigten, nichts vom Zusammenhalt der Arbeiterklasse, sondern nur eine Ablehnung, mit der Toto empfangen wurde, jeden Morgen, das Anlegen der Arbeitskleidung, auf kaltem Beton stehend, in die Halle gehen, nicht gegrüßt werden, die Blicke, ein Elend.

Jeden Abend, wenn es doch endlich geschafft war, wenn die Welt vor der Tür lag, nur fest zuschließen die Tür, damit der Tag nicht wie eine Welle in die Wohnung fließt, lag Toto in ihrer Badewanne und versuchte, einen Stolz zu empfinden. Sie arbeitete, das ermöglichte ihr, sich eine reizende Wohnung zu leisten, und am Wochenende konnte sie sich einreden, dass sie frei war und nicht in eine Fabrikhalle musste, doch es wollte nicht funktionieren, da war immer das Gefühl gestohlener Zeit, flüchtiger Momente, an deren Ende etwas Dunkles wartet.

Der Abend des Firmenfestes war ein Freitag, der beste Tag der Woche, an dem sie die Tür hätte schließen und für gestohlene Stunden nicht mehr hätte öffnen müssen, doch sie wollte die Gefühle ihrer Kollegen nicht verletzen, denen das Firmenfest so wichtig schien, da musste man sich doch sauber anziehen. Toto schaute sich im Spiegel an. Das große runde Gesicht, die Haare bis tief in die Augen, die schwarzen Lagen von Kleidung, heute würde sie vermutlich Emo genannt werden. Egal. Es gab Schlimmeres. Toto musste zur Firmenfeier. Die Bahnstrecke, die ihr am Morgen ein tiefes Trauma bereitete, am Abend benutzen zu müssen, ein fast körperlicher Schmerz. Fast immer fand sich in der Bahn ein einfacher Mensch, ein hart arbeitender Steuerzahler, der Toto lange anstarrte, bis sich etwas in seinem Gehirn zu einer Idee formte, die aus ihm herausbrechen konnte, und er oder auch sie zu Toto gehen und ihn beschimpfen konnte. Du Scheißschwuchtel, du abartige Sau, Arschficker, Aidsschleuder, danach hatte der Mensch, der immer erst kurz vor dem Aussteigen lospöbelte, ein Hochgefühl. Berauscht war er von seinem Mut. Das hält lange vor, so ein stolzes Gefühl. Toto empfand nichts, bei solchen Ausfällen anderer, außer einem Mitleid mit der Enge des Verstands vieler Menschen. Das Leben muss ihnen eine dauernde Beleidigung sein, mit all dem, was sie sich nicht erklären können.

Es war keiner zu sehen auf der Bahnfahrt in den vergnüglichen Abend, keine Gruppen junger Männer, die es Toto unbehaglich machten, keine rechtschaffene Frau und Mutter, kein Gläubiger, der sich durch den friedlichen Großen Klumpen Fleisch in seiner Existenz bedroht sah. Das Fest konnte ohne Zwischenfall angetreten werden. Neben dem Fabrikgelände befand sich eine Gaststätte, in der die Arbeiter nach Dienstschluss tranken oder Mittag aßen, wenn sie nicht in die Kantine wollten. Ein barackengleicher Bau, der heute mit Leuchtgirlanden so geschmückt worden war, als hätten traurige

Kinder Weihnachten gespielt. Innen standen lange Holztische und Bänke, ein Buffet mit Gulasch und Kartoffelsalat, und die Feier war bereits auf ihrem rauschenden Höhepunkt angelangt. Toto fand Platz neben ihrer rumänischen Kollegin. Die ein wenig abzurücken schien. Sie war eine ordentliche Frau, sie hatte ihre Stelle unsichtbar unter den Kollegen eingenommen und wollte sich nicht mit einer unklaren Person verschwestern, sich nicht angreifbar und sichtbar machen. Die rumänische Frau war eine Dienstleisterin. Sie würde schweigen, wenn ihre Tochter von ihrem Mann missbraucht würde, sie würde stillhalten unter seinen Schlägen, ihr Hass würde sich nur gegen Unterlegene wenden, sie würde irgendwann verschwinden, ohne jede Spur.

Der Raum voller Bier- und Zigarettengeruch, eine Band spielte Schlager, erloschen lag der Kartoffelsalat auf einem Pappteller. Die Kollegen aus Verwaltung und verschiedenen Gewerken waren bereits gut betrunken. Das war es, worauf sie ein Jahr gewartet hatten. Sich umsonst betrinken und vielleicht umsonst einen Geschlechtsverkehr abstauben, sich versichern, dass sie in dem besten aller Angestelltenverhältnisse aufgehoben waren, ein Kollektiv wie Pech und Schwefel. Da wurde Volksmusik gespielt, Schlager, Status Quo, da wurde getanzt, Frauen schrien, Männer lallten. Ein schönes Fest. Von dem sich Toto, scheinbar von allen unbemerkt, nach vier Stunden ohnmächtiger Langeweile verabschiedete. Es waren nur wenige Schritte bis zur U-Bahn, es war dunkel und die Hässlichkeit punktuell von Laternen beschienen, Totos Kollegen machten nur Spaß. Soweit es Spaß sein kann, von drei betrunkenen Männern gestoßen zu werden. Als es am Boden lag, das Große Ding, schien es einen Jagdreflex auszulösen, etwas Urzeitliches, etwas von Beute, die zur Strecke gebracht werden muss.

Toto war nicht mehr anwesend. Der Moment, den geborene Opfer als Auslöser ihrer Schizophrenie bezeichnen. Herr Doktor, dann beugte sich mein Vater über mich, und ich floh zu einem alten Holzhaus, in dem eine Frau saß, die ich wurde, und die Frau beobachtete von ferne, was dem Kind angetan wurde. Fünfzehn Personen bin ich jetzt, und alle reden unentwegt zu mir.

Die Enttäuschung über das unbekleidete Aussehen Totos schlug in eine absurde Wut um. Sie waren beschämt, die Männer, sie waren doch nicht schwul, und dann wurde getreten, mit einer Stange geschlagen, auf den Kopf gesprungen. Sie fühlten sich besser, danach.

Ist sie also tot.

Abtransportiert war sie worden, nachdem sie eine Woche in der Wohnung gelegen hatte, die Ärzte hatten die sechs Mietparteien im Haus befragt, es war aber keinem aufgefallen, sie war ja immer recht ruhig gewesen, man hatte ein gutes Verhältnis gehabt. Die alte Frau war die erste. Das Haus war in den siebziger Jahren ein Neubau gewesen, in dem nur junge Familien gewohnt hatten. Es hatte keinen Wegzug in der Hausgemeinschaft gegeben, man hatte es gut zusammen. Hinter dem Haus war ein Garten mit Sandkiste für die Kinder und Grillplatz für die Väter. Die Frauen studierten, aber es war klar, sie würden nicht mehr arbeiten, wenn sie einmal Kinder hatten. Ich würde kein Kind bekommen, um es dann Fremden zu überlassen. Die Männer waren zwei Ingenieure, ein Beamter, ein Lehrer, ein Anwalt und er, Herbert, der Journalist gewesen war. Bis zur Pensionierung. Eine gute Hausgemeinschaft. Keiner hielt sich für spießig, sie wollten alles anders machen als ihre Eltern. Wollten offen und progressiv sein. Sie hatten die Kleinstädte und die Reihenhäuser ihrer Jugend hinter sich gelassen und ihre Frauen auf Demonstrationen oder Konzerten kennengelernt. Da waren alle schlank gewesen. Jede Familie hatte ein oder zwei Kinder gehabt, die waren blond, und irgendwann hatten sich alle, wie einer Übereinkunft folgend, die Haare abgeschnitten. Frauen und Männer, und gefärbt wurde nicht. Sie hatten in ihren Wohnungen gesessen, an Abendbrottischen, die Kinder hatten aus der Schule erzählt, die Frauen hatten Kilos zugelegt, schminkten sich nicht mehr, und die Männer bekamen einen Bauch. Wenn man sich jeden Tag sieht, dann fallen die Veränderungen im Äußeren und Inneren kaum auf. Die meisten Frauen hatten, nachdem die Kinder ausgezogen waren, Psychopharmaka genommen, Yoga gemacht und sich für den Tierschutz und die Umwelt engagiert. Sie hatten einen seltsamen Zug um den Mund. Die Männer hatten kaum mehr mit den Frauen gesprochen, aber man hatte sich gut verstanden, und in Urlaub fuhr man mit Bewusstsein. Machte Rad- oder Schiffstouren durch Frankreich und brachte den anderen Wein mit.

Und dann war einer nach dem anderen pensioniert worden, eine Ehe wurde geschieden, das war die Frau über Herberts Wohnung. Sie blieb allein zurück, und jetzt war sie gestorben, und sie war die erste, und alle wussten, einer von ihnen kam als nächster an der Reihe. Draußen hatte sich die Welt verändert. Vertraute Gebäude wurden abgerissen, neu gebaut, das Viertel war voller junger Familien mit Kindern, die Innenstadt bevölkert von seltsamen Zombiemenschen im Anzug, wann war das eigentlich gesellschaftsfähig geworden, dieses Anzuggetrage und Bei-einer-Bank-Arbeiten, das verschwieg man doch früher wie eine ansteckende Krankheit, die Bars waren zu laut, und vor Computern hatten alle ein wenig Angst; dass die Jugend sich nur noch im Netz traf, war besorgniserregend, und die Atomkraft war besorgniserregend und ein verdammter Grund, sich Sorgen zu machen und wütend zu werden. Alle im Haus hatten eine Wut, weil sich draußen die Welt ohne sie veränderte, keiner fragte, keiner benötigte sie, sie gehörten nun zu den Alten und wollten sich nicht so fühlen, sie sahen aus wie ihre Eltern auf den Fotos und wollten so nicht aussehen. Und zwei Frauen hatten Krebs, und dann zog eine junge Frau ins Haus. Sie sah nach Drogenproblemen aus oder nach irgendwelchen anderen Problemen, immer in Schwarz gekleidet, und permanent badete sie und sang zu hoch dabei, und Herbert hatte noch nie mit ihr geredet, aber er hörte jeden Schritt von ihr, und er hasste jeden Schritt von ihr, sie war das Leben, er war der Tod. Er begann ihre Post aus dem Briefkasten zu nehmen und wegzuwerfen, einfach so, aber es machte ihm eine gute Laune und brachte ihn auch wieder mit seiner Frau zusammen, es war eine von denen mit Krebs, sie lasen die Post und die Rechnungen der Frau über ihnen, die so merkwürdig aussah, und sie kicherten wie früher, als sie herausfanden, dass die junge Frau ein Mann war. Wann immer die Frau nach zehn noch badete, rief Herbert die Polizei an. Er dachte sich nichts dabei, er war voller Wut. Es war sein gutes Recht, wenigstens gut zu schlafen, wenn alles andere schon so schiefgelaufen war. Herbert konnte nicht sagen, was er sich vom Leben erhofft hatte, aber jetzt fühlte es sich eben falsch an, im Alter, das er nicht wahrhaben wollte, in dieser Wohnung, die ihre beste Zeit hinter sich hatte. Heute hatten die jungen Paare Fußbodenheizung und große Räume mit viel Glas, und sie flogen auf die Malediven. Herbert war doch früher von Ausländern so fasziniert gewesen. Von Harems und 1001 Nacht und Wasserpfeifen. Und nun randalierten Jugendbanden aus den Vororten durch sein Viertel und schlugen Fensterscheiben ein, setzten Autos in Brand und krakeelten nach sozialer Gerechtigkeit. Die hatte es doch nie gegeben. Herbert regte sich auf. Die Medien. Machten ihm so eine große Wut. Wie dumm die Journalisten. Wie fehlerhaft ihre Texte. Jeden Tag schrieb Herbert in Foren. Auch das Wetter hatte sich verschlechtert, aber er wusste nicht, wo er sich darüber beschweren sollte. Die Kinder waren ihm verhasst, er war zu weit von ihnen entfernt, die Jungs mit ihren Unterhosen, die sie mit hängenden Jeans freilegten, da wurde doch alles verraten, wofür er gestanden hatte, früher. Und laut war es geworden, und dreckig war es geworden. Aber eigentlich war er nur müde und hatte Angst vor dem Ende. Und ahnte, dass alles ohne ihn genauso weitergehen wird. Die Jahreszeiten und die Neubauten und alles, und er war dann nicht mehr da, und was vor ihm lag, war eine Zeit, in der auch seine Frau gestorben war und er einer dieser alten Männer, die stanken. Das ist doch nicht zum Aushalten. Und da wird nichts mehr kommen. Nichts.

Dass die Frau von oben blutend nach Hause kam, das hatte er gesehen, durch den Spion, verdammt viel Blut, sie konnte kaum laufen, es sah auch aus, als sei der Schädel offen. Er hatte gehört, wie sie auf allen vieren die Treppen hochgeschlichen war und auf den Boden gefallen.

Und weiter.

Eine halbe Stunde hatte Toto gebraucht, um auf der Treppe in ihre Wohnung zu kriechen. Aus ihrem Kopf ragte unter einer Blutkruste ein Stück Knochen heraus und beleuchtete den Weg, denn das Treppenhaus war dunkel, an den Schalter nicht ranzukommen, hinter den Wohnungstüren erzeugten die Augen der Nachbarn an den Spionen schmatzende Geräusche.

Totos Körper schien sich aufzulösen, wer sollte das nur wieder einsammeln, aus der Nase Schleim, die Atmung mit Gurgeln, als ob etwas im Abflussrohr nicht in Ordnung war, und als sie dann endlich lag, hinter ihrer Tür, drehte sich der Raum, und etwas wollte sich auftun, um das Bett zu verschlingen. Toto musste verstehen, was die Männer so wütend hatte werden lassen, musste nach Erklärungen suchen, bei allem, was sie vorfand, sonst konnte man doch nicht weiterleben, wenn sie nicht eine milde Idee für den Irrsinn fand; nur noch im Bewusstsein der Existenz reiner Bosheit kann man doch nicht weitermachen, wenn da überall Feinde sind, die nur darauf warten, anderen zu schaden, sie zu schlagen, zu vergewaltigen, auszurauben, zu töten, zu betrügen, zu verletzen, das kann so nicht sein, das Universum, das ja vielleicht nur in Totos Einbildung bestand.

Nun also war Toto beim Arzt. Das Trommelfell war gerissen, ein Auge würde vermutlich nicht mehr oder nicht mehr gut sehen, der Doktor wollte sich nicht festlegen, eine Gehirnerschütterung und ein gebrochenes Schlüsselbein waren noch zu verzeichnen, der Doktor zog einen Augenblick zu lange die Augenbrauen hoch, als er Totos Oberkörper untersuchte. Mit einem Klang der Stimme, der an Verachtung erinnerte, fragte er, ob Toto Anzeige erstatten wolle. Und war seltsam erleichtert, als sie sich verabschiedete. Toto glaubte nicht an Schuld, Sühne und Bestrafung, vielmehr hatte sie ein Mitleid mit den Männern, deren weiterer Weg nur zu klar schien. Ihre Wut würde wachsen, nur gedämpft durch das rasch voranschreitende Alter. Die schlechte Ernährung, die Dämpfe und so weiter. Ihre Frau würde ihnen selten ein Freund sein, da war die Erziehung vor, die Tradition, wie auch immer sie die Steinzeit nennen wollten. Sie würden verbittert enden, mit Geschwüren in neonbeleuchteten Küchen.

Toto schaute mit einem Auge an die Decke, der Fernseher lief. Sie hatte nie verstanden, was es gegen einen Fernseher einzuwenden gab, die Verdummung, die Volksverblödung, all das tritt doch nicht ein, wenn man das Gerät im Hintergrund laufen lässt, so dass es scheint, als befänden sich angenehme Angestellte im Raum, die sich leise unterhalten, die Verblödung wird doch nicht durch Fernseher erzeugt, die schläft doch in den Gehirnen der Menschen, um bei geeigneter Gelegenheit auszubrechen, wie Pilze aus den Köpfen toter Ameisen.

Verließ Toto das Bett, begann sich der Boden zu verschieben. Der Weg in die Küche, das Verzehren alter Haferflocken, die hat doch jeder, diese alten Haferflocken, irgendwann mit Magenviren erworben, stehen jahrelang in traurigen Küchenschränken, bilden mit Käfern eine klumpige Trockensubstanz, Instantbrühe gab es auch noch, sie würden für zwei Wochen Totos Ernährung bilden. Es wäre schön gewesen, jemanden anrufen zu können, doch Toto besaß kein Telefon, in Ermangelung von anrufbaren Personen. Die Eingliederung in die Gesellschaft schien missglückt, doch jeden Tag gab es ein minimales Zeichen der Genesung zu feiern. Ein großes Fest, als Toto wieder in ihre Wanne konnte und dort zu singen begonnen hatte. Sie prüfte, ob die Töne auch der Resonanz des Badezimmers standhielten. Vorsichtig, als könnten sie wieder verschwinden oder brüchig klingen. Doch die Stimme schien voller, die hohen Töne klarer, die Tiefen ein wenig weicher. Toto sang und war froh, dass sie allein war und keiner sie beobachten konnte. Es war ihr unangenehm, von sich ein Aufhebens zu machen.

Und weiter.

Die Gruppe von Gewaltopfern, sechs geschundene geschlagene Menschen, zwei Alkoholiker, eine Prostituierte, zwei dicke Hausfrauen, schaute Toto mit beeindruckender Ablehnung an.

Sie hatten einige Wochen miteinander verbracht, über Angst geredet und über das Gefühl, angreifbar und unterlegen zu sein, sie hatten zusammen gelacht, und nun war die Abschlussveranstaltung gekommen, ein paar arme Seelen wurden wieder sich selbst überlassen und sagten sich noch einmal, was der Kurs, der ihnen meist vom Hausarzt angeraten worden war, gebracht hatte. Ich habe mich ja die ganze Zeit gefragt, ob Toto sich nicht ein wenig unauffälliger verhalten könnte, anders anziehen und so, sie provoziert es ja, dass man sie anstarrt und auch irgendwie schlagen will. Hatte eine der dicken geschlagenen Frauen gesagt, und Toto war es kalt geworden. Sie hatte geglaubt, in dieser Gruppe der Geschlagenen Freunde gefunden zu haben.

Die Wohnung war Toto gekündigt worden. Die fünf nachbarschaftlichen Mietparteien hatten eine Beschwerde bei der Liegenschaftsverwaltung eingereicht und vornehmlich Totos mangelnde Integration in die Hausgemeinschaft beklagt. Dem Begehren der Mieterschaft war stattgegeben worden. Toto, unzureichend genesen, hatte sich etwas Neues suchen müssen und hatte es doch eigentlich nicht gewollt, das Neue, weil sie nicht wusste, ob es nicht an der Zeit wäre, das Land zu verlassen oder die Welt. Doch all die Überlegungen halfen nicht, es brauchte Geld, um an jenen Orten zu leben, die Toto sich vorstellte, oder Mut, und den hatte Toto gerade nicht, sie war zu schwach und erstmals auch ein wenig müde am Leben. Die Stadt war teuer geworden, die Viertel, die erträglich waren, in denen nicht Rotten gelangweilter junger Männer auf alles eindroschen, was ihnen zu wenig Respekt entgegenbrachte. Sehr oft brachten Rentner und Hunde den jungen Männern keinen Respekt entgegen. Oder zu wenig. Oder zu viel.

Toto besichtigte jeden Tag Wohnungen. Immer klein, immer billig, immer stand sie in einer Reihe mit zweihundert anderen. Keiner hier träumte von renovierten Altbauten mit Flügeltüren.

Toto wirkte durchaus insolvent. Mit einer Augenklappe, vernarbenden Kopfwunden, teils abrasiertem Haar und einer Haut, die nach dem Gewichtsverlust traurig an ihr herabhing, sah sie nicht mehr jung und komisch aus, sondern plötzlich alt und seltsam. Was vermutlich an den Schmerzen lag, der unzureichenden Nahrungsaufnahme oder der Erkenntnis, dass es sich nicht einfach so ergeben wollte, das Leben, dem Zufall folgend. Die Einraumwohnung, die Toto dann nach zwei Wochen bekam, wollte keiner außer ihr und einem sehr offensichtlich drogenabhängigen Pärchen ohne Zähne. Die waren jetzt wieder öfter zu sehen, diese mangelhaften Gebisse und offensichtlichen Entstellungen, die früher nicht Entstellungen genannt worden waren, sondern einfach Mensch.

Totos neue Wohnung war nicht zu retten. Sie konnte sehr gut als Kulisse für ein ukrainisches Sozialdrama verwendet werden, an einer sechsspurigen Hauptstraße gelegen, wo sich nichts Erfreuliches aufhielt. Das Badezimmer verfügte nur über eine Dusche. Toto verstand den Drang des Menschen nicht, sich mit kaltem Wasser zu besprühen wie eine Topfpflanze. Um in die Dusche zu gelangen, musste man über die Toilette steigen. Vom engen Flur ging es in die winzige Küche, die auf die Hauptstraße schaute, sie war orange gekachelt, daneben befand sich die Verwahrungsstätte, das Zimmer. Immerhin gab es ein Fenster, da kann keiner maulen.

Toto bekam den Schlüssel von einem zahnlosen Hausmeister und zog am folgenden Tag mit ihrer Matratze und ein paar Taschen um. Sie vermeinte hinter jedem der Fenster in ihrem ehemaligen Haus einen nickenden Bewohner stehen zu sehen, als sie, ihre Plastiktüte in der Hand, die Haustür hinter sich schloss.

Die Matratze lagerte sie später auf einem Brett und Ziegelsteinen. So befand es sich in der Höhe des Fensters, und Toto konnte auf dem Bett liegen und auf die sechsspurige Straße schauen. Am Boden lag die Vortäuschung von Parkett aus Plastik. Nun, wenigstens ein Bett und eine Heizung. Misstrauisch schaute Toto einen riesigen Kasten an, der im Raum stand und vom betrunkenen Hausmeister als Nachtspeicherofen angepriesen worden war. Toto freute sich über ihre großartige Bettkonstruktion, die Spanplatte, die Aussicht, das Bett gab dem Raum etwas Erhabenes, fast konnte man sich Tokio denken, da unten in der Dunkelheit, und dann begann die Nachtspeicherheizung gemütlich zu knacken. Es würde sich etwas ergeben.

Sie würde wieder singen, vielleicht Konzerte geben. Das war doch nicht mehr, dieses Leben, als eine willkürliche Abfolge von seltsamen Umständen. Ein Provisorium jeder Tag.

Im Treppenhaus schrien sich die Nachbarn an.

Toto schlief ein, von draußen Licht der Autoscheinwerfer. Morgen. Morgen wird sie einen Zufall treffen.

Und weiter.

Sie weinten oft, die Gäste, wie sie per Heimordnung genannt werden mussten. Sie weinten und wollten gestreichelt werden, wollten hören, dass alles noch gut wird, sie hier rauskommen, zurück in ihre Wohnungen, wo sie sich vorfinden würden mit ihrem früheren Körper, der noch nicht schmerzte, Augen, die noch etwas sahen, und einer verdammten Hoffnung, die da noch wäre, die konnte ihnen Toto doch nicht geben, eine Hoffnung, hier, auf der letzten Station. Sollte sie sagen, dass es besser würde, nach dem Sterben, das konnte sie nicht, denn zu oft saß sie als einzige da und wohnte der Kremierung der Gäste bei, die morgens starr im Sterbezimmer gelegen hatten, das Sterbezimmer, das nur durch einen Vorhang von der Besenkammer abgetrennt war und kein Fenster hatte, da gab es tatsächlich kein Fenster, und wehe dem, der an eine Seele glaubt, die fliegend den toten Körper verlässt. Toto konnte nur an den Betten sitzen und Hände streicheln und Gesichter und den Plan nicht erfüllen und von den Kollegen gehasst werden, weil sie den Plan nicht erfüllte, weil sie sich zu viel Zeit nahm zum Streicheln, und die Drecksarbeit mussten dann die anderen machen, das Füttern, Wenden, wunde Stellen einreiben, das Abschütteln von Händen, das blieb den anderen. Toto konnte das nicht. Die Betreuung war wichtig, essen mochten die meisten nicht mehr, sie konnten nur noch reden, sich erinnern und brauchten jemanden, der ihnen sagte, ihr Leben sei etwas Besonderes gewesen, besonders schön, da wär's jetzt auch egal, bald zu gehen, nach so einem außerordentlich schönen Leben. Und dass die Kinder nicht kommen, ach, gestern sind alle da gewesen, aber Sie haben doch so gut geschlafen, da wollten wir Sie nicht wecken. Lügen musste man, sonst war das nicht auszuhalten, sie durften nicht begreifen, dass sie keiner mehr liebhatte, dass ein Leben vorbei war und nicht einer zum Liebhaben geblieben war. Das war doch nicht auszuhalten.

Toto saß und streichelte und hörte immer wieder Geschichten über die Kindheit und die Bäume, wie gut sie damals gerochen hatten, aber was da gut gerochen hat, war die Idee, dass da ein prächtiges Leben wartete hinter der Wiese. Und es war doch nie gekommen. Wie bei Toto war es nie gekommen, das prächtige Leben mit Blumen- und Akazienduft. Da waren immer nur geschiedene Ehen, gescheiterte Berufe, verlorene Kinder, Krankheiten und Niederschläge, aber das hatten die meisten hier vergessen, das war gut zu wissen. Dass man das, was das Leben ausgemacht hatte, vergaß, und was blieb, war die Kindheit und die erste Liebe, die erste eigene Wohnung, die erste Schiffsreise und das Meer, in dem sich alle auflösen wollten. Oft wusch Toto die Alten, so dass sie schön rochen, wie Engel sahen sie aus, mit den hübschen Frisuren, die sie ihnen machte, sauber und frisch, und dann konnten sie wieder einen Tag ertragen. Toto blieb immer länger, als ihre sechs Stunden Schicht es verlangt hätten, sie blieb bei manchen die gesamte Nacht, wenn es ans Sterben ging. Saß in dem Zimmer neben dem Vorhang, hinter dem die Reinigungsgeräte steckten, hielt eine Hand und hörte den immer gleichen Worten zu. Mir ist so kalt, so kalt, und dann legte sie die Hand auf die Körper und wusste, die Kälte wird man durch keine andere Maßnahme eindämmen können. Ich hab Angst, solche Angst. Und da half nur das Streicheln, aber auch das nicht wirklich. Das Große Schwarze Loch, nie mehr einen Frühling sehen, nie mehr einen Hund oder einen Menschen dicht wissen. Und wenn es zum Ende kam, legte Toto ihr Gesicht und ihre Arme ganz fest an die Sterbenden; so wie man Babys in enge Tücher schnürt, damit ihnen wohl ist, musste man sie umfassen, so eng, damit sie sich aufgehoben fühlten und dann gehen konnten, an diesen leeren Ort, der kalt ist und nichts.

Vermutlich.

Toto hatte ihre Bestimmung gefunden, sie mochte kaum mehr in ihre Wohnung gehen, weil sie gebraucht wurde. Warum denken die Menschen nicht, dass sie alle bald hier landen werden und dass keiner, keiner allein sein will, warum können hier nicht Kinder sein oder Tiere, warum riecht es nach Krankenhaus und nicht nach Blumen.

Der Zufall. Natürlich könnte man sagen, es war eine innere Ahnung, was Toto an diesem Alten- und Pflegeheim vorbeigeführt hatte, eine Tafel mit Stellenangeboten war ihr aufgefallen, denn genau als sie die passierte, hatte ein Vogel vor ihr auf die Straße gelassen, und ihr Blick traf die Tafel, Altenpfleger/in auch zum Anlernen! Wenig später hatte sie einen Job, und es war der beste, den sie sich vorstellen konnte, denn er war ihr nicht Beruf, sondern Wohlgefühl und Aufgabe, dass da einer wäre am Ende, der noch ein wenig mit einem lacht. Toto hatte die perfekte Möglichkeit gefunden, etwas zu tun, das über sie hinausreichte. Und zum ersten Mal hatte sie Angst, dass wieder etwas passieren würde und sie nicht mehr bei ihren Gästen sein könnte.

Und weiter.

Also wirklich, sagte der Direktor, ich habe ja nichts gegen Homosexuelle, ich bin selber mit einigen befreundet. Toto wusste, was folgen würde, irgendwelche völlig unerheblichen, abstoßenden Aussagen, während derer sie ihren Verstand spazieren schicken konnte.

Hauptsächlich aber waren Toto die Beine schwer von Müdigkeit, die nutzt sich ab, die Standfestigkeit, mit der Abfolge von immer gleichen Dingen, sie wusste, ihr war nicht einmal ein Mindestmaß an Wohlgefühl im Leben garantiert worden, aber es durfte doch gestattet sein, sich auch ab und an zu fragen, warum diese kurze Zeit des Aufenthaltes hier einem ständig von Menschen vermiest wird. Nicht unbedingt die Krankheiten, der Haarausfall, die Erdbeben, es waren die Gemeinheit derer, die sich im Recht fühlten, ihr Neid auf die geahnte persönliche Freiheit eines anderen, die machten es so schwierig, das Leben.

Schon wieder eine Entlassung, ein Abschied, jetzt, mit fast vierzig, da werden die Bewegungen noch nicht schwer, aber der große Elan ist verschwunden, das Gefühl der Unendlichkeit hat sich aufgelöst, das tapsig Welpenhafte, die Empörung ist weg, und die Jahre haben eine Person werden lassen, die sich dabei ertappte, als Erklärung für mangelnden Schwung innerlich ein: In meinem Alter ... anzufügen.

Räumen Sie Ihren Spind und kommen Sie nicht wieder, dann werden wir von einer Anzeige absehen, aber in Ihren Papieren werden wir es vermerken, in einem Altersheim bekommen Sie in diesem Land keinen Fuß mehr auf den Boden, sagte der Direktor, er schwitzte, der Direktor, er log, Toto war zu müde, um ihn zu bemitleiden, war zu höflich, um korrigierend einzugreifen. Wir haben eindeutige Beweise, die Sie des Diebstahls überführen. Sicher hätte Toto darauf bestehen können, die Beweise zu sehen, die es nicht gab, natürlich hatte Toto sie nicht bestohlen, die Menschen, mit denen ihr so behaglich gewesen war, aber die Botschaft war eindeutig, der Direktor wollte sie hier nicht mehr sehen, wollte sie loswerden und hatte sich diesen unwürdigen Streich überlegen müssen, weil Personal fehlte und es keine Handhabe gab, Toto zu entlassen. Es war so absolut befremdlich zu beobachten, wie sich der Mann wand, er fühlte sich durch Totos Anwesenheit in seinen Grundwerten erschüttert, was auch immer die sein mochten.

Es ist nicht ungewöhnlich,

dass ein Mann Leiter eines Altenheims ist, besonders wenn es sich um eine staatliche Einrichtung mit vierhundert Betten handelt. Da ist nicht von Rentnern oder Personen die Rede, Gäste heißen sie, Belegung der Gästebetten heißt es, da wird gerechnet, da sind Kompetenz und Erfahrung gefragt, da sind keine Sentimentalitäten erlaubt. Frauen sind am Anfang sentimental, die Pflegerinnen, dann backen sie Küchlein für die Alten und setzen ihnen Hüte auf und feiern Geburtstag. Das vergeht ihnen nach spätestens einem Jahr Dienst. Vergeht einem doch alles. Eine Pflegerin schafft es selten in die Geschäftsleitung. Das ist verdammt ein Unternehmen, da sind Köpfe gefragt, nicht wahr, und mit Mitleid lässt sich kein Blumentopf gewinnen. Herr Bramann wusste, dass er ein kluger Mann war, er hatte die Anforderungen, die ein ordentliches Leben an seine Benutzer stellt, entsprechend erfüllt, hatte sich in der Schule um ansehnliche Resultate bemüht, hatte gedient, Jura studiert, abgeschlossen, gearbeitet und als Vollendung der ersten Lebensetappe geheiratet. Seine Frau hatte ein nahezu symmetrisches Gesicht, es gab kaum einen Mann, der sie nicht attraktiv fand, sie erfüllte die Ansprüche, die ein Mann an eine Frau stellen kann, sie war natürlich, anteilnehmend und immer verfügbar. Durch sie hatte er zwei Kinder hergestellt, die ebenfalls ausnehmend symmetrische Gesichter besaßen.

Man hatte ihm immer gesagt, dass ein Mensch mehr wollen muss, und daran hatte er sich gehalten.

Für ihn existierten die Idioten aus seiner Familie.

Er nahm sie wahr.

Personen, die sich außerhalb des Radius seines Hauses aufhielten, verschwammen. Sie schienen ihm unscharfe Bäume.

Bramann betrachtete sich im Spiegel, er überprüfte, ob Flecken an seiner Kleidung waren, er sah sich an, und das Bild löste kein Empfinden aus. Er hätte auch jemand anderes sein können. Oder nicht da. Bramann dachte nie an den Tod. An das Ende zu denken oder zu reden schien ihm unnütz. Bevor er Vorstand der Altersresidenz wurde – eine Bezeichnung, die ihm versicherte, dass er über Humor verfügte, denn er musste immer laut auflachen, wenn er sie schrieb oder las –, hatte er sich als Abmahnanwalt einen Ruf gemacht. Das hatte ihn nicht mehr gereizt, seit der Beruf so im öffentlichen Interesse stand. Glauben Sie's nur, die Wachstumsbranche in Europa sind Alte. Ein überalterter Kontinent, wo nur noch Narren auf die Kaufkraft junger Menschen setzen. Gleich nach der finanzkräftigsten Bevölkerungsgruppe der Alten kommen die Frauen. Besser ausgebildet als die Männer meist, und was wollen die, die wollen Sicherheit und Sauberkeit.

Bramann hatte für seine Pflegerinnen einen neuen Schminkspiegel anbringen lassen. Er mochte seine Angestellten nicht, er verachtete sie nicht, er verwaltete sie. Einzig bei einer Pflegerin, die seit zwei Jahren bei ihm tätig war, entwickelte er Emotionen. Unter all den Personen, die ihn umgaben und die wirkten wie ein schlecht eingestellter Fernseher. Die vollkommen unklare Aussage dieser Person brachte Herrn Bramann völlig aus dem Konzept. Sie war in einer Art unantastbar, die ihn wütend werden ließ. War Bramann wütend, half es ihm, zu verreisen. Er verreiste zweimal im Jahr. Er studierte vorher. Intelligente Reiseführer. Er fuhr in Urlaub mit seiner Frau und den symmetrischen Kindern, und die schwitzten, die besichtigten Denkmäler, die hassten ihren Vater, Bramann, der mit blödem Gesicht in der Landschaft steht und sich nach Hause wünscht und stattdessen das Gespräch mit dem Eingeborenen sucht, mit dem Neger. Mit welcher Eleganz die sich bewegen, wenn sie sich bewegen! Die Bewegungen der Pflegerin, die er hasste, waren alles andere als elegant. Sie bewegte sich wie ein Fisch an Land. Unweiblich. Eine Frau muss weiblich sein. Warm, weich, rund, einladend, begehrenswert. Eine Frau muss unbedingt begehrenswert sein, denn sie schafft ja nichts aus sich heraus, sie muss sich mit männlichen Molekülen aufladen. Bestäuben lassen. Mit welcher Herablassung du von uns sprichst, hatte seine Frau ihm einmal vorgeworfen. Er hatte sie nicht verstanden. Er hatte gesagt: Stell dir doch vor, wie du für ein Haustier empfindest, für deinen Pudel, der dir gestorben ist. Du liebst ihn, respektierst ihn, du umsorgst ihn und behütest ihn. Aber würdest du ihn darum wählen lassen? Über den Kauf eines Neuwagens entscheiden lassen? Seine Frau hatte dann nichts mehr gesagt, und diese Pflegerin, die stand da mit ihrem fremden Gesicht und stimmte nicht.

Und weiter.

Normalerweise wäre es außer Diskussion gewesen, dass Toto den Direktor bereits nach Sekunden von seiner Qual erlöste, doch es ging nicht um sie, sondern um die Gäste, die ihr eine Familie geworden waren. Der Direktor würde gewinnen, früher oder später würde er gewinnen, vielleicht würden die Insassen des Heims zu leiden haben, vielleicht würde er ihnen. Und als läse er Totos Gedanken, fuhr der Direktor fort: Wenn Sie nicht freiwillig gehen, sehe ich mich zu Sanktionen gezwungen. Vielleicht, und das bleibt hier im Raum, Sanktionen gegen Ihre Pflegebefohlenen.

Unbedeutend, dass der Direktor Unrecht hatte, Recht ist eine Erfindung der Machtlosen, um sich an etwas zu klammern, in ihrer Unterlegenheit. Das gibt es doch gar nicht, dieses Recht, in einer Welt, in der jeder Unrecht hat, der nicht man selber ist.

Toto ging zu ihrem Spind und konnte sich kaum bewegen. Wie sollte sie es den Alten sagen, die jeden Morgen lächelten, wenn sie das Zimmer betrat, die weinten, wenn sie nach Hause ging.

Die Plastiktüte mit den Dingen, die auf der Arbeit eine Bedeutung gehabt hatten und nun nichts mehr waren als Sachen.

Jetzt weinen Sie doch nicht. Bitte weinen Sie nicht mehr. Toto schob Frau Meier in den Waschraum zur Funktionspflege. Das war genauso, wie es hieß. Toto hatte sich noch nicht daran gewöhnt. Alte wurden verwahrt, versorgt, verstaut, zum Sterben abgelegt, wenn sie nur endlich sterben wollen, dann kommt die Rechnung des Krematoriums, und vielleicht ließe sich hier und da noch ein rechter Gewinn mit den Särgen machen.

Wenn ich Sie nur mitnehmen könnte, sagte Toto. In eine große Villa. Frau Meier weinte. Sie hatte Multiple Sklerose, konnte ihre Glieder nicht beherrschen, aber der Kopf war noch da, noch wach und traurig. Viele von Totos Damen waren dement geworden. Neuen, völlig unbestätigten Erkenntnissen zufolge hatten sie den Verlust ihres Verstandes selbst zu verantworten. Keine der Damen hatte nach Kriegsende einen Posten im Aufsichtsrat innegehabt, sie hatten nicht gearbeitet, keine Leistung erbracht, außer Kinder aufzuziehen, nach dem Krieg, und Männern Essen zuzubereiten, und nun waren sie tot und bewegten sich noch und waren selber schuld, die dummen Alten, hatten ihr Gehirn vernachlässigt.

Funktionspflege. Frau Meier wurde abgeduscht, sie weinte. Toto weinte. Dass es so unwürdig war, von Beginn, vom Einnässen in die Windeln, und da schloss das Ende wieder an. Um fünf wurden die Damen geweckt, ein Einzelzimmer hatte hier keine, um fünf, damit die drei Pflegekräfte es schafften, die Pillen, das weiche Weißbrot mit Marmelade, füttern, reinigen, die bettlägerig waren, hatten es sehr schlecht getroffen, lagen den ganzen Tag, lagen sich wund, lagen sich Würmer. Ich stelle mir alle als Nazis vor, hatte eine Pflegerin Toto verraten, dann geht es einfacher, dann kann man sie ein wenig leiden sehen, wenn man sie alle in SS-Uniformen steckt. Aber das half Toto nicht, dieser Kollektivverdacht half doch keinem, sie fühlte sich doch auch nicht schuldig an all dem Schwachsinn, den die Menschen zu ihren Lebzeiten gerade anstellten, die ANDEREN. Warum habt ihr einfach immer weitergemacht, könnten die fragen, die nach ihr kamen, warum konntet ihr nicht einfach mal satt sein, könnten sie fragen, und Toto würde doch keine Schuld empfinden, keiner war schuld, alle machten nur mit. Man konnte den Damen nicht ihre Erinnerungen rauben, die auftauchten, während das Jetzt verschwamm.

Frau Meier weinte. Es war einer dieser Tage. Vielleicht verstand sie auch, dass wieder ein Abschied anstand, dass sie gingen, die Kinder, die Partner, die Geliebten, die Geschwister, die Freunde, alle gingen irgendwann, weil sie meinten, es sei unglaublich wichtig für ihre großartige Entwicklung, für ihr wunderbares Ego und den Lebensverlauf. Und wenn man kurz vor dem endgültigen Verschwinden ist, begreift man, dass alles ein Mist war. Man hätte mit den Menschen bleiben sollen, die man kannte, man hätte sie halten sollen, sich aneinanderdrücken in der Undurchschaubarkeit der Welt. So ein sinnloses Gehen.

Die Mehrbettzimmer waren in stark depressionsfördernder Farbe gestrichen. Hier lagen sie. In verschmutzten Operationshemden, die den Hintern nackt lassen, Essensreste am Gesäß, wie waren die dahin geraten, die schlechtsitzenden Windeln, mitunter verschmolz das Gewebe mit der Matratze, das Gebiss wurde keinem mehr eingesetzt, zu gefährlich, und die gurgelten, schnauften, stöhnten, ächzten, in jedem Mehrbettzimmer hing eine große Uhr. Deine Zeit ist abgelaufen, sagte sie, mit jeder Sekunde lauter werdend, bis sie wie eine große Glocke tönte. Die Alten hatten Angst vor der Uhr. Sie hatten Angst und nichts zum Halten. Ein Schlachthaus ohne Erlösung. Ein Warteraum in nuklear verseuchtem Gebiet. Röcheln, sich einnässen, sich einscheißen, stöhnen, und unklar, was da im Kopf passiert, aber warum soll da nichts passieren, nur weil sie es nicht mehr sagen können, weil sie nicht mehr kräftig sind, federnd, wippend, in Anzügen, mit quadratischen Schuhen und Rucksäcken, Anzüge und Rucksäcke, das trägt das Arschloch draußen, und hier drinnen verrecken seine Eltern. Denen das Arschloch nichts mehr schuldig ist, in Zeiten der Unsicherheit. Ein guter Hass auf die Elterngeneration, mit ihren miesen Ratschlägen, diese satten Alten mit ihren Häusern, Stellungen, Renten. Die Kinder, die jetzt Fünfzigjährigen, haben einen Bauchansatz, die Taille ist verschwunden, sie werden alt und haben es zu keiner Sicherheit gebracht, denn um sie entgleist gerade die Weltordnung, die so unumstößlich fest gewesen ist, mit der sie aufgewachsen sind, in dem Bewusstsein, auf der Gewinnerseite zu stehen, in einem westlichen Land, als weißer Mensch, der nun einfach die Arbeit verliert und die Figur.

Sie waren immer seltener zu Besuch gekommen. Am Anfang, als die Mutter noch in sich zu Hause war, da ertrugen sie das Gejammer nicht. Der hässliche Raum, das schlechte Essen, die bösen Bettnachbarn. Das ertrug man doch nicht mit Schuldgefühlen, aber wo sollten sie denn hin, die Eltern? In die Wohnung? Die war doch zu klein, und man hat ein Recht auf einen guten Feierabend. Und das Gejammere, der Krieg, der Aufbau, die Essensmarken, der Hunger, das schmutzige Wasser, die schlechte Gesundheit. Das hält doch keiner aus, nach zehn Stunden High Performance. Das macht einen doch irre, da will man doch draufhauen. Dann wurden die Besuche seltener, als die Demenz kam, das war langweilig, das immer gleiche Spiel, wer sind Sie, wo ist mein Sohn, wo meine Tochter, welchen Tag haben wir heute, ich muss das Baby stillen, das hält doch kein vernünftiger Mensch aus. Und dann vergaßen sie die Mutter völlig. Kein Verdrängen, das war ein reines, klares Nichtvorhandensein der Erzeuger, ohne dunkle Träume. Bei der Beerdigung wird geweint, aus Selbstmitleid, wegen der Kindheitserinnerungen, weil sie doch nicht genug geliebt worden sind, wegen der Vorstellung, wie es hätte sein können, auf dem Land in einem Mehrgenerationenhaus, mit Tieren. Und fucking Apfelbäumen.

Frau Meier weinte. Sie hatte nie viel geredet. Toto wusste, dass sie alles verstand, was sie ihr erzählte jeden Tag, zwischen Funktionspflege und Fütterung, wie es draußen jetzt aussah, zeigte Fotos und sang ihnen Lieder vor. Das Publikum konnte nicht weglaufen, sie lächelten, die Alten, in ihren Betten und Rollstühlen.

Toto stand mit ihrer Tüte auf dem Flur, Neonlicht flackerte, die Röhre müsste ausgewechselt werden, aber von wem. Vielleicht könnte Toto sie besuchen, aber die meisten würden sie nicht mehr erkennen.

Und es war der Nachmittag am letzten Tag des Jahres. Die Gegend, in der Toto wohnte, hatte nicht an Schönheit gewonnen, mehr Autos, sie schoben sich vierundzwanzig Stunden am Tag im Schrittempo irgendwohin, die Führer der Wagen im Schutz ihrer unzerstörbaren Behausung hupten, schimpften, sie hassten sich, die Straße, das Wetter, das Haus verfiel, die Tür schloss nicht, oft waren blutige Nadeln im Treppenhaus, manchmal Hundekot, Müll, es zog, inzwischen wohnten hier nur noch Menschen, die es in ihren Ländern noch schlechter gehabt hatten. Sie waren die Wanderarbeiter der Zivilisation und hatten es geschafft bis in die schöne Welt an der sechsspurigen Straße, sie hatten eine Heizung und fließendes Wasser und irgendeinen miesen Job, in einem Atomkraftwerk, auf dem Bau, ohne Versicherung, ohne Pausen, egal, alles besser als zu Hause. Die Nachbarn waren laut, viele mit irgendwelchen Traumas aus irgendwelchen Kriegen, das geht aufs Nervensystem, da wurde gestritten, geschrien, geschlagen, das passiert, wenn acht Leute in einem Zimmer wohnen. Toto hatte sich der Wohnung nicht mit besonderer Sorgfalt gewidmet, sie war immer noch leer, weil sie nicht wusste, was sie mit Möbeln und Zimmerpflanzen anstellen sollte. Sauber war es, eine schöne Decke auf dem Bett vor dem Fenster, viele Bücher an den Wänden, Musik, und eine ausufernde Kollektion von Duschzusätzen, es war nicht unangenehm in der Wohnung, und heute würde das Jahr zu Ende gehen. Toto saß auf ihrem Bett und sah auf die Straße. Beton brach unter Regenmassen zusammen, es schien nur noch zu regnen. Es wurde nicht mehr hell, und im Frühling träumte sie vom Herbst. Und vor dem Haus stand Frau Meier in ihrem Rollstuhl im Regen.

Das Ende.

Jedes Jahr gab es in einem der fünfhundert Atomkraftwerke auf der Welt ein Unglück. Vielleicht kann man es so nicht nennen, vielleicht machte das Plutonium nur, wozu es geschaffen ist, so wie die Natur ihre Tsunamis und Erdbeben, ihre Dürren und Kälteperioden produziert und erst durch die Anwesenheit der Menschen zu einem Problem wird.

Nicht für das Plutonium.

Positiv war, dass, seit sich die Naturereignisse, so war die offizielle Sprachregelung, sich häuften, die Kriegstätigkeit abnahm. Die Länder hatten zu viel mit dem Wiederaufbau zu tun, auch unterschieden sie sich immer weniger voneinander. Es schien, als wollte die Erdbevölkerung geschlossen in mit kabellosem Internetzugang abgedeckten Städten leben, als wollten alle durch die gleichen Läden schlendern, die gleiche Kleidung tragen und Sushi essen. Sie wollten in der Nähe ihrer Träume leben. Wollten sie zumindest sehen können, die eleganten Viertel, wo es Bäume und hervorragend geschultes Sicherheitspersonal gab, ehe sie in ihre Slums zurückkehrten, die schon lange nicht mehr so genannt wurden. Die Weltbevölkerung unterschied sich nicht mehr durch Kontinente oder Glauben, die Dreiklassengesellschaft teilte sich in die in den Villen, die in den billig gebauten Blocks der Vororte, zusammengewachsen zu großen, komplett überbauten Flächen, und die in den Verliererviertln, die Einwanderer und Arbeitslosen, die in übriggebliebenen Arbeiterwohnungen vom letzten Jahrtausend wohnten, mit unzureichend isolierten Mauern, alten braunen Küchen und eingeschlagenen Haustüren an Hauptstraßen. Es ging ihnen besser als je zuvor im Verlauf der Geschichte, den Armen, Randständigen, doch leider fehlte ihnen der Vergleich. Da sollte mal einer kommen und sagen: Schau, du Sozialhilfeempfänger, so wie in deinem Viertel sah's früher nur in Vororten von Kasachstan oder Timbuktu aus, aber du hast eine medizinische Grundversorgung, wenn du lange genug in der Poliklinik warten kannst, wenn du überlebst, in diesem Wartesaal mit deiner Stichverletzung, dann wirst du versorgt, oder was von dir übrig ist, das wird zusammengetackert, und dann gehst du heim, in dein Viertel, das sich nicht im Geringsten unterscheidet von all den Vierteln für deinesgleichen, für die Mehrzahl deiner Brüder und Schwestern. Du hast einen Fernsehapparat und keinen Hunger, das ist doch mal was. Und dann würde man dem Sozialhilfeempfänger auf den Stumpf klopfen, aber der wäre vermutlich uneinsichtig und weiterhin schlecht gelaunt, denn ihm wäre klar, dass er in diesem Leben keinen positiven Ortswechsel mehr erleben wird.

Der Drang der berufstätigen Menschen nach gesunder Ernährung hatte ein absurdes Ausmaß erlangt. Täglich öffnete ein neuer Bio-Supermarkt, durch den wohlhabende Menschen strichen und an Gurken schnupperten. Sie rieben Kräuter, studierten Kalorien, Herkunftsgebiete, die Namen der Hühner, und sie würden Waren in ihre Wohnungen tragen, die sich selber belüfteten. Dort würden sie, homo- oder heterosexuelle Paare mit einem in vitro erzeugten Kind, Nahrung zubereiten. Ein Theater. Ein Studieren, Wiegen, Spitze-Schreie-Ausstoßen, und um acht kommen Torben und Reinald. Wein atmete seit Stunden, die Zwangsbelüftung versagte. Der Rest der Bevölkerung verzehrte Erzeugnisse, die aus Ersatzkäse und Ersatzfleisch bestanden, kaufte in Läden, gemacht, den Kunden zu demütigen und ruhigzuhalten, denn übergewichtige Menschen sind schlechte Revolutionäre, die dicken trägen Leute, denen außer essen kaum was einfiel, und selbst das machte doch keinen Spaß. Toastbrot, auf dem Wurst in Mickymausform lag, das schmeckte doch nicht, aber das machte voll und müde, und dann konnte man sich nicht mehr bewegen, und das war gut, denn wer wollte da lustwandeln, an der sechsspurigen Straße. Oder im Park. Hin und her, und Enten. Na ja, gut, dann eben Enten, und dann musste man doch wieder heim, in die Wohnung aus Backstein. Das Licht in den Supermärkten zu hell, die Waren in Pappkartons gelagert, die Angestellten so übergewichtig wie die Kunden. Hier kaufte der Arme Brotersatz, der vermutlich nie in die Nähe eines Kornes gekommen war, mit roter Farbe eingesprühtes Altfleisch in Kilobatzen. Der Alkohol war billig, vermutlich würde man an ihm erblinden. Dann halt. In die Läden der Wohlhabenden wagten sich die Armen nicht, eine Bevölkerungsgruppe, die ständig zunahm. Immer mehr lagen in Kellern und in Parks, teilten sich Zimmer in Abbruchhäusern. Über die nun offenen Grenzen des glücklich vereinten Europa kamen Menschenmassen, die hier etwas suchten, das anders war als die Hoffnungslosigkeit daheim, in Rumänien oder Russland oder egal wo, aus irgendeinem Land, wo man seinen angeborenen Status der Armut nur durch Kriminalität würde verlassen können. Die Städte Europas waren überfüllt, sie waren verdreckt, kleine Schneisen wurden für Touristen geschlagen, ein paar Fassaden geputzt, und es gab immer mehr Viertel, in die sich Reiche nicht mehr wagten. Es gab auch keinen Grund dazu, denn in den Quartieren der verarmten Mittelständler und Zuwanderer sah es überall gleich aus. Ein rasanter Verfall der Gebäude, Müll, der nicht mehr abgeholt wurde, weil sich die Fahrer der Stadtreinigung oft nicht in die Viertel wagten, sie sagten: Ich möchte das nicht sehen, dies Elend, es gibt doch ein Recht auf ein menschenwürdiges Leben. Ein großartiger, komplett idiotischer Satz. Es gibt kein Recht auf nichts in der real existierenden Evolution. In der Altersforschung tat sich Erstaunliches, Wissenschaftler, die verschiedene Ansätze der Nano- und Hormontherapie verfolgten, gingen davon aus, dass man in einem Jahrzehnt so weit wäre, die Lebenszeit der Menschen fast verdoppeln zu können. Man experimentierte mit der Übertragung des Bewusstseins auf Avatare, Roboter oder Körperspender. Unklar, wie sich dieser Umstand auf die Überbevölkerung auswirken sollte, auf eine Gesellschaft, deren Durchschnittsalter in der westlichen Welt damals schon fast bei fünfzig lag. Todmüde Kinder waren ab und an zu sehen, ihre Schulzeit war um ein Jahr verkürzt worden, die Stundenzahl hatte sich verdoppelt, sie waren wie kleine Manager, die sich mit Pillen aufputschen mussten. Den jungen Menschen wurde unbehaglich, sie waren eine Minderheit, sie hatten keine Orte mehr zum Jungsein, zum Rebellieren, wogegen auch. Der Feind war verschwommen und saß in Banken. Der Feind saß in der Natur und erzeugte reale Katastrophenfilme. Der Feind war das Kapital, das alle wollten, auch die jungen Menschen, da war es schwer, das Dagegenkämpfen. Gedruckte Bücher und Zeitungen waren ein Randgruppenprodukt, ein Untergang war nirgends zu verzeichnen, von oben vielleicht, da hätte man ihn ausmachen können anhand all der Waldbrände, Orkane, der Völkerwanderungen, der Verschiebungen eines Gleichgewichts, das nie bestanden hatte. Aber wer schaut schon von oben auf die Welt, erst recht, seit das Raumfahrtprogramm eingestellt worden war. Amerika bankrott, da flog nichts mehr. Und unten, in den kleinen Lebenszellen, ging für die Menschen, die sich Universum genug waren, alles weiter wie gewohnt. Sie hielten sich für unsterblich, hatten Angst, aus den Städten in die Vororte vertrieben zu werden, weil doch keiner mehr auf dem Land leben wollte, weil es das Land doch kaum mehr gab, alles zusammenfloss in einem Wald aus Beton. Ein kleines nervöses Surren war der Grundton auf den Straßen, wo der Verkehr kollabierte, die Menschen nicht mehr wussten, wem sie trauen konnten, ihrem Banksachbearbeiter nicht mehr, den Krankenhäusern seit der Privatisierung nicht mehr, dem Nahverkehr nicht mehr, und seit immer mehr Gebäude im Rohbau zusammenbrachen, auch den Bauunternehmen nicht mehr. Von der Großen Leidenschaft des Reisens waren sie geheilt, die Menschen, das Reisen, der Tourismus war ein Hobby der Unterschicht geworden, der elitäre Mensch blieb zu Hause und spielte die alten Werte nach. Beunruhigendes offenbarte sich bei der bislang völlig vernachlässigten Erforschung von Pilzmyzelen. Die Biester waren so intelligent, dass sie Lebewesen manipulieren konnten. Man munkelte von außerirdischen Lebensformen, die die Welt unterhöhlten. Doch das war bei der nächsten Krise schon wieder vergessen, das kleine Unwohlsein mit den Pilzmyzelen. Wie immer in Krisenzeiten, und die Jahre 2010 bis 2030 waren eine fortdauernde Krisenzeit, machten sich Männer gegen arbeitende Frauen stark, Bedrohung des Arbeitsplatzes, was sonst. Gleichberechtigung im Westen Europas existierte nicht, jede dritte Frau wurde vergewaltigt, da kam auch schon wieder eine neue Supergrippe. Doch eine gute Zeit brach an. Das Gerücht, dass nur Kakerlaken atomare Katastrophen überleben können, galt es zu revidieren. Degeneriert mögen sie sein, von Tumoren zersetzt, doch die sterben nicht aus, die gewöhnen sich an alles. Die Menschen.

2010–2030.

Und weiter.

Frau Meier lag auf dem Bett am Fenster, sie hatte sich den Platz mit dem Nachdruck einer Person, die nichts mehr zu verlieren hat, zu eigen gemacht. War auf das Bett gestiegen, mit den wenigen Schritten, die sie ohne Rollstuhl machen konnte, und hatte es nicht mehr verlassen. Toto schlief am Boden, in der gegenüberliegenden Ecke des Raumes, hinter einem Paravent, und in der Nacht hörten sich die beiden atmen, manchmal weinte Frau Meier leise, dann ging Toto zu ihr, nahm sie in den Arm. Es ließ nach, das Weinen, aber hörte nicht völlig auf. Wenn es ein bisschen aufhörte, erzählte Frau Meier. Von ihrer Mutter, die mit ihrem Bruder in Urlaub gefahren war und sie allein zu Hause gelassen hatte. Frau Meier erinnerte sich an Kirschblüten, die zu Boden fielen, und an unklare Verzweiflung. Und an die erste Liebe erinnerte sie sich. Ein Junge, den sie immer vom Fenster aus sah. Zart und blond. So glücklich wie beim Beobachten des Jungen mit vierzehn war sie mit einem Mann nie mehr gewesen. Frau Meier erinnerte sich immer an dieselben Geschichten; waren sie erzählt, begann sie von vorn. Sie wusste nicht genau, wo sie war und warum und in welcher Zeit. Ab und zu bekam ihre Unklarheit einen Riss, durch den sah sie das Zimmer und Toto, und dann war sie glücklich. Wie es schien. Und dann verstand sie, dass es nur ein geborgtes, sehr kleines Glück war, dem nichts mehr folgen würde, dass es ihr nicht mehr möglich war, ihr Leben schön zu möblieren, denn es waren die letzten Meter vor dem Ziel. Dann weinte sie wieder. Frau Meier erinnerte sich vornehmlich an die unangenehmen Momente. Sie hatte irgendwo, vergessen, gearbeitet und einen Mann, vergessen, ernährt. Wollte sie ihr Geld abheben, bedurfte es seiner Unterschrift. Das vergisst man doch gerne, dass Frauen erst seit kurzem die Bürgerrechte besitzen. Später wurde sie von ihrem Mann oft vergewaltigt, ohne dass es so genannt wurde. War halt ein starker, ein leidenschaftlicher Mann.

Die nähere Vergangenheit war kein Ort, durch den Frau Meier gerne in Gedanken spazierte, und so verlor sie sich wieder irgendwo in einem diffusen Licht, und der Raum schwebte ihr wie eine Wolke über alle Hässlichkeit am Boden. Toto saß in ihrer Ecke. Sie las. Und hätte sich wieder einmal nach der Zukunft fragen können, doch das tat sie nicht. Die Situation ist nur in Filmen absurd oder erheiternd, Filme, in denen Alte in Rollstühlen bei ratlosen jungen Menschen auftauchen, und dann kommen beide Parteien zur Ruhe, und eine Karriere wird gemacht. Aus Toto würde nun, zweitausendelf, vermutlich, oder später, nichts mehr, womit sie sich bei einer Dinnerparty brüsten konnte. In den letzten Wochen war Toto schwach gewesen, und in dem Zustand war sie empfänglich für kleine Sentimentalitäten. Toto bedauerte nichts in ihrem Leben, außer der Liebe, die sie nie kennengelernt hatte.

Manchmal, in den Nächten, wenn ihr so warm war und das Laken sich wie eine heiße Wurst um ihren Hals rollte, dachte sie an einen Mann. Er war dünn und schmal und mit Flaum bedeckt, vielleicht war es ja auch ein Hund, aber er lag nah bei ihr und sah sie an, und dann wachte sie auf mit einem abgründigen Gefühl von Verlust. Aber da war auch Frau Meier und weinte, und es tat gut, für jemanden verantwortlich zu sein. Man kann sich selber vergessen, und Toto war erstaunt, dass so wenige um dieses Geheimnis zu wissen schienen. Toto und Frau Meier lebten von wenig. Frau Meiers Rente lag irgendwo, sie konnte sich nicht erinnern, und Toto vergaß, sie zu fragen, Toto erhielt etwas, das früher Sozialhilfe hieß. Frau Meier sah Autos an und lächelte, es hätte Frühling sein müssen, Toto träumte vom Herbst, und es regnete nicht. Frau Meier wollte die Wohnung nicht verlassen; wann immer Toto nach der Morgenwäsche versuchte, ihr straßentaugliche Kleidung anzulegen, versteifte sich ihr Körper, und ihre Augen verdrehten sich in Panik. Vermutlich glaubte sie, Toto wollte sie irgendwo aussetzen. Fast vermeinte Toto einen kleinen Triumph in ihrem Gesicht zu sehen, einen kaum spürbaren Sieg, und den wollte Toto ihr nicht verderben. Toto unterließ alle Bemühungen, die alte Dame zu lüften, sie lag auf ihrem Hochbett und sah zufrieden aus. Das Gesicht sehr weich, die braunen Augen entzündet, denn der untere Wimpernkranz bog sich nach innen, reizte ständig die Augen, was nicht so alles aussetzt in der Auflösung, den Napf mit in Milch eingeweichtem Brot mochte sie nicht hergeben, sie rollte sich um diesen Napf, diese seltsame Angst, verhungern zu müssen, aber sonst war alles in Ordnung, die Stimmung fast überbordend fidel.

Wenn Toto nur ohne diese seltsame Übelkeit gewesen wäre. Die sie immer auf der Straße befiel, sodass sie sich irgendwo festhalten musste, der Boden schien flüssig. Ein paar Monate ging das so, seit Frau Meier auf dem Hochbett wohnte. Da konnte es keinen Zusammenhang geben, zwischen mentalem Wohlgefühl und körperlichem Elend. Frau Meier erwachte jeden Morgen um sechs. Sie schnaufte dann leise, und Toto ging zu ihr. Sie strahlte, dann bekam sie ihren Tee. Toto erzählte von den Ideen der Nacht. Vor dem Erwachen kamen die, zusammen mit einer absurden Kraft.

Wir sollten weggehen, Frau Meier. Wir packen unsere Jacken und Zahnbürsten ein, gehen zum Bahnhof und besteigen einen dieser interessanten internationalen Züge. Wir fahren nach Paris, Frau Meier. Ich beherrsche Französisch nicht, aber ich glaube, das Land liegt uns. Es hat so eine wunderbar gelbe Beleuchtung. Ich werde mir einen Beruf in einer Bäckerei suchen, sie verfügen über exzellente Backwaren in Paris, und unser Ernährungsproblem wäre dadurch auch gelöst. Sie müssen nicht mehr dieses eingeweichte Toastbrot essen, sondern warme frische Croissants. Ich weiß, das klingt jetzt ein wenig nach Heidi, Sie kennen doch Heidi? Das Mädchen auf der Alm. Nun, schauen Sie nicht so streng, ich werde Sie nicht auf eine Alm schieben, es gibt auch zu wenig Anregung dort, Sie wollen doch was sehen. Also ich arbeite in der Bäckerei, und am Abend singe ich in kleinen Clubs. Sie werden uns lieben dort, ich bin mir sicher. Die Franzosen sind reizende Menschen. Sie sind arm, las ich, wir werden nicht auffallen. Frau Meier lächelte. Und Toto wurde schon wieder ein wenig müde. Die Kraft, die sie noch in der Nacht so dringend gespürt hatte, war verflogen, und sie schwitzte bei der Vorstellung, zu packen und mit der alten Dame zu verreisen. Der Atem ging ihr schwer, und sie verließ die Wohnung wie jeden Tag, nachdem Frau Meier den Tee bekommen hatte, um unten eine Zeitung und ein Brötchen zu kaufen. Damit der Kontakt zur Außenwelt nicht verlorenging und sie nicht in der Wohnung mit der Matratze verwachsen würde. Es kam ja auch kein Postbote, über den man einen Kontakt hätte herstellen können, fast meinte Toto, ihn im Hausflur zu hören, sich verbergend hinter einem Vorsprung in der Wand. Es steht nicht in meiner Befugnis, murmelte er.

Einmal hatte Toto den Postboten gesehen, sie hatte eine Abmahnung eines Abmahnanwalts bekommen, der zweitausend Euro dafür verlangte, dass Toto den geschützten Markenbegriff Toto verwendete. Toto hatte auf das Ansinnen nicht reagiert und war erfreut über das große Vergnügen, das Besitzlosigkeit in selteneren Fällen schenken konnte. Man musste sich bewegen und reinlich halten, man durfte sich nicht aufgeben, hieß es doch immer in Agitationsbroschüren, nur die Erklärung des Wozu blieben die Ratgeber schuldig. Totos Verfassung war keinen Regeln unterworfen. Oft fühlte sie sich normal; fühlte sie sich nicht normal, dann machte sie nur die Ratlosigkeit auf der Straße traurig, die Trinker, die schon am Morgen neben den

Ladeneingängen lagen und den Mond anbellten, die jungen Männer, die bereits in der Früh schlechte Laune hatten und nach einem Opfer suchten, die Hausfrauen unter Tabletteneinfluss, die zu den Läden unterwegs waren, wo man abgelaufene Lebensmittel an Arme verteilte. Was nützt der schönste Kapitalismus, wenn die Freiheit, die versprochene, nur in einer freien Wahl der Produkte besteht, die man kaufen kann?

Horden gelangweilter arbeitsloser Arbeiter saßen in Sozialwohnungen. Es spülte immer mehr Menschen aus dem System, man brauchte kaum mehr Ungelernte, da ist doch kein Bedarf mehr an neuen Kleinwagen, wie soll man die betanken, keiner braucht mehr Nähmaschinen und Makrelen in Tomatensoße, Landkarten und Thermoskannen. Die Renten knapp, Millionen unterbezahlter Frauen aus Pflegeberufen mittellos und alt in Massenunterkünften.

Toto fiel auseinander, schien sich aufzulösen, stieg die Treppen hoch, und Frau Meier lächelte. Sie spielte ein wenig mit ihrem Weißbrot in Milch, sie sah die Autos an, sie, die noch die Straßen leer und grün gekannt hatte. Der Preis für gute Zahnhygiene besteht in betonierter Urbanität. In Megacitys und aussterbenden Tiersorten. Nein, Toto fiel auch keine Lösung ein. Alle wollten es nett haben in Neubauwohnungen, da gab es, selbstredend, keinen, der freiwillig erklärt hätte, danke schön, wir bleiben gern in unseren Lehmhütten auf Borneo und beackern die Felder mit der Hand, damit ihr schöne Urlaubsfotos davon anfertigen könnt, ehe ihr wieder nach Hause fliegt und die Zentralheizung anstellt und shoppen geht.

Toto musste sich übergeben. Öfter in letzter Zeit. Sie sah müde aus, die Haare, immer noch wie eine dichte Kappe, fielen ins Gesicht. Immer noch zu rund, auf einem Leib, der groß war und weich. Toto sah gesund aus. Ein runder großer Inuit-Teddybär. Doch wenn man den Blick scharfstellte, merkte man, dass sich etwas aufzulösen begann. Toto schien zu verschwinden, ohne dass man sagen konnte, was genau den Eindruck hervorrief. Sie sah aus, als sei sie von wenigen Dioptrien mangelnder Sehschärfe umgeben.

Das Bad war ordentlich, die Handtücher zu oft gewaschen, die Bemühung, es sich nett zu machen, zu deutlich. Kein Fenster hier, kein Fenster in der Küche. Toto machte sich Kaffee. Sie müsste sich vermutlich etwas überlegen. Einen Beruf suchen. Einen neuen Anlauf nehmen. Vielleicht noch mal über das Singen nachdenken. Sie könnte einen Volkshochschulkurs besuchen. Sie kam mit dem Kaffee ins Zimmer zurück. Das in einem freundlichen Licht lag. Frau Meier hatte sich um ihren Futternapf gerollt. Sie lächelte. Sie starb. Als sich Toto zu ihr beugte, schlug sie mit einer kleinen schlaffen Hand nach ihr, geh weg, geh weg, du ekliger Freak. Waren ihre letzten Worte.

Toto erschrak nicht einmal mehr. Sie setzte sich auf den Rand des Bettes, da lag die tote Frau mit einem bitteren Zug um den Mund.

Und weiter.

Die alten Bewohner in Totos Viertel bewegten sich so verstörend langsam, als wären sie alle Mitglieder einer verzagten Tai-Chi-Gruppe, ihre Körper erzeugten durch die Langsamkeit Endorphine, die sie gütig von ihrer Umwelt trennten, trotzig geworden, schlurften sie an gegen die Beschleunigung der Welt.

Die Verlierer der kapitalistischen Stadt hofften nicht mehr. Eigentlich eine vernünftige Haltung, sie führte jedoch bei den meisten zur vollkommenen Verwahrlosung.

Wann immer Toto das Haus verließ, den Kopf wirr von all den hereinbrechenden Informationen, fühlte sie sich wie unter Kosmonauten im All. Keine Verbindung mit der Basisstation. Jeden Morgen ging Toto an dem leeren Spielplatz vorbei. Er war geschlossen worden, nachdem die Bewohner der umliegenden Häuser immer öfter die Kindergärtner verprügelt und die Kinder angeschrien hatten. Es war ihnen zu laut gewesen, den Anwohnern, da konnten sie sich nicht recht anbrüllen, bei dem Kinderlärm. Um den Fußballplatz war eine meterhohe Schallschutzmauer gezogen worden, schön sah das nicht aus. Toto stand mit einem Kaffee vor einer Bäckerei, die industriell gefertigte Weißmehlwaren verkaufte, und machte sich mit dem Tag vertraut. Bekannte kamen vorbei. Eine alte Dame, die ihre Wohnung immer mit sich führte und der Toto fast täglich half, ihre Sachen irgendwelche Treppen hinauf- oder hinunterzutragen; ein übergewichtiger Ex-Rausschmeißer, der nach Entfernung seines Raucherbeins arbeitslos war und den Toto stets beim Ausfüllen seiner Behördenpapiere unterstützte; ein alkoholabhängiges Zwillingspaar mit Affinität zu Engeln, das Toto mitunter besuchte, weil es sonst keiner tat. Sie alle blieben für einige Zeit an Totos Stehtisch, erzählten von sich, fragten nie, gingen mit dem guten Gefühl, gehört worden zu sein, weiter ihren wichtigen Verrichtungen nach. Ein Drogendealer, der wegen seines hohen Eigenverbrauchs nicht mehr tätig war, hatte sich einige Leitungen seines Gehirns gekappt und saß neben dem Eingang des gegenüberliegenden Drogeriemarkts. Das waren Totos Bekannte aus dem Viertel, der Himmel war gelbgrau. Der Ex-Drogendealer streichelte eine Katze, und Totos Augen waren voller Tränen, es langte so wenig. Da mussten sie nur in Chören singen, Alten helfen, Kinder beschützen, um Toto weinen zu lassen, weil man doch sah, wie die Welt sein könnte, wenn man den Blick ein wenig von der Straße hob.

Seltsam, dass noch nie einer ihr geholfen hatte. Oder sie gestreichelt, oder ihr zugehört. Toto hatte nicht für Freunde gesorgt, die sie in ihrer Anwesenheit im Leben hätten bestätigen können. Es war ihr auch nie eine Frage gewesen. Wer sie sei und warum sie hier wäre, und wohin ihr Weg führen würde. Das fragte sie sich nicht, sie war sich selbstverständlich, war sich nichts zum Ablehnen oder Infragestellen. Sie hatte sich immer als Teil einer Gemeinschaft von Ratlosen gewusst.

Und es war ihr bis anhin Kontakt genug gewesen, den Alten zu helfen, mit ihnen zu reden, Taschen zu tragen, Kinder zu trösten, mit Dicken zu reden und Betrunkene bequem hinzusetzen. Toto hatte keine Freunde. Die heterosexuellen Männer betrachteten sie nicht als ebenbürtig, somit entfiel das wichtigste Parameter für eine Freundschaft, und die Frauen hatten Angst vor Toto, sie war ihnen zu sehr Mann und unklar. Für die Homosexuellen war Toto ein Nichts.

Toto war immer davon ausgegangen, dass man seine Anteilnahme auf alle verteilen müsse, die einen umgeben, und hatte es verpasst, gemeinsame Erinnerungen mit einzelnen herzustellen, aus denen die Verpflichtung hätte entstehen können, sich zu mögen, und auf die man sich nun hätte berufen können. Nichts war da. Nichts außer der Wohnung mit dem leeren

Hochbett, in dem sie nicht mehr schlafen mochte, dem Gang zum Sozialamt, immer mal wieder Geld für neue Schränke beantragen oder sich in der Kleiderkammer neue Hosen aussuchen, erstaunlich allein, dass sie ihr Leben nicht als gescheitert betrachtete, das hätte einen Maßstab vorausgesetzt, und den hatte sie nie gehabt. Eine Bewertung des Lebens fand nicht statt. Weder des eigenen noch des fremden. Sie hätte sich zu einer Gruppe bekennen sollen, andere Gruppen ausschließend. Wegen ihrer sexuellen Vorlieben, Hobbys, Sprache, wegen ihres Bekleidungsstils. Aber das hatte Toto nie gelegen. Sie konnte klare, für die anderen erkennbare Codes nicht lesen, was deren Ablehnung erschwerte, denn ohne die gab es keine Zugehörigkeit.

Über Nacht war Toto alt geworden. Sie erkannte sich klar als nicht mehr der Jugend zugehörig. Da waren keine Linien in ihrem Gesicht und keine grauen Haare, nur zu viele Informationen gab es, die nicht zusammenpassten, die den Betrachter verwirrt und ärgerlich zurückließen. Sie mochten nicht, was sie nicht einordnen konnten. Es könnte sich um eine Bedrohung handeln. Es könnte ein Witz sein, den sie nicht verstanden. Es hätte Toto nichts genutzt zu wissen, dass viele, die sie ablehnten, die ausspien, die ihr übertrieben auswichen, von einem spontan auftretenden Neid getrieben waren, der ihnen nicht bewusst war. Sie verstanden in ihren schwach flackernden Gehirnen für Momente etwas von Totos innerer Sauberkeit, und das macht rasend, in ein Gesicht zu sehen, das nicht böse ist, in Augen, die keine Berechnung verraten.

Nach dem Kaffee ging sie zurück in ihre Wohnung, an einer kleinen Galerie vorbei, die davon zeugte, dass auch dieses Viertel sich in absehbarer Zeit ändern würde. Nach den Galerien kommen die Kleiderläden. Die Bankfilialen. Die Häuser werden nacheinander entmietet, saniert, und alleinstehende Investmentbanker ziehen in die neuentstandenen Zweihundert-Quadratmeter-Wohnungen.

Toto, auf die fünfzig zugehend, war plötzlich die älteste Mieterin im Haus. Als sie eingezogen war, über vierzig war sie damals, fühlte sie sich irgendwie, aber nicht alt und auch nicht mehr jung, und die meisten Mieter waren älter gewesen als sie. Sehr alt, sehr grau, sehr dick oder sehr dünn, und beige. Alle trugen beige und dieselben Frisuren, wenn sie Frauen waren, kurz, und die Männer hatten einen Kranz um eine Platte, sie waren misstrauisch. Nacheinander waren sie verschwunden, in Heime oder in die Erde, und heute wohnten hier vornehmlich junge Familien aus Pakistan, Bangladesh, Tunesien, und viele Kinder, und wieder gehörte Toto nicht dazu, so oft sie auch die Kinder zu trösten versuchte, den Frauen die Körbe trug, die Männer freundlich grüßte. Toto merkte, dass sie jetzt viele Sätze begann mit: Da, wo früher ... Und plötzlich wurden die Politiker, die doch immer alte Männer waren, jüngere Frauen, und es gab trotzdem keine Bäume mehr oder Wiesen, der Boden war zu wertvoll geworden. Die Landwirtschaft war komplett in Hallen und Produktionsstätten verlegt, Tiere wuchsen in Massenzuchtanlagen, nur in unwegsamen Bergregionen gab es kleine Biofarmen. Die wohlhabenden Bürger reisten am Wochenende mit Weidenkörbchen in die Berge, sprachen mit den Hühnern und kauften anschließend ihre Eier, die von den Hühnern persönlich in zartes Papier gewickelt wurden.

Die Ausflüge in die Berge waren das Naturbetrachtungsereignis der doppelverdienenden Angestellten. Zu Tausenden schlichen sie am Wochenende die Berge hoch, tranken aromatisierten Fencheltee in gemütlichen Restaurants und entfernten sich wieder in den Stau, um am nächsten Morgen munter zu sein für ihre verdammten Aufgaben.

Totos Quartier war voll geworden. Die Kinder rumänischer, ungarischer, afghanischer, sudanesischer Einwanderer spielten auf der Straße, immer brüllte ein vom Lärmpegel gestörter Mensch aus dem Fenster, Wäsche hing an den Häusern, es roch nach Essen, die, die ursprünglich aus der kapitalistischen Stadt im Norden stammten, hatten sich auch daran gewöhnt, in der Unterzahl zu sein, wer konnte, war aus dem Viertel verzogen, irgendwohin, in einen Neubaukasten in den trockengelegten Sümpfen vor der Stadt, was inzwischen in der Stadt war.

Da, wo damals die Sümpfe waren...

Da, wo damals die Weißen waren... Das Aussterben der weißen Rasse war weniger tragisch, als man angenommen hatte. Sie verschwand so langsam vom Planeten, dass es am Ende kaum mehr auffiel.

Die Welt war nicht untergegangen.

Toto hatte keine Freunde.

Jeden Abend

parkte Kasimir seinen Oldtimer um die Ecke des Blocks, in dem Toto wohnte.

Er schlenderte am Haus vorbei, und immer hoffte er, Toto am Fenster sitzen zu sehen. Er fragte sich nicht nach seiner Besessenheit für das Leben dieses Wesens, das immer mehr an Fasson zu verlieren schien. Es genügte Kasimir zu sehen, dass Toto da war, dass sie weiter ohne Arbeit war und nicht besonders gesund.

Kasimir war nie an Freundschaft interessiert gewesen. Die setzte doch ein Sicherkennen voraus, und in wem sollte er sich spiegeln, wer sollte ihn interessieren. Kasimir war ein schöner Mensch, war das Paradebeispiel, um die schwachsinnige Aussage, Schönheit kommt von innen, zu widerlegen. Innen ist doch nichts außer Gedärmen und Neid, im besten Fall Gleichgültigkeit. Kasimirs halblanges Haar war noch natürlich dunkelblond, der Körper zart und stets elegant bekleidet. Kasimir hatte eine Vorliebe für weiche Halstücher entwickelt, für Kaschmirsakkos und Cordhosen. Er trug ausschließlich Stiefel, er verfügte über ein erstklassiges Stiefelbein. Manchmal saß er abends in seiner Villa, immer allein, denn seine Hormone verlangten nicht mehr nach abenteuerlichen Begegnungen, ab und zu bezahlte er für einen matten, kleinen Ausbruch von Alterssadismus.

Kasimir war, von seiner Obsession für Toto abgesehen, ein seltsam zweidimensionaler Mensch geblieben, der sich langweilte, wenn es keiner Besessenheit zu folgen galt. Was ihn auszeichnete, war, dass er darum wusste. Er gefiel sich in Rollen und Bildern. Die Rolle des gierigen Kapitalisten. Die wollte heute doch keiner mehr ausfüllen, in der Zeit, in der alle irgendwie gleich aussahen, das Gleiche dachten und das Gleiche taten. In seiner Generation. Die er verachtete. Wie viele in seinem Alter, die nun, im Jahr 2014 oder 2015 oder 20 – egal, um die fünfzig waren, verehrte er die, freundlich gerechnet, Jugendlichen, die Anfangzwanzigjährigen, die Unbelasteten, die sich in sozialen Netzwerken über Politik aufregten, die sauber und so mit dem System verschmolzen waren, dass sie keine Reibungsflächen aufwiesen. Da fand gerade ein gewaltiger Austausch von Generationen statt. Nicht die der Väter und der Kinder, sondern die der neuen Menschen und der alten. Der neue Mensch hatte verstanden, dass nur Geld eine Wichtigkeit besitzt. Kreativität ein Schlagwort des letzten Jahrtausends. Der neue Mensch wusste, dass Kreativität nur wichtig war, um sich zu einem Label zu machen, um nicht unterzugehen zwischen all denen, die gleich aussehen, das Gleiche wollen, das Gleiche denken. Der neue Mensch hatte nicht viele wechselnde Geschlechtspartner, er legte sich sehr schnell fest, denn er wusste, dass zu Höchstleistungen nur imstande ist, wer über ein stabiles Umfeld verfügt. Der neue Mensch betrachtete den alten, aussterbenden erstaunt. Wie kann man rauchen, übergewichtig sein, wie kann man Fleisch essen und nicht fließend Englisch sprechen! Alle jungen Menschen in der neuen westlichen Welt waren strebsame kleine Automaten, oder sie waren Versager, die mit ihren trinkenden Eltern in den Siedlungen hockten und sich langweilten.

Von fern sind Schüsse zu hören. Ein neues Hobby.

Seit Kasimir, wenngleich ungern, akzeptiert hatte, dass er homosexuell war, seit er ein schwaches Gefühl für seine Zugehörigkeit zu einer Randgruppe spürte, betrachtete er die meisten heterosexuellen Männer als seine Feinde. 5 000 000 000 Dollar verdiente Hedgefund-Chef John Paulson im Jahre zweitausendundzehn.

Kasimir hasste ihn. Er hatte das Aussterben der alten Politiker, Geheimbündler, Milliardäre, Unternehmer, Soldaten, Religionsführer herbeigesehnt, aber ist einer weg, stehen schon wieder zehn frische da, jünger, federnder, abstoßender, uniformer. Dieser Krieg würde nie enden, auch wenn es Angehörigen seiner Randgruppe hier und da gelang, Bürgermeister zu werden. Solange die Medien, das Volkserziehungsinstrument Nummer eins, von Männern beherrscht wurden, würden sie das Bild drolliger Tucken vermitteln, ausschließlich an sexuellen Aktivitäten interessiert. Frauen fanden teilweise statt. Sie waren Kasimir egal. Apropos Frauen.

Kasimir suchte sein Weidenkörbchen aus dem begehbaren Körbchen-Schrank. Er würde demnächst auf den Berg fahren, um ein wenig Biogemüse einzukaufen. Nicht weil ihm sonderlich am Verzehr der Ware lag, sondern weil es seiner Verachtung guttat, die befeuert werden musste, ehe ihm zu wohl wurde.

Und weiter.

Totos Tagesablauf wurde zunehmend von ihrer körperlichen Verfassung bestimmt. Sie fühlte sich schwach, und die Übelkeit, die völlig unberechenbar auftrat und wieder verschwand, ließ die Zeit verschwimmen, in ständiger Erwartung unangenehmer Momente, und obgleich nichts passierte, verging sie zu schnell, die Zeit, obgleich die Welt nur mehr im Fernseher stattzufinden schien, absurd schnell. Davon hatten Ältere doch immer schon zu berichten gewusst, vom Verschwinden der Unendlichkeit, und Toto hatte geglaubt, das geschähe nur denen, die sich zu fest eingerichtet hatten in ihrer Routine. Die stehengeblieben waren, die sagten: Ja, damals gab es noch gute Musik, die nichts Neues mehr lernten, sich für nichts mehr begeisterten.

Auch Toto tat sich schwer mit der Euphorie, doch versuchte sie, nicht einzuschlafen. Toto lernte Französisch, komponierte ein wenig, erbrach sich, und schon wieder war ein Tag vorbei, und schon wieder war Herbst, schon wieder konnte sie den Ereignissen in der Welt kaum mehr folgen. Die Menschen überstanden die seltsamen Seuchen, die sich mehrten, verdauten das künstliche Essen, die Leiber geschüttelt von Allergien, doch immerhin, sie lebten, lebten lange im letzten Winkel der Welt. Für Toto und ihre Nachbarn war alles, was außerhalb ihres Sichtfeldes lag, nur Fernsehen, würde irgendwann mit ein bisschen Abstand zu Geschichte werden, zu einer Zeit, in der Milliarden zufällig gelebt haben. Sie registrierten, dass die Kriege nicht mehr irgendwo stattfanden, sondern vor ihrer Haustür. Zu viele Kulturen und Nationen in unerfreulichem Umfeld. Gereiztheit ein Dauerton, wie das Summen alter Telefonmasten. Was interessiert einen Brasilien, wenn das Futter für die streunenden Tiere, das Toto jeden Abend vor die Tür stellte, von aggressiven Menschen, die ihren Platz nicht mehr fanden, weil es keinen mehr gab, weil es zu eng geworden war, weggeschüttet wurde, mit Nägeln bestückt, mit Kot vermischt?

An einem Sonntag war das, als Toto sich einen Ausflug vorgenommen hatte, um zu überprüfen, ob es hinter ihrem Block noch etwas gab. Im Zug war sie gesessen, und ihre Beine hatten gezittert.

Hier ist reserviert. Ein schnarrender Ton. Die Frau hatte sich im gerechten Zorn vor Toto aufgebaut. Das war verdammt noch mal ihr Sitzplatz. Sie hatte dafür gezahlt.

Sie waren so wütend geworden, die Menschen, weil sie doch ahnten, dass sie nirgendwo mehr Recht bekamen, oder was sie dafür hielten, dass sich alles änderte und die Zeit nicht einmal so höflich war, bis nach ihrem Ableben zu warten.

Mein Sitzplatz. Mein Recht. Mein Gesetz. Mein Garten. Eine graue Eminenz. Die Haare, die Wanderhosen, der Rucksack, nur die Wangen waren von geplatzten Adern gerötet.

Entschuldigen Sie, sagte Toto und erhob sich, die Frau versuchte nicht einmal ihren Hass zu verbergen. Toto lächelte sie an. Nun wurde der Kopf der Dame rot, sie würde sterben! Sie wollte nicht von so etwas angelächelt werden, so einer, und sie wusste nicht, was es war.

Sie hatte sich immer richtig verhalten, die Frau, deren Ersparnisse vor kurzem komplett in einen Bonus umgewandelt und an einen Banker ausgezahlt worden waren, und einen Mann hatte sie nie gefunden, sie hatte doch keinen gesucht, sie war politisch. In den späten vierziger Jahren des letzten Jahrhunderts geboren, linke Aktivistin, große Freundin der Unterdrückten, und noch nicht mal das zählt heute noch was.

Nicht mal verdammte Unterdrückte zählten mehr etwas, und alles, woran sie geglaubt hatte, gab es nicht mehr. Galt nichts mehr, sie hatte doch mit ihren Kameraden die Welt neu erfunden, alles zum ersten Mal gemacht. In Wohngemeinschaften am Boden geschlafen, obgleich das wirklich nicht so angenehm gewesen war, gegen Endlager demonstriert und für das Recht auf Abtreibung, und Gedichte hatte sie geschrieben, und zu Lesungen war sie gegangen, das war so unendlich mühevoll gewesen, nur Anstrengendes gelten lassen können, und nun wohnte sie in einer Überbauung am Stadtrand, es gab dort keine Cafés, einen Supermarkt, berufstätige Menschen und keine Kinder, und es schien immer ein Wind zu wehen, und sie war alt. Sie war verschissen alt, fuhr auf einem Tretroller, trug einen Rucksack, und nichts hatte sie bewirkt mit ihrem Kampf, ihren Demonstrationen, ihren Palästinensertüchern, Atomkraft-Nein-danke-Buttons, und ihre Revolution war ihr gestohlen worden von den jungen unpolitischen Idioten, die ein wenig in Internet-Foren rumkrähten. Immer wieder sagten Männer ihr, dass sie verbittert sei. Eine Frau hat nicht einfach eine schlechte Laune, oder eine Wut, sie ist verbittert. Weil sie nicht mehr natürlich ist und hingebungsvoll und gebend. Verbittert, frustriert, hysterisch, damit ordneten dumme alte Männer und dumme junge Frauen die verdammt schlechte Laune älterer Frauen ein, die dafür gekämpft hatten, dass die dummen Hühner heute schlechtbezahlte Politikerinnen werden konnten. Die jungen Frauen, die auf ihr Recht pochten, Röcke zu tragen, die das Gesäß nicht bedeckten, ohne ein Sexobjekt zu sein, sie mochten einfach den Luftzug am Hintern, junge Frauen, die solche wie sie Mannsweiber nannten, unweiblich nannten, verachteten, weil ihre Brüste hingen, sie sich die Haare nicht färbten, die jungen Frauen, die auf ihrer Gleichberechtigung bestanden, die sie dazu nutzten, von ihrem Mann Torben das Wickeln des Kindes einzufordern, nachdem Torben zwölf Stunden gearbeitet hat, und sie, das war ein anstrengender Tag in Bioläden und auf Erlebnisspielplätzen. Und nicht einmal das verdammte Recht auf ihren Sitzplatz wollte man ihr lassen, die Regierung machte, was sie wollte, sie rissen Gebäude ab, obwohl sie immer noch dagegen demonstrierte, fällte Bäume, verlegte Bahnhöfe unter die Erde, machte Krach, und sie ist tot, wenn alles irgendwann vielleicht mal wieder funktioniert. Sie wollte es angenehm haben, in den letzten Jahrzehnten, sie hatte sich das verdient. Dann saß sie auf ihrem Platz, reserviert, die Erregung verließ sie nicht, der Tag war ihr verdorben.

Toto stand schon längst im Gang des überfüllten Zuges. Ihr Körper wurde kalt von plötzlich austretendem Schweiß. Sie musste sich festhalten, da war doch nichts zum Festhalten. So sank sie an den Boden, zwischen die Beine, ohne dass es jemanden zu einer Handlung veranlasst hätte. Vielleicht gibt es einen Vorrat an Mitgefühl, mit dem ein Mensch, wenn er unter gesunden Bedingungen aufwächst, ausgestattet ist. Und der war doch aufgebraucht bei den meisten. Jede Woche gibt es etwas zu trauern, ein Zugunglück, einen Flugzeugabsturz, eine havarierte Bohrinsel, eine gesunkene Fähre, eine Explosion im Bergbau, ein Erdbeben, eine Hitze- oder Kältewelle, einen Amoklauf, irgendwo auf der Welt, und in der Nachbarschaft eine Entmietung, eine obdachlose Kleinfamilie, ein Krebsleiden, das wohl nicht gut behandelt wird, wer soll da nachkommen, so viel kann doch keiner wegtrauern.

Toto erholte sich am Boden, sie blickte Füße an. Sie fühlte sich schwach und durchlässig. Der Waggon wies Materialermüdungen auf. Ohne Materialermüdung läuft ja gar nichts mehr. Der Zug, ein wenig ermüdet, fuhr erstklassig, er lag fest auf den Schienen. Die Menschen hatten das Internet, ihr Ersatz für den Alkohol des letzten Jahrhunderts. Im Zug standen sie dicht an dicht mit ihren Smartphones und Tabletcomputern, jeder konnte hier endlich wer sein. Ein Experte, unbedingt konnte jeder ein Experte sein, und sie konnten das Gefühl haben, Teil der Demokratie zu werden mit Petitionen und Flashmobs und Blogs. Jedem seine Meinung! war das neue Spiel fürs Volk. Eine Gruppe junger Männer stürmte durch das Abteil, sie traten gegen Sitzbänke, fegten Weidenkörbchen aus den Ablagen, nahmen Reisenden ihre Tabletcomputer weg, grölten und verbreiteten Angst. Sehr schnell und sehr effizient wurde der jungen gutgekleideten oberen Mittelschicht ihre Verwundbarkeit klargemacht, die Fragilität des Miteinanders der Kulturen, der eine oder andere mochte die Abschaffung der Armee bedauern, die den jungen Männern ein wenig Demut beigebracht hätte, so hatten sie nur sich selbst und ihre Triebe, die nirgendwo mehr ein Ventil fanden, außer in der Zerstörung. Ein seltsames Bild, wie sie, zitternd und bleich, versuchte unsichtbar zu werden, die weiße Mittelschicht aus den Vororten, in sauberer unbelasteter Kleidung, starr vor Angst, Angst vor einer Gruppe von zehn aggressiven jungen Männern. Die laut grölend an der nächsten Haltestelle ausstiegen, die armen jungen Männer, die in einer Zeit lebten, in der ihre Körper und ihre Hormone so wenig gefragt waren, die in ihre sterilen Vororte zurückkehren würden, erstickend an ihrer Dummheit, die sie in die Unterschicht fegte, und nicht einmal vergewaltigen konnten sie noch in Ruhe, nun, da die Kastration drohte, nun, da die Politikerinnen die Gesetze schrieben.

Toto befand sich durch ihren Gesundheitszustand immer kurz vor den Tränen. Alles rührte sie, als hätte sie das Stadium des Aufbäumens und der Wut übersprungen und sei direkt angelangt bei der Trauer um die Welt. Das hilft doch keinem. So eine Trauer, was hilft das denn. Was war das für eine Idee gewesen, am Wochenende auf den Berg zu fahren, zu den Besichtigungsfarmen, zu diesen Kühen, die sentimentale Städter adoptieren und melken konnten, zu den Streichelhühnern, zu den Ökohasen, die man bei Gefallen liebkosen und schlachten konnte. Toto war nicht an Nahrung interessiert, vielleicht sollte sie die Natur besichtigen. Eine sehr dumme Idee.

Und weiter.

Zusammen mit Hunderten schob sich Toto auf einen Hügel, der einen absurd künstlichen Eindruck machte. Die Wege waren mit glänzenden Steinen gepflastert, kleine Kioske mit Holzbänken produzierten ein Walderlebnis aus Kindheitserinnerungen, und es war nicht an Fichtennadelaroma gespart worden. Da standen keine Fichten, sondern Kiefern, Buchen, Lärchen. Das Plastik zu grün. Die Menge geriet in Verzückung. Kinder wurden belehrt. Sieh nur, ein Rotkehlchen. Der gefiederte Freund spulte seine Tonkassette ab. Die Kinder waren gelangweilt. Sie wollten wieder in die Schule und mit Waffen spielen.

Auf der Kuppe vermeinte Toto Zwerge um ein Schneewittchen springen zu sehen, es waren jedoch nur kleine Geißen, die sich um eine sehr attraktive Tierpflegerin scharten.

Toto, in ihrer schwarzen Kleidung und mit dem dunklen Haar, nahm sich in der buntgekleideten Menge seltsam aus. Dieses Amrandestehen war auch nichts, wofür man einen Preis bekam; in einer Zeit, da sich das Individuum in der Masse auflöste, hielten doch alle Schilder über ihren Köpfen, auf denen ihre Einzigartigkeit geschrieben stand: Behandelt mich mit Respekt, Massen, ich habe es verdient, stand da, ich bin Narkoleptiker, ich wurde nie in die Sportmannschaften gewählt, ich habe ein Aufmerksamkeitsdefizit, ich bin Legastheniker, ich habe ein Tourette-Syndrom, ich bin einzigartig, ich bin ein Opfer, wollt ihr nicht alle innehalten und euch zu mir beugen, wollt ihr mir nicht mit Freundlichkeit entgegentreten, ich bin verdammt etwas Besonderes. Stand auf den Schildern, die Welt lachte, die Woge brach einfach über dem Individuum zusammen und begrub es nicht einmal feierlich.

Oben auf der Kuppe, dem Plateau, der künstlichen Lichtung im künstlichen Wald sprangen Erwachsene auf künstlichen Wiesen und Ställen aus Plastik herum und drückten Gefühle aus, die sie sehr gerne gehabt hätten. Es war ein furchtbarer Ort. Wenn Toto jetzt umkehrte, war der Zug in die Stadt vielleicht leer. Dann wäre die Stadt vielleicht leer, in dieser Sommerhitze, die seit einigen Jahren im März die Reste der Natur verstörte, die Vögel einsam aus unfertigen Nestern fallen machte, den Asphalt dampfen ließ. In die Stadt zurückfahren, um was zu tun? Fragte sich Toto und merkte, dass es ein ausgezeichneter Tag war, um ihr Leben wieder einmal zu ändern.

Auf dem Bergrücken standen diverse Schnellstimbissrestaurants, die Tofu-Gerichte anboten, die aus Tierabfällen hergestellt wurden. Toto wollte noch einen Versuch wagen, eine Versöhnung mit dem Tag herzustellen.

Sie reihte sich mit einem Tablett in einen Futterstream ein. Ein blonder Mann, oder ein Knabe, stand vor ihr. Der sich irgendwann umdrehte.

Und die Erde bereitete sich vor auf ihren Untergang.

Die Erde hatte gewackelt, die Ausflügler waren kurz erschrocken, ein paar Schreie, dann beruhigten sie sich, fragten, ob ihnen nur die Beine weich geworden waren, wegen des ungewohnt gesunden Essens auf dem Lande, sie hatten sich, peinlich berührt ob des eigenen Erschreckens, umgesehen und rasch in ihre verkleideten Sojawürste gebissen.

Stunden her.

Unterdessen waren die Restaurants geschlossen, die Plastiktiere in Plastikställen, der Berg lag da, erleuchtet von Laternen, Nachbildungen aus dem 18. Jahrhundert. Überwachungskameras arbeiten auch bei Nacht, hier arbeiteten sie immer, ständig waren Beamte mit Gesichtserkennungsprogrammen beschäftigt, mit dem Zuordnen, Einordnen, dem Verwalten von menschlichen Aktivitäten, da gab's keinen bestimmten Zweck, wird schon nicht schaden.

Die Nacht war kühl und roch fast albern nach Wald und Moos. Toto und der Mann, der Kasimir hieß und auch so aussah, eine durchscheinende Kasimir-Art hatte er, saßen auf der Bank vor einem der Restaurants, sie hatten das Reden begonnen, sie waren zusammengerückt, Toto hatte gemeint, sich an den Mann zu erinnern, aber: Nein, wir kennen uns nicht, hatte Kasimir gesagt und war noch näher gerückt, es war kühl, ja vielleicht sogar feucht, und als sie sich küssten, bebte die Erde. Ich glaube, die Erde hat gebebt, sagte Toto.

Das scheint mir jetzt reichlich übertrieben. Sagte Kasimir. Er wirkte so freundlich und roch so gut, sie hatten über den Berg geredet, über die Natur, aber nicht lange, über die gab es nicht viel zu sagen, außer: Sie ist ja nun weg. Sie hatten von der Unmöglichkeit gesprochen, eine Meinung zu haben. Meine Meinung wechselt täglich. Sie ist ein gasförmiger Zustand in meinem Gehirn und verändert sich mit jeder neuen Information.

Meinungen entstehen aus Gedanken. Die kommen und gehen, sind wie Atmen. An etwas festhalten, das so flüchtig ist, offenbart ein großes Maß an Trägheit und Ignoranz. Man müsste, wenn man bei Verstand ist, wann immer man sich äußert, sagen: In dieser Sekunde glaube ich etwas, doch schon morgen könnte ich anderer Meinung sein. Ein Fass ohne Boden. Hatte Toto gesagt, und erstaunt war sie gewesen, denn so viel am Stück hatte sie noch nie geredet. Danach schwiegen beide lange, die Dunkelheit löste sich auf, Kasimir sagte, schade. Schade, dass es hell wird und man sich dazu verhalten muss, zu der Helligkeit, zu dem neuen Tag.

Ich werde nächste Woche nach Paris ziehen, hatte Kasimir gesagt. Toto nickte.

Dann hatten sie sich geküsst. Unten, aus der Stadt, erklangen Sirenen. Helikopterrotoren zerteilten die verschwindende Nacht. Es ist das zweite Mal, das mich jemand küsst, aber darum gleich die Helikopterstaffel loslassen ist etwas übertrieben, dachte Toto.

Sie war abgelenkt, der Moment vorüber, in dem Küsse angenehm sind, in dem man nicht darüber nachdenkt, was man da tut, der war vorbei, der Kuss wurde leer und albern, und dann trennten sich die Gesichter, und in Ermangelung einer anderen Idee legte Toto ihren Kopf auf Kasimirs Schulter, was eine rechte Verrenkung war, denn Kasimir reichte Toto bis zur Brust. Kasimir streichelte Totos Kopf, in der anderen Hand hatte er seinen Computer und sah Nachrichten. Totos Kopf an einem kleinen Mann, und unten ging die Welt unter.

Aufgeregte Reporter schrien in ihre Mikrophone gegen die Helikoptergeräusche an. Da hatte es wohl ein Ereignis gegeben. Nach den Reportern und Experten, die bei allen Ereignissen sofort bereit sind, es scheint ein Expertendauercamp zu geben, wo sie wie Feuerwehrmänner auf ihren Einsatz warten, kam die Zusammenfassung der Ereignisse, von Zeugen mit Mobiltelefonen gemacht. Es hatte ein Seebeben gegeben. Einen Terroranschlag. Da gab es ein Bekennerschreiben, nicht von Islamisten, die waren müde, sondern protestierende Europäer waren die neue Gefahr, sie wollten die Ausländer wieder nach Hause bomben.

Doch genauer wollte man sich da noch nicht festlegen. Die Technik ist wirklich erstaunlich, wenn sie jetzt schon Seebeben erzeugen kann, Respekt. Es war keine Warnung ergangen, denn man hielt die Stadt, die eine Stunde vom Meer entfernt lag, für sicher. Außerdem gab es Schutzvorrichtungen gegen den Fluss, der jedes Jahr über die Ufer trat und einige Stadtteile überflutete, wie man es von Bildern aus Venedig kennt. Die Überflutung der Stadt, das Meerwasser, das in den Flusslauf drückt, glich den Bildern von allen bekannten Tsunamis. Schiffe werden gegen Häuser gepresst, Häuser fallen in sich zusammen, alles geht langsam und elegant über die Bühne, keine Menschen, keine Schreie, das macht die Sache schwer begreifbar. Der Marktplatz der Stadt unter Wasser, Hunde auf schwimmenden Brettern, und dann war alles vorbei, und das Wasser zog sich elegant zurück, wie eine Zunge, die eine Fliege von einem Gesicht leckt und damit ein Familiendrama unter Fliegen auslöst.

Erstaunlich.

Wir sollten nachsehen, schlug Toto vor, besorgt um ihr Viertel und die Bekannten, die in dem Park schliefen, der schon lange kein Park mehr war, sondern eine betonierte Fläche, da würde es wohl jetzt nass geworden sein. Die Filme im Mobiltelefon hatten eine unromantische Stimmung hergestellt. Die Welt war für Toto wieder vorhanden. Vielleicht gibt es Tote, sagte Kasimir. Die Identifizierung von Leichen ist heute sicher einfacher als noch vor zwanzig Jahren, da doch jeder tätowiert ist unterdessen, die Tätowierten sind nach neunzehnhundertsiebzig geboren.

Toto schwieg, sie hatte Kasimir nichts zu sagen, die Kunst der Unterhaltung war ihr fremd. Sie hatte sich nie gefragt, ob sie besonders klug war oder dumm, da gab es keinen Anlass, ihre Fähigkeit zum Smalltalk zu überprüfen, doch im Moment fühlte sie sich leer und sprachlos.

Sie stiegen den Berg hinunter, die Stimmung, die während der letzten Stunden so unendlich gewesen war, verflog, wich etwas anderem, ebenso Irrealem, das Licht am Horizont schien von diversen Bränden zu zeugen, der Stau auf der Gegenspur, da fiel auch während eines Ereignisses keinem ein, die Stadt auf der falschen Fahrbahn zu verlassen. Vor den Brücken der Stadt ging es nicht mehr weiter. Holz, Container, Müll und Bretter versperrten die Fahrbahn. Woher kamen nur all die Bretter? Die waren vorher nicht zu sehen gewesen, da waren doch nirgends unsinnige Bretter an Häusern befestigt. Auf einigen balancierten Hunde.

Kasimir und Toto stiegen aus und gingen zu Fuß in die Stadt, eine Schlammschicht bedeckte die Straßen, die Häuser waren nass, verdreckt, doch die meisten schienen noch zu stehen. Es war keine Panik, da rannte niemand schreiend und nackt, vier Stunden nach dem Ereignis begannen die Bewohner bereits wieder aufzuräumen, konzentriert und abwesend lasen sie Bretter auf. Fahrradfahrer kreuzten mit Helmen auf dem Kopf an den Bretterhaufen vorbei. Es war ihr gutes Recht, Rad zu fahren. Immer und um jeden Preis. Ihre Neoprenanzüge waren feucht geworden, sie mussten am Leib trocknen.

Hier und da vermeinte man tätowierte Gliedmaßen aus dem Schlamm ragen zu sehen. Kasimirs Schuhe waren beschmutzt, was ihn mehr zu erregen schien als der unaufgeräumte Zustand der Stadt. Es sind sehr teure Schuhe, rahmengenäht. Toto nickte. Sie war zu dünn angezogen oder zu müde, der Weg über die Bretter anstrengend. Bis zum zweiten Stock hatte das Wasser gestanden, in Totos Haus, und erstaunlicherweise waren alle Scheiben zerbrochen. Im Nebenhaus hatte es gebrannt. Diese Neigung zu Feuersbrünsten bei einer Überschwemmung leuchtete Toto auch nicht ein. Seltsam, die Stille durch die Abwesenheit von Verkehr. Es ist so still, sagte Toto, und Kasimir sah nicht von seinen Schuhen auf. Ich werde heute schon nach Paris fahren, das ist mir zu hektisch hier, die Expertenrunden, die Aufräumarbeiten, geschlossene Geschäfte, Notunterkünfte, Volkssolidarität, das interessiert mich nicht. Willst du mitkommen? Toto hörte die Frage, aber die endete an ihrem Trommelfell, denn ihr Gehirn war gerade mit einem Nachbarskind beschäftigt, das vor der Bäckerei saß. Ein pubertierender Junge, als hätte er geweint.

Toto hörte Kasimirs Frage, parkte sie vor dem Gehirn und beugte sich zu dem Jungen. Was ist passiert? Sind alle gesund?

Steht eure Wohnung noch? Der Junge blickte Toto nicht an, zum Boden sagte er, das geht dich nichts an, du Schwuchtel, verzieh dich, verzieh dich am besten für immer.

Schon gut, ist ja schon gut, sagte Toto. Nichts, um es persönlich zu nehmen.

Die Sonne war aufgegangen, verdunkelt von Rauch und Helikoptern. So fühlt es sich also an, einer der Betroffenen zu sein, die im Anschluss an ein Ereignis in die Kameras sprechen. Das Gehirn des Menschen ist zu langsam, um im Moment des Ereignisses zu verstehen, was da passiert. Tröstlich. Da ist zu handeln, zu überleben, und dann räumt man den Schaden wieder auf. Kakerlaken und Menschen. Kasimir folgte Toto langsam. Er schien gelangweilt. Es war keiner von Totos Bekannten zu sehen, in ihrem Haus waren die meisten Mieter dabei, Pappe vor die Fenster zu nageln. Es gab nichts mehr zu tun.

Und weiter.

Das war vor unendlicher Zeit passiert, das Wasser, die Pappe am Fenster, die Hunde, die surften, und stattgefunden hatte das wohl auf einem anderen Planeten.

Vor dem Fenster beleuchtete eine zu gelbe Sonne zu helle französische Häuser.

War sie mit Kasimir zusammen, kannte Toto sich nicht mehr. Die Angst ließ sie falsche Worte sagen, im falschen Moment, die Angst machte sie verspannt und ließ sie leise auftreten.

Wenn sie alleine war, erinnerte sich Toto ausdrücklich an den Anfang ihres Lebens zu zweit, um es nicht sterben zu lassen, dieses großartige Gefühl überbordender Verwirrung, nun, da ein anderer, noch nicht benennbarer Zustand ihr Leben ausmachte.

Meist lag sie dazu in der gusseisernen Badewanne, die mit Tierfüßen auf einem gekachelten alten Boden stand, der vermutlich ein neuer Boden war und immens teuer, so wie die leuchtende Toilette neben der Wanne, diese Skulptur, die um Ausscheidungen zu betteln schien, und ging durch ihre Erinnerung spazieren.

Die Decke wies Wasserflecken auf, die entgegen dem üblichen Pariser Kosmetikfimmel nicht mit einem Plakat des Moulin Rouge beklebt waren. Die Zahlen 666 waren deutlich.

Am stärksten erinnerte Toto sich an den Geruch der ersten Nacht, das künstliche Kiefernaroma, die Laternen und diese Welt, die es nicht mehr zu geben schien.

An den Kuss. An die Stadt. An den Weg aus der Stadt.

An die Fahrt nach Paris erinnerte sie sich, an das übermüdete Schweigen im Käfig, an die Berührungen ihrer Körper zufällig, die Hände, die sich gestreift hatten, die Schultern, die sich berührten, und der Gedanke an Kasimirs Atem in ihrem Körper. Da war kein Außen gewesen, keine Welt, die es zu betrachten gab. Es war der für Toto völlig neue Zustand, nicht bei sich zu sein.

Im Auto, damals, lief ihr Leben vor ihr ab, als stünde das Ende bevor.

Vielleicht war es das Alter, vielleicht die anstehende Veränderung, dass sie in den Stunden auf der Autobahn Bilder sah, über die sie nicht zu verfügen geglaubt hatte. Das Kinderheim tauchte auf, der Rußgeruch, die ständige Anwesenheit von Kälte. Toto sah ein dickes seltsames Kind, das immer am Rande schlief, am Rande stand, dessen Hilfe von keinem gewollt war und das mit Pflanzen redete. Rührung, die ihr peinlich war. Sie wollte dieses Kind beschützen, wenn es doch schon kein anderer getan hatte.

Ihr fielen all die Bezeichnungen ein, die andere für sie gefunden hatten. Mannweib war eine gewesen. Sie hatte sie nie verstanden. Eine Frau, die sich wie ein Mann verhält oder aussieht, oder andersherum, da hatte sich viel verändert, Frauen konnten unterdessen fast überall auf der Welt alles. Sie wollten nur nicht. Sie wollten sozial sein, gemocht werden, in der Politik arbeiten, sie wollten bewahren, und Männer wollten einreißen, um Neues zu bauen. Das dürfte sich mit den weiblichen Hormonen, die jetzt der industriellen Nahrung zugefügt wurden, erledigen.

Das Straßenbild beherrschten Erwachsene mit guten Gebissen und gepflegten Anzügen. Fast alle waren heute im Dienstleistungsbereich tätig, sie waren ähnlich gekleidet, lebten in uniform wirkenden Wohnungen und hatten pro Kopf durchschnittlich drei Krankheitstage zu verzeichnen. Die Masse der grauen Mäuse hatte alles absorbiert, was früher anders gewesen war.

Nie konnte sie ihre Gedanken in Reihe halten, 666.

Das Ortsschild von Paris.

Es wäre Toto angenehm gewesen, wäre das Auto an einen Brückenpfeiler geprallt und hätte sie das letzte Bild einer unangetasteten Heiligkeit mit sich nehmen können, wohin, auch egal.

Sie ahnte, dass es sich ändern würde. Alles ändert sich. Das Auto würde geparkt werden, und dann galt es ein Leben weiterzuführen mit alltäglichen Verrichtungen.

Die ersten Minuten schienen ihrer Angst Recht zu geben. Totos Unvermögen, die hässliche Ringstraße mit den billigen Häusern, aus denen gelbe Wäsche hing, mit den glänzenden Ideen, die sie von der Stadt gehabt hatte, zusammenzubringen, ließ sie schwer atmen. Fast kam die gewohnte Übelkeit zurück, die sich während der Nacht nicht bemerkbar gemacht hatte.

Das goldfarbene Licht, die Alleen erreichten sie später, nachdem sie durch fast unendliche Viertel absurder Erbärmlichkeit gefahren waren, doch irgendetwas stimmte auch dann nicht. Damals wusste Toto noch nicht, dass es die Abwesenheit von Menschen war, was die Stadt so seltsam entrückt wirken ließ.

Totos weißer Körper schwamm wie ein Milchberg in der Badewanne. Die erste Zeit.

Da hatten sie gelegen, auf dem von einer seltsamen Sonne beleuchteten Daybed, das Kasimir selber entworfen hatte, vor dem Fenster goldene Fassaden, im Fernsehen liefen Bilder des Wiederaufbaus ihrer früheren Stadt. Mit wütenden Gesichtern zeigten unförmige Menschen auf Bretterhaufen. Sie waren schon wieder betrogen worden, und keiner machte sich die Mühe, einen Gedanken zu Ende zu bringen.

Diese roséfarbenen Tage, in den ersten Monaten, da die einzige Unterbrechung ihrer Zweisamkeit aus dem Personal der entrüsteten Nachbarn aus arabischen Öldynastien bestand, die sich im Auftrag der Herrschaft beschwerten. Über den Lärm, das Wasser, das Fenster, die Tür, hauptsächlich und unausgesprochen jedoch, weil da ein Paar unklarer sexueller Zugehörigkeit miteinander verkehrte. Kasimir wies das Personal freundlich ab. Und beide machten weiterhin Lärm, mit Musikanlagen, Fernsehern, Rufen und überbordendem Springen in der Wohnung. Wenn schon draußen alles tot ist, muss es doch wenigstens drinnen ein wenig belebt sein, nicht wahr, sagte Kasimir oft, und Toto meinte immer wieder, ihn schon früher gesehen zu haben, tat das aber als Sentimentalität ab. Tat das ab als: Ich kenne dich schon mein Leben lang. Manchmal, wenn die beiden auf dem Bett lagen, das in einem salonartig großen Zimmer stand, löste sich Toto aus ihrem Körper und sah sich das Geschehen von oben an, von da, wo die Ahnen hocken, die nach der Theorie von Wiedergeburtlern permanent anwesend sind. Der Raum voller Leichen, die sich in Büttentücher schneuzen, über der Betrachtung zweier älterer Menschen, die halbnackt durch eine Millionärswohnung jagten. Ein Mann, die fünfzig bereits hinter sich, mit zu langem Haar, um ein korrekter Erwachsener zu sein, der am Morgen im Internet unverständlichen und vermutlich dubiosen Geldgeschäften nachging, und eine Frau, die einmal ein Mann gewesen war, in einer Zeit, da Geschlechtszuweisung auch außerhalb religiös fanatischer Randgruppen noch interessant gewesen ist, und sich vor allem unsicher fühlte.

Mittags aßen sie außer Haus. In irgendeinem Bistro zwischen Touristen, in irgendeiner Ecke der ausgestopft wirkenden Stadt, die die beiden durchliefen, und immer war da zu viel Helligkeit. Die Abwesenheit normaler oder junger Menschen hatte einen unklaren Einfluss auf das Nervensystem, machte einen sich noch älter fühlen, obgleich das doch nichts ist, um die fünfzig, das ist das neue zwanzig, überall sah man Werbung mit federnden Alten, nackte alte Liebespaare in Filmen, wenn es schon in den Straßen keine Paare mehr zu besichtigen gab, umschlungen unter Platanen. Die Liebe, die sicher noch existierte, war in den geschlossenen Raum verlegt worden, denn sie hätte die Touristen befremden können. Die Regierung, die aus Frauen bestand, hatte gehorsam entsprechende Verordnungen veranlasst. Meist hatte Kasimir im Anschluss an das Mittagessen Termine, Toto fragte nicht weiter nach. Sie ging in die Wohnung und legte sich in die Badewanne, bis der Abend kam, dann wurde gekocht. Der Alltag hatte sich eingestellt und war doch für Toto ständige Ausnahme. Ihre Verspannung war unterdessen so groß, dass sie sich bei allem, was sie tat, selbst beobachtete. Sie wurde völlig steif davon. Die Übelkeit war wiedergekehrt, begleitet von Haarausfall und einer gelblichen Aura der Haut. Toto war nicht entspannt, und sie war sicher, das war es, was alle unter Liebe verstehen. Dieses Große Erschaudern, die ständige Virilität der Nerven, die Bewunderung und das Gefühl von absoluter Anomalität. Das Große Missverständnis Liebe.

Die ersten Obdachlosen kamen gegen eins, in der Nacht, wenn die Restaurants schlossen und die Chinesen in den Hotels verschwanden. Toto brach auf zu ihrer täglichen guten Tat. Heißer Tee und Brote für die Obdachlosen, die um den Block verteilt lagen. Fünf Biologielehrer mit auffallend identischen Geschichten. Alle waren aus ihren Wohnungen geworfen worden, wollten nicht in die hässlichen Vororte, hatten gehofft, etwas anderes in der Stadt zu finden, und es war ihnen zur Obsession geworden. Das Wohnen in der Stadt. Ich will keine Veränderung, ich will mir nicht eingestehen, dass ich Mitte vierzig bin und es nicht geschafft habe, ich will nicht in einem Betonbunker leben, aus dem ich in eine Metro gehe, die mich in einem anderen Neubaugebiet absetzt, wo sich mein Büro aufhält. Das Verlassen der Stadt wäre die Manifestation meines Scheiterns. Sagte einer der Biologielehrer, der nach dem Verlust seiner Zähne zur Untermiete gewohnt hatte. Ich habe dann zur

Untermiete gewohnt, in einem möblierten Zimmer, das wollte meine Frau nicht, sie zog alleine in die Vororte und sagte, ich könne nachkommen, wenn ich mich wieder beruhigt hätte. In die Vororte ziehen bedeutet, sich im Untergang einzurichten. Als Mann und Franzose. Toto nickte und unterließ es, darauf aufmerksam zu machen, dass sie die Situation des Biologielehrers als Fotomotiv für asiatische Touristen nicht besser fand. Sie verteilte Tee, Brote, so wie andere die Blumen gießen, bevor sie zu Bett gehen. Es stimmte nicht, dass Toto nichts gewollt hatte, gesungen hatte sie gerne, aber viel lieber hatte sie immer die Welt, in der kurzen Zeit ihres Aufenthaltes auf ihr, zu einem freundlichen Ort gemacht. Es war ihr nur wenig gelungen. Sich langsam bewegend, um die Übelkeit nicht zu wecken, kehrte Toto in die Wohnung zurück, in ständiger Angst, die Tür verschlossen zu finden.

Vor den Fenstern von Kasimirs Wohnung im Pariser Stadtteil Marais fand der Untergang Europas, von dem schon so lange geredet und geschrieben wurde, Niederschlag im Straßenbild.

Viele Bettler aus dem Osten Europas, Zigeuner und obdachlose Franzosen, vormals Biologielehrer, an denen Touristen aus Asien, Indien und den arabischen Ländern vorbeiliefen. Sie fotografierten gern das Elend.

Früher hatten Europäer Slums in Asien besichtigt und von lachenden Kinderaugen berichtet, von Schlichtheit geschwärmt und den intakten Familien, die arm waren, aber so reich im Herzen. All diesen Großen Quatsch konnten sie jetzt überprüfen. Ob man da wirklich mit einem Lachen in den Augen am Straßenrand liegt, das konnten sie sich jetzt richtig gut überlegen, die ehemaligen Dritte-Welt-Touristen.

Europa war ein Museum geworden, lebendige Einwohner nicht vorgesehen. Vermutlich würden Touristen in einigen hundert Jahren Notre-Dame besichtigen, so wie zu anderen

Zeiten Mayatempel, Steine in einer Wüstenlandschaft, in einem Dschungel, was auch immer das Klima so vorhatte. Es war nicht dramatisch, dieses Ende einer Hochkultur, keine Große Sache, es war nur langweilig.

Sie trauten sich nichts mehr, die Leute. Als ob das Tragen blauer Kleidung sie vor der Entlassung, der Verelendung schützen könnte. Als ob die Darstellung intakter Kleinfamilien ihnen Schutz gewähren wollte. Als ob es heute noch sinnvoll wäre, den Leib durch Sport gesund zu halten. Das war doch keinem gewünscht, ein hundertjähriges Leben, in dem man so viel Veränderung und Verfall beiwohnen durfte, um dann am Ende auf einer Straße in Paris zu liegen.

Nachts war die Innenstadt leer und ruhig, und auch jene, die ihr Bett über Lüftungsschächten aufgetan hatten, waren am Morgen oft tot, besonders im Winter. Dann kamen Leichenräumtrupps aus den Vororten, junge Marokkaner, und entfernten die toten Franzosen. Vor den Läden der Luxuslabels, die neben dem Tourismus die Haupteinnahmequelle des Landes waren, starke Gitter. Die Banden aus den Slums kamen selten zum Randalieren, es war langweilig geworden, und mit den chinesischen, russischen und indischen Millionären, die anstelle der ungepflegt überpuderten Franzosen in der Innenstadt ihre Drittwohnung hatten, mochte sich keiner anlegen.

Kasimir liebte

seine kleine französische Absteige, wie er sie schmunzelnd nannte, wobei ihn bereits das Wort schmunzeln schmunzeln ließ. Hundert Quadratmeter sind für Paris eine enorme Immobiliengröße. Noch vor einigen Jahren, als die letzten renitenten Franzosen die Innenstadtwohnungen besetzten, lebten Familien mit Kleinkindern auf dreißig Quadratmetern. Kasimirs kleine Absteige, er schmunzelte, lag an der Rue des Rosiers, die Rosenstraße, die ehemalige Judenstraße. Heute wohnten hier keine Juden mehr, es wusste auch kaum mehr einer, was ein Jude war. Studenten hatten sich schwarz verkleidet, als Fotomotiv für die Touristen standen sie gestikulierend auf der Straße. Oiveyh rufende Frauen mit unansehnlichen Perücken wankten ab und an aus den koscheren Restaurants, die natürlich nicht koscher waren, wie auch, wozu auch, da weiß ja keiner mehr, was das mal gewesen war.

Manchmal, wenn Kasimir aus dem Fenster sah und die Abwesenheit von Kindern bemerkte, Paris war keine Stadt, in die man Kinder mitbrachte, die Welt war kein Ort mehr, an den man Kinder mitbrachte, was sollten sie hier tun, erinnerte sich Kasimir. An das Gefühl, von den Eltern in ein Heim gegeben worden zu sein, da war er sechs gewesen, und es war das Ende der Welt. Etwas Schrecklicheres kann sich doch kein Kind denken, als abgetrennt zu werden von der Körperhälfte Eltern und den Gewohnheiten, über Nacht im Wald ausgesetzt. Nicht dass sie es ihm nicht angedroht hätten. Wir bringen dich ins Heim, hatte seine Mutter in dem kleinen sozialistischen Land, aus dem er stammte, oft gesagt. Und geschwankt dabei. Verflixter Cabernet. Kasimir hatte sich nicht zu benehmen gewusst. Unterdessen vermutete er, dass er schon böse geboren war. Er erinnerte sich an die Löcher, die er in die Wand neben seinem Bett gebohrt hatte, um sein Glied hineinzustecken. Kasimir schmunzelte.

Sein Blick lag auf Toto, fast zwei Meter zusammengerolltes Menschenmaterial, ein schöner Mann, das war er für Kasimir immer gewesen.

Das Ding, wie sie es im Kinderheim genannt hatten, das immer tat, als könne die Welt es nicht beschädigen. Lag nun da und schlief und war alt geworden, da war keine klare Kinnlinie mehr auszumachen, und es vertraute ihm völlig. Seine erste und vermutlich letzte Liebe. Wie rührend. Die Spucke rann ihm aus dem Mund.

Er hatte immer so sein wollen wie Toto, so gut, so selbstlos, so frei von Wünschen, ein Punchingball für alles, was schlecht war in seiner Zeit, und Kasimir hatte sich geekelt, des unverständlichen Ansinnens wegen, das tief aus ihm kam. Von Beginn an hatte er Toto gehasst, der so unberührbar war. In allem überlegen. Sauber, nichts Böses vorhanden, nicht angelangt von allem Dreck um ihn herum. Und dann noch diese wunderbare Stimme aus dem schönen Kindergesicht. Es gab nichts und keinen, den Kasimir stärker hasste als dieses immer fröhliche Idiotenkind. Er musste Toto beherrschen, um ihn loszuwerden, um sich aufzuwerten, um frei zu sein. Und wenn schon alle Intrigen nicht geholfen hatten, diesen Riesenmongo auszuschalten, dann würde es vielleicht die Liebe erledigen.

Toto öffnete die Augen. Und war trunken vor Glück. Paris, Paris, mochte sie denken, und all das mit meinem geliebten Menschen.

Und weiter.

Mit der Welt war Toto nunmehr durch den Fernseher verbunden, der in einer Abstellkammer der Wohnung stand. Sie beobachtete die Versuche der kollabierenden europäischen und amerikanischen Länder, die Banken, Transportmittel, das Gesundheitswesen und die Nahrungsmittelindustrie wieder zu verstaatlichen. Die Preise für die Grundbedürfnisse waren durch die Privatisierung des Lebensnotwendigen so gestiegen, dass man freundlich von einer Verslumung der alten Welt reden konnte.

Menschen gewöhnen sich an alles.

Die wenigen Milliardäre, denen die Welt gehörte, lebten fast ausschließlich auf schwimmenden Inseln, umgeben von Wissenschaftlern und Ärzten, die den Alterungsprozess der Beherrscher der Welt, zu denen Kasimir eindeutig nicht gehörte, erstaunlich verlangsamten, und sie schwammen in jenen Gewässern, die nicht von Seebeben oder dem Abbau seltener Erden betroffen waren. Das Land wurde ihnen zu ungemütlich, es gab auch kaum mehr attraktive unverbaute Plätze, und vom Wasser aus bot sich im guten Abstand ein Ausblick auf funkelnde Küstenregionen.

Kasimir duldete keine Geräte außer einem alten Grammophon im sichtbaren Umkreis seines Salons und seines Schlafgemachs, wie er es gerne nannte und dabei seltsam lächelte.

Kasimir und Toto redeten nicht mehr oft.

Vor Anspannung war Toto fast krumm geworden. Oder wegen der Schmerzen, die immer wiederkamen, plötzlich. Mit unklarem Ursprung, es schien, als ob alle Organe aus ihr gerissen würden, die Knochen zersägt, keine Luft holen, bloß nicht, die Augen zu, die Ohren zuhalten, wie immer, wenn sie früher einmal Angst hatte, aber wann war das nur gewesen. Irgendwann, als sie sehr klein gewesen war.

Nach dem Abklingen von Übelkeit und Schmerz wurde Totos Blick wieder klar und mutlos.

Mit Kleinigkeiten hatte das Ende begonnen sich abzuzeichnen, aber Toto wollte es nicht als Ende sehen, sondern als eine vorübergehende Weigerung Kasimirs, sich an sie zu gewöhnen. Toto glaubte, man könne sich nur entspannen, wenn man sich gewöhnt hat. An Menschen, an Tiere, an sein Leben, sie gewöhnten sich ja sogar daran, in Hurrikangebieten zu wohnen und alle Jahre ihre Häuser neu aufzubauen.

Seit geraumer Zeit bestanden die Gespräche der beiden nur aus Beschimpfungen von Kasimir, nach denen er schwieg, irgendetwas, aber nicht Toto, anstarrte, um später die Wohnung zu verlassen. Toto zurückzulassen, die dann auf dem Bett saß und sich fragte, ob sie bereits wie ein Hund wirkte, in ihrer Anbetung und Duldung. Dass die Leute immer etwas errichten müssen, um es lieben zu können. Groß muss es sein und fern jeder Erbärmlichkeit.

Kleinigkeiten. Kasimir zog die Augenbraue nach oben, hörte nicht zu, antwortete nicht, entzog die Hand oder ein anderes Körperteil, wenn Toto ihn berührte, stand auf in der Nacht, trank in der Küche, verließ das Haus. Und Toto tat, als schliefe sie, weil sie nicht wusste, wie sie ihn halten sollte. Toto schlief nicht, sie schlief nie, wenn Kasimir weg war, sie lief in der Wohnung auf und ab, da waren bei hundert Quadratmetern ja immerhin ein paar Räume zu durchmessen, von draußen nichts. Kein Geräusch. Toto musste sich übergeben, ihr Gesundheitszustand war in den vergangenen Wochen gut gewesen, die Schwäche kaum spürbar, doch nun kehrte alles umso stärker zurück, gleich nach dem Aufstehen am Morgen war ihr Körper von kaltem Schweiß bedeckt, und die Übelkeit, die verschwand nicht mehr.

Ich kann dich nicht mehr ernst nehmen, hatte Kasimir irgendwann gesagt, und Toto hatte den Satz nicht verstanden. War das der Code der Erwachsenen? Die sich verkleiden, sich korrekte Menschen vorspielen, und lieben sie aneinander die Fähigkeit dieser Darstellung?

Verfliegt ihr kleines Mitgefühl, sobald der andere aus seiner Rolle fällt, weint, schmutzig ist oder hilflos?

Toto war ratlos, denn wenn es das war, was die Welt unter Liebe verstand, dann interessierte es sie nicht weiter, das war doch so traurig, in gebügelter Kleidung am Tisch sitzen und über das im Netz Gelesene reden, sich Radieschen reichen und danach Gummikleider anlegen, um zu einer sexuellen Stimulation zu gelangen. Vermutlich muss sich auch beim Geschlechtsverkehr verkleiden, wer schon vom Morgen ab in seltsamen Uniformen unterwegs ist.

Diese Vortäuschung von Lebensentwürfen, das war entmutigend. Die Leere, die durch Kasimirs Abwesenheit entstand, war beängstigend.

Im Morgengrauen, nach der Ewigkeit einsamen Wartens, hörte Toto Kasimir oft unten vor dem Eingang lachen, mit jungen Männern; die Schatten zeigten, dass nach dem Lachen Küsse stattfanden auf der Straße, oder ähnliches.

Nach dem Lachen, dem was auch immer, betrat Kasimir laut die Wohnung, und Toto lag starr neben ihm, der Weg war zu weit, um ihn zu berühren.

Vermutlich wäre das der Moment gewesen, zu gehen. Die Zahnbürste nehmen, die Wohnungstür hinter sich schließen, die Treppe hinuntersteigen, sich übergeben, und.

Nach dem Und wusste Toto nicht weiter. Sie verhielt sich still. Die Sätze, die sie in ihrem Leben gesprochen hatte, passten vermutlich in ein sehr dünnes Heft. Reden hatte sie nie besonders interessiert. Sie verstand nicht, dass es den meisten so wichtig ist, sich zu hören.

Keine Uhr im Raum, kein Mensch auf der Straße, die ersten Touristen würden erst ab zehn mit Plastikbaguettes unter dem Arm durch das Viertel stromern. Kasimir wachte auf, zog Toto zu sich, murmelte im Halbschlaf. Ich bin so froh, dass du da bist. Geh nicht weg.

Toto vergaß. Ihre Angst. Das Gefühl der Kälte im Raum. Sie hoffte, dass doch alles gut werden würde. Eine Frage der Gewohnheit.

Es hatte sich verselbständigt.

Die ganze Geschichte war aus dem Ruder gelaufen, hatte sich seiner Kontrolle entzogen. Da waren Gefühle entstanden. Vor denen floh Kasimir jeden Morgen. Er hatte nichts zu tun in der Stadt, die es nicht mehr gab. Kasimir setzte sich in ein Café, zwischen Touristen, die mit ernsthafter Verzückung alte Filme nachstellten. Sie versuchten französisch zu tun und spreizten dabei die Finger von den Cappuccinotassen. Himmel, da trinkt doch kein Franzose einen Cappuccino. Da gab es verdammt noch mal keine Franzosen mehr hier in der Innenstadt, die in Cafés hätten sitzen können. Die Franzosen trugen billige Kleider, versuchten Haltung zu bewahren und bedienten die Touristen.

Kasimir versuchte sich abzulenken. Er hatte Glück gehabt. Er war von neunzehnhundertachtzig bis in die beginnenden zweitausender Jahre in einem Alter gewesen, das es ihm erlaubte zu genießen. Sich, sein Geld, die Reisen. Er hatte natürlich wie die meisten geglaubt, die Entwicklung der Welt müsse erfreulich werden. Elegante Fortbewegungsmittel, Wohlstand, eine gestiegene Intelligenz der Weltbevölkerung. Fast bedauerte er heute, dass er die Zeit der Unbeschwertheit nicht bewusster genossen hatte. Es hatte damals noch Platz gegeben, intakte Städte, Orte, wo die Natur noch nicht aus Plastik bestand. Es hatte noch unterschiedliche Menschen gegeben, Spinner und Geisteskranke, es hatte Kinder gegeben. Heute bestand die Welt aus einer Ladenkette und einer Restaurantkette. Alle Speisen schmeckten gleich, die Menschen teilten sich in Touristen und Arbeiter. Die Reichen waren nicht zu sehen. Reiche wie er hielten sich normalerweise in Gated Communitys auf. Bungalowsiedlungen hinter Starkstromzäunen mit Golfplatz.

Übertriebene Angst. Kriminelle Energie vermochten nur noch die Bewohner vergessener Restgebiete aufzubringen, und denen war der Weg zu weit, denn sie waren wegen der Unterernährung zu schwach für lange Fußmärsche.

Himmel, sind die Touristen hässlich! Reisebusse voller Menschen aus den Vororten der Welt wurden mit Billigflugzeugen nach Paris gekarrt, in Betonhotels in den Vororten untergebracht, wo es aussah wie bei ihnen daheim, warum blieben sie nicht zu Hause, diese Deppen. Alles war so unglaublich kontrolliert und abspritzbar geworden. Am Morgen wurden dressierte Katzen ausgesetzt, die den totrenovierten Straßen ein wenig Leben einhauchen sollte. Das gelang nicht.

Es gelang Kasimir nicht, zu vergessen. Seine Gedanken flogen kurz, und da wartete immer und hinter jeder Wolke Totos Gesicht.

Da begannen sich Gefühle zu entwickeln. Das passiert, wenn man einen wie Toto länger in seiner Nähe hat. Dieser Große schlaffe Mensch, der wie Treibgut durch seinen Aufenthalt auf der Welt gespült worden war und in dem es nicht einen schlechten Gedanken gab. Der nie Schadenfreude empfand, nie hasste, der nie etwas wollte. Der wirkte, als säße er ständig am Boden und spielte mit unsichtbaren Tieren. Das hält man doch nicht aus, in der Gegenwart so eines Menschen. Der schon am Morgen lächelt und seine runde Hand auf einen legt.

Und weiter.

Toto wagte kaum zu atmen. Selbst das Denken versuchte sie zu unterlassen, es konnte Geräusche erzeugen.

Kasimir saß, wie immer vollendet elegant, sogar einen Seidenschal trug er um den Hals, in seinem Sessel, mit Blick auf ein ehemaliges jüdisches Feinkostgeschäft, wo tagsüber als Orthodoxe verkleidete Studenten Jeans verkauften, und hatte nicht aufgeblickt, als Toto die Wohnung betrat. Und, wieder Obdachlose gefüttert? Fragte er nicht, sondern stellte er fest mit Verachtung in der Stimme, so unüberhörbar, als hätte er den Tonfall extra für diesen Moment in einer Theater-Arbeitsgemeinschaft geübt, so einer, die es früher gab, als die Menschen noch mit eigener Hand Freizeit zu beseitigen hatten.

Toto stand im Salon, der seinen Ausdruck der Stimmung angepasst hatte und fast bedrohlich wirkte, in seltsamem Zwielicht. Toto sah Bulemanns Haus und vermeinte Große Katzen trampeln zu hören, doch es war nur ihr Herz.

Machst du dich wieder für jemanden stark, setzt dich ein und leidest? Kasimir sah nicht auf, er starrte durchs Fenster. Ja, für deine Zwitter könntest du kämpfen, gegen die Zwangsoperation, für alle, die jetzt dahinsiechen, von Krebs zerfressen wegen Dauerhormonbeschuss, ja, da könntest du mit deinen Scheißthermoskannen noch richtig was bewirken, aber du nimmst dich ja nicht mal wichtig. Wie kann dich dann ein anderer wichtig nehmen. Du hast in deinem Leben nichts erreicht. Du hattest mal eine Stimme!

Die Katzen in Totos Vorstellung verschwanden, stattdessen sah sie sich singend in einer dunklen Bar, vor langer Zeit. Und Kasimir mitten im Publikum. Doch dann wurde das Bild unklar, denn Kasimir hatte sich in einen rechten Schwung geredet.

Aber das war dir zu anstrengend, Kritik aushalten, ja wofür denn. Dann zieh ich doch lieber mit meinem Helfersyndrom durch die Welt und lasse andere für mich leben. Und eins, Kasimirs Stimme rutschte in eine höhere Stimmlage, eins will ich dir schon immer mal sagen, es ist wunderbar, dass du eine Bewusstseinsstufe erreicht hast, von der andere nicht mal träumen, weil sie im Vergleich zu dir Lurche sind, es ist wunderbar, dass du keinen Hass empfindest, keine Vorurteile, nichts verstehen musst und alles akzeptieren kannst. Aber es ist beschissen langweilig.

Toto wollte nicht vorhanden sein. Fast immer war es ihr gelungen, Vorwürfe anderer Menschen, ihre Aggressionen, ihren Hass augenblicklich zu filetieren. Es war doch nie gegen sie gerichtet gewesen, all die Bosheit entsprang doch einer tiefen Traurigkeit. Doch das wollte nicht funktionieren: eine Schwäche suchen, erklären und verstehen, sanft bleiben, ein verdammtes Lamm, das alles griff nicht in dem Moment, da Toto sich sah in der Bewertung durch einen, den sie liebte.

Die Augen waren ein wenig trübe und gelb geworden, die Haare grau, aber nicht in einer interessanten Art, sondern schwefelfarben. Der Körper, ach der Körper, er war das längst verlassene Schlachtfeld des Krieges, der in Totos Magen fortgesetzt wurde. Die Form, die nicht vorhandenen Hüften, das traurige Bein waren einem männlichen Bausystem entnommen und mit weiblichem Fleisch überzogen worden, mit Fettgewebe, Dellen, und das war doch alles nichts, was einen anderen dazu bewog, streichelnd darüberfahren zu wollen.

Toto hatte sich nie besonders für ihr Aussehen interessiert. Es war ihr wichtig, andere nicht mit Geruch und Hässlichkeit zu belästigen. Ihre Kleidung fiel immer angenehm und sauber um ihren Körper. Von der früheren Bärenhaftigkeit war nichts geblieben. Toto wirkte unterdessen, wenn man einen Passanten gefragt hätte, wie ein mongolischer Transvestit.

Kasimir blickte starr aus dem Fenster, als fände draußen ein interessantes Singspiel statt.

Ja, vielleicht hast du Recht, sagte Toto, sich von der Betrachtung seiner Erscheinung abwendend, hoffend, dass wieder ein Gespräch entstehen konnte, Worte, Sie wissen schon, die manchmal verhindern, dass Menschen sich körperlich verletzen.

Aber da war es auch schon vorbei. Da kam nichts mehr, keine Zuwendung, keine Erwiderung in einem leeren Raum, den Toto wie zum ersten Mal wahrnahm. Ein wenig lächerlich fast, dieses Vorzeigen eines guten, modernen Geschmacks. Nur Designmöbel hielten sich in ihm auf, vierziger, fünfziger Jahre und natürlich keine bekannten Größen, nichts aus dem Kanon, nur verkannte finnische Genies standen lauernd im Raum und glotzten auf den Eindringling des Massengeschmacks, einen Eileen-Grey-Tisch, auf dem hingeworfen ein Buch über die Situationisten lag. Toto betrachtete Kasimirs Hinterkopf.

Sie hätte ihn gerne berührt. Und wagte es nicht. Vermutlich hätte sich alles prächtig entwickelt, hätten sie sich öfter überwinden können, die Hinterköpfe ihrer Nachbarn zu berühren, die Menschen. Es war schwieriger, als sie mit Hilfe eines Baseballschlägers einzuschlagen. Toto stand ratlos in ihrem Leben und war ganz sicher, dass Milliarden im selben Moment in Neubauwohnungen in Papua-Neuguinea oder Nauru, in Neufundland und Appenzell Innerrhoden standen und am Drama ihrer Existenz, die sie erstaunlich wichtig nahmen, verzweifelten. Es gelang ihnen natürlich nicht, sich in eine Relation zu diesem seltsamen durchs All eiernden Planeten zu setzen, der Witz ihres Aufenthaltes auf ihm wollte sich ihnen nicht erschließen, sie waren überwältigt von ihren Gefühlen, waren Opfer schlechter Kindheiten oder mieser Ernährung, verletzt in ihren Gefühlen von Partner oder Kind, traurig über den Tod der Großmutter und sicher, dass die Erde nur etwas war, was sich zufällig um sie geformt hatte.

Und weiter.

Einige Wochen später schlug Kasimir zu.

Toto hielt sich am Waschbecken fest. Die Schmerzen waren mit der Übelkeit zusammengetroffen. Eine scheußliche Vereinigung, denn müsste sie sich nun übergeben, würde es den Krampf im Unterleib verstärken. In jenem Moment, zusammengezogen in sich, merkte sie erst nicht, woher dieser Schmerz auf dem Kopf kam, ob das Elend sich nur in die höhergelegenen Regionen des Körpers verlagert hatte. Mit großer Verzögerung wurde ihr klar, dass es Kasimir war, der da hinter ihr stand und sie schlug.

Er verließ den Raum so schnell und geschmeidig, wie er ihn betreten haben musste, so dass Toto, die anschließend auf dem Zebravorleger saß und sich Blut aus dem Nacken wischte, das über ihr Schlüsselbein rann, nicht wusste, ob sie sich den Vorgang eingebildet hatte.

Es war noch nicht in Totos Bewusstsein gelangt, dass sie geschlagen worden war, von dem Menschen, mit dem sie ihr Leben verbringen wollte. An den sie sich geklammert hatte, in der Nacht, und mit dem sie gelacht hatte, in allen Ecken der Wohnung, auch hier auf diesem blöden Vorleger, auf diesem monströs toten Tier.

Als sie verstand, was da passiert sein musste, wurde ihr klar, dass sie wohl jetzt gehen sollte. Das muss man doch, als geschlagener Partner einer Beziehung, um die es nicht zum Besten stand. Unbedingt, sofort würde sie die Wohnung verlassen, die Treppen hinunter aus der Tür, die Straße runter und dann geradeaus. Einfach weggehen, es würde sich wieder etwas finden. Etwas Neues, sie war noch nicht alt, sie konnte noch nicht umfallen und tot sein, da gab es Jahre abzusitzen.

Sie würde gehen müssen, das gehört sich doch so für geschlagene Frauen, die müssen in ein Frauenhaus, das ist doch eine Frage der Ehre. Ehre, so etwas wie Vaterlandsstolz und Manneskraft. In Unehren entlassen, aus dem wichsenden folgeleistenden Männerbund geflogen, wegen Ungehorsam. Die Ehre einer Frau kann durch eine Hymen-Wiederherstellung gerettet werden. Sechzehn Millionen Frauen zu wenig in Asien, sorgfältig abgetrieben, getötet, die Frauenföten, und nun kommen die Inder und Chinesen, um sich verarmte Europäerinnen zu suchen, vielleicht fände sich ein netter indischer Mann, der Toto heiraten wollte, und sie würde mit ihm in Bangalore wohnen und die Computerfirma ihres übergewichtigen, einmeterfünfzig großen Gatten reinigen.

Wie sollte sie dieses Bad verlassen, das Zebra, wie sollte sie Kasimir begegnen, da draußen. Da draußen, Kilometer entfernt, saß der Mensch, den Toto hatte beschützen wollen. Und der sie nicht beschützt hatte. Er hat dich geschlagen. Sagte es von irgendwoher. Du musst gehen, du bist es deiner Würde schuldig. Toto zuckte zusammen. Schon wieder so ein Wort, das nichts mit ihren Gefühlen zu tun hatte. Das würdevolle Altern hatte sie verpasst, das meinte, verschwindet Alte, räumt die Datenautobahn, verzieht euch auf Intensivstationen, dann seid ihr wenigstens noch als Wirtschaftsfaktor zu verwenden, nun, nachdem die Kliniken alle privatisiert worden sind. Wenn sie sich nur ernst genug nähme, die Wohnung verlassen, sofort, und die Tür hinter sich zuwürfe, wenn sie nur aufrecht in ein neues Leben laufen könnte, aber die Beine wollen nicht, das Herz will nicht, das Herz. Lag neben der Ehre unten links. Neben der Verzagtheit. Toto wollte gerne mit dem Fell verschmelzen, es war ihr völlig unmöglich, sich zu bewegen. Diese dauernde Kränkung, das Herumgelebe, und keiner klopft einem mal auf die Schulter, Mensch, wie toll, dass du das alles aushältst.

Doch überraschenderweise, nein, da war niemand.

Irgendwann konnte Toto dann wieder atmen, sie musste diesen Moment nutzen, atmen, aufstehen, rausgehen, die Wohnung verlassen, ja, genau das würde sie jetzt tun.

Kasimir sank

in seinen Sessel. Seine Handknöchel schmerzten. Hoppla, die Hand steckte zwischen seinen Zähnen. So eine Wut. So ein unbeherrschtes Ding war er.

Kasimir hasste sich, er hasste Toto, er hasste die Situation, die außer Kontrolle geraten war. Das alles war so nicht geplant, eine Beteiligung seines Gefühls war nicht vorgesehen gewesen. Er hatte sich das Finale so elegant vorgestellt.

Kasimir hatte den Arzt, einen Psychopathen, den er damals bezahlt hatte, fast vergessen. Er erinnerte sich nur an die Wunderwelt der Medizin und an das radioaktive Stent, das im Rahmen seiner kleinen Operation, leider war es nicht die Entfernung der Niere gewesen, in Totos verkrüppelte unbrauchbare Gebärmutter eingepflanzt worden war und das nun langsam zum völligen Kollaps des Systems führte.

Kasimir hatte sich die Pariser Wohnung vorgestellt, voller Lilien, Schubertlieder vom Grammophon, Toto sterbend auf dem Daybed, die Bezüge hätte man ja danach wechseln können, er hatte sich gesehen, Totos Hand in den letzten Sekunden haltend und ihm dann beim letzten Atemzug die Wahrheit sagend: Ich habe dich vernichtet. Nun bin ich frei. Aber dann wäre Toto schon tot gewesen, und Kasimir hätte weitergeredet. Jetzt bin ich dich los, und mein Leben kann beginnen. Endlich wird es gut werden. Ich bin noch nicht alt. Ich werde eine Frau finden, einen Sohn zeugen, werde endlich glücklich sein. Das war die Idee gewesen, die er besessen verfolgt hatte. Die letzte Schlacht Gut gegen Böse, wobei Kasimir vergessen hatte, wer für was stand. Er würde sich befreien, hatte er geglaubt, von seiner anstrengenden Marotte kurieren. Und dann hatte er Toto zu nah gesehen. Die wie ein Hündchen durch seine neue

Liebe tapste, die weinte bei jedem Anlass und die man einfach nicht hassen konnte, wenn man mehr als eine Stunde mit ihr verbrachte. Toto war wie ein Brunnen, in dessen Wasser man sich spiegelte und sich sah in seiner Unvollkommenheit.

Toto war der perfekte Mensch.

Der Prototyp.

So war das Universum geplant gewesen, und dann war irgendetwas schiefgelaufen. Allein zurückzubleiben war so unvorstellbar, dass Kasimir nicht mehr weiterwusste. Es würde sein, als wäre die Sonne verschwunden, das Leben abwesend, als hätte sich alles aufgelöst, was noch irgend wert war durchzuhalten auf dieser ekligen Welt.

Ein Gefühl war nicht geplant gewesen.

Und er biss sich in die Handknöchel und fühlte sich zum ersten Mal, als sei er an etwas gescheitert.

Und weiter.

Russische, als Franzosen verkleidete Studenten arbeiteten in der Bäckerei an der Place Bourg-Tibourg. Sie verkauften Touristenbaguette, die jene anschließend auf den Eiffelturm trugen, um sich damit auf der Aussichtsplattform zu fotografieren. Der Hang der Touristen, Städte mit Rucksäcken und Wanderschuhen zu durchmessen, war ungebrochen, allein das Aussehen der Menschen hatte sich in den letzten fünfzig Jahren global verändert. Sie waren größer geworden, die Knochen schienen vor Kalzium fast zu platzen, die Haare waren vornehmlich dunkel, sie waren durch die uneingeschränkte Anwendung pränataler Diagnostik perfekt in einer unglaublich langweiligen Art.

Nun wusste Toto, wie sie sich fühlten, all die Menschen, die sie am Beginn ihres Lebens bewundert, später bestaunt hatte, weil sie so genau zu wissen vorgaben, was man tun, sagen, denken musste, um unbeschadet durch das Leben zu kommen.

Sie hätte es sich in den vergangenen fünfzig Jahren einfacher machen können. Der Mensch war nicht als Einzelgänger konzipiert. Die Idee, allein zu sein, wenngleich es keine Idee gewesen war, sondern ein Umstand, den Toto nicht mit genügend Nachdruck zu ändern gesucht hatte, war falsch gewesen. Es war falsch, sich allem zu entziehen, was sich so prachtvoll bewährt hatte. Das Rudel ist ein Fundament, das andere ist das Konsumieren. Dass sie nicht eher darauf gekommen war! Der Verfeinerung der Sinne sind keine Grenzen gesetzt. Toto entdeckte die Welt feiner Tees und Tuche, erlesener Möbel und feingliedriger Ketten. Es gab in der Produktwelt keine noch so entwickelte Ware, zu der sich nicht noch eine Steigerung finden ließ. Das also hatte es auf sich mit dieser Kaufsucht. Es war die Suche nach der Perfektion. Wie friedlich die Welt geworden war, seit alle einkaufen konnten, zu jeder Stunde des Tages. Immer wenn Toto an den Läden vorbeiging, Menschen sah, mit Päckchen in Cafés, die andere Menschen mit Päckchen in Cafés beobachteten, dachte sie an den Osten und fragte sich nicht mehr, warum alle dort Alkoholiker gewesen waren. Es war der Mangel an Möglichkeiten, die absolute Langeweile eines konsumfreien Lebens gewesen, was sie dort hatte sitzen lassen, an Dorfbrunnen und Bahnhöfen an unendlichen Sonntagen.

Es war doch so leicht. Dieses Leben, wenn man es den anderen gleichtat. Sich sauber halten, lächeln, die Zeitung im Internet lesen, über Ereignisse reden. Eine neue Gesellschaftskomödie. Chérie. Oh, gerne, mein Schatz! Sollen wir Béatrice und René anrufen? Gerne. Lass uns ein wenig über den Öko-Textilmarkt stromern, vielleicht haben sie neue Tuchwaren reinbekommen.

Toto hatte einen Stil entwickelt. Das braucht man, einen Stil, eine Aussage muss mit der Erscheinung gemacht werden. Sie hatte so viel Gewicht verloren, fast immer musste sie sich übergeben, nachdem sie etwas gegessen hatte, aber sie hatte sich daran gewöhnt. Sie hatte sich an alles gewöhnt. An die Wohnung, an die Herablassung Kasimirs und an ihr neues Aussehen.

Ein symmetrischer Haarschnitt, Pony bis über die Augen, ihre langen Glieder in schwarze, geschlechtsneutrale Kleidung gehüllt, schwebte sie durch die Wohnung, entzündete Duftkerzen, die dezent nach Ginster rochen, oh, ich husche durch die Wohnung und entzünde Duftkerzen, dachte sie dabei und wartete, dass Kasimir sich ihr zuwenden wollte. Sie hatte keine Angst davor, nochmals geschlagen zu werden, sie fürchtete das Ende der Beziehung nicht. Außer dem Impuls, etwas zu kaufen und dadurch glücklich zu sein, fühlte sie nichts in jener Zeit, die immer heißer werdenden Tage des Frühsommers vor dem Fenster.

Dort war es ruhig geworden, seit es kaum mehr Benzin gab und nur wenige mit kostspieligen Elektroautos verkehrten, der Rest blieb zu Hause in den Vororten oder fuhr mit dem Zug. Aber wohin nur. Es war Sonntag, die Ufer der Seine fast leer, über der vor Hitze dampfenden Stadt lag schwere Müdigkeit.

Kasimir erhob sich

am späten Nachmittag von seiner Liege und blickte über einer Lektüre zu Toto.

Wir sollten uns ein wenig bewegen, sagte er, und natürlich war Toto einverstanden.

Sie war mit allem einverstanden, sie hatte sich irgendwann verloren, zwischen Übelkeit, Schmerzen und Ratlosigkeit. War verschwunden, und ihr Körper war noch ein wenig anwesend.

Sie gingen spazieren, an der Seine gingen sie, da, wo früher die Seine geflossen war, gingen sie, wo nun ein kleiner übelriechender Bach stand, da war es wieder, dieses: Weißt du noch, früher sind hier Schiffe gefahren, früher gab es Flüsse, in denen man schwimmen konnte, und Kasimir gähnte.

Sie gingen spazieren an der Seine und machten Konversation. Es ist so einfach, sich zu unterhalten, wenn man in Sätzen aus einem Satzbaukasten spricht.

Die Uferbegradigungen waren der Beginn des Untergangs der Natur. Sagte Kasimir.

Eine Große Langeweile lähmte die Welt. Als sei schon alles erfunden, gedacht und konsumiert, die Großen Schlachten geschlagen, die Erdbevölkerung erstarrt in Ratlosigkeit, in einem ständig fragenden: Und jetzt?

Und jetzt? fragte Toto. Wollen wir ein wenig Spargel kaufen und nach Hause gehen?

Kasimir hatte gewartet.

Er wartete seit bald fünfzig Jahren auf das Finale, da kam es doch auf ein paar Wochen nicht an.

Wollen wir ein wenig Spargel kaufen und nach Hause gehen, hatte Toto gefragt, an einem heißen Spätnachmittag im Frühsommer, als die Welt vor Langeweile apathisch lag.

Kasimir hatte zusammen mit der Welt stillgestanden. Er hatte gewonnen. Hatte beobachtet, wie Toto sich das Theaterstück eines kleinen Glückes inszenierte, mit ihren Duftkerzen, den Spaziergängen, der Topffrisur. Er sah, dass Toto sich entspannte und dass sie alles verlor, was sie ausgemacht hatte. Die Naivität, das Vertrauen in sich und ihre Liebenswürdigkeit waren etwas gewichen, das wie ein schwarzes Gespenst am Ufer der Seine entlangschlich. Kasimir bemerkte, dass Toto jeder Schritt eine Qual war, dass sie in sich zusammensinken wollte und dass es ihr an Energie fehlte, ihr Leben wieder an sich zu nehmen.

Der Moment, nachdem er Toto am Ufer hatte stehenlassen, war berauschend gewesen. Es erinnerte Kasimir an die Zeit, als er noch Drogen nahm, bevor ihm klargeworden war, dass der Entzug die Sache nicht wert ist, die unendliche Langeweile, komprimiert und kalt, nachdem die Wirkung nachlässt. Toto, die so fassungslos geschaut hatte, in ihrer lächerlichen Frauenverkleidung, die alte Trine, immer kleiner werdend, je größer der Abstand war, den Kasimir zwischen sie brachte. Ein kleiner trauriger verkleideter Hund.

Die Rede hatte er sich vorher tagelang überlegt.

Hör zu, ich habe dich nie geliebt. Nicht einmal besonders gemocht habe ich dich. Der beste Moment unserer Beziehung, die es nie gab, war, als ich dich geschlagen habe. Auf deinen unangenehmen Kopf geschlagen, es hat mich ein wenig angeekelt. Ich habe dich nie gerne berührt, es war eine sadistische Freude, ein masochistischer Ekel, wir, denen die Welt gehört, sind alle Sadomasochisten, weißt du. Ich habe dich angesehen am Morgen und wollte nur eins, dich am Ende wissen, deinen Körper von Geschwüren bedeckt, dein Gesicht im Schmutz, ich wollte mit dir sterben sehen, was ich nie war. Gut. Verstehst du, du Trottel. Ich wollte das Gute sterben sehen, damit ich im Recht bleibe. Doch es ist mir zu langweilig geworden, dein Gesterbe,

Gekotze, deine Anhänglichkeit, dein alberner Versuch, dich für mich hübsch zu machen, du Missgeburt, du wirst immer nur eine verkleidete Missgeburt sein, das weißt du doch. In deinem Körper feuert radioaktives Material seit Jahren Salven gegen deinen Organismus, hervorragend eingestellt. Zum Sterben zu wenig, für ein Wohlgefühl zu viel. Das Erbrechen, die Übelkeit, der Gewichtsverlust, die dünnen Haare? Eine fragile Form der Strahlenkrankheit. Leukämie, mein Freund. Oder soll ich Freundin sagen? Was hättest du denn gerne, es ist dein Ende, du kannst wählen.

Es hat dich keiner geliebt. Wie auch, du bist eine Mutation, du bist etwas, nach dessen Berührung man den Wunsch verspürt zu duschen. Du bist überflüssig. Ich wollte dir beim Sterben zusehen, seit ich dich getroffen habe, damals im Waisenheim, erinnerst du dich, an deine erste Liebe. Gottchen, du warst schon immer schwul.

Komm mir nicht nach, klingel nicht an meiner Tür. Ich drehe mich um und gehe aus deinem Leben. Es hat mich nie gegeben. Für dich.

Das war die Rede gewesen, von der Kasimir nur die letzten Sätze sagte. Es war zu heiß für poetische Ausführungen.

Toto war in sich zusammengesunken, Make-up verwischte ihr Gesicht, eine traurige Spur, die unterste Stufe der Trostlosigkeit war erreicht, dort, wo sie Verzweiflung wird. Und nicht mal ein Wind wehte. Es war alles so still, so heiß, so egal.

Und nun war Kasimir alleine in seiner Wohnung, die ihn langweilte, in dieser Plastikstadt, er hatte alles gesehen, alles konsumiert, für morgen waren Tornados angesagt. Kasimir öffnete das Fenster.

Und weiter.

Toto hatte geahnt, dass sie irgendwann zu müde sein würde, um der Tatsache, dass die Welt ohne sie weiterbestehen würde, große Beachtung zu schenken. Kommst du mit in die Stadt, fragte Béatrice. Eine alte Obdachlose, im letzten Jahrtausend geboren und aufgewachsen, geprägt von einer merkwürdigen Welt, die noch gekämpft hatte. Gegen die Natur und gegeneinander. Heute hatte man den Untergang akzeptiert und hing schlaff in den Seilen. Es gab doch hervorragende Frühwarnsysteme; kippte irgendein ökologisches Gleichgewicht auf der Welt, registrierte man es mit Achselzucken, denn die Wissenschaft wird eine Lösung finden, sie finden immer eine Lösung, es wird gutgehen. Es geht immer gut aus, für die meisten jedenfalls.

Schon längst gab es Hallen, in denen Winter nachgestellt wurden, überdachte Gebiete, in denen Seen wuchsen. Man hatte sich arrangiert, und die neue Generation vermisste nichts, ab und zu gab es ein Großes Sterben, aber das ging einen ja auch nichts an, entweder war man dann eben tot, oder man gehörte zu denen, denen so etwas nicht passierte. Menschliches Leben wird ja nur von denen überbewertet, die etwas Geliebtes verlieren. Im Fluss der Zeit, in der Aneinanderreihung der Evolution ist der einzelne meist komplett ohne Bedeutung. Außer ein paar Revolutionären, Erfindern, Diktatoren war der Rest völlig uninteressant.

Toto sah Béatrice an. Nein, ich bleibe heute hier, danke. Béatrice schlurfte in die Stadt, um von Bäckereien und Touristen etwas zu erbetteln, Toto sah in die Sonne, es würde wieder heiß werden, und ihr fielen Folklorebusen ein. Bestickte Scheußlichkeiten aus Bulgarien, nach denen die Mädchen früher verrückt waren, als es Bulgarien noch gab und es nicht einfach ein uniformer Teil der Welt war, in der fast alle nur mehr Englisch sprachen.

Früher, als Menschen noch nach etwas verrückt waren.

Toto legte sich wieder hin. Sie hatte es sich nett gemacht. Eine Villa aus Styropor und Kartons, das war Totos Haus. Es war sauber, es sah reizend aus, wollte einer der anderen unter der Brücke etwas von ihr, machten sie klopfklopf. Mit ihr wohnten hier Béatrice, die früher Krankenschwester gewesen war, und drei ehemalige Biologielehrer. Am Bild der fröhlichen Clochards hatte sich nicht viel geändert in den letzten hundert Jahren, außer dass es keine Zeitungen mehr gab, auf denen man hätte übernachten können. Toto sah in den Himmel, den konnte man sehen neben der Decke des Tunnels, es gab nur noch Regen oder nicht Regen, alle anderen Jahreszeiten waren auf elegante Art zusammengeflossen zu etwas Warmem. Das würde wohl alles so weitergehen, ohne sie. Die Menschen werden überleben, es wird noch wärmer werden, vielleicht werden alle irgendwann braun, um die Haut vor der Sonne zu schützen, vielleicht wachsen ihnen Schwimmhäute wegen der ständigen Überflutungen. Doch sie bauten schon fleißig Dämme, und an die Hässlichkeit hatten sie sich doch auch gewöhnt. Ab und zu kamen indische Touristen und fotografierten die Obdachlosen, verschwanden jedoch schnell und verstört, wenn Béatrice sich zum Wasserlassen hinkauerte.

Es war Béatrice

ein Vergnügen, Touristen mit dem Anblick ihres nackten Hinterns zu erschrecken.

Béatrice hatte nicht mehr so viele Freuden, aber die angewiderten Touristengesichter gehörten eindeutig dazu. Da will man ein wenig malerisches Elend fotografieren, und dann das. Das kann man doch zu Hause keinem zeigen, so einen nackten Pennerinnenhintern.

Béatrice hatte sich an ihre Situation gewöhnt. Ihr war wohler hier, mit Blick auf die Seine-Insel, als in den Vororten. Die Nässe, die Hitze, die Hygiene hätte sie beanstanden können, aber wozu. Und vor allem, bei wem. Sie verstand sich gut mit ihren Mitbewohnern. Einer war ein Transvestit, ein Transgender, irgendetwas, sie hatten noch nicht darüber gesprochen, und mit den anderen schlief sie ab und zu für kleine Gefälligkeiten. Für eine Extradecke, ein feines Essen, eine frische Baguette. Den Männern gab es das Gefühl, nicht völlig entmannt zu sein, und ihr waren diese lieblosen kleinen Geschlechtsverkehre nicht zuwider, es erinnerte sie vielmehr an ihre Jugend. Es war normal gewesen, dass man sich ein wenig prostituierte, Männer und Frauen, die man damals nicht auseinanderhalten konnte, sie lebten in Wohngemeinschaften und tauschten untereinander die schwarze Lederkleidung, standen Modell für Maler oder geisteskranke Wichser, sie tanzten in Peepshows, in Gogo-Bars, sie animierten und gingen auch mal aufs Zimmer. Es war nichts dabei. Es hatte keinen im Kern beschädigt, der Kern, der damals aus Musik bestanden hatte, aus dem Gefühl, die Welt gehöre einem, man sei einmalig mit seinen gefärbten Haaren und dem Hunger und der Wut. Schon damals, mit achtzehn, hatte Béatrice im Marais wohnen wollen. Irgendwann, später, wenn sie es geschafft hatte.

Sie hatte es geschafft. Sie war, als ihre Freunde aus der Jugend dick geworden waren oder gestorben, Krankenschwester geworden, und sie hatte die Wohnung bekommen, die sie seit Jahren im Auge hatte. Im fünften Stock an der Place Bourg-Tibourg. Ein rundes Treppenhaus, mit schiefem Holzboden, ein wenig Belle Époque, der Geruch alter Menschen, und oben wohnte sie allein auf der Etage, ein kleines Zimmer mit bodentiefem, halbrundem Fenster und Bad, das über die Dächer sah. Ihr Nest, der Ort, von dem sie träumte, ängstlich auf ihn bedacht. Morgens kam sie von ihrer Schicht im Krankenhaus, die Stadt roch nach Backwaren und Straßenreinigung, die Händler öffneten ihre Läden, der Bäcker, damals wurden die Baguettes noch nicht in Fabriken außerhalb hergestellt, gab ihr eine Tüte mit Croissants, mit denen sie dann am Fenster saß und Kaffee trank. Tagsüber schlief sie, das Fenster immer geöffnet, von unten beschützt durch die Geräusche der Marktleute, vom Geschrei der Schulkinder, behütet von den Autos, den Gesprächen, den Streitereien, unten auf ihrem Platz.

Nach der dritten Mieterhöhung nahm Béatrice einen zweiten Job in einer Wäscherei an, bei der vierten Mieterhöhung gab sie auf. Das Haus war unterdessen von allen alten Mietern gereinigt, die Wohnungen zu Urlaubsappartements für Touristen oder Betriebswohnungen für indische IT-Spezialisten geworden. Béatrice musste gehen, und es war wie ein Unfall. Aus ihrer Wohnung auszuziehen, aus ihrem Viertel, ihrem Zuhause.

In die Vororte.

Die neue Wohnung befand sich in einem Block, der aussah, wie ein unbegabtes Kind ein Haus malen würde, wenn es keine Lust hat, ein Haus zu malen. Ein Viereck. Béatrice saß in einem Viereck, in einer viereckigen Wohnung, die Küche war modern, es zog nicht, sie sah aus dem Fenster auf eine leere Straße, die Verkehrsanbindungen waren hervorragend, ein Monoprix an der Ecke, zum Einkauf von Lebensunnötigem ging der

Mensch in die Stadt, wo ihre Wohnung jetzt an einen Inder vermietet worden war, den sie ab und zu beobachtete. Am Morgen, sie musste jetzt keine Nachtschichten mehr machen, ging Béatrice mit den Müttern, die ihre Kinder in den Kindergarten oder den Hort brachten, durch die Straße; links und rechts in den Erdgeschossen der viereckigen Häuser waren die Kinderaufbewahrungseinrichtungen mit hervorragendem Personal aus Sibirien und Bangladesh, die konnten gut mit Kindern, die Philippinen verstanden sich eher auf die Pflege der Alten, und hier draußen, in den Vororten, war die Stadt so homogen wie das vergangene Europa, die weiße Rasse, die Eingeborenen, die Pariser, die Lyoner, die Berliner, sie blieben korrekt unter sich, hier wohnte der Mittelstand, die neunzig Prozent, der Erfolg der Globalisierung, die Zeichen der Überlegenheit des kapitalistischen Systems.

Rauchen, saufen, Drogen nehmen, die kleinen Fluchten, das Völlern und Lümmeln war ausschließlich Sache der Bettler und Milliardäre geworden, der Rest der globalen Welt joggte, Gemüse kauend, durch den Arbeitsalltag. Eine prachtvoll kontrollierbare Menschheit war da herangewachsen, die überwacht, registriert und vor allem eigenkontrolliert funktionierte. Da verursachte keiner mehr hohe Kosten, da trennte keiner mehr seinen Müll nicht oder hielt sich ein großes Auto. Die Hundehaufen kamen in wiederverwertbare Säckchen, die Wäsche wurde selten gewaschen, die Atomkraftwerke abgeschaltet, die Frauen, die die Welt regierten, taten das gütig, doch mit der Strategie absoluter Vermeidung von gefährlichen Eventualitäten, wozu dummerweise das Leben gehört. Es war alles so reibungslos geworden, die Welt auf Ritalin und anderen Psychopharmaka, die Menschen prächtig eingestellt, hervorragende Uhrwerke.

Béatrice versuchte sich in ihr neues Leben zu schicken. Sie ging arbeiten, in der Mittagspause ins Fitnessstudio, sie ernährte sich organisch, an den Wochenenden fuhr sie auf die Hügel in Erlebnisbiofarmen und erwarb Produkte. Sie hatte keinen Kontakt zu ihren Nachbarn, doch das gute Gefühl, dass alle aussahen wie sie, ohne jedes Übergewicht. Man grüßte sich, man sah sich nicht in die Augen, die Kinder gingen so selbstverständlich in Therapiegruppen mit anschließender medikamentöser Einstellung wie früher zum Fußballspielen. Spielen war ein Verb, mit dem sie nun nur noch die Welt des Internets verbanden. Der Rest war Arbeit, Vorbereitung auf die Berufswelt und Sport. Da war er endlich, flächendeckend, der neue Mensch. Es gab keine Freaks mehr, die unter langen verfilzten Haaren mit Crowley redend durch die Stadt wackelten, es gab keine Punks mehr, keine Anarchisten, keine revolutionären Zellen, kein Zeichen des Aufbegehrens, nirgends. Die Menschen waren zu beschäftigt, ihren Lebensstandard zu halten, besorgt, auch noch ihre zentralgeheizte Wohnung in den Vororten zu verlieren. Ohne jenes minimale Einkommen, das man nur mit neun Stunden Beschäftigung täglich erzielen konnte, landete man auf der Straße und dann im Heim, und das will doch keiner, da ahnt man doch, dass man die Heime nicht lebend verlassen wird.

Béatrice hatte Kopfschmerzen. Sie fühlte sich als Aussätzige in einer Welt der Gesunden. Keiner sprach mehr über Krankheiten, Gebrechen oder Schwächen. Alle lächelten vom Betreten des öffentlichen Raumes an. Sie winkten sich beim Joggen zu, aus den Fenstern ihrer Elektrofahrzeuge, mit den Körbchen voller Bionahrungsmittel, mit denen sie am Wochenende von den Bergen hopsten. Die weißen Menschen, die früher dem Mittelstand angehört hatten, die früher zu Lesungen gegangen waren und ein Theaterabonnement besessen hatten, die nun in ihren Vororten saßen und jeden Bissen sechzigmal kauten, glichen sich in beängstigender Weise. Man konnte die Bewohner Europas und Amerikas nicht mehr auseinanderhalten, sie alle trugen praktische atmungsaktive Kleidung, die nicht chemisch behandelt worden war. Keiner färbte sich mehr das Haar, alle hatten prächtige künstliche Zähne und weiße, ungebräunte Gesichter. Alle waren in ähnlicher Art arm, die bedeutete, dass es keinen Luxus für sie gab. Sie konnten in Gruppen in andere Vororte reisen, sie konnten sich mit Kunstnahrung gut im Fleisch halten, sie konnten in Europa billig produzierte Kleidung tragen, aber all die Extras, die zu besitzen die Menschen früher angespornt hatte, die Kreuzfahrten, die Luxushotels, die Autos, die Sterneküche, die Designerkleidung, all das war heute für sie unerreichbar.

Als es wärmer wurde, begann Béatrice nach der Arbeit nicht mit der Métro in ihren Vorort zu fahren. Sie ging auf den Platz, setzte sich mit Kaffee auf die Bank unter ihrer früheren Wohnung. Und vergaß irgendwann, heimzugehen. Von da an, von diesem Irgendwann an, lebte sie auf der Place Bourg-Tibourg und ging nicht mehr arbeiten, sie wollte ihre Wohnung nicht aus den Augen lassen, der Inder war erst ein Mal aufgetaucht. Ein junger, eloquent federnder Mann, mit Maßschuhen und einem guten Geschmack. Sie sah ihn an ihrem Fenster sitzen.

Als es kühler wurde, kam der Alkohol, er stand plötzlich neben ihr, das Betteln hatte sie nie bewusst begonnen, die Menschen gaben ihr freiwillig etwas. Sie lebte nicht schlecht auf der Bank von den Touristen, aber den Inder, den hasste sie. Sie wusste unterdessen, wann er nach Hause kam, um zehn, wann er das Haus verließ, um neun, dass er keine Freundin wollte oder keine fand, er war nicht besonders attraktiv. Mit jedem Tag mehr wurde Béatrice zu ihm, wurde zum Inder, wurde er, ging mit ihm in ihre Wohnung, sah durch ihn aus dem Fenster, wippte in ein Büro, schlief in ihrem alten Bett und löschte sich selber aus, unten auf der Bank.

Die Polizei hatte Béatrice im Winter vom Boden gekratzt, sie waren davon ausgegangen, dass da eine Leiche lag, denn

Obdachlose wurden in Ruhe gelassen, keiner mochte sie berühren, die Obdachlosen, sie können Krankheiten übertragen, sie sind voller Bakterien. Bakterien hatten sich zum Tick der Weltbevölkerung entwickelt. Fast jeder hatte Hautinfekte wegen des zügellosen Umgangs mit antibakterieller Waschlotion, alle Kinder wuchsen mit antibakteriellen Windeln, antibakterieller Nuckellösung und antibakteriellen Gesichtstüchern auf, mit denen ihnen ständig Speisereste entfernt wurden. Die Folge war eine zunehmende Schwächung des Immunsystems, aber an irgendwas müssen sie ja sterben, die Leute.

Béatrice allerdings lebte noch, sie wurde in einer Einrichtung zur Betreuung Obdachloser gesund gepflegt und danach wieder auf die Straße entlassen. Sie wollte es nicht anders. Sie wollte nicht in eines der Heime auf dem Land, wo Obdachlose sauber verwahrt wurden und auf den Feldern arbeiten konnten, sie wollte zurück zu ihrem Platz, zurück auf ihre Place Bourg-Tibourg. So wurde sie gechipt und entlassen und saß bald wieder auf ihrer Bank.

Ihre Wohnung war unterdessen zu einem Loft umgebaut worden, der Inder verschwunden, und Béatrice zog unter die Brücke, unter der sie nun saß und Wasser ließ, um eine Gruppe japanischer Touristen zu erschrecken.

Und weiter.

Ein Inder war zu ihrer Gruppe gekommen. Wobei dieses Kommen keiner beobachtet hatte, er war plötzlich dagestanden. Nass war er gewesen, und vielleicht hatte er sich in der Seine ertränken wollen, die von dem traurigen Nichts während der Regenmonate zu einem reißenden Strom wurde, der oft über die Ufer trat. Sein Tonfall verriet den Besuch einer englischen Eliteschule, die sich allerdings nicht mehr in England aufhielt, sondern in Schanghai und Jakarta. Allein der Alkohol trübte ein klein wenig seinen eleganten Akzent. Wenn schon die IT-Inder unter Brücken ziehen müssen, dann stimmt doch was gewaltig nicht, in der Welt da draußen, vor der Brücke. Die kleine Pennergruppe war nicht erfreut über die internationale Bereicherung, da ist kein Unterschied, nirgends auf der Welt mag man die Neuen, die Zugezogenen. Sie könnten Ärger machen. Allein Béatrice schien über Gebühr entzückt ob des Inders, sie wollte ihn gar nicht aus dem Auge lassen und begann immer wieder zu kichern. Die Biologielehrer, von denen Toto nie wusste, ob es drei waren oder vier, arrangierten sich, und nach einigen Tagen war der Friede in der kleinen Gemeinschaft wiederhergestellt.

Toto hatte, wie auch schon zuvor in ihrem Leben, die Aufgabe der Seelsorgerin übernommen, sie hörte zu, tröstete, versorgte. Bevor die Brückenbewohner gegen Nachmittag ausschwärmten, um ein bisschen zu betteln, Besorgungen zu machen oder ihre schönen alten Wohnungen von außen zu besichtigen, saß jeder in seinem Deckenhaufen, wühlte mit wichtigem Gesicht in seinen Papieren oder betrachtete seine Füße. Toto sah nach jedem, einfach damit der Kontakt erhalten blieb und jeder eine Art kleines Morgengespräch führen konnte.

Ihr selber war am Morgen nicht mehr übel als am Abend, sie hatte sich mit ihrem niedrigen Energielevel arrangiert und kauerte gerade vor einem der Biologielehrer, der noch nicht saß, sondern verkrümmt auf seiner Matratze lag. Ich möchte mich jeden Morgen umbringen, sagte der Biologielehrer. Jeden Morgen, hören Sie. Und Toto fragte: Was versprechen Sie sich davon?

Ruhe. Sagte der Biologielehrer. Ich möchte mich nicht mehr fragen, ob ich mein Leben vertan habe, diese eine, funkelnde Chance, die Verheißung einer Villa im Grünen, serielle Monogamie und das Halten eines Haustieres, das wären doch alles wundervolle Optionen gewesen, ich hätte mich nur den Anforderungen des Marktes stellen müssen. Ich frage mich, an welcher Abzweigung im Leben ich den falschen Weg genommen habe und ob mich die andere Richtung glücklich gemacht hätte. Ich werde das nie erfahren. Ich werde so viel nie erfahren, das hat mich damals wahnsinnig gemacht, als ich an der Abzweigung stand. Ich hatte eine Kollegin kennengelernt, die für ein Zusammenleben sehr geeignet gewesen wäre. Sie war auf dem Weg zur Schulleiterin, wir hätten eine Eigentumswohnung in den Vororten haben können, später die Villa, wir hätten in vitro ein Kind erzeugen können, und die Idee hat mich durcheinandergebracht. Ich hätte doch genauso gut in ein anderes Land ziehen können, ich war damals Anfang dreißig, hätte Feuerwehrmann in Los Angeles werden können und dort nach dem Erdbeben Aufbauarbeit leisten, ich hätte an eine Eliteuni gehen können oder schwul werden, ich habe da so Tendenzen, sagte der Biologielehrer und schaute Toto hungrig an. Toto sah in die Weite der Steppe. Ich habe da so Tendenzen, sagte der Biologielehrer und legte seine Hand auf Totos mageres Knie, und ich dachte, wenn ich meine homoerotische Seite auslebte und die Frau als Regulativ wegfiele, könnte ich unentwegt Sex haben, aber es waren zu viele Möglichkeiten, verstehen Sie? Und dann habe ich die Beziehung mit der Rektorenanwärterin abgebrochen, nur noch einen minimalen Arbeitseinsatz geleistet und dann irgendwann ganz aufgegeben. Der ehemalige Biologielehrer war nordischer Herkunft. Er siezte Toto seit Monaten und versuchte damit über seine Herkunft aus der Provinz hinwegzutäuschen.

Was hält Sie denn ab, sich das Leben zu nehmen, fragte Toto.

Ich denke, vor meinem Tod sollte ich noch ein Buch schreiben, sagte der Biologielehrer und versank in Schweigen.

Toto hatte einen Ausweis der öffentlichen Bücherei erworben, erstaunlich, dass es die noch gab, denn Büchereien waren komplett sinnlos geworden. Es wurde gelesen, aber ausschließlich auf Bildschirmen, nicht mehr oder weniger als zu irgendeiner Zeit, die Bücher waren nur noch homogener geworden. Es gab nicht mehr viel, was Künstler aufzuregen vermochte. Die Kunst war zu einem von Schwere ungetrübten Unterhaltungsmedium geworden, ab und zu arbeitete sich ein besonders nachdenklicher junger Mensch an seiner Kindheit ab, weil die jedoch zu unergiebig war, weil sie sich alle glichen, die jungen Jahre in den Vororten, wo es den Kindern an nichts fehlte, außer an Schönheit, floss der Markt über von Kindheitserinnerungen aus des Großvaters Zeit, aus den fünfziger Jahren des letzten Jahrtausends, da wurde gemalt, geschrieben und gebildhauert, dass es ein Vergnügen war, und immer war der Geruch in Großmutters Küche ein wichtiger, fast entscheidender Faktor. Es bedurfte, wenn man der Sache ins Gesicht sah, keiner Kunst mehr.

In Paris existierte noch eine Schaubibliothek mit gebundenen Büchern, in der Studentinnen als Bibliothekarinnen verkleidet arbeiteten. Ab und an nutzte Toto die Bücherei und schleppte schwere Partituren an die Kaimauer, die sie nachsang. Ein einträgliches Geschäft, besonders die Japaner waren sehr freigiebig, wenn es um musikalische Darbietungen ging.

Toto schaute aufs Wasser, das grau und bösartig bis zum Rand der Kaimauer floss, es hatte seit Tagen geregnet, und besann sich des Biologielehrers, der zusammengesunken und nicht angenehm riechend auf seiner Matratze lag und irgendeine Art von Trost erwartete, einen Zuspruch, ein wenig Optimismus. Aber den konnte Toto ihm nicht geben, denn sie wusste, dass man seinen Grundzustand nur mit Chemikalien verändern kann, und nicht mit Denkmustern. Wenn jemand sterben will, so soll man ihn nicht aufhalten. Toto überwand sich und streichelte den Mann, der sich grunzend unter der Berührung wand.

Hier konnte sie nichts mehr tun. Toto wurde übel. Plötzlich von kaltem Schweiß bedeckt, taumelte sie zu ihrer Kartonvilla zurück. Es wäre ihr in einer der modernen Wohnungen in den Vororten nicht besser gegangen. Dort wäre sie eben auf einem Daybed gelegen. Vielleicht hätte sie den Butler gerufen. Es war ihr völlig egal, wo sie warum lag, sie fragte sich nichts. Das war vermutlich langsam das Ende ihres Lebens, es wäre überall ähnlich zu Ende gegangen.

Toto lag am Boden, sie hatte eine Art Schüttelfrost. Es ging ihr elend. Von weit her hörte sie die Biologielehrer, die mit Béatrice verkehrten. Toto übergab sich.

Der Polizeiwagen fuhr in Richtung Seine.

Es war Mittag, die Touristen drängten einander durch die Innenstadt, die Eingeborenen arbeiteten, die Züge fuhren regelmäßig, der Himmel war wie ständig verhangen. Es war Herbst oder Winter. Es war egal.

Die weibliche Regierungsspitze hatte für ein reibungsloses Vorankommen der Einsatzstaffel gesorgt. Es war fast unmöglich, ein Fahrzeug zu privaten Zwecken zu unterhalten. Steuern und Benzinpreise waren albern teuer und die Parkhäuser zu Wohnungen für Ausländer umgebaut. Die Welt war so vernünftig geworden. Alkohol war für Angestellte unbezahlbar, das Rauchen auf freien Flächen verboten, auf Drogengebrauch und Prostitution und Pornographie stand Gefängnisstrafe. Die Frauen sorgten für Ordnung, sie waren Vermeiderinnen, sie waren ängstlich, sie waren vernünftig und ein wenig selbstgerecht. Sie hatten es schon immer gewusst. Die Welt wird ein blühender Garten werden, wenn sie nur endlich zeigen können, wie gut sie das Gärtnerinnenhandwerk beherrschen! Die Saat war einigermaßen gediehen. Die Welt glich eher einem überbauten Acker als einem sinnlos grünen Garten, sie war dank des ungezügelten Konsums freudvoller als in den ehemaligen islamischen Ländern, aber etwas Antibakterielles lag in der Luft. Es gab nichts, was nicht reguliert, eingeschränkt, überwacht und gezügelt gewesen wäre, jeder Bereich war auf politische Korrektheit untersucht. Mit der Vorherrschaft der Männer war sehr, sehr viel Unangenehmes verschwunden. Es gab keine Kriege, kaum mehr Gewalttätigkeiten, die Wohnungen waren praktisch, die Gleichstellung vorbildlich, die Lautstärke gemäßigt. Humor nicht mehr vorhanden, wie alles Unnütze.

Marie war inmitten des Aufschwungs der Welt geboren, sie war unter Frauen aufgewachsen, sie war strebsam, perfekt und freundlich. Sie war der neue Mensch, und nun parkte sie den Polizeiwagen und ging die Treppen zur Seine zur täglichen Obdachlosenkontrolle. Es waren die einzigen Einsätze, bei denen sie eine Waffe trug. Probleme machten fast nur noch die Obdachlosen. Sie erschlugen sich, sie führten vor, wie eine Welt ohne Konsum funktioniert. Gar nicht.

Marie hatte Soziologie studiert, sie wusste, worüber sie nachdachte. Marie machte sich nichts vor. Es gibt nur die Dummen und die Klugen. Marie griff nach ihrer Dienstwaffe. Bei den Obdachlosen unter Brücke drei stimmte irgendwas nicht. Sie näherte sich der Menschengruppe, hauptsächlich ehemalige Biologielehrer, die sie nicht besonders mochte, denn sie verkörperten für sie alles, was Vergangenheit war. Die Klugscheißerei älterer Männer, die Bärte, der stechende Geruch. Es sah aus wie einvernehmlicher Geschlechtsverkehr, was da stattfand. Daneben hockte, sich wiegend in einer Lache von Erbrochenem, der Transvestit, den sie seit Monaten unter besonderer Beobachtung hatte. Sie mochte ihn nicht. Marie wusste, dass sie nicht in Kategorien von Zuneigung und Ablehnung denken und agieren sollte, und doch war es ihr eine Freude, ihn anzuschreien, die Waffe gegen ihn zu richten, ihn zu verhaften.

Sie stieß Toto die Treppe zum geparkten Einsatzfahrzeug hinauf, in dem ihre Kollegin wartete. Marie hätte nicht sagen können, was sie an dem riesigen kranken Mann, der tat, als sei er eine Frau, nicht mochte. Vielleicht diese Karikatur, die er darstellte, dieses anarchisch Unaufgeräumte seiner Gestalt. Egal, es war ihr ein Vergnügen, ihn endlich wegzusperren. Er ist völlig weggetreten. Informierte sie ihre Kollegin. Wir bringen ihn zum Amtsarzt. Zusammengesunken und nicht ansprechbar saß Toto auf der Rückbank des gepflegten Einsatzwagens. Nachdem Marie sie bei der Polizeiärztin abgegeben hatte, war ihre Schicht beendet, und sie fuhr mit einem Biogasbus in die Vororte, wo sie sich mit ihrer Mutter eine Wohnung teilte. Die beiden Frauen bestellten sich ein veganes Abendbrot. Marie besuchte gegen zehn noch die Weiterbildung. Keiner schlief. Keiner langweilte sich. Man bildete sich weiter, machte Sport, ließ sich massieren, man hielt sich fit. Offen geäußerte Langeweile ist wie Rauchen. Strafbar.

Und weiter.

Die Einrichtung war in stimmungsaufheiternden Farben gehalten. Viel Rosa, das wirkt beruhigend, keine Ecken, Rudolf Steiner hätte getanzt, das Licht hatte einen milden Schimmer, das Personal war hervorragend ausgebildet und kam vornehmlich von den Philippinen, die Philippinen wurden in der Welt hochgeschätzt für ihre Fähigkeit, mit Hilfsbedürftigen umzugehen, sie scheuten sich nicht vor Körperlichkeit, ja, sie suchten sie sogar.

Das hätte zu Beginn des Jahrtausends doch wirklich keiner gedacht, dass die Erde so schnell zu einem harmonischen Ort werden könnte, in dem Ockertöne vorherrschten, dass es keine Kriege mehr gab, weil die Menschen mit dem Flicken der Erdoberfläche beschäftigt waren, dass es keine Religionen mehr gab, weil alle mit dem Überleben beschäftigt waren, und dass es nichts mehr gab, worauf man neidisch sein konnte, ehrlich gesagt, das hat sich doch keiner vorstellen können.

Keiner, draußen in der Welt der Funktionierenden, hätte das Heim Leprainsel genannt oder Aufbewahrungsstätte für überflüssiges Leben, Klapsmühle, Obdachlosenheim, Drecksammelstelle, so dachten die Menschen nicht mehr, erstaunlich, wie sich die Kontrolle des eigenen Hirns in diesen letzten Jahren, die man fast das Jahrzehnt der Selbstregulierung nennen konnte, verselbständigt hatte. Fast jeder zensierte seine Gedanken, untersuchte sie auf politische und humanitäre Korrektheit und fühlte sich miserabel, wenn er sich bei alten Klischees und Vorurteilen ertappte. Besonders sensible Menschen wurden verrückt an sich selber, sie betrachteten unentwegt den Strom ihrer Gedanken und begannen sich zu geißeln oder den Kopf gegen die Wand zu schlagen, weil sie immer wieder Unsauberkeiten bei sich entdeckten. Es war üblich, dass sich die Menschen in Gesprächen laut ihrer unklaren Gedanken entäußerten: Oh, verzeihen Sie, ich habe gerade gedacht, dass Sie mir nicht so sympathisch sind, bitte verzeihen Sie. Sagte man, oder: Oh, ich ertappte mich soeben bei einem Vorurteil bezüglich Ihrer Hautfarbe, peinlich, peinlich. Der Gesprächspartner nahm solche Offenheit dankend an, es galt als ein Zeichen der Höflichkeit, ein selbstregulierender Mensch zu sein. Allerdings führte das ständige Hinterfragen der Gedanken bei vielen Menschen zu Schlafstörungen, was nicht weiter auffiel, denn der weltweite Schlafmittelverbrauch hatte sich seit 2010 vervierzehnfacht. Schlafen ist verschwendete Zeit, so die akzeptierte Meinung, aber bis die Wissenschaft fortgeschrittener war, leider unabdingbar für den Erhalt der körperlichen Leistungskraft. Immerhin hatten Wissenschaftler herausgefunden, dass der Mensch ausschließlich vier Stunden am Stück und drei Powernaps benötigte, um auf den Höhepunkt seiner Kraft zu kommen und dort lange zu verbleiben. Die so gewonnenen Stunden öffneten ungeahnte Möglichkeiten. Da konnten Sprachen, also Chinesisch, gelernt, Fortbildungen gemacht und an der Fitness gearbeitet werden. So wie die Gesellschaft, ohne die Interessen der Industrie weiter zu hinterfragen, Nichtraucher geworden war, verzehrte sie nun gegen zehn Uhr selbstverständlich ein Schlafmittel, das sie genau vier Stunden ruhen machte, schluckte nach dem Erwachen eine Tablette, die sie augenblicklich wieder energisch und leistungsfähig werden ließ. Kaffee trank man durchaus nicht mehr, alle bevorzugten schmackhafte und gesunde Kräutertees, hergestellt aus blutreinigenden Pflanzen, die unberührt von negativen Umwelteinflüssen in den Bergen wuchsen. Danach begann man mit Sport und Weiterbildung.

Über die Heime, die meist an Bahngleisen lagen, wurde nicht geredet. Man wusste, dass sie existierten und dass dort

Kranke wohnten, denen geholfen wurde. Ein weitergehendes Interesse bestand nicht. Seit Jahren gab es eine Art Übereinkunft zwischen den Chefredakteuren der Magazine, Online-Zeitungen und des Rundfunk- und Fernsehrates. Man bearbeitete Nachrichten zum Wohle des Volkes. So viele Jahre war es nun geschmacklos gewesen, über Beunruhigendes zu berichten, dass es den Journalisten nicht mehr einfiel, irgendwann danach zu suchen.

Toto war allein in einem Zimmer untergebracht, da ihr Geruch, der sehr sauer war, andere hätte stören können. Die pinkfarbenen Gitter vor den Fenstern wirkten nicht störend, eher wie ein alberner Bruch in der Struktur des Schotterwalls draußen, auf dem früher die Bahn verkehrt hatte. Das Heim war ein funktioneller Bau in erwähnt freundlichen Farben; sauber, gut geheizt in der Regenzeit, verfügte es über einen kleinen mit Schaumstoff ausgelegten Garten, durch den die Verwegeneren der Bewohner springen konnten.

Die Bewohner, es waren ja keine Patienten oder Gefangene, bestanden aus Obdachlosen und geistig Verwirrten, meist waren diese beiden gleich unglücklichen Umstände eng miteinander verbunden. Es gab kaum mehr ein geistiges Gebrechen, das nicht behandelbar war. Nur die Renitenten, die Verweigerer, die Obdachlosen bildeten eine Art revolutionärer Zelle. Die aber, das konnte man in Regierungskreisen stolz behaupten, weitgehend zerschlagen worden war. Vielleicht gab es weltweit noch eine Million, die aufbegehrte, nicht arbeitete, die gewalttätig war oder rauchte.

Doch nach und nach wurden auch sie entsprechenden Einrichtungen zugeführt.

Toto war am ersten Tag ihres Aufenthalts einer Heimärztin vorgestellt worden. Die Ergebnisse, die ihr einige Tage später mitgeteilt wurden, waren wenig ermutigend. Toto hatte eine Form der Leukämie, die auch den zugezogenen Spezialisten gewöhnlich nur aus dem Raum von Kernkrafthavarien bekannt war. Die Ärztin blieb ratlos; unverständlich, dass Toto sich nicht vor Jahren in Behandlung begeben hatte, denn der Verlauf dieser Krankheit war sehr langsam, die Heilungsaussichten schlecht und unterdessen nicht mehr vorhanden.

Toto verstand den Inhalt der Aussage nicht wirklich, es schien, als würde sie sich langsam verabschieden wollen von einer Party, zu der sie nie eingeladen gewesen war, und als wüsste sie nur nicht, bei welchem der zahlreichen Gastgeber sie mit ihrer Danksagung beginnen sollte. Die Ärztin hatte ihr Medikamente auf starker Morphiumbasis gegeben, was einen eigenartigen Zustand völliger Zufriedenheit erzeugen sollte. Da Toto diesen allerdings fast immer körpereigen herstellte, war keine große Veränderung festzustellen. Noch ruhiger war sie und hatte wieder zu singen begonnen, denn jene Instanz in ihr, die sie davon abgehalten hatte, die sie für zu unbegabt hielt, war weggefallen. Fast alle Bewohner des Heims kamen nun zu dem Vergnügen, jeden Tag zwei Stunden Gesang zu hören, der nichts wollte. Es klang wie ein Gespräch mit dem Jenseits, ein Klagelied voller Hoffnung. Aber das sagte natürlich keiner. Das sagt man doch nicht: He, das klingt wie ein hoffnungsvolles Klagelied, sie waren nur wie gelähmt, wenn sie Totos Stimme hörten, von einer Traurigkeit und Liebe getragen, die keiner von ihnen kannte.

Toto fühlte sich vollkommen, noch stärker denn je zuvor, vergessen die Zeit unter der Brücke, mit der Trauer um die verpasste Liebe. Toto erinnerte sich nicht mehr mit Bedauern daran, dass sie es nie erlebt hatte, ohne Anstrengung mit jemandem zu sein, und auch die Übelkeit war verschwunden, kam nur noch schwach in der Nacht, sie übergab sich in einen Eimer, der neben dem Bett stand.

Toto war glücklich.

Sie konnte nicht wissen, wie es gewesen wäre, hätte sie von

einem geliebt werden können, aber es war müßig, darum zu trauern. Sie konnte auch nicht wissen, wie es gewesen wäre, in einer anderen Zeit gelebt zu haben, als ein anderer Mensch, oder ein Tier. Man kann alle Möglichkeiten betrauern, die man nie gehabt hat, oder sich daran freuen, dass man kurz aufgetaucht ist aus der Großen Dunkelheit der Unendlichkeit, die sonst immer herrscht, vor der Geburt und nach dem Tod, ein kurzer Moment Licht, das ist doch viel, und Milliarden, Trilliarden Eizellen war nicht einmal das vergönnt.

Meist saß Toto auf dem Bett, wiegte sich hin und her und lächelte. So ein Geschenk, dieses Leben, und wie interessant, dass gerade während ihres Aufenthaltes auf Erden so viel passiert war.

Wie angenehm und gepolstert heute alles schien, da war doch wirklich eine große Hoffnung für die Menschen, so eine Hoffnung, dass sie es angenehm hatten und sich nicht mehr so furchtbar hassen mussten. Das war doch schrecklich gewesen, all dieser Hass, weil immer einer mehr hatte, anders lebte, anders aussah. Das ist so wunderbar, dass sich jetzt alle gleichen und dieselben Sachen mögen. Einkaufen und Sport treiben, nein, das ist nicht ironisch, Toto ist noch nie ironisch gewesen, warum sollte sie im letzten Augenblick damit anfangen. Irgendwann hatte sich das Glück zu so einer großen Kugel geformt, dass sie aufstehen musste und ans Fenster gehen und singen, singen musste sie dann, weil es zu viel war, zu viel Glück, und sie sich freute auf das, was bald kommen würde, auf die Ruhe und die neue Erfahrung der Dunkelheit, die vielleicht angenehm war, nach all dem Gelebe und nach all der Veränderung, nach all den neuen Häusern und neuen Verkehrsmitteln, nach der Frage, wie man sein Leben gestalten soll und ob, da ist es vielleicht großartig, nichts mehr zu müssen, sich nicht mehr zu verhalten, nicht Mann oder Frau oder Nichts sein zu müssen. Da bleibt nicht mehr viel von allen diesen Fragen, wenn man so müde ist und so glücklich. Toto hörte auf zu singen, zwei Stunden war sie, sich wiegend, am Fenster geblieben, hatte Texte erfunden und Melodien, und ihre Stimme war gereift. Die Heimärztin kam jeden Tag, stand neben dem Fenster, draußen, ungesehen, und hörte zu, sie weinte, jeden Tag weinte sie, um dieses vergeudete Leben, dieses verschenkte Talent, so eine Stimme, die so unendlich voll war von einer uneingestandenen Trauer, so etwas hatte sie noch nie gehört, da müsste man doch etwas machen, spürte sie, wenn sie Toto betrachtete, Toto, die wie ein Geschenk an die Welt war, das keiner haben wollte, so ausgezehrt und leuchtend, da musste doch noch etwas passieren, wusste die Ärztin, denn bald wäre Toto verschwunden und hätte keine Spur hinterlassen, auch die Menschen, die sie seltsam berührt hatte, würden ihr Bild auslöschen, nach einiger Zeit.

Die Ärztin holte all ihre Freunde, unter denen sich bekannte Sänger und Musiker befanden, zu diesen kostenlosen, kostbaren Konzerten. Es ist erstaunlich, sagte ein Musikproduzent, ich habe so etwas noch nie gehört. Und so kam es, dass Toto sich eines Tages in einem Studio vorgefunden hätte, wenn sie denn hätte wahrnehmen können, um was es sich handelte. Es war einfach an der Zeit zu singen, sie hatte sich vorher lang genug hin und her gewiegt, also sang sie. Eine Woche lang wurden ihre Lieder aufgenommen, und den Mitarbeitern des Tonstudios war es peinlich, das Ergriffensein, einige weinten, und auch das war ihnen unangenehm. Man lässt sich doch nicht gerne manipulieren, zu Gefühlsentäußerungen treiben, man mochte diese dem Tod sehr nahe Sängerin nicht, die vielleicht ein Sänger war, diese völlig weggetretene, von Morphium benebelte Person, die war keinem geheuer, und alle waren froh, als die Aufnahme beendet war.

Toto hatte nichts davon bemerkt. Sie saß wieder in ihrem Zimmer, auf dem Bett, sie wiegte sich hin und her und ging in ihrem Leben spazieren. Das brachte sie zum Lachen, dieses unendlich komische Dasein, das sie geführt hatte. Was für eine alberne Geschichte. Da waren Kühe gewesen, und der Osten, Traktoren und eine alte Frau, ein junger Mann aus einem asiatischen Land, alles geriet durcheinander, alles war eins, alles war ein kleiner Witz gewesen.

Und dann wachte Toto auf, kurz immer nur, aus dem angenehmen Dämmer, und die Luft roch nach Akazien, draußen, woher, das wusste sie nicht zu sagen, vielleicht war es ein künstliches Aroma, oder irgendein Baum hatte überlebt. Und mit dem Duft kam eine Trauer, und ohne dass sie irgendeinen Muskel bewegen musste, liefen Toto die Tränen, und ohne dass sie eine einzige hätte aufhalten können. Du dummes kleines, verschenktes Leben, in dem doch keiner, den sie getroffen hatte, unschuldig gewesen war. Du blödes kleines Leben, mit deinem Geruch nach allem möglichen, nach Erde und Holunder, oder nach Wasser auf sonnenheißen Steinen, und das ist nun bald alles weg, und unschuldig ist doch keiner gewesen. Du kurzes kleines Leben, in dem es keinem gelingt herauszufinden, wie man dich ohne Schaden übersteht, du einzige Kränkung, du einziges Vorführen der eigenen Unwichtigkeit, da empfindet doch keiner einen Respekt für all die Anstrengungen und die Schläge und die Krankheiten und die Ängste, und dann ist da nicht mal einer gewesen für Toto. Nicht mal einem einzigen Menschen ist sie wichtig gewesen, ist sie das Universum gewesen, es ist, als hätte es sie nie gegeben, so ohne Spur auf der Welt.

Dann kam die Pflegekraft und reichte eine Tablette nach, dann ging es wieder, dann sang sie wieder, am Fenster stehend, in die Akazienluft, und es machte die Gäste des Heimes ruhig, sie zu hören, aber auch traurig in einer Art, die all das Begreifen in sich trug um den vertanen Augenblick auf der Welt. All die verpassten Kindheiten, all die Flüsse, die man nie gesehen, all die Länder, die man nie bereist, all die Bücher, die man nie gelesen hat.

Der Welt, der war das egal. Ob da ein paar Menschen traurig sind, die ihren Platz nicht gefunden haben, nirgends, ob da jemand traurig ist oder zornig, weil es nicht noch einen zweiten Durchlauf geben wird, ob da eines steht und singt, um sich dann erschöpft auf ein Bett zu legen, in einem gütigen Drogennebel.

Toto sah auf das Bild, das an der Zimmerdecke schwebte. Sie sah sich, umgeben von Akazien und Holunder auf einer schattigen Landstraße, die es irgendwann einmal gegeben hatte. Ein Sommertag ist es, die Apfelbäume blühen, und über der Wiese hört man die Bienen. Schafgarbe, Butterblumen, Rittersporn und Klee. Der Teer ist warm. Alle sind gekommen, alle, deren Leben Totos Leben gestreift hat, alle stehen da und weinen, dass es albern ist. Hört doch auf zu weinen, sagt Toto, ich ruhe mich nur schnell ein bisschen aus. Und dann liegen wir zusammen auf der Wiese und überlegen uns, wie wir noch mal anfangen, und es besser machen, nur hört auf zu weinen.

Um 13 Uhr 50 hörte Toto auf zu atmen.

Und weiter.

Totos Lieder wurden eine Woche später veröffentlicht.
   Ihr Verkauf war ein unglaublicher Misserfolg.

Vielen Dank.

Allen, die sich den Anfeindungen aussetzen, die persönliche Freiheit mit sich bringt.
　Meinem lieben Lektor und dem hoffentlich nie verschwindenden Verlag.

Inhalt.

Der Anfang.   5

1966–2000.   9

Die Mitte.   201

2000–2010.   209

Das Ende.   309

2010–2030.   317